옛이야기의 매력

김옥순은 이화여자대학교 국어국문학과를 졸업했고, 동대학원에서 문학박사를 취득했다. 현재 국립국어연구원에서 학예연구관으로 일하고 있다. 옮긴 책으로는《비교문학》,《페미니즘과 문학》,《기호학사전》들이 있다.

주옥은 서강대학교 영어영문학과를 졸업했고, 동대학원 국문학 박사과정을 수료했다. 현재 배화여자중학교에서 영어교사로 일하고 있다. 옮긴 책으로는《이유있는 반항》외 다수가 있다.

옛이야기의 매력 2

초판 제1쇄 발행일 1998년 6월 20일
초판 제23쇄 발행일 2023년 3월 5일
지은이 브루노 베텔하임 옮긴이 김옥순, 주옥
발행인 박헌용, 윤호권 발행처 (주)시공사
주소 서울시 성동구 상원1길 22
전화 문의 02-2046-2800
홈페이지 www.sigongsa.com/www.sigongjunior.com

옮김 ⓒ 김옥순·주옥, 1998

ISBN 978-89-7259-655-4 04800
ISBN 978-89-7259-653-0 (전 2권)

옛이야기의 매력 2

브루노 베텔하임 지음 · 김옥순, 주옥 옮김

시공주니어

차 례

1권 차례

옛이야기의 매력 2

제2부
동화의 나라에서

23.《헨젤과 그레텔》

《헨젤과 그레텔 Hansel and Gretel》은 사실적으로 출발한다. 가난한 부모는 어떻게 자식들을 먹여 살려야 할지 난감해한다. 밤이 되자 부모는 자신들이 처한 곤경에 대처할 방법을 궁리한다. 이러한 표면적 층위만 보면, 이 옛이야기는 비록 즐겁지는 않지만 중요한 진실을 전달한다. 가난과 빈곤은 인간의 인격성장에 도움이 되지 않으며, 오히려 사람을 더 이기적으로 만들고, 타인의 고통을 간과함으로써 악한 행동에 빠지기 쉽게 만든다는 사실이다.

옛이야기는 어린이의 마음 속에서 진행되는 일을 말과 행동으로 표현한다. 옛이야기 속에는 어린이가 가장 불안해하는 것이 투사되어 있다. 헨젤과 그레텔은 부모가 자기들을 버리려는 계획을 꾸미고 있다고 믿는다. 배가 고파서 한밤중에 잠이 깬 어린이는 부모에게 자신이 필요 없으며 버려졌다는 위협감을 느끼는데, 그것은 굶주림에서 오는 공포라는 형태로 경험된다. 고립을 두려워하는 어린이의 내적 불안은 헨젤과 그레텔에게 투사되어, 부모가 자기들을 굶겨 죽이려는 계획을 하고 있다고 확신한다. 어린이들의 불안스런 환상의 연속에서, 그 이야기는 부모가 지금까지 그들을 길렀지만 앞으로 그것이 어렵게 된 상황을 말해 준다.

어머니는 어린이들에게 음식의 제공자로 표상되므로, 아이들이 황야에

버려지는 기분을 느끼게 만드는 것은 어머니다. 어머니가 더 이상 자기의 구순 요구에 응하지 않으면, 어린이는 불안과 좌절을 깊이 경험하여, 어머니가 갑자기 자신을 사랑하지 않고 이기적이 되어 자신을 회피한다고 믿는다. 어린이들은 부모가 필요하다고 필사적으로 느끼기 때문에, 버려진 뒤에도 집에 되돌아오려고 노력한다. 실제로 헨젤은 처음 자기들이 버려졌을 때 숲에서 되돌아오는 길을 발견하는 데 성공한다. 어린이가 자아 발견의 여행을 시작할 용기, 즉 세상에 나아가 독립적인 사람이 되는 여행을 할 용기를 갖기 전에, 어린이는 수동적으로 되돌아오려는 능력, 영구히 의존적인 만족을 느끼며 안주하는 데에 자기 능력을 발달시킨다. 그러나 《헨젤과 그레텔》에서는 수동적인 귀소능력은 더 이상 도움이 되지 않는다는 것을 말해 준다.

어린이들이 성공적으로 집에 되돌아오는 것은 아무 문제도 해결해 주지 못한다. 아무런 일도 일어나지 않았던 전처럼 살려는 아이들의 노력은 더 이상 쓸모가 없다. 좌절이 잇따르고, 어머니는 더욱더 아이들을 없애려는 계획에 골몰하게 된다.

함축적으로 그 이야기는 인생 문제의 해결능력을 퇴행과 부정을 통해 감소시키는 것은 결과를 나쁘게 만든다고 말한다. 처음에는 헨젤이 머리를 적절하게 잘 써서 집으로 가는 길에 흰 조약돌을 놓았다. 두 번째에 헨젤은 전과 같이 머리를 쓰지 않았다. 헨젤은 넓은 숲 근처에서 살았기 때문에, 새들이 빵 부스러기를 먹으리란 사실을 알았을 것이다. 헨젤은 돌아가는 길을 발견하려고 애쓰는 대신에, 들어가는 도중의 경계표를 연구할 수도 있었다. 그러나 집으로의 퇴행과 당면한 문제의 거부에 편승하여 헨젤은 자신의 창의력과 올바른 사고력을 상당 부분 잃었다. 굶주림의 불안이 소년을 뒷걸음질 치도록 몰아댔고, 그래서 헨젤은 심각한 곤경에서 벗어나는, 길을 발견하는 문제의 해결 수단으로 음식밖에 생각할 수 없었다. 여기에서 빵은 일반적으로 음식을 나타내는데, 문자 그대로 헨젤을 불안에서 벗어나게 하는 이미지로서, 인간의 "생명 노선"이다. 이 이야기에서는 헨젤이 성장 발달 과정의 초기 단계에 고착된 채 공포에서 벗어나려고 제한된 노력을 시도하고 있음을 보여 준다.

《헨젤과 그레텔》은 원초적이며 통합적이고 파괴적인 욕망을 극복하고 승화시켜야 할 과업을 배워야 하는 어린이의 불안을 구체화시킨다. 어린이가 이러한 욕망들로부터 자유롭지 못하다면 그 어린이는 이것을 배워야 한다. 아이의 부모나 사회가 강제로 배우도록 할 것이고, 더 이르게는 아이가 스스로 배울 때가 왔다고 느낄 때에 어머니는 아이를 돌봐 주기를 중지한다. 이 이야기는 어머니와 직접 연결된 내적인 경험을 상징적으로 표현하고 있다. 그러므로 아버지의 모습은 이야기 전체를 통해서 그림자 같은 영향력 없는 인물로서 남아 있다. 그것은 자애롭고 동시에 위협적인 측면을 간직한 어머니가 가장 중요한 시기인 어린 아이의 삶에서 비치는 아버지다.

빵조각들로 돌아가는 길을 표시해 둔 것, 즉 안전을 위해 음식에 의존한 것이 실패로 끝나자, 현실 문제를 해결할 능력이 없는 헨젤과 그레텔은 좌절하여 이제 자기들의 구순적 퇴행이 멋대로 하게 내버려 두었다. 빵으로 만든 집은 가장 원시적인 만족에 바탕을 둔 존재 양식을 표상한다. 비록 새들이 빵부스러기를 먹어 버린 것으로 어린이들에게 먹는 것에 대해 경고는 했지만, 억누를 수 없는 욕망에 이끌려 어린이들은 은신처이자 안식처를 파괴하면서도 대수롭지 않게 여긴다.

빵으로 만든 집의 케이크 지붕과 설탕 창문을 먹어 치우는 것으로, 어린이들은 집에서 나온 누군가를 먹어 치울 준비가 얼마나 잘 되어 있는지 보여 준다. 먹는 것은 자기들을 버린 부모에 대한 두려움을 투사한 것이다. "내 집을 갉아먹는 게 누구냐?"라는 경고의 목소리가 들리는데도 불구하고 어린이들은 먹는 데 몰두하여 바람 소리라고 자신을 속이며 "다른 일에는 일체 신경 쓰지 않고 그저 정신 없이 먹어대기만" 했다.

빵으로 만든 집은 누구도 잊을 수 없는 이미지다. 그 집은 얼마나 매혹적이고 유혹적인 모습인가? 그리고 만일 우리가 이 유혹에 져 버린다면 감수해야 할 위험은 얼마나 크겠는가? 어린이들은 헨젤과 그레텔같이, 어떤 위험이든 상관없이 빵으로 만든 집을 먹어 치우고 싶다고 인정한다. 그 집은 식욕과 그 유혹에 넘어가는 것이 얼마나 매력적인지를 나타낸다. 옛이야기는 어린이가 이미지의 언어로 자신의 마음을 읽는 것을 배우는 데 최상이고, 지적으로 성숙하기 전에 이해할 수 있는 유일한 언어다. 어린이는 이런 언어에 노출될 필요가 있으며 만일 자기가 자신의 영혼의 주인이 되려면, 이에 반응하는 것을 배워야 한다.

전의식적 내용을 가진 옛이야기의 이미지는 삽화가 전달하는 것보다 훨씬 더 풍부하다. 예를 들어, 어린이의 상상력과 환상과 마찬가지로 꿈속에서, 우리가 사는 장소인 집은 몸을 상징하는데, 보통 어머니의 몸을 상징한다. 우리가 "먹어 치울" 수 있는 빵으로 만든 집은 실제로 자신의 몸에서 자양분을 내주는 어머니의 상징이다. 그래서 헨젤과 그레텔이 무심하고 행복하게 먹어 치운 그 집은 무의식 속에서 자신의 몸을 영양소로 제공하는 좋은 어머니를 나타낸다. 그것은 원천적으로 모든 것을 주는 어머니로서, 어머니가 어린이들에게 요구하고 제한을 가할 때, 세상 어딘가에서 다시 발견하고 싶은 존재다. 바로 이것이 아이들이 희망에 이끌려서, 무엇을 하느냐고 부르는 부드러운 목소리에 헨젤과 그레텔이 주의하지 않은 이유다. 그 목소리는 아이들의 겉으로 드러난 의식이다. 게걸스러운 식욕에 이끌려서, 그리고 이전의 모든 구순 불안을 부정하듯이 구순의 만족을 주는 즐거움에 멍청해져서, 어린이들은 "자기들이 천국에 있는 것처럼 생각한다."

그러나 이야기가 말해 주듯이, 대식증에 휘말려서 스스로를 억제하지 않은 것은 파멸을 불러 온다. 존재의 가장 초기에 누리던 "천상적인 heavenly"것으로의 퇴행은—어머니의 젖가슴에 매달려 우리가 어머니에게 공생하여 의지하며 살 때—모든 개인성과 독립성을 없애 버린다. 그것은 식인적인 경향이 마녀의 모습으로 구체화된 것처럼, 우리의 존재를 위험하게 한다.

마녀는 구순욕구의 파괴적인 측면이 의인화된 것으로, 어린이들이 마녀의 빵으로 만든 집을 먹어 치우듯이 어린이들을 먹으려는 데 몰두한다. 어린이들은 무절제한 게걸스러운 식욕으로 상징되는, 길들여지지 않은 본능의 충동에 쏠렸을 때, 파멸의 위험에 처해진다. 그들은 단지 어머니의 상징적인 표상인 빵으로 만든 집만을 먹지만, 마녀는 어린이들 자체를 먹고 싶어한다. 이것은 듣는 이에게 가치있는 교훈을 들려 준다. 즉, 상징적으로 다루는 것은 실제의 사물을 가지고 행동하는 것과 비교할 때 안전하다는 사실이다. 마녀를 역습하는 것은 또 다른 층위에서도 정당화된다. 어린이들은 경험이 없고 아직 자제력을 배우는 상태이므로, 본능적인 욕망을 더 잘 억제할 수 있는 어른과 같은 척도에서 측정할 수 없다. 그래서 마녀의 처벌은 어린이를 구출하는 것만큼 정당하다.

마녀의 악은 마침내 어린이들의 무절제한 식욕과 의존심이 위험하다는 것을 강제로 깨닫게 한다. 살아남기 위하여, 어린이들은 진취적 정신을 키우고 자신의 지적인 계획과 행동에 의지해야만 한다는 것을 깨닫는다. 어린이들은 자아에 따르는 행동을 위해, 본능의 압력에 따르는 근성을 바꾸어야만 한다. 소원성취의 환상은 어린이들이 자신을 발견하는 상황에서 지적인 판단에 기반을 둔 목표지향적 행동으로 대체되어야 한다. 즉, 뼈로 손가락을 대신하고, 마녀를 속여 가마솥 안으로 밀어 버리는 등 계략을 짜야 한다.

파괴적인 성향의 원초적 구순욕구에 고착되면 위험하다고 깨달을 때만이 더 높은 발전의 단계로 가는 길이 열린다는 것을 안다. 그러면 보물을 얻게 되는 것처럼, 악하고 파괴적인 어머니 속에 깊이 감춰진 선하고 베푸는 어머니가 드러난다. 즉, 어린이들은 마녀의 보석을 물려받아, 집에 돌아온 후에 가치 있게 쓴다. 이는 아이들이 뒤에 좋은 부모를 다시 발견할 수 있다는 것이다. 이것은 어린이들이 자기들의 구순불안을 스스로 극복하고, 구순의 만족에 의지하여 안주하는 것에서 풀려남으로써, 역시 위협적인 어머니의 이미지—마녀—에서 자유로울 수 있고 좋은 부모의 더 큰 지혜—보물을 공유하는 것—가 모두에게 이익을 준다는 것을 발견할 수 있다.

《헨젤과 그레텔》을 반복해서 들으면서, 어린이들은 새들이 빵부스러기를 먹어 헨젤과 그레텔이 엄청난 모험을 겪게 되었다는 사실을 알게 된다. 헨젤과 그레텔을 빵으로 만든 집으로 인도한 것도 새인데, 그들은 집에 돌아가게 주선한 또 다른 새에게만 고마워한다. 이것은 동물을 어른들과는 다르게 생각하는 어린이가 잠깐 생각하게 만드는 부분이다. 즉, 이 새들은 목적이 있다는 사실이다. 그렇지 않았다면 새들이 처음에 헨젤과 그레텔이 집으로 돌아가는 길을 발견하지 못하게 방해하지도 않았고, 마녀에게로 주인공들을 데려가서 마침내 집으로 가는 길을 인도하지도 않았을 것이다.

결과적으로 모든 일이 잘되었기 때문에, 새들은 헨젤과 그레텔이 숲에서 집으로 곧장 돌아가는 길을 발견하기보다, 오히려 세상의 위험과 대면하여 위기를 겪는 것이 더 좋다는 것을 알았을 것이다. 어린이들이 마녀와 만나 위협을 당한 뒤, 어린이들뿐만 아니라 부모도 전보다 더 행복하게 살게 되었다. 다른 새들은 어린이들이 보상을 얻으러 따라갈 길의 실마리를 제공한다.

어린이들이 《헨젤과 그레텔》과 친밀하게 된 뒤, 대부분의 어린이들은 적어도 무의식적으로, 부모의 집에서 일어난 것과 마녀의 집에서 일어난 것은 실제로 전체적인 하나의 경험에서부터 분리된 양상일 뿐임을 알게 된다. 처음에 마녀는 완벽하게 만족스러운 어머니의 유형이었다.

할멈은 두 아이의 손을 잡고, 집 안으로 데리고 들어갔습니다. 그리고 나서 두 아이에게 우유, 설탕 친 팬케이크, 사과와 호두 등 맛있는 음식을 먹였습니다. 그리고 하얀 시트가 덮인 조그만 침대 두 개를 마련해 주었습니다. 헨젤과 그레텔은 각자 자기 침대에 누워 여기가 바로 천국이라고 생각했습니다. 그런데 그 할멈은 겉으로는 친절한 체했지만 사실은 아이들을 노리는 못된 마녀였습니다…….

그러나 단지 다음 날이 되자 우리는 무례한 방법으로 유아기의 행복한 꿈에서 깨게 된다.

이것은 어린이가 오이디푸스적인 발달단계의 불안과 좌절의 양면감정으로 유린당했을 때 어떻게 느끼는지를 보여 준다. 이전에 어머니가 기대만큼 만족스럽게 자기의 필요와 욕망을 만족시켜 주지 못하여 절망과 분노를 느낀 것과 마찬가지다. 어머니가 더 이상 어린이를 무조건적으로 돌봐 주지 않고 오히려 아이에게 요구하며 전보다 더 어머니 자신의 관심사에만 신경쓰는 데—전에는 어린이가 알게 하지 않았던 것들—극도로 당황한다. 어린이는 자신을 돌봐 주고 구순적인 행복한 세계를 만드는 어머니가 사실은 그 이야기 속의 마녀처럼 자신을 속였다고 상상한다.

"거대한 숲으로 둘러싸인" 부모의 집과 마찬가지로 깊은 숲에 있는 운명적인 집은 무의식의 층위에서는 만족도 주고 좌절도 하게 하는 부모의 집의 두 측면이다.

혼자서 《헨젤과 그레텔》의 세부사항을 조용히 생각하는 어린이는 이야기가 시작하는 의미를 발견한다. 모든 일이 일어나는 숲의 모퉁이에 위치한 부모의 집은 앞으로 어떤 일이 곧 일어날 것임을 암시한다. 이것은 감동적인 이미지를 통해서 생각을 표현하는 옛이야기의 방법인데, 다시금 어린이들이 깊은 이해에서 우러나온 자신의 상력력을 사용하도록 인도한다.

전에 어린이들에게 유리하도록 배열된 모험 전체에서 새의 행동은 무엇을 상징하느냐는 것에 대해 언급했다. 초기 기독교 시대 이래로 하얀 비둘기는 최고로 자애로운 힘을 상징했다. 헨젤은 부모의 집 지붕에 앉아 있는 하얀 비둘기에게 작별 인사를 하고 싶다며 자꾸만 돌아보려 한다. 그것은 눈같이 하얀 새로서, 즐겁게 노래를 부르며, 헨젤과 그레텔을 빵으로 지은 집으로 인도하고 그 지붕에 앉아, 이곳이 바로 헨젤과 그레텔이 와야 할 바른 장소라고 제시한다. 또 다른 하얀 새는 이들이 안전하게 돌아가도록 인도하는 데 필요하다. 헨젤과 그레텔이 집에 가는 길은 "큰 물"로 가로막혀서 하얀 오리의 도움이 있어야만 건널 수 있다.

헨젤과 그레텔이 집을 떠날 때는 강을 건너지 않았다. 돌아가는 길에 강을 건너야 한다는 것은 전환을 상징하는 것으로, 침례교같이, 더 높은 존재로 가는 단계의 새로운 시작이다. 이 물을 건너야 할 때가 오기까지 헨젤과 그레텔은 서로 헤어져 본 적이 없었다. 학교 갈 나이의 어린이들은 각자 자신의 개성적인 독특한 의식, 개인성을 발달시켜야 하는데, 이것은 그 아이가 다른 사람과 더 이상 모든 것을 공유할 수 없다는 것을 의미하며, 어느 정도는 스스로의 힘으로 살아야 하고 혼자 넘어서야 한다는 것을 의미한다. 이것은 상징적으로 어린이들이 물을 건널 때 함께 행동할 수 없다는 것으로 표현된다. 아이들이 그곳에 도착하자 헨젤은 건널 방법을 알지 못하지만 그레텔은 흰 오리를 염탐하여 물을 건널 수 있도록 도와 달라고 한다. 헨젤은 오리의 등에 앉아서 누이더러 함께 가자고 한다. 그러나 그레텔은 이 방법보다 더 나은 방법을 알고 있다. 헨젤과 그레텔은 각각 따로 건너야만 했고 그렇게 했다.

마녀의 집에서 겪은 경험은 헨젤과 그레텔을 구순고착에서 벗어나게 했다. 물을 건넌 후 아이들은 인생의 문제를 자기 자신의 머리를 써서 해결하며 자신감을 지닌 보다 성숙한 어린이들이 되어 반대편 강가에 도달했다. 의존적인 어린이였을 때는 아이들은 부모에게 짐이었다. 헨젤과 그레텔은 자기들이 얻은 보물을 집으로 가져 와 가족을 뒷받침하게 되었다.
이 보물로 상징되는 것은 어린이들이 생각을 하거나 행동을 할 때 새롭게
얻은 독립성이며, 아이들이 숲 속에 버려졌을 때의 특징인 수동적 의존과
는 반대되는 새로운 자기신뢰다.

이 이야기에서 해로운 힘을 행사하는 존재는 계모와 마녀같은 여성들
이다. 헨젤과 그레텔을 구출하는 데 있어 그레텔의 중요성은 어린이에게
여성이 파괴자이자 구조자일 수 있다는 것을 재확인시켜 준다. 아마도 더
중요한 것은 헨젤이 어린이들을 한 번 구했고, 후에 그레텔이 어린이들을
다시 구했다는 사실이다. 그것은 어린이들이 자라면서 성숙한 도움과 이
해를 얻기 위해서는 자기 또래의 동무에게 더 의지해야 한다는 것을 암시
한다. 이 생각은 이야기의 주제를 강화시켜 준다. 즉, 퇴행을 경고하고,
동시에 심리적이고 지적인 더 높은 존재의 지평으로 나아가 성숙해지는
데에는 용기가 필요하다는 의미다.

《헨젤과 그레텔》은 주인공들이 애초에 출발했던 집으로 돌아오고, 바
로 그 집에서 행복을 발견하는 것으로 끝난다. 나이가 어린 어린이는 구
순적이거나 오이디푸스적인 문제 때문에 모험에 나서게 되지만 집 밖에
서 행복을 발견할 수 없다. 따라서 이런 구성은 심리학적으로 적절하다.
만일 자라면서 모든 것이 순조롭다면, 그 어린이는 여전히 부모에 의존한
채 이 문제를 해결해야 한다. 부모와의 좋은 관계를 통해서만 어린이는
성공적으로 청년기에 도달할 수 있다.

어린이가 오이디푸스적인 어려움과 구순기의 불안, 현실적으로 만족할
수 없는 욕구를 극복했고, 자기가 바라는 생각이 지성적인 행동으로 대치
되어야 한다는 것을 배웠다면, 그 어린이는 다시 부모와 행복하게 살 준비
가 된 것이다. 이것은 헨젤과 그레텔이 부모와 함께 나누려고 집에 가져
온 보물로 상징된다. 나이 든 어린이는 좋은 것을 부모로부터 가져가기를
기대하기 보다, 자신과 가족에게 정서적으로 좋은 존재로서 기여할 수 있

어야 한다.

《헨젤과 그레텔》은 생계를 꾸려 나갈 수 없어 걱정하는 가난한 나무꾼 가족에서 시작하여, 똑같이 현실적 수준으로 내려와 끝난다. 비록 그 이야기는 어린이들이 집에 진주와 귀한 보석을 무더기로 가져온 것을 말해 주고 있지만, 그 가족의 경제적인 삶의 방식이 바뀌었다고 제시하지는 않는다. 이것은 이 보석들의 상징적 본질을 강조한다. 이야기는 다음과 같이 결말을 짓는다.

> 이제 모든 걱정은 끝났다. 그리고 식구들은 아주 즐겁게 함께 살았다. 나의 이야기는 끝났다. 거기 쥐 한마리가 달려가는데, 그것을 잡는 사람은 큰 모피를 얻을 수 있을 것이다.

《헨젤과 그레텔》의 결말에는 변한 것이 하나도 없다. 그러나 내적인 태도는 변했다. 더 정확하게는 내적인 태도가 변했기 때문에 모든 것이 변했다. 더 이상 어린이들은 쫓겨나거나 버려지거나 어두운 숲 속에서 헤메지 않을 것이며, 기적과 같은 빵으로 만든 집을 찾지도 않을 것이다. 더이상 마녀를 만나거나 마녀를 두려워하지도 않을 것이다. 왜냐하면 헨젤과 그레텔은 서로 합심하여 마녀를 속이고 성공을 거두어서 자기 자신을 입증하였기 때문이다. 예기치 않은 재료에서 어떤 좋은 것을 만드는(머리를 써서 쥐털로 모자를 만들듯이) 근면성은 오이디푸스적인 어려움과 싸워 극복한 학교 다닐 나이의 어린이에게는 훌륭한 덕목이고 실제적인 성취다.

《헨젤과 그레텔》은 두 형제가 합심하여 서로를 구하려고 힘을 뭉친 노력 때문에 성공한 옛이야기다. 이런 이야기들은 어린이가 부모에게 의존하는 미성숙 단계에서 같은 또래의 도움을 소중히 여기며 더 높은 다음 단계로 성장하는 과정을 보여 준다. 인생의 과업에 직면한 어린이들을 합심시키는 것은 부모에게만 의지하는 마음을 바꾸어 준다. 취학기의 어린이는 아직 자기가 앞으로 부모 없이 세상을 직면할 수 있을지 불안해한다. 그것이 바로 필요 이상으로 부모에게 매달리는 이유다. 어린이들은 언젠가 자신이 세상의 위험을 극복할 것을 믿어야 하고, 옛이야기가 어린이의 두려움을 과장된 형태로 묘사했다 해도, 그 위험 때문에 자신의 삶이 풍부해졌다는 것을 믿어야 한다.

어린이는 존재에 관한 위험들을 객관적으로가 아니라 미숙한 형태의 두려움, 예를 들어, 어린이를 잡아먹는 마녀로 의인화된 두려움같은 과장된 환상으로 이해한다.《헨젤과 그레텔》은 이와 같이 어린이의 불안한 상상력이 만들어 낸 허구일지라도 어린이가 직접 그것을 탐색하도록 용기를 북돋아 준다. 왜냐하면 그런 동화는 어린이에게 부모들이 말해 준 실제의 위험뿐 아니라 어린이들의 두려움으로 엄청나게 과장된 위험까지도 극복할 수 있다는 신뢰를 주기 때문이다.

어린이의 불안스러운 환상이 창조한 마녀가 가끔 생각날 것이다. 그러나 오븐 속으로 밀어 넣고 불에 태워 죽일 수 있는 마녀는 어린이가 없앨 자신이 있는 마녀. 어린이들이 마녀를 계속 믿는 한—어린이들은 더 이상 형체없는 감정에 인간의 형체를 부여하지 않는 나이가 될 것이다.—주인공들이 현명한 존재가 되어, 어린이들의 상상력에서 나온 이 못된 마녀를 없애는 이야기를 들려 줄 필요가 있다. 그렇게 계속 함으로써, 어린이들은 헨젤과 그레텔이 그랬던 것처럼, 그 경험에서 많은 것을 얻을 것이다.

24.《빨간 모자》

매력적이고 "순결한" 어린 소녀가 늑대에게 잡아먹혔다는 일은 마음 속에 지울 수 없는 인상을 남긴다.《헨젤과 그레텔 Hansel and Gretel》에 서의 마녀는 어린이를 잡아먹으려는 계획을 세웠을 뿐인데,《빨간 모자 Little Red Riding Hood》에서는 실제로 늑대가 할머니와 어린이를 모두 잡 아먹었다. 대부분의 옛이야기가 그렇듯이《빨간 모자》의 이본이 많다. 가 장 유명한 판본은 작은 빨간 모자와 할머니가 다시 살아나고 늑대에게는 그에 마땅한 처벌을 한다는 그림 형제 The Brothers Grimm의 이야기다.

그러나 이 옛이야기의 역사는 페로 Charles Perrault로부터 시작한다.[1]

그림 형제가 붙인《작은 빨간 모자 Little Red Cap》란 제목이 더 적절한 데도 영어로는 페로가 붙인《빨간 모자》가 더 잘 알려져 있다. 그런데 학 식이 높고 통찰력 있는 옛이야기 연구가 앤드루 랭은《빨간 모자》의 모든 변이형이 페로가 자신의 판본에서 결말 지은 방식으로 끝났다면 우리는 이 옛이야기를 포기한 것과 같다고 말한다.[2][3] 만일 그림 형제의 판본이

---

[1] 페로의《교훈적인 설화 또는 옛날 이야기 Histoires ou Contes du temps passé, avec des Moralitez》(Paris, 1697). 인쇄된 첫번째 영어 번역은 로버트 샘버 Robert Samber의《설화 또는 옛 날 이야기 Histories or Tales of Past Times》(London, 1729)이다. 이 이야기 중 가장 잘 알려진 것 은 앞에서 언급한 오피에 부부 Iona and Peter Opie에 의해 재출간된 판이다. 그것은 또 앤드루 랭 Andrew Lang의 옛이야기에서도 발견된다.《빨간 모자》는 앤드루 랭의《푸른 옛이야기책 The Blue Fairy Book》에 포함되어 있다.

이 옛이야기를 가장 유명한 옛이야기의 하나로 만들지 않았다면, 이 옛이야기의 운명은 그렇게 되었을 것이다. 그러나 이 이야기가 알려진 역사는 페로의 판본에서부터 시작하기 때문에, 먼저 페로가 보여 주는 것을 살펴보자.

페로의 이야기는 다른 모든 판본들처럼, 할머니가 어떻게 손녀에게 빨간 모자를 선물했으며, 어째서 그 소녀가 빨간 모자라는 이름으로 알려지게 되었는지를 말하면서 시작한다. 어느 날 어머니가 빨간 모자에게 앓고 계신 할머니께 맛있는 것을 갖다 드리라고 심부름을 시킨다. 할머니 댁으로 가는 길은 숲을 통해야 하는데, 소녀는 거기서 늑대를 만났다. 숲에는 나무꾼들이 있었기 때문에 늑대는 감히 소녀를 잡아먹지 못했다. 단지, 소녀가 어디로 가고 있는지 물었는데 소녀는 할머니 댁에 간다고 대답했다. 늑대가 할머니가 사는 곳이 어딘지 정확하게 알고 싶어 하자 소녀가 그곳을 알려 주었다. 그러자 늑대는 할머니를 만나러 가겠다고 말하고 서둘러 갔지만, 소녀는 이와 달리 꾸물거리며 길에서 시간을 보냈다.

---

2) 페로와 페로의 옛이야기를 다루는 문학이 상당히 있다. 가장 참고할 만한 것은 소리아노 Marc Soriano의 《페로의 이야기들 Les Contes de Perrault》(Paris, Gallimard, 1968)이다. 이것은 볼테 Bolte와 폴리프카 Polivka가 그림 형제의 이야기를 가지고 한 작업과 비교할 수 있다.
앤드류 랭은 《페로의 널리 알려진 이야기들 Perrault's Popular Tales》(Oxford, At the Clarendon Press, 1888)에서 다음과 같이 쓰고 있다.

만일 《빨간 모자》가 페로의 것처럼 끝난다면, 우리는 그 이야기가 당연히 "동물들도 말을 할 때"이거나 "말을 할 수 있다고 믿었던 때"로부터 파생되었다는 생각을 상실할 수 있다. 그러나 그것은 독일에서 《작은 빨간 모자》로 잘 알려졌다. 그림 형제의 이야기는 결코 늑대의 승리로 끝나지 않는다. 빨간 모자와 소녀의 할머니는 다시 살아나고, "늑대는 죽임을 당했다." 이 결말은 페로가 내용이 지나치게 거칠어 루이 14세 시기에 유치원에서는 구연하기가 불가능했기 때문에 생략했던, 원래의 결말일 수도 있고, 또 어린이들이 그 이야기가 "좋게 끝났다."고 주장한 결말일 수도 있다. 어떤 경우에나 독일의 옛이야기는 세상에서 널리 알려진 신화적 사건, 즉 괴물에게 삼켜진 사람들이 살아서 소생하는 사건을 담고 있다.

3) 앤드루 랭이 페로의 판본을 《푸른 옛이야기책》에 골라서 포함시킨 것은 매우 흥미롭다. 페로의 이야기는 늑대가 승리하는 것으로 끝난다. 거기에는 도망, 회복, 그리고 위안이 전혀 없다. 그것은 옛이야기가 아니라―페로는 옛이야기를 염두에 두고 쓰지 않았다.―불안감을 조성하는 결말로 조심스럽게 어린이를 위협하는 경고성 이야기이다. 랭이 페로의 판본을 심하게 비판했음에도 불구하고 페로의 판본을 재출판한 것은 우리의 호기심을 유발한다. 아마도 대부분의 어른들은 옛이야기에서처럼 어린이들의 불안을 덜어 주기 보다는 좋은 행동을 하도록 위협하는 것이 더 낫다고 생각하는 듯하다.

늑대는 빨간 모자인 척하며 할머니 집에 들어가 곧장 할머니를 삼켜 버렸다. 페로의 이야기에서는 늑대가 할머니처럼 옷을 입지 않고, 단지 할머니 침대에 누워 있는 것으로 묘사된다. 빨간 모자가 도착했을 때, 늑대는 소녀에게 자기와 함께 침대에 눕도록 한다. 빨간 모자는 옷을 벗고 침대에 들어가자마자, 할머니가 벌거벗은 것을 보고 놀라서 외친다.

> "할머니, 왜 이렇게 큰 팔을 가지고 계세요?" 늑대가 대답하길 "너를 더 잘
> 안고 싶어서란다!" 그러자 빨간 모자는 말했다. "할머니 왜 이렇게 큰 다리
> 를 가지고 계세요?" 그러자 늑대는 "잘 달리려고 그런다."고 대답했다.

두 번에 걸친 질문과 대답은 그림 형제의 판본에는 나타나지 않는 것이다. 그리고 이어서 널리 알려진 질문인 할머니의 큰 귀, 눈, 치아에 대한 질문을 잇달아 한다. 마지막 질문에 늑대는 "너를 더 잘 잡아먹기 위해서야."라고 대답한다. 이렇게 말하면서 늑대는 몸을 돌려 빨간 모자를 한 입에 꿀꺽 삼켜 버렸다.

다른 많은 판본들이 그렇듯이 여기서 랭의 《빨간 모자》 이야기도 끝난다. 그러나 페로의 원본에는 이야기에서 끌어낸 도덕적인 짧은 시가 덧붙여 있다. 즉, 멋진 소녀는 함부로 아무에게나 귀를 기울이지 말아야 한다. 만약 남의 말에 귀를 기울인다면, 그 소녀는 잡아먹혀도 놀랄 일이 아니다. 마찬가지로 늑대도 여러 가지로 표현되는데, 그 중 친절한 늑대들은 가장 위험한 존재며 특히 거리에서나 집까지 어린 소녀를 따라오는 늑대들이 가장 위험하다. 페로는 자기 이야기를 듣는 청중을 즐겁게 해 주려고 할 뿐 아니라, 이야기를 통해서 특별한 도덕 수업을 하려고 한다. 그래서 자신의 의도에 따라 이야기들을 바꿨음을 이해할 수 있다.[4)5)] 불행히

---

4) 페로가 1697년에 옛이야기 선집을 발간했을 때, 《빨간 모자》는 이미 오랜 역사를 가지고 있었다. 어떤 부분은 아주 오랜 옛날로 거슬러 올라간다. 크로노스 Cronos가 자기의 아이들을 삼키고, 그 어린이들은 기적적으로 크로노스의 뱃속에서 살아 나온다는 신화가 있다. 그리고 삼킨 어린이 대신에

도 그렇게 하면서, 페로는 그 옛이야기가 가진 많은 의미를 없앤다. 페로가 이야기하는 것처럼, 누구도 빨간 모자에게 할머니 집에 가는 도중에 지체하지 말라거나, 가야 할 길에서 벗어나지 말라고 경고하지 않았다. 또한 페로의 판본에서 아무 잘못이 없는 할머니를 죽이는 결말은 이치에 닿지 않는다.

페로의 《빨간 모자》는 페로의 늑대가 탐욕스러운 야수가 아니라 하나의 은유임이 명백하기 때문에, 큰 호소력을 상실하고 듣는 이에게 상상의 여지를 남기지 않는다. 그렇게 단순하고 직설적으로 도덕성을 설교하여 이 함축적인 옛이야기를 상세히 설명하는 교훈담으로 만들어 버린다. 이같이 페로는 자기의 이야기에 개인적인 의미를 부여함으로써 듣는 이의 상상력이 활동할 수 없게 된다. 이 이야기의 의도를 합리적으로 해석하는 일에 사로잡혀서, 페로는 가능한 한 모든 것을 명백하게 만들었다. 예를 들어 늑대가 누워 있는 침대에 소녀가 옷을 벗고 들어 가서 늑대에게 묻는 질문에 자기의 강한 팔은 소녀를 더 잘 안기 위해서라는 늑대의 대답은, 더 이상 독자의 상상의 여지가 남지 않는다. 그런 직접적이고 명백한 유혹에 대해 빨간 모자를 쓴 소녀가 도망치려거나 반대로 싸우려는 동작

무거운 돌을 집어 넣는다. 1023년에 리에제 Egbert of Lièges가 쓴 다른 이야기에서 어린 소녀는 늑대 무리 속에서 발견된다. 그 소녀는 중요한 빨간 망토를 입고 있으며, 학자들은 이 망토가 빨간 모자였다고 말한다. 그런데 여기서 페로의 이야기보다 6세기나 더 이전에 우리는 빨간 모자를 쓴 어린 소녀, 늑대의 무리, 삼켜졌다가 무사히 살아서 돌아온 어린이, 그리고 어린이를 삼켰던 자리에 놓인 돌과 같은, 《빨간 모자》의 바탕을 이루는 요소를 발견한다.

여기에는 《빨간 모자》의 프랑스판 이본이 있지만, 우리는 그 중 어떤 것이 페로에게 영향을 주어서 그 이야기를 그가 다시 쓰게 했는지 모른다. 그 중 어떤 것에서는 늑대가 빨간 모자에게 할머니의 살을 먹고 피를 마시게 한다. 그것은 안 된다고 경고하는 목소리가 있었는데도 소녀는 할머니의 살과 피를 먹고 마신다.[5] 만일 이 이야기들 중의 하나가 페로가 쓴 옛이야기의 원전이 된다면, 페로로서는 자신의 책이 베르사이유 궁전에서 읽히도록 만들어야 하기 때문에, 그러한 상스러움을 제거했음을 잘 이해할 수 있다. 페로는 자기의 이야기를 예쁘게 꾸몄을 뿐 아니라, 뽐내면서 이야기들이 자기의 열 살 먹은 아들이 쓴 것처럼 하여, 공주에게 그 책을 헌정하였다. 페로는 그 이야기에 곁다리로 도덕적 이야기를 덧붙여서, 마치 어린이들의 머리 위에서 어른에게 윙크하는 것처럼 서술하고 있다.

5)《빨간 모자》의 두 프랑스 원전은 《멜뤼진 Melusine》(1886~7) 제3권과 제6권(1892~3)에 나와 있다.

을 취하지 않았다는 것은, 그 소녀가 바보이거나 유혹당하기를 바랐거나 둘 중의 하나라고 볼 수 있다. 둘 중 어떤 경우에도 소녀는 그 해석에 적합한 인물이 아니다. 이 이야기의 세부 묘사를 보면 빨간 모자를 쓴 소녀는 어머니의 경고를 소홀히 하여 유혹을 당하고, 자기가 결백하다고 믿는 일을 즐기는 천진하고 매력적인 어린 소녀에서 다만 타락한 여자로 뒤바뀐다.

어린이에게 누군가가 옛이야기의 상세한 의미를 일러 준다면 그것은 어린이에게서 그 옛이야기의 가치를 파괴시켜 버리는 짓이다. 페로는 더 나쁘게 만들고 그렇게 하려고 애썼다. 모든 좋은 옛이야기는 여러 층위의 의미가 있게 마련이다. 어린이만이 그 순간의 자신에게 중요한 의미를 알 수 있다. 그 어린이가 어른이 되어 이러한 잘 알려진 이야기에서 새로운 측면을 발견하게 되고, 옛이야기이지만 어른이 된 지금의 자신에게 더 많은 것을 깨닫게 해 줌으로써 자신이 진정으로 이야기를 이해할 만큼 정말로 성숙했다는 확신을 갖게 되는 것이다. 이 과정은 이야기가 교훈적인 방식으로 이야기되지 않았을 경우에만 일어날 수 있다. 이전에 숨겨졌던 옛이야기의 의미는 어린이가 자발적이고 직관적으로 의미를 알았을 때만 발견된다. 이 발견은 어린이에게 강제로 주어진 의미에서 부분적으로는 자기가 창조하는 의미로 이야기를 바꾼다.

그림 형제는 이 이야기를 두 개의 판본으로 만들었는데 이것은 매우 드문 일이다.[6] 양쪽에서 이야기 제목과 여주인공을 "작은 빨간 모자"로 불렀다.

> 빨간 벨벳으로 된 작은 모자가 썩 잘 어울려서 그 소녀는 다른 모자는 전혀 쓰지 않기 때문이다.

---

6) 그림 형제의 옛이야기책은 《작은 빨간 모자》를 포함해서 1812년에 처음 발간되었는데, 페로가 그의 이본을 간행한 지 백 년도 더 지나서였다.

삼키겠다는 존재에 대한 위협은 《헨젤과 그레텔》과 마찬가지로 《빨간 모자》의 중심 주제다. 기본적인 심리적 별자리가 모든 사람의 성장에서 되풀이되면서 사람마다의 운명과 성격을 서로 다르게 이끌 수 있다. 모든 개인은 각기 저마다 다른 경험을 하고 또 어떻게 그 경험들을 해석하느냐에 따라 다양한 운명과 성격이 만들어진다. 이와 비슷하게, 몇 안 되는 기본 주제들을 가지고 옛이야기는 인간경험의 아주 다른 측면을 나타낸다. 어떻게 해서 그런 동기가 묘사되었고 어떤 맥락에서 사건이 발생하는가에 따라 모든 것이 바뀐다. 《헨젤과 그레텔》은 어머니에 대한 어린이의 의존적 집착을 강제로 포기하고 구순고착 oral fixation에서 벗어나도록 강요 받는 어린이의 고민과 어려움을 다루고 있다. 《빨간 모자》는 취학기 소녀가 무의식 속에서 오이디푸스적 집착에 빠져 있을 때 풀어야 할 결정적인 문제를 다루고 있다. 만약 소녀가 이를 해결하지 않는다면, 이는 무의식 속에 남아 유혹의 위험에 자신을 노출시키도록 충동질할 수 있다.

이 양쪽 이야기에서 숲 속의 집과 부모의 집은 같은 장소이지만 거기서 겪는 경험은 아주 다른데 그것은 심리적 상황의 변화 때문이다. 자신의 집에서 빨간 모자는 부모로부터 보호를 받고, 아주 유능하게 대처하고 있는 말썽이 없는 사춘기의 어린이다. 할머니의 집에서 소녀는 허약하고, 늑대와 마주친 뒤에 구제불능으로 무능력해졌다.

구순고착기에 속하는, 《헨젤과 그레텔》의 주인공들은 자기들을 버린 또는 집에서 떠나도록 강요한 나쁜 엄마를 상징적으로 나타내는 집을 뜯어먹을 생각만 하고, 마녀를 마치 요리할 음식인 것처럼 서두르지도 않고 오븐에서 태워 죽게 한다. 빨간 모자는 구순고착기를 벗어나서, 더 이상 파괴적인 구순의 욕망을 가지고 있지 않다. 구순고착이 상징적으로 식인주의 cannibalism로 바뀌는 《헨젤과 그레텔》의 중심 주제와 빨간 모자가 늑대를 처벌하는 '방식 사이의 심리학적 거리는 크다. 《빨간 모자》 속의 늑대는 유혹자지만, 이야기의 내용이 진행되는 동안, 늑대는 자연스럽지 않은 짓은 하지 않는다. 즉, 늑대는 살기 위해서 삼킨다. 그리고 비록 이 이야기에서 사용된 방법이 특별하긴 하지만 사람이 늑대를 죽이는 것도 마찬가지다.

빨간 모자의 집은 유복한 가정이다. 그래서 그 소녀는 구순기의 갈등을 넘어서는 중이며, 기쁘게 할머니에게 자기의 음식을 나누어 드리려고 한다. 빨간 모자에게는 부모의 집을 벗어난 세상이 결코 어린이가 길을 발견할 수 없었던 위험한 황무지가 아니다. 빨간 모자의 대문 밖에는 잘 알고 있는 큰 길이 있고 어머니가 경고했듯이 그 길을 벗어나지만 않으면 된다.

헨젤과 그레텔이 세상으로 떠밀려 나갔다면, 빨간 모자는 자발적으로 집을 떠났다. 그 소녀는 바깥 세계를 겁내지 않고 세상의 아름다움을 인식하였는데, 그러다 위험에 빠진다. 집과 의무를 벗어난 이 세계가 너무 매력적으로 보여서, 쾌락원리에 따라 살아가도록 이끌 수 있다.—빨간 모자는, 부모가 현실원리를 좋아하도록 가르친 데에 당연히 따르기를 포기했다고 추측된다.—그리고 나자 불행한 일이 발생하게 된다.

현실원리와 쾌락원리 사이에 흔들리고 있는 이 당혹감은 늑대가 빨간 모자에게 말하는 것에서 드러난다.

> "네 주위에 예쁘게 피어 있는 저 꽃들을 좀 보렴! 왜 넌 둘러보지 않니? 그리고 새들이 저렇게 아름답게 노래하는데 넌 신경도 쓰지 않는 것 같구나. 넌 마치 학교로 가는 애처럼 그저 앞만 보고 걸어가는구나. 생각해 보렴, 숲 속을 여기저기 거닌다는 게 얼마나 즐거운 일인지를!"

이것은 우리가 좋아하는 것을 할 것인가, 아니면 빨간 모자의 어머니가 출발할 때에

"숲으로 걸어가면 딴전 부리지 말고 길만 따라 얌전히 걸어가야 한단다. 그
리고 할머니 집에 들어갈 땐 공연히 여기저기 기웃거리지 말고 먼저 '안녕하
세요?' 라고 인사해야 하는 것도 잊지 말고."

라고 딸에게 훈계한 것처럼, 우리가 마땅히 해야 하는 것 사이의 갈등
이다. 어머니는 빨간 모자가 정해진 길을 벗어나려 하고, 어른들의 비밀
을 알아내려고 모퉁이마다 염탐하는 것을 이미 알고 있었다.

《빨간 모자》가 쾌락원리로 살 것인지 현실원리로 살 것인지를 생각하
는 어린이의 이중경향을 다루고 있다는 생각은 빨간 모자가 "꽃을 너무
많이 꺾어서 더 이상 갖고 갈 수가 없을 때"에야 꺾는 것을 그만둔다는 사
실에서 드러난다. 그 순간에 빨간 모자는 "한 번 더 할머니 생각을 하고
할머니 집으로 출발한다." 꽃을 꺾는 것이 더 이상 즐겁지 않자 본능이 물
러서고 빨간 모자는 자신의 의무를 깨닫는다는 것이다.[7)8)]

빨간 모자는 사춘기의 문제와 싸우고 있는 어린이다. 빨간 모자는 자
신의 오이디푸스적 갈등을 극복하지 못했기 때문에 정서적으로 아직 여
기에 대처할 준비가 되어 있지 않다. 빨간 모자가 헨젤과 그레텔보다 훨
씬 더 성숙하다는 것은 그 소녀가 세상과 접할 때 질문하는 태도에서 잘
나타난다. 헨젤과 그레텔은 빵으로 만든 집을 보고 놀라지도 않고 마녀가
어떤 존재인지 알려고 하지도 않는다. 빨간 모자는 사물을 알고 싶어하는
데, 그것은 어머니가 엿보지 말라고 지시한 주의사항에서 잘 나타난다.

7) 페로의 판본과 아주 다른 두 개의 프랑스 판본은 빨간 모자가 쾌락의 길을 따르길 선택했다는 것,
또는 의무의 길이 역시 관심을 끌었지만 적어도 더 쉬운 것을 선택했다는 것을 설명한다. 이 이야기
의 표현으로는 빨간 모자와 늑대가 갈림길에서 만난다. 그곳은 어느 길을 갈 지 중요한 결정을 해야
할 장소다. 늑대가 묻는다. "너는 어느 길을 택하겠니? 바늘이냐, 또는 핀이냐?" 빨간 모자는 핀의
길을 선택하는데, 한 판본이 설명한 바에 의하면, 핀으로는 묶기가 훨씬 쉽지만, 바늘을 가지고 재봉
질을 하여 꿰메는 것은 힘이 많이 들어서이다." 한때 바느질은 대다수의 어린 소녀가 해야 하는 일
거리였다. 상황은 현실원리에 따라 행동하기를 요구하지만, 바늘 대신에 핀을 사용하는 쉬운 길을
택하는 것은 쾌락의 원리를 따라 행동하는 것으로 이해된다.
8) 앞 글.

소녀는 할머니가 "매우 이상하게 보인다."는 것을 발견했을 때 뭔가 잘못되었다는 것을 알아차렸지만, 늑대가 늙은 부인의 차림새로 변장하여 혼란을 일으켰다. 빨간 모자는 상황을 이해하려고 애쓴다. 빨간 모자는 할머니의 큰 귀에 대해서 묻고, 큰 눈을 관찰하고, 넓적한 손과 무서운 입에 놀란다. 여기에 열거된 것은 네 가지 듣고, 보고, 만지고, 맛보는 감각이다. 사춘기의 어린이는 세상을 이해하려고 이 네 가지를 모두 사용한다.

《빨간 모자》의 상징 형식은 사춘기의 오이디푸스적 갈등의 위험에 직면한 소녀를 투사하고 그 소녀를 거기서 구함으로써, 갈등에서 자유로워지고 성숙할 수 있게 하는 것이다. 《헨젤과 그레텔》에서 매우 중요한 위치를 차지했던 어머니와 마녀라는 모성적 인물형은 《빨간 모자》에서는 별 의미없이 수그러진다. 여기서 어머니나 할머니는 아무것도 할 수 없을 뿐 아니라 위협할 수도 보호할 수도 없다. 이와 대조적으로 남성은 아주 중요한데, 두 가지 대립형으로 분리된다. 만일 그 남자에게 넘어간다면, 위험한 유혹자는 좋은 할머니와 소녀의 파괴자로 드러나는 인물형이다. 그리고 사냥꾼이 있는데 그 남자는 책임감 있고, 강하고, 소녀를 구출해 주는 부성적 인물 유형이다.

그것은 마치 빨간 모자가 남자의 인간성의 모든 측면을 경험하여 남성의 모순되는 본질을 이해하려고 노력하는 것 같다. 즉, 이기적이고 반사회적이고, 난폭하고, 잠재적으로 파괴적인 경향의 본능을 가진 늑대 유형과, 이타적이고, 사회성 있고, 사려깊고, 보호하는 성향의 자아인 사냥꾼의 측면이다.

빨간 모자는 보편적으로 널리 사랑받고 있는데 왜냐하면 주인공이 착하기는 하지만 유혹을 받았기 때문이다. 그리고 소녀의 운명은 우리에게 멋있어 보이는 모든 사람들의 좋은 의도를 믿는 것은 실제로는 함정에 빠질 여지를 남기는 것이라고 말해 준다. 만일 우리 안에 크고 나쁜 늑대와 같은 어떤 성향이 없다면, 그 늑대는 우리에게 아무런 힘도 발휘할 수 없을 것이다. 따라서 늑대의 본성을 이해하는 것이 중요하지만, 더욱더 중요한 것은 우리를 잡아 끄는 늑대의 매력이 무엇인지 아는 것이다. 천진난만함은 매력이 있지만, 평생동안 순진하게 남아 있다는 것은 위험하다고 호소하고 있다.

그러나 늑대는 남성 유혹자만은 아니다. 늑대라는 존재는 역시 우리 자신 안에 있는 모든 반사회적이고, 동물적인 경향을 대표한다. "오로지 한 마음으로 걸어가라."는 학교 다니는 어린이의 덕목을 포기하고, 의무를 포기함으로써 빨간 모자는 쾌락을 쫓는 오이디푸스적인 어린이로 되돌아간다. 늑대의 꾀임에 빠져, 빨간 모자는 늑대가 할머니를 삼킬 기회를 내주었다. 여기서 이 이야기는 소녀에게 풀리지 않은 채 남아 있던 오이디푸스적인 문제점에 대해 말하고 있으며, 빨간 모자를 늑대가 삼켰다는 것은 늑대가 모성적 인물을 죽일 수 있도록 행동한 빨간 모자에게 당연한 처벌이라고 말해 준다. 네 살짜리 어린이라도 빨간 모자가 늑대의 질문에 대답하여 할머니의 집에 갈 수 있는 자세한 길을 가르쳐 주는 대목에 이르러서는 놀라지 않을 수 없다. 그런 상세한 정보를 주는 목적은 무엇인가, 늑대가 그 길을 찾아갈 줄 몰랐을까 하고 어린이는 혼자 놀라워한다. 옛이야기가 이치에 맞지 않는다고 생각하는 어른만이 빨간 모자가 무의식적으로 지체해서 할머니가 늑대에게 잡혀 먹게 된 사실을 놓친다.

할머니 역시 비난받아야 한다. 어린 소녀에게는 자신을 보호할 강한 어머니상이 필요하며, 모방할 모델이 필요하다. 그러나 빨간 모자의 할머니는 어린이에게 좋은 것보다 자신의 필요성에 따랐음을 다음 구절에서 들려 준다. "할머니는 손녀딸에게 무언가를 주고 싶어 안달을 하곤 했습니다." 할머니가 어린이에게 너무 잘 해 주어서 버릇을 망쳤고, 어린이는 실제 생활을 하는 데 장애를 일으키게 되었다. 그것이 어머니이건 할머니이건 간에―어머니는 일단 빠진다.―이 나이 든 여성이 남성에게 매력적이기를 포기하고 지나치게 매력적인 빨간 모자를 딸에게 줌으로써 남성에 대한 매력을 전이시킨다면 그것은 어린 소녀에게 치명적이다.

《빨간 모자》 전편을 통하여, 제목이 소녀의 이름으로 나타나듯이, 빨간 색이 강조되고, 소녀는 공개적으로 빨간 모자를 쓰고 다닌다. 빨간 색은 난폭한 감정을 상징하는 색깔이며, 성적인 감정을 많이 내포하고 있다. 할머니가 이같이 작은 소녀에게 준 빨간 벨벳 모자는 성적인 매력을 미성숙한 어린이에게 전이시키는 상징으로 조망될 수 있으며, 그것은 더 나아가서 늙고 병든 할머니, 너무 허약해서 문조차 열 수 없는 할머니에 의해서 더욱 강조된다. 《빨간 모자》란 명칭은 이 이야기에서 여주인공의 이런 특성이 중요한 열쇠임을 가르쳐 준다. 그것은 빨간 색의 모자뿐 아니라, 소녀를 암시한다. 소녀가 너무 어려서 그 모자를 쓰기에 적당하지 않은 게 아니라, 이 빨간 모자가 상징하는 것을 다루기에 적합치 않고, 모자를 씀으로 해서 생길 문제를 처리하기에도 적합치 않은 것이다.

빨간 모자의 위험은 싹트기 시작하는 성욕이다. 왜냐하면 소녀는 정서적으로 충분히 성숙하지 못했기 때문이다. 심리적으로 성적인 경험을 할 준비가 되어 있는 사람은 그것을 처리할 수 있고 그것 때문에 성숙한다. 그러나 미성숙한 성욕은 퇴행적인 경험이며, 우리 안에 있는 모든 원시적인 것을 불러일으켜서 우리를 집어삼키려고 위협한다. 미성숙하고 성에 대한 준비가 되어 있지 않으면서도 성이 불러일으키는 강한 성적 감정에 노출된 사람은 그것에 대처하기 위해서 퇴행하여 오이디푸스적인 길로 뒷걸음질쳐 떨어진다. 그런 사람이 성문제를 극복할 수 있다고 믿는 유일한 길은 자신보다 더 경험이 많은 경쟁자를 제거하는 것이다. 그래서 빨간 모자는 늑대에게 할머니 집으로 가는 자세한 길을 일러 주었다. 이렇게 함으로써, 소녀는 자신의 이중경향을 보여 준다. 늑대에게 할머니가 계신 집의 방향을 가리키면서, 빨간 모자는 마치 늑대에게 "날 좀 내버려 둬. 할머니에게나 가 봐. 할머니는 성숙한 여자야. 네가 표현하는 것에 잘 대처할 수 있을 거야. 그러나 나는 아니야."라고 말하는 것같이 행동한다.

옳은 일을 하려는 소녀의 의식적 욕망과 어머니(할머니)를 이기려는 무의식적인 소망 사이의 투쟁이 소녀와 그 이야기를 사랑받게 하고 소녀를 그토록 숭고한(최고의) 인간으로 만든다. 많은 사람들처럼 우리가 어린 아이이고 그와 같은 내적 이중경향에 사로잡혔을 때 우리의 대부분이 그러했듯이, 그 문제를 누군가 다른 사람, 즉 노인, 부모, 혹은 부모를 대신할 누군가에게 밀어 버리려고 할 것이다. 그러나 이렇게 해서 위협적인 상황을 회피하려고 했기 때문에 빨간 모자는 거의 죽을 뻔한다.

앞에서 언급했듯이 그림 형제는 《빨간 모자》에 중요한 변이를 주는데, 그것은 본질적으로 기본 줄거리에 이야기 하나가 덧붙여진 것이다. 변이형에서는 뒤에 빨간 모자가 다시 할머니에게 케이크를 가지고 가고, 또 다른 늑대가 바른(도덕적인) 길에서 벗어나도록 유혹하는 줄거리가 나온다. 이번에는 소녀가 할머니에게 달려가서 모든 것을 이야기한다. 두 여자는 함께 문을 안전하게 막고 늑대는 들어올 수 없다. 결말에서 늑대는 지붕에서부터 물이 가득 찬 물통으로 미끄러져 빠진다. 그 이야기는 "그리하여 빨간 모자는 가벼운 마음으로 집에 돌아왔으며 오는 동안 아무도 그 소녀를 해치려 하지 않았습니다."로 끝난다.

이 변이는 이야기를 듣는 이가 만족을 느끼도록 공들여 만들었다. 힘든 경험을 한 뒤에 소녀는 자기가 결코 늑대(유혹자)와 대적할 만큼 충분히 성숙하지 않았다고 느꼈고, 어머니와 동맹을 맺어 일을 잘 꾸밀 준비를 한다. 이것은 상징적으로 소녀가 처음 늑대를 만났을 때처럼 위협에 대해 아무 생각도 하지 않는 것이 아니라, 위협을 느끼자마자 할머니에게 달려가는 것으로 표현된다. 빨간 모자는 어머니(할머니)와 함께 일하고 할머니의 충고를 따른다. 이어서 할머니는 빨간 모자에게 소시지를 요리한 물을 물통에 채우라고 말한다. 그 소시지 냄새가 늑대를 자극하여 늑대는 물통에 빠지게 된다. 그래서 두 사람이 함께 쉽게 늑대를 이긴다. 어린이는 이같이 같은 성의 부모와 강한 동맹 관계를 형성할 필요가 있다. 부모와의 동질성을 통해서 그리고 부모로부터 의식적으로 배움으로써, 어린 이는 어른으로 성장하는 데 성공할 것이다.

옛이야기는 우리의 의식과 무의식에다 말하니까 모순을 제거할 필요가 없다. 그래서 모순들은 쉽게 우리의 무의식 속에 공존한다. 아주 다른 의미 층위에서 보면 소녀와 할머니에게 같이 생기는 일과 할머니에게 생기는 일은 매우 다르게 보일 수 있다. 이야기를 바르게 듣는 사람은 왜 늑대가 빨간 모자를 만난 첫번째 기회에 잡아먹지 않았는지 궁금해 한다. 전형적으로 페로의 이본은 외견상 합리적인 것 같다. 즉, 소녀를 삼키려던 늑대는 가까이 있던 나무꾼들이 두려워서 그렇게 못했을 것이라고 말한다. 페로의 이본에서 늑대는 내내 남성 유혹자이기 때문에 나이 든 남자가 남들이 보고 듣는 데서 어린 소녀를 유혹하는 것은 겁날 수 있다는 게 이치에 맞을 것이다.

그림 형제의 이야기에서는 상황이 아주 다르다. 여기에서는 늑대의 과도하게 지나친 욕심이 소녀를 삼키는 일을 지연시켰다고 다음과 같이 설명하고 있다.

> 늑대는 혼자 생각했다. "저 어리고 가냘픈 것, 얼마나 토실토실하고 한 입에 들어갈 만한가? 늙은 것보다 훨씬 맛있겠다. 재주껏 해서 양쪽을 모두 잡아 먹어야지."

그러나 이 설명은 이치에 맞지 않는다. 왜냐하면 늑대는 바로 그 자리에서 빨간 모자를 잡을 수 있었고, 후에 이야기대로 할머니에게 계략을 쓸 수 있었다.

빨간 모자를 잡기 위해 먼저 할머니를 없애야 한다면 그림 형제의 이본에서 보여지는 늑대의 행동은 이치에 닿기 시작한다. 할머니가 주위에 있는 한, 빨간 모자는 늑대의 것이 되지 않을 것이다.[9] 그러나 일단 어머니 (할머니)가 눈에 안 보이면, 자기 마음대로 행동할 길이 열려 있는 것 같이 보이는데, 욕망은 어머니가 주위에 있는 한 억압된 채 남아 있다. 이 층위에서 보면 이야기는 아버지(늑대)로부터 유혹당하고 싶은 딸의 무의식적 소망을 다루고 있다.

초기 오이디푸스적 그리움이 사춘기에 재개되면서, 아버지를 그리는 소녀의 소망, 아버지를 유혹하고 싶은 소녀의 마음, 그리고 아버지에게 유혹당하고 싶은 소녀의 욕망이 다시 활동하게 된다. 그때 어머니로부터 아버지를 떼어 놓으려는 욕망 때문에, 소녀는 아버지는 아니더라도, 어머니로부터 몹시 혼이 나야 마땅하다고 느낀다. 상대적으로 잠자던 초기의 감정이 어른이 되어 재각성되는 것은 오이디푸스적 감정에 한정되지 않는다. 그보다 더 어릴 때의 불안과 욕망도 이 시기에 다시 나타난다.

다른 층위로 해석하면, 우리는 늑대가 소녀와 최초로 잠자리를 같이 하고 싶었기 때문에 소녀를 만나자마자 삼키지 않았다고 말할 수 있다. 즉, 둘 사이의 성적인 만남이 "잡아먹히는" 존재로서의 소녀보다 앞선다. 대부분의 어린이들은 성행위 도중 한쪽이 죽는 동물에 대해서 모르지만, 이 파괴적인 함축성은 어린이의 의식과 무의식에서 아주 생생하다. 그러므로 대부분의 어린이들은 기본적으로 성행위를 한쪽 상대자가 다른 쪽에게 저지르는 난폭한 행동으로 본다. 나는 어린이의 무의식 속에서는 성적인 흥분과 불안, 그리고 폭력이 등가물이라고 생각한다. 듀나 반즈 Djuna Barnes는 이렇게 쓴 바 있다.

> 어린이들은 자기들이 말할 수 없는 어떤 사실을 알고 있고, 어린이들은 빨간 모자와 늑대가 침대에 있는 것을 좋아한다.[10]

---

9) 그것은 오래 전 농경 문화에서, 어머니가 죽었을 때 가장 나이 많은 딸이 모든 면에서 어머니의 자리를 계승했다는 것만을 의미하지는 않는다.

어린이의 성에 대한 지식을 특징 짓는 이 대립적인 감정의 이상한 일치가 《빨간 모자》에서 구체화되기 때문에, 그 이야기가 어린이들에게 무의식적으로 굉장한 매력을 갖고 있으며, 어른은 성에 대한 자신의 어린 시절의 환상을 거기서 희미하게 기억한다.

이 주의를 끄는 감정을 다른 예술가도 표현한 바 있다. 구스타프 도레 Gustave Doré는 자신의 유명한 옛이야기의 삽화에서, 빨간 모자와 늑대가 함께 침대에 있는 것을 보여 준다.[11] 이 삽화를 보면 늑대는 다소 차분하게 그려졌다. 그러나 소녀는 자기 곁에서 쉬고 있는 늑대를 보면서 강력한 양면 감정에 휩싸여 있는 모습으로 나타난다. 소녀는 도망치기 위해 움직일 수가 없다. 소녀는 그 상황에 압도당하고, 동시에 매혹되고 사로잡힌 듯이 보인다. 소녀의 얼굴과 몸에 제시된 감정 결합은 매력적으로 잘 묘사되었다. 그것은 성을 둘러싼 모든 것과 성이 어린이의 마음을 지배하고 있는 것과 같은 환상이다. 듀나 반즈의 진술로 돌아가면, 이것은 빨간 모자를 쓴 소녀와 늑대의 관계에 대해 느끼는 것이지만, 말해 줄 수는 없는 것이다. 그리고 그것을 말해 줄 수 없다는 사실이 그 이야기를 그렇게 매력적으로 만들어 준다는 것이다.

그것은 굉장한 흥분과 굉장한 불안을 동시에 경험하는 성에 대한 "죽음과 같은" 매력이고, 이 매력이 어린 소녀의 아버지에 대한 오이디푸스적 갈망으로 나아가고, 사춘기에는 다른 형태로 재활성화되어 나아간다. 이 감정이 다시 나타날 때에는 언제나, 아버지를 유혹하려는 어린 소녀의 기질에 대한 기억을 불러일으키고, 그와 함께 아버지로부터 유혹받고 싶은 욕망에 대한 기억을 불러일으킨다.

페로의 묘사가 강조하는 것이 성적인 유혹에 관한 것인 반면에 그림 형

---

10) 듀나 반즈, 《밤숲 Nightwood》(New York, New Directions, 1937). 엘리엇 T. S. Eliot, 밤숲의 서문 참조.
11) 도레는 《다시 구연된 옛이야기 Fairy Tales Told Again》(London, Cassel, Petter and Galpin, 1872)의 삽화를 그렸다. 그 삽화는 앞에서 언급한 오피에 부부의 책에 다시 실렸다.

제의 이야기에서는 그 반대다. 그림 형제의 이야기에서는 어떤 성욕도 직접 또는 간접으로 언급되지 않는다. 그것은 미묘하게 함축되어 있을 수 있지만, 본질적으로 듣는 이는 그 이야기를 이해하기 위해 생각을 보충해야 한다. 어린이의 정신에는 성적인 함축성이 마땅히 전의식으로 남아 있다. 의식에서 어린이는 꽃을 꺾는 행위는 아무런 잘못이 없다는 사실을 알고 있다. 잘못된 것은 어머니(할머니)에게 갖다 드려야 할 중요한 임무를 수행해야 할 때에 어머니께 복종하지 않았다는 것이다. 어린이에게 정당한 것으로 보이는 흥미와 부모가 자기에게 하기 바라는 것을 아는 것 사이에 주된 갈등이 있다. 그 이야기는 어린이가 해가 안 되는 욕망이라고 생각하는 것에 넘어가는 것이 얼마나 위험한지 알지 못하니까, 어린이는 이 위험에 대해 배워야 한다는 것을 암시한다. 또는 그 이야기가 경고하듯이, 인생은 비싼 댓가를 치를 때에야 어린이들에게 위험을 가르쳐 줄 것이다.

《빨간 모자》는 사춘기 어린이의 내면 과정을 형상화한다. 즉, 늑대는 어린이가 부모의 충고를 듣지 않고 성적으로 행동하여 유혹에 빠지고, 유혹당할 때 느끼는 악의 형상화이다. 부모가 어린이에게 제시해 준 길에서 벗어났을 때 어린이는 "악"과 마주치게 되며, "악"이 자신과 자신이 배신한 부모를 삼켜 버릴 것이라고 두려워한다. 그러나 이야기가 전개됨에 따라 "악"에서 재기할 수 있게 된다.

자기의 본능의 유혹에 넘어가서 어머니와 할머니를 배반한 "빨간 모자"와 달리, 사냥꾼은 자신의 감정에 사로잡히지 않았다. 그 남자가 할머니의 침대에서 잠자고 있는 늑대를 처음 발견했을 때의 반응은 "마침내 네 놈을 찾아냈군. 늙은 죄인아, 난 널 오랫동안 찾아다녔어."였고, 그런 다음 사냥꾼은 즉시 늑대를 쏴 죽이려고 했다. 그러나 그의 자아(혹은 이성)는 본능(늑대에 대한 분노)의 신호에도 불구하고 늑대를 즉시 쏴서 분노에 휩싸이기보다 할머니를 구하는 게 더 중요하다고 깨닫는다. 사냥꾼

은 그 동물을 쏴 죽이는 대신에, 자신을 억제하고, 조심스럽게 가위로 늑
대의 배를 갈라서, 빨간 모자와 할머니를 구출한다.

소년 소녀들에게는, 사냥꾼이 가장 매력적인 인물인데, 왜냐하면 그 남
자가 착한 사람을 구하고 악한 자를 처벌하기 때문이다. 어린이들은 모두
현실원리에 복종하는 데에 어려움을 겪는다. 그리고 자기 인간성에 내재
하는 본능과 자아, 초자아라는 측면 사이의 갈등이 늑대와 사냥꾼의 대립
적인 모습임을 쉽게 깨닫는다. 사냥꾼의 행동에서 폭력(배를 가르는 일)
은 최고의 사회적 목적(두 여성을 구출하는 일)을 이루려는 것이다. 어린
이는 누구도 사냥꾼의 난폭한 성향이 건설적으로 보인다고 생각하지는
않지만, 그 이야기는 어린이들이 느낄 수 있는 사실을 보여 준다.

《빨간 모자》에서는 제왕절개 수술을 하듯이 늑대의 배를 갈라야 한다.
이같이 임신과 출산의 개념이 암시된다. 거기서 성관계의 연상이 어린이
의 무의식에서 환기된다. 어떻게 태아는 엄마의 뱃속에 들어가나? 하는
사실은 어린이를 놀라게 하고, 그것은 오직 엄마도 늑대처럼 어떤 것을
삼켜서 생기게 할 수 있다고 결정지어 버린다.

왜 사냥꾼은 늑대를 "늙은 죄인"이라고 말하고 늑대를 오랫동안 찾으
려고 애썼다고 말할까? 이 이야기에서 유혹자가 늑대로 불려지듯이, 유
혹하는 사람, 특히 어린 소녀가 목표인 유혹자는 오랜 옛날부터 오늘날까
지 "늙은 죄인"으로 보통 불리우고 있다. 다른 층위에서 보면, 늑대는 또
한 사냥꾼 내부에 있는 수용할 수 없는 경향을 대표한다. 우리는 모두 때
때로 우리 내부의 동물적인 성향을 드러내는데, 그것은 목적을 달성하기
위해 난폭하거나 무책임하게 행동하려는 우리의 성향에 대한 직유이다.

결말에서 사냥꾼이 가장 중요한 반면에, 우리는 그 남자가 어디서 왔으
며, 또 빨간 모자와 어떤 관계인지 모른다. 단지 그 남자가 소녀를 구출한
것이 전부다. 《빨간 모자》의 아버지는 언급되지 않았는데, 아버지가 나타
나지 않은 것은 이런 종류의 옛이야기에서는 특별한 일이다. 이것은 아버

지가 존재하지만, 숨겨진 형태로 존재함을 암시한다. 소녀는 어려울 때에 자기를 구출하러 올 아버지를 확실히 기대한다. 그리고 특히 그 감정들은 아버지를 유혹하고 아버지에게 유혹당하고 싶은 바람의 결과다. 여기서 "유혹"이 의미하는 것은 누구보다도 더 자신을 사랑하도록 아버지를 유혹하려는 소녀의 욕망과 노력이며, 아버지가 누구보다도 더 자신을 사랑하도록 노력해야 하는 소녀의 소망이다. 그런데 아버지는《빨간 모자》에서 오이디푸스적 감정을 휩싸는 위험의 형상인 늑대와, 어린이를 보호하고 구출하는 일을 하는 사냥꾼이란 두 가지 대립되는 형식으로 표현된다.

사냥꾼은 늑대를 즉각 총으로 쏴 죽이고 싶었지만, 그렇게 하지 않는다. 소녀를 구한 뒤 늑대의 뱃속에 돌멩이를 넣자는 생각은 작은 빨간 모자의 생각이다. "그리고 늑대는 깨어나서 껑충 뛰려고 했지만, 뱃속에 든 돌멩이가 너무 무거워 걷지 못하고 쓰러져 죽었다." 늑대를 어떻게 할 것인지 실제로 처리하는 것은 자연스럽게 빨간 모자의 일이다. 만약 앞으로 소녀가 안전하려면 스스로 유혹자를 없애야만 한다. 만약 이 일을 아버지인 사냥꾼이 대신해 주었다면, 스스로 그 유혹자를 없애지 않았기 때문에, 빨간 모자는 절대로 자신의 연약함을 극복했다고 느끼지 못할 것이다.

늑대가 자신이 저지른 일로 인해 죽어야만 한다는 것은 옛이야기식으로 정의를 실현하는 것이다. 즉, 늑대의 탐욕스런 식욕이 파멸의 원인이다. 늑대가 자기 뱃속에 불법으로 어떤 것을 넣으려고 했으므로 그런 일이 생긴 것이다.[12][13]

빨간 모자와 할머니를 구하기 위해 늑대의 배를 가른 순간, 늑대가 죽지 않은 데에는 또 다른 이유가 충분히 있다. 옛이야기는 어린이들이 불

---

12) 어떤 판본에서는 빨간 모자의 아버지가 우연히 등장하여, 늑대의 목을 자르고 두 여성을 구출한다. 아마도 늑대의 밥통을 가르는 것에서 머리를 자르는 것으로 바뀐 것은 그 일을 한 사람이 빨간 모자의 아버지였기 때문인 것 같다. 아버지가 자기의 딸이 일시적으로 갇혀 있었던 위장을 가르는 것은 딸과 연관된 성적인 행동을 하는 아버지를 제시하여 편안하지 못하다.
13)《빨간 모자》의 또 다른 이본은 앞에서 언급한 볼테 Bolte와 폴리프카Polivka의 책 참조.

필요하게 고민하지 않도록 막고 있다. 만약 늑대가 제왕절개 수술로 배를 갈랐을 때 죽었다면, 그 이야기를 듣는 사람들은 엄마의 몸에서 나온 어린이가 엄마를 죽인다는 두려움을 느낄 수 있다. 그러나 만약 늑대가 배를 갈라서 죽은 것이 아니고 단지 뱃속에 든 돌멩이 때문에 죽었다면, 그것은 어린이들이 고민할 근거가 되지 않는다.

빨간 모자와 할머니가 정말로 죽진 않았지만, 다시 새롭게 태어난 것은 분명하다. 만약 여러 가지 매우 다양한 옛이야기에서 중심을 이루는 주제가 있다면, 그것은 더 높은 단계로 재생하는 것이다. 어른들도 마찬가지이지만 어린이들이 더 높은 단계로 재생하기 위해 요구되는 발전적 단계를 밟아나간다면, 더 높은 존재 형태에 도달할 수 있다고 믿을 수 있다. 이것은 가능할 뿐만 아니라 어린이들에게 엄청난 호소력을 발휘한다. 왜냐하면 그런 이야기는 어린이들이 이와 같은 변화를 이룰 수 없을 것이거나 혹은 어린이들이 변화하는 과정에서 너무 많은 것을 잃어 버릴 것이라는 선입관적 공포와 싸우기 때문이다. 예를 들어, 《오누이 Brother and Sister》에서 두 사람이 변화를 겪은 후에도 서로를 잃지 않고 함께 더 좋은 삶을 사는 것은 이런 이유다. 왜 빨간 모자는 구출된 후 더 행복한 소녀가 되었나, 왜 헨젤과 그레텔이 집으로 돌아온 후 훨씬 더 좋아졌는가의 이유도 마찬가지다.

오늘날 대부분의 어른들은 옛이야기에서 말하고 있는 이야기를 문자 그대로 취하려는 경향이 있는데, 이와 달리 옛이야기는 결정적인 인생 경험의 상징적 표현이라고 봐야 한다. 어린이는 비록 명백히 "알고" 있지 못하지만 이것을 직관으로 이해한다. 늑대가 소녀를 삼켰을 때 빨간 모자가 "정말로" 죽은 것은 아니라고 설명한다면, 이것은 어린이에게 어른들이 자신을 얕잡아 보고 일부러 자상하게 해 주는 이야기로 들린다. 이것은 성서에 나오는 큰 물고기에게 삼켜진 요나 Jonah가 "정말로" 죽지 않았다고 말하는 것과 같은 일이다. 이 이야기를 듣는 사람은 누구나 직관적으로 요나가 그 물고기의 뱃속에 들어 있었던 것은 목적이 있었다고 알고 있다. 즉, 고기의 뱃속에 들어가야 요나는 더 좋은 사람으로 살아서 돌아올 것이기 때문이다.

빨간 모자를 늑대가 삼킨 것은 이런 옛이야기의 주인공이 한 번씩 경험하는 여러 가지 죽음과 마찬가지로 결코 그 이야기의 끝이 아니고 이야기에 필요한 부분임을 어린이는 직관적으로 알고 있다. 어린이는 역시 늑대에게 유혹당하도록 자신을 내버려두는 소녀로서의 빨간 모자는 이미 "죽었다"고 이해한다. 그리고 이야기에서 늑대의 뱃속에서 꼬마 소녀가 튀어나왔다고 말할 때, 그 소녀는 또 다른 사람으로 살아갈 것임을 이해한다. 이런 장치는 필요한 것이다. 왜냐하면 어린이는 점차 한 사물이 또 다른 것으로 대치되는 것을(악한 계모가 착한 엄마로) 이해할 수 있으면서도, 내적인 변형은 아직 이해할 수 없기 때문이다. 그래서 옛이야기를 들으면서 어린이가 그런 변모가 가능하다고 믿는 것은 옛이야기의 커다란 장점이다.

의식적이거나 무의식적으로 그 이야기에 마음이 깊이 쏠린 어린이는 늑대가 할머니와 소녀를 삼킨다는 것의 의미는 두 사람이 일시적으로 세계를 잃어버리고, 접촉하는 능력을 잃어 버리고, 세상에 영향을 끼칠 능력을 잃어버리는 것이라고 이해한다. 그래서 어떤 외부 사람이 소녀와 할머니를 구하러 나타나야 한다. 어머니와 어린이를 구출할 사람이 아버지 말고 또 누가 있겠는가? 빨간 모자는 현실원리 대신에 쾌락원리에 바탕을 두고 행동하도록 유혹하는 늑대의 꾀에 넘어갔을 때, 함축적으로 존재의 더 초기 형태이며, 더 큰 원시 상태로 돌아갔던 것이다. 전형적인 옛이야기 유형에서, 소녀가 더 원시적인 삶의 단계로 돌아간다는 것은 어린이들이 극단적으로 생각하듯이 자궁 속 태어나기 이전의 존재로까지 가는 과정을 인상적으로 과장한 것이다.

그러나 왜 할머니도 소녀와 같은 운명을 경험해야 할까? 왜 할머니도

"죽어서" 존재의 더 낮은 상태로 환원되나? 이것은 어린이가 죽음을 생각하는 방식과 같은 선에서, 즉 이 사람은 더 이상 필요하지 않고 쓸모가 없다는 의미로 생각해야 한다. 할머니는 어린이에게 쓸모가 있어야 한다. 할머니는 어린이를 보호하고 가르칠 수 있고 기를 수 있어야 한다. 그렇지 못할 때는 할머니들도 존재의 낮은 형태로 환원된다. 빨간 모자와 마찬가지로 늑대에 대항할 수 없으니까, 할머니도 소녀와 같은 운명으로 환원된 것이다.[14]

옛이야기는 빨간 모자와 할머니가 늑대에게 잡아먹혔을 때 죽지 않았음을 확실하게 한다. 이것은 빨간 모자가 자유로워졌을 때 취한 행동으로 명백해진다.

> 어린 소녀는 소리치며 튀어나왔다. "오, 얼마나 무서웠는지 몰라요! 늑대의
> 뱃속은 정말 캄캄했어요."

놀랐다는 것은 사람이 살아 있었다는 의미이고, 더 이상 생각하거나 느낄 수 없는 죽음과 반대되는 상태를 말한다. 빨간 모자의 공포는 어둠에 대한 공포로써, 자기 행동으로 인해 소녀는 더 높은 의식을, 자기 세계에 빛을 주는 의식을 잃었기 때문이다. 또는 자신이 잘못을 저질렀고 더 이상 부모가 보호하지 않을 것이라고 느끼는 어린이는 공포스러운 밤의 어둠이 자신을 지배한다고 느낀다.

《빨간 모자》뿐 아니라 모든 옛이야기 문학에서, 인생의 만족을 누린 노인의 죽음과 달리 주인공의 죽음은 몰락을 상징한다. 실패한 죽음은 때가 되기 전에 잠자는 미녀를 얻으려고 하다가 가시에 처벌당하는 남자들처

---

14) 이런 해석은 그림 형제가 쓴 두 번째 판본에서 입증된다. 그것은 두 번째로 늑대가 찾아왔을 때 할머니가 어떻게 빨간 모자를 보호하고, 성공적으로 늑대를 처치하는 계획을 수립하는지를 보여 준다. 이것이 (조)부모에게 기대되고 있는 행동 방식이다. 만약 이렇게만 행동한다면, (조)부모나 어린이는 늑대가 아무리 영리하더라도 늑대를 두려워할 필요가 없다.

럼, 바보스럽게도 미성숙하여 주어진 임무를 충분히 수행할 수 없는 사람을 상징한다. 그런 사람은 모두 임무를 성공적으로 수행할 수 있을 때까지 더 많은 성장의 경험을 치러야 한다. 옛이야기에서 앞서 죽은 사람들은 주인공의 미성숙한 초기 단계를 형상화한 것에 지나지 않는다.

내부의 어둠(늑대 뱃속의 어둠)에 투사되었던 빨간 모자는, 새로운 빛을 감상할 준비가 되었으며 자기가 갖추어야 할 정서적 경험을 더 잘 이해할 준비가 되었고, 아직까지는 소녀를 뒤흔들 수 있으므로 피해야 할 정서적 경험들을 더 잘 이해하게 되었다. 《빨간 모자》 같은 옛이야기를 통해서, 어린이는 비록 전의식 단계이지만 우리를 휩싸는 그 경험들은 바로 우리 안에서 다룰 수 없는 내적 감정 때문에 일어나는 것이라고 이해하기 시작한다. 일단, 우리가 그 감정을 체득하면, 늑대를 만나도 더 이상 두려워할 필요가 없다.

이것은 이야기의 결말 문장에서 강화된다. 결말에서는 빨간 모자가 절대로 다시는 늑대를 만나는 위험을 겪지 말라고 말하거나 숲 속에 혼자 가지 말라고 말하지 않는다. 반대로 결말은 함축적으로 문제가 생기는 상황에서 어린이가 도망치는 것은 잘못된 해결이라고 경고한다.

이야기의 결말은 다음과 같다.

> 그러나 빨간 모자는 생각했다. "앞으로 어머니가 길에서 벗어나 숲 속으로 들어가지 말라고 하시면 꼭 어머니 말씀대로 해야지." 하고 결심했습니다.

가장 당혹스러웠던 경험에 의해 뒷받침되고 있는 이런 내면의 대화로 인해, 빨간 모자가 의식적으로 준비되었을 때 자신의 성욕과 마주치게 된다면 매우 다른 결과를 낳을 것이다. 즉, 소녀가 성에 대한 준비가 되었을 때는 어머니도 찬성할 것이다.

어머니도 초자아도 없이 바른 길에서 이탈하는 일은 어린 소녀가 더 높은 단계의 인간성을 이루는 데 일시적으로 필요했다. 소녀는 경험을 통해 자신의 오이디푸스적 욕망에 지는 것이 스스로를 위험하게 만들었다고 느꼈다. 소녀는 어머니에게 반항하지 않는 것이 더 낫고, 남성의 위험스러운 면을 유혹하려고 하거나 스스로 유혹당하도록 방임하지 않는 것이 더 낫다고 배웠다. 이중적인 욕망에도 불구하고, 아버지가 유혹적인 측면을 보이지 않을 때, 아버지가 나타내는 보호의식을 한 동안 더 오래 지니는 것이 훨씬 좋다는 것을 배웠다. 소녀는 삶의 위험을 헤쳐 나가려면 어머니와 아버지를 인정하며 부모의 가치를 보다 깊고 어른스런 방식으로 체득하여 자신의 초자아로 만드는 것이 더 낫다고 배웠다.

현대에 오면《빨간 모자》에 대응할 만한 동화들이 많이 있다. 오늘날의 많은 어린이용 문학작품과 비교할 때 옛이야기의 심오성이 두드러진다.

예를 들어 데이비드 리에즈만 David Riesman은《빨간 모자》를 현대 창작동화《기관차 투틀 Tootle the Engine》과 비교한다. 이 이야기는 이십년 전에 백만 부가 팔린 인기 있는 책이다.[15] 이 책에서는 의인화된 꼬마 기관차가 큰 유선형 열차가 되는 것을 배우려고 기관차 학교에 간다고 기술하였다. 빨간 모자처럼 투틀은 궤도 위에서만 움직이도록 명령을 받았다. 역시 꼬마 기관차는 궤도를 이탈하고 싶은 유혹을 받았는데, 꼬마 기관차가 들판에 핀 예쁜 꽃 사이에서 노는 것을 좋아해서다. 투틀이 빗나가는 것을 막기 위해 마을 사람들은 힘을 모아 좋은 계책을 세우는 데 모두 참여한다. 다음에 투틀은 좋아하는 목초지를 거닐려고 궤도를 떠난다. 꼬마 기관차가 방향을 바꿀 때마다 어디서나 빨간 깃발이 정지시켜서, 결국 꼬마 기관차는 다시는 궤도를 벗어나지 않겠다고 약속한다.

오늘날 우리는 이 이야기가 빨간 깃발 같은 반대되는 자극을 받아 행실을 고치는 예라고 볼 수 있다. 투틀은 변하고, 이야기는 투틀이 삶의 방식

---

15) 크램프턴 Gertrude Crampton,《기관차 투틀》(New York, Simon and Schuster, 1946).

을 수정하여 큰 유선형 열차가 되려고 성장한다는 결말로 끝을 맺는다. 투틀의 이야기는 본질적으로 어린이가 덕목이란 좁은 길에 머무르라는 경고성 이야기로 보인다. 그러나 옛이야기와 비교할 때 《기관차 투틀》은 얼마나 깊이가 없는가? 《빨간 모자》는 인간의 열정, 구순적 탐욕, 반항, 그리고 사춘기의 성적인 욕망을 이야기한다. 여기서 더 초기의 식인주의적 형태(늑대가 할머니와 소녀를 삼켜버린 일)에 대하여 성숙기의 어린이가 교육받은 구순성(할머니에게 맛있는 음식을 가져가는 일)이 대립을 이룬다. 두 여자를 구하고 늑대의 배를 가르고 뱃속에 돌을 집어 넣어서 늑대를 파멸시키는 일을 포함한 그 난폭함과 더불어, 옛이야기는 세상이 장미빛이라고 보여 주지 않는다. 그 중간 이야기는 소녀, 어머니, 할머니, 사냥꾼, 그리고 늑대의 인물형으로 구성되며 "각자 자신의 일을 하고 있는 것"으로 끝난다. 늑대는 멀리 달아나려고 애쓰다가 죽게 되고, 늑대가 죽은 후에 사냥꾼은 늑대의 가죽을 벗겨서 집에 가져온다. 또 할머니는 빨간 모자가 가져온 과자를 먹고, 빨간 모자는 교훈을 배운다. 여기에는 이야기의 주인공에게 사회가 요구하는 방식으로 자신을 수정하라고 강요하는, 어른의 공모가 없다. 즉, 내향성 inner-directedness의 가치를 부정하는 과정이 없다. 타인이 소녀에게 그렇게 하라는 것이 아니라, 빨간 모자의 경험이 소녀를 변화시켜서, 소녀는 스스로 약속한다.

"살아 있는 한, 숲 속 길로 달려가지 않을 테야……."

삶의 진실과 우리의 내적인 경험 양쪽에 더 진실한 것은 "투틀" 이야기와 비교하면 옛이야기 쪽이다. "투틀" 이야기는 기차는 궤도를 달리고, 빨간 깃발은 기관차를 멈추게 한다는 식의 무대의 소도구와 같은 사실적인 요소를 사용한다. 장식은 충분히 현실적이지만 본질적인 것은 비현실적이다. 왜냐하면 한 어린이가 자기 방식을 수정하는 것을 돕기 위해서

한 마을의 전체 주민이 하는 일을 중지하지는 않는다. 또한 투틀의 존재
를 위협하는 실제적인 위험은 전혀 없다. 그렇다. 투틀은 자기 방식을 수
정하는 데에 도움을 받았다. 그러나 성장 경험에 내포된 것은 더 크고 더
빠른 기차가 되는 것뿐이다. 즉, 외적으로 가장 성공하고 유능한 어른이
되는 것이 전부다. 여기에는 내적 고민에 대한 인식도 없고 우리 존재를
유혹하는 위험도 없다. 리에즈만의 글을 인용해 보자.

> 여기에는 《빨간 모자》의 가차없는 엄격함이 없이, 시민이 투틀에게 은혜를
> 베푸는 거짓 정보로 대치되어 있다. 투틀 이야기 어디서도 이야기 주인공의
> 내적 심리 과정과 성장과 관련된 정서적 문제가 겉으로 드러나지 않아서, 어
> 린이가 성숙의 정서적 문제에 부딪혔을 때 내적 심리 과정을 해결할 수 있는
> 것이 없다.

우리는 투틀의 결말에서 투틀이 꽃을 좋아한 적이 있다는 사실을 잊었
다고 말할 때 완전히 믿을 수 있다. 상상력이 풍부한 어떤 사람도 빨간 모
자가 늑대를 만난 적이 있다는 사실을 잊을 수 있거나, 세상의 꽃이나 아
름다움을 좋아하는 것을 중지할 것이라고 믿을 수 없다. 투틀의 이야기는
듣는 이의 가슴 속에서 내면적인 설득력을 갖지 못하기 때문에, 그 교훈
을 잘 생각해서 결과를 예측할 필요가 있다. 즉, 아무런 주도적 능력도 발
휘하지 않고 아무런 자유도 없이 기관차는 궤도에 머물러 있을 것이고 유
선형 기관차가 될 것이다.

옛이야기는 그 메시지 전달에 만족하기 때문에, 주인공에게 특별한 인
생길을 가라고 못 박을 필요가 없다. 빨간 모자가 무엇을 하든지, 혹은 그
소녀가 어떤 사람이 되든지, 말할 필요가 없다. 자기의 경험에 따라 소녀
는 스스로 결정할 것이다. 인생에 대한 지혜나 욕망이 불러일으키는 위험
에 대한 지혜는 듣는 사람이 각자 알아서 얻는다.

빨간 모자는 위험이 깔린 세상에 부딪치면서 어린애다운 순수성을 잃었다. 그리고 그 순수성이야말로 실존적 위기를 성공적으로 치룰 뿐 아니라 그 위기가 자기 안에 투사된 자신의 본성이었다고 의식하게 되는 심리 과정인, "거듭나기"의 지혜와 맞바꿨다. 빨간 모자의 어린애다운 순수성은 늑대가 자기의 본색을 드러내고 소녀를 삼켰을 때 죽었다. 늑대의 뱃속을 가르고 나왔을 때, 소녀는 존재의 더 높은 지평에서 다시 태어났다. 소녀는 긍정적으로 자기 부모를 대하고, 더 이상 어린이가 아닌 젊은 처녀의 인생으로 되살아난다.

25.《잭과 콩나무》

옛이야기는 인생의 기본 문제를 문학 형태로 다루는데, 특히 성숙을 얻으려는 투쟁과 관련된 문제이다. 옛이야기는 만일 우리가 더 높은 단계의 책임감 있는 자아로 성숙하는 데 실패한다면 파괴적인 결과가 올 것이라고 주의를 준다.《세 개의 깃털 The Three Feathers》에서의 형들과《신데렐라 Cinderella》의 의붓언니,《빨간 모자 Little Red Cap》에서의 늑대의 예는 그것을 경고하고 있다. 이들 이야기는 어린이에게 왜 더 높은 인격의 통합을 이룩하기 위해 노력해야 하는지 그 이유를 미묘하게 제시하고, 거기에 내포된 것을 암시한다.

이 이야기들은 역시 어른도 어린이의 성장에 내포된 위험을 인식하는 것이 마땅하다고 부모에게 넌지시 비춘다. 그래서 부모는 어린이들에게 방심하지 말아야 하고, 파국을 막을 필요가 있을 때 어린이를 보호할 수 있어야 하며, 부모는 마땅히 어린이의 인간적이고 성적인 발전을 때와 장소에 맞추어 뒷받침해 주고 용기를 주어야 한다.

잭에 대한 일련의 이야기는 영국에서 생겨났다. 그 이야기는 거기서 영어권 나라들을 통해 퍼졌다.[16] 그 중 가장 잘 알려지고 가장 흥미 있는 것은 단연코《잭과 콩나무 Jack and the Beanstalk》이다. 겉으로 우둔해 보이

---

16)《잭과 콩나무》의 이본들을 포함한 다양한 잭의 이야기는 앞에서 언급한 브리그즈 Briggs의 책 참조.

는 어린이가 마법의 힘을 가진 대상과 자신의 물건을 교환하는 일, 기적을 낳는 씨앗이 나무로 자라서 하늘에 이르는 이야기, 식인귀를 속이고 물건을 훔치는 이야기, 황금 알을 낳는 닭과 황금 거위, 말하는 악기와 같이 이 옛이야기의 중요한 요소는 많은 이야기로 쓰여져 전 세계에 퍼져 있다. 그런데 사춘기의 소년이 사회적이고 성적인 자기 확신을 가지려는 바람과 이 아들을 과소평가하는 어머니의 우둔함이 하나의 이야기로 결합하여 《잭과 콩나무》를 의미 있는 옛이야기로 만든다.

잭의 이야기 중 가장 오래된 것은 《잭의 거래 Jack and His Bargains》이다. 거기서 근원적인 갈등은 아들이 바보라고 생각하는 어머니와 아들 사이에서 일어나는 것이 아니라, 아들과 아버지 사이의 지배력 다툼이다. 이 이야기는 《잭과 콩나무》보다 더 명백하게 남성의 사회적이고 성적인 발달의 문제를 나타내고, 《잭과 콩나무》에 깔려 있는 메시지는 《잭의 거래》의 맥락 안에서 파악할 때 좀더 분명하게 이해될 수 있다.

《잭의 거래》에서 우리는 잭이 거칠고 아버지에게 쓸모 없다는 말을 듣는다. 더 나쁜 것은 잭 때문에 아버지가 곤경에 빠져서 빚을 갚아야 할 처지라는 것이다. 그래서 아버지는 잭에게 집에 있는 일곱 마리 소 중 하나를 시장에 끌고 가, 가능한 한 비싸게 팔라고 시킨다. 시장으로 가는 도중에 잭은 어디로 가냐고 묻는 한 남자를 만난다. 잭이 시장에 간다고 말해주자, 그 남자는 그 소를 놀라운 힘을 가진 몽둥이와 맞바꾸자고 제안한다. 주인이 "몽둥이야, 일어나서 그것을 쳐라."라고 말하면 그 몽둥이는 적을 무조건 모조리 두들길 것이라는 것이다. 잭은 소를 몽둥이와 바꾸었다. 잭이 집에 오자 아버지는 소 판 돈을 가져오는 대신에 그렇게 일이 되자 너무 화가 나서 몽둥이를 가져다가 잭을 때린다. 매를 피하려고 잭은 자기 몽둥이를 불러, 아버지가 살려 달라고 할 때까지 아버지를 때리게 한다. 그 결과 잭은 집에서 아버지보다 우세한 위치를 갖게 됐지만, 필요한 돈은 여전히 구하지 못했다. 그래서 잭은 또 다른 소를 끌고 다음 시장에 가야 했다. 잭은 다시 같은 남자를 만나 자기 소와 아름다운 노래를 하는 꿀벌과 맞바꾸었다. 돈은 점점 더 필요해지고, 잭은 세 번째 소를 팔러 시장에 가야 했다. 한 번 더 그 사람을 만났고, 이번에는 소를 놀라운 음악을 연주하는 바이올린과 바꾼다.

장면이 바뀌어서, 이 나라를 통치하는 왕에게 전혀 웃지 않는 딸이 있다. 공주의 아버지는 딸을 즐겁게 해 주는 남자와 딸을 결혼시키겠다고 약속한다. 많은 왕자와 부자가 공주를 즐겁게 해 주려고 노력했으나 헛수고다. 잭은 넝마같은 옷을 걸치고 가서 모든 상류가문 출신의 경쟁자를 능가했다. 공주가 꿀벌의 노래를 듣자 너무나 아름다운 곡을 들어서 미소를 지었기 때문이다. 공주는 잭의 몽둥이가 강력한 구혼자들을 모두 두들겨 팼을 때 큰 소리로 웃었다. 그래서 잭은 공주와 결혼하게 됐다.

결혼식을 하기 전에, 두 사람은 함께 침대에서 하루밤을 보내게 되었다. 침대에서 잭은 나무토막같이 누워서 공주를 쳐다보지도 않았다. 이것은 공주와 공주의 아버지를 모두 화나게 했지만, 왕은 딸을 달래 잭이 공주에게 겁을 먹어서 그럴 수도 있으니까 한 번 더 기회를 주라고 한다. 그래서 다음날 밤에 다시 한 번 시도하지만 두 번째 밤도 첫째날 밤처럼 지나갔다. 세 번째 시도에서도 잭은 침대에서 공주 쪽으로 전혀 움직이지 않았다. 화가 난 왕은 잭을 사자와 호랑이로 가득한 굴에다 던진다. 잭의 몽둥이가 이 야생 동물을 복종시키자, 공주는 "얼마나 멋진 사람인가!"라고 경탄하고, 잭과 공주는 결혼을 하여 "바구니에 가득할 만큼 많은 어린이를 낳는다." 이 이야기는 다소 불완전하다. 예를 들어서 삼이란 숫자가 반복해서 강조되지만—그 남자를 세 번 만나고, 마법의 물건과 소를 세 번 교환하고, 잭이 사흘 밤을 "공주에게 몸을 돌리지" 않고 지내고—처음에 일곱 마리의 소가 언급됐는데 마법의 물건을 세 번 교환한 뒤 남아 있는 네 마리의 소에 대해서는 왜 더 이상 언급되지 않았는지 분명치 않다. 두 번째로, 한 남자가 사흘 낮밤을 자기의 연인에게 연속적으로 무반응하게 지낸다는 옛이야기는 많이 있지만, 보통 그것은 어떤 유형으로 설명된다.[17] 이런 관점에서 잭의 행동은 전혀 설명되지 않은 채 남아 있고 그래서 우리는 우리의 상상력에 의존해서 그 의미를 생각해야 한다.

새로운 물건을 획득함으로써 지금까지 자기를 지배해 온 아버지와의 관계에서 잭이 자신의 자리를 차지할 수 있게 되었다는 사실이 말해 주듯이, "몽둥이야 서라. 그리고 그것을 때려라."라는 마법의 공식은 남근적인 연상을 암시한다. 모든 구혼자와의 경쟁에서—그것은 성의 대결을 하는 경쟁인데, 이기면 공주와 결혼하기 때문이다.—잭에게 승리를 안겨준 것도 이 몽둥이다. 최종적으로 야성의 동물을 때려서 굴복시킨 뒤에, 공주를 성적으로 소유하도록 한 것도 그 몽둥이다. 사랑스럽게 노래하는 꿀벌과 아름다운 곡조를 내는 바이올린은 공주를 미소짓게 했고, 몽둥이는 잘난 척하는 구혼자를 때려서, 남성적 처신이라고 짐작할만한 아수라장을 벌여, 공주를 웃게 만들었다.[18] 그러나 이 성적인 함축적 의미가 이 이야기의 전부라면, 그것은 옛이야기가 될 수 없거나 혹은 별 의미가 없다. 그 깊은 의미를 헤아리자면 우리는 다른 마법의 물건이 가진 의미와 잭 자신이 몽둥이처럼 공주 옆에서 밤새도록 움직이지 않고 누워 있던 행동의 의미를 생각해야 한다.

남근의 잠재성으로는 충분치 않다고 그 이야기는 함축하고 있다. 그 자

---

17) 예를 들어, 그림 형제 The Brothers Grimm의 이야기 《까마귀 The Raven》에서, 여왕의 딸은 까마귀로 변하는데 주인공이 다음 날 오후까지 깨어 있으면 공주는 마법에서 풀려날 수 있다. 까마귀는 주인공에게 할머니가 주는 것은 어떤 것도 먹거나 마시지 말아야 하며 깨어 있으라고 경고한다. 주인공은 그렇게 하겠다고 약속하지만, 사흘 동안 계속적으로 어떤 것에 이끌려 까마귀 공주가 자기를 만나러 온 약속 시간에 잠이 들어 버렸다. 여기서 이것은 늙은 여자의 질투와 젊은 남자의 이기적인 욕망 때문에 연인을 위해 깨어 있어야 할 때에 잠이 들어 버린 것으로 설명된다.

18) 너무 심각한 공주가 있는데 그 공주를 웃게 만들 수 있는 사람에게 승리를 안긴다는 옛이야기는 많이 있니 ''나람들 웃게 만든다는 것은 그 사람을 감정적으로 자유롭게 만드는 것이다. 주인공은 정상적인 사람을 우스꽝스럽게 만들어서 번번이 승리한다. 예를 들어, 그림 형제의 이야기 《황금 거위 The Golden Goose》에서, 세 형제 중 얼간이인 막내는 늙은 난쟁이에게 친절하게 해 주어서 황금 깃털의 거위를 받았다. 사람들이 황금 깃털을 뽑으려고 탐욕스럽게 몰려든다. 모두 거위에 달라붙게 되었고 또 서로 붙게 되었다. 마침내 일곱 사람이 달라붙어 얼간이와 황금 거위를 뒤쫓게 되었다. 이 행렬이 너무 우스꽝스럽게 보였기 때문에 공주가 웃었다.

체로는 더 낮고 더 고상한 존재로 나아갈 수 없고, 성적인 성숙을 이룰 수
도 없다. 꿀벌은 힘든 노동과 달콤함의 상징으로서, 우리에게 꿀과 즐거
운 노래를 주는데, 그것은 노동과 즐거움을 나타낸다. 꿀벌이 상징하는
건설적인 노동은 잭이 원래 야성적이고 게으른 것과는 대조적으로 엄격
함을 나타낸다. 사춘기 이후에, 소년은 건설적인 목표를 가져야 하고 사
회의 유용한 일원이 되기 위해 노력해야 한다. 그것이 바로 잭이 꿀벌과
바이올린을 받기 전에 몽둥이를 먼저 받은 이유다. 가장 나중에 받은 바
이올린은 예술적인 성취를 상징하고 가장 높은 인간적인 성취를 상징한
다. 공주를 얻기 위하여는 몽둥이의 힘과 몽둥이가 상징하는 성적인 것만
으로는 충분하지 않다. 몽둥이의 힘은(성적인 훌륭한 솜씨) 사흘 밤 동안
잭이 침대에서 움직이지 않은 것처럼 억제해야 한다. 그런 행동을 통해
주인공은 자기의 자제력을 증명한다. 그와 함께 주인공은 더 이상 남근적
인 남성성을 자랑하는 데 만족하거나, 공주를 압도하여 이기려고 하지 않
는다. 야성적인 동물을 정복함으로써 잭은 자신의 힘을 더 낮은 경향들
―사자나 호랑이의 흉포함, 아버지로 하여금 빚더미에 앉게 한 자신의
야성성과 무책임함―을 억제하는 데 사용함을 보여 준다. 그리고 그 자
제력과 함께 공주와 왕국은 가치 있는 것이 된다. 공주는 이것을 인정한
다. 잭은 처음에 공주를 웃게만 했다. 그러나 마침내 잭이 힘(성적인 힘)
뿐 아니라 자제력(성적인 자제력)도 가지고 있음을 입증했을 때, 공주는
잭과 더불어 행복해져서 많은 어린이를 가질 수 있는 적합한 사람으로 인
정된다.[19]

《잭의 거래》는 청년기의 남근적인 자기 확인("일어나서 쳐라!")에서 시

[19] 그림 형제의 이야기 《까마귀》에서는 본능적인 경향을 세 번 반복해서 억제하는 것으로 성적인 성
숙함을 입증한다. 반면에 자제력의 부재는 한 사람의 진정한 사랑을 얻는 데 방해가 되는 미성숙을
가리킨다. 잭과 달리, 《까마귀》의 주인공은 음식을 먹고 마시고 잠자고 싶은 것을 억제하는 대신
에, "한 번은 문제가 안 된다."라는 늙은 부인의 말을 받아들여 세 번이나 유혹에 진다. 그것은 설
명되지 않지만 주인공의 도덕적 미성숙함을 보여 준다. 그래서 주인공은 공주를 잃었다. 주인공은
성장하여 많은 사명을 달성한 뒤에야 결국 공주를 얻을 수 있었다.

작하여 자제력을 길러서 개인적이고 사회적인 성숙을 얻고 인생에서 더 높은 가치를 얻는 것으로 끝난다. 이보다 훨씬 더 잘 알려진 《잭과 콩나무》는 남성의 성적인 발달 과정에 있어 비교적 초기에 해당하는 데서 시작하고 끝난다. 처음 이야기에서 유아기의 즐거움을 상실하는 것은 소를 팔아야 할 필요성으로 암시되는 반면에, 《잭과 콩나무》에서는 이것이 중심적인 문제다. 좋은 소인 밀키 화이트 Milky White가 그때까지 어린이와 어머니에게 젖을 주었는데, 갑자기 젖이 나오지 않게 되었다고 이야기가 진행된다. 이같이 유아기 낙원에서의 추방이 시작된다. 그것은 어머니가 잭이 얻어 온 마법의 씨앗의 힘을 믿지 않고 비웃는 데서 계속된다. 남근적인 콩나무를 통해 잭이 식인귀에 대한 오이디푸스적인 갈등에 들어가게 한다. 거기서 잭은 살아 남고 이겨서 자기의 편을 들고 남편을 배반한 오이디푸스적인 어머니에게 감사한다. 잭은 콩나무를 잘라 버림으로써 마법적 힘을 가진 남근적 자기 확신에 대한 믿음을 포기한다. 그리고 이것은 성숙한 남성성의 발달로 나아가는 길을 열어 준다. 이같이 잭의 이야기의 양쪽 이본은 모두 전적으로 남성적인 발달을 다룬다.

　끝없이 사랑을 주고 영양분을 줄 것이라는 믿음이 비현실적인 환상으로 입증됐을 때 유아기는 끝난다. 아동기는 일반적으로 자신의 신체, 특히 자신이 새롭게 성적인 장비를 갖추고 있음을 발견한 몸의 한 면이 성취감을 줄 것이라는 마찬가지의 비현실적인 믿음으로 시작한다. 유아기에 어머니의 가슴은 모든 어린이가 절실하게 원하는 것의 상징이고 어머니로부터 받는 모든 것의 상징이었다. 그래서 지금은 자신의 몸이, 자신의 성기를 포함해서 모든 것을 해 줄 것이고 그렇게 믿기를 원한다. 이것은 소년과 소녀가 똑같다. 《잭과 콩나무》가 양쪽의 성별을 가진 어린이들에게 널리 읽히는 이유도 그것이다. 전에 언급했던 것처럼, 아동기의 끝은 그런 환상적인 유치한 꿈을 포기하고 자기 확신에 이르는 것이고, 심지어는 부모에게 대항하여 스스로 자신의 일상의 명령자가 되는 것이다.

좋은 소 "밀키 화이트"가 지금껏 필요한 것을 모두 주었다가, 갑자기 우유 공급을 중단했을 때 모든 어린이는 비극의 무의식적인 의미를 쉽게 파악하게 된다. 젖을 뗐을 때, 젖이 어린이에게 흐르기를 중단했던 비극적인 시간에 대한 희미한 기억이 떠오른다. 이것은 바깥 세상이 어린이에게 줄 수 있는 것을 최소한도로 변통해 오는 것을 배워야 한다고 어머니가 요구할 때이다. 이것은 잭의 어머니가 생계를 유지하도록 무언가를 하러 (소를 팔아 생길 돈) 잭을 세상으로 내보내는 것으로 상징된다. 그러나 잭은 마법의 힘을 믿음으로써 미처 현실적으로 세상을 대할 준비를 하지 못했다.

지금까지 필요한 것을 어머니(옛이야기의 은유로는 소)가 모두 제공하였지만 어머니가 더 이상 그렇게 하지 않는다면, 자연히 아버지가 마법을 통해서 어린이에게 필요한 것을 모두 제공하길 기대하면서 그 어린이는 아버지에게 기울어질 것이다. 아버지는 길에서 우연히 만난 남자로 표상된다. 그때까지 자기 확신을 주고, 당연히 자기의 "권리"라고 느꼈던 젖을 주는 마법의 도움이 끊어지면, 잭은 삶의 막다른 골목에서 마법적 해결의 약속과 소를 바꿀 수 있다.

소가 더 이상 우유를 주지 않기 때문에 소를 팔아 버리라고 잭에게 말한 것은 어머니가 아니다. 잭 역시 자기를 실망시키는, 더 이상 우유를 주지 않는 소를 없애고 싶어한다. 만일 밀키 화이트의 형태를 띤 어머니가 우유를 없애고 그것을 다른 물건으로 바꾸라고 명령한다면, 잭은 어머니가 원하기 때문이 아니라, 자신에게 더 바람직해 보였기 때문에 소를 바꾸러 갔을 것이다.

세상과 대면하라고 내보내지는 것은 유아기의 끝을 의미한다. 어린이가 어른으로 변모하기 위해서는 길고 어려운 과정을 시작해야 한다. 이 노정의 첫번째 단계는 인생의 모든 문제의 해결책으로 구순에 의존하는 일을 포기하는 것이다. 구순적인 의존성에서 어린이가 독자적으로 자신감 있게 바뀌어야 한다. 《잭의 거래》의 주인공은 세 가지 마법의 물건을 건네받았고 그것을 이용해서만 독립을 얻는데, 이 물건들은 잭에게 모든 것을 다 해 준다. 유일하게 잭 스스로 한 일은 자제력을 보여 주는 것으로, 오히려 수동적인 것이다. 잭은 공주와 함께 침대에 있을 동안 아무것도 하지 않는다. 잭이 야생 동물 구덩이에 던져졌을 때도, 그 자신의 용기나 지성으로 구출된 것이 아니라, 마법의 힘을 가진 몽둥이로 구조되었던 것이다.

《잭과 콩나무》에서 일은 매우 다르다. 이 이야기는 마법에 대한 믿음이 자신을 가지고 세상을 대적하도록 도와 주었다고 말하고 있다. 마지막 분석에서 우리는 자신감을 가져야 하고 인생을 지배하는 데 겪어야 할 위험을 기꺼이 대면해야만 한다. 잭이 마법의 씨앗을 받았을 때, 잭은 누가 알려 주어서가 아니라, 자신의 힘으로 콩나무에 올라간다. 잭은 자신의 몸으로 날렵하게 콩나무에 올라가고, 세 번씩이나 마법의 물건을 얻는 위험을 감행한다. 결말에서는 잭이 콩나무를 잘라 버려서 훔쳐 온 마법의 물건을 안전하게 소유하게 된다.

어린이가 현실적으로—혹은 더 환상적으로 과장해서—자신의 몸과 기관이 자신에게 도움이 된다는 믿음을 확인할 수 있어야 구순의존 포기를 받아들일 수 있다. 그러나 어린이는 성을 한 남자와 한 여자 사이의 관계에 바탕을 둔 것으로 보지 않고, 자신이 혼자서 성취할 수 있는 것으로 본다. 어머니에게 실망한, 어린 소년은 자신의 남성성을 얻기 위해서는 여자가 필요하다는 생각을 인정하려 들지 않는다. 자신에 대한 (비현실적인) 믿음이 없이는, 어린이는 세상과 대면할 수 없다. 그 이야기는 잭이 일을 찾았지만, 그것을 발견하는 데 성공하지 못했다고 말한다. 잭은 아직 현실적으로 일을 처리할 수 없다. 잭에게 마법의 씨앗을 준 남자는 이 사실을 이해하였지만, 어머니는 이해하지 못하였다. 자신의 몸에 대한 신뢰만이, 혹은 더 정확하게 말하자면 자신의 막 발달하기 시작한 성적인 힘이 자신을 위해 무엇인가를 할 수 있다는 믿음만이 잭으로 하여금 구순적 만족에 의존하는 것을 포기하고 자신을 찾을 수 있게 한다. 이것이 잭이 소를 씨앗으로 바꾸려는 또 하나의 이유다.

과거에 소가 우유를 주던 것처럼 씨앗이 자라서 가치 있는 것이 될 것이라고 어머니가 믿어 준다면, 잭은 거대한 콩나무로 상징되는 마법의 남근적 힘을 믿는 그런 환상적 만족에 의지할 필요가 없었을 것이다. 잭이 처음에 소를 씨앗으로 바꾼 행동을 독립적이고 주도적인 행동으로 인정하지 않고 어리석은 행동이라고 생각한 어머니는 잭에게 화를 내고 때렸다. 가장 나쁜 것은 구순적인 힘을 동원하여 잭에게 먹을 것을 주지 않고 잠자리에 들라는 벌을 내린 것이다.

잠자리에 들어서, 현실은 너무 절망적이라는 것이 증명되자 환상이 자리를 넘겨받아 만족을 준다. 옛이야기가 진실을 말하는 것은 씨앗이 밤에 자라서 거대한 콩나무가 된다는 사실에서 다시 한 번 옛이야기의 심리학적 섬세함을 나타낸다. 어떤 정상적인 소년도 자신의 내부에서 일어나는 남성성을 새롭게 발견하려는 소망을 낮에 그렇게 과장할 수는 없을 것이다. 그러나 그 소망은 밤이 되면, 꿈속에서 터무니 없는 이미지로 나타나는데, 콩나무를 타고 하늘의 문에 기어오른다는 이미지다. 그 이야기는 잭이 깨자, 방이 다소 컴컴했는데, 콩나무가 빛을 가려서였다고 말하고 있다. 이것은 일어났던 일이—잭이 콩나무를 타고 하늘로 올라가서, 식인귀를 만난다는 일 등—다만 꿈이고, 소년에게 자신이 어느 날 성취할 거대한 일에 희망을 주는 꿈이라는 또 다른 암시다.

보잘것 없는 마법의 씨앗이 밤새 환상적으로 자란 것은 잭의 성적인 발달이 불러일으킨 기적적인 힘과 그것에 대한 만족의 상징으로 어린이들에게 이해된다. 즉, 구순기는 남근기로 대치되고, 젖소 밀키 화이트는 콩나무로 바뀌었다. 이 콩나무를 타고 올라가는 어린이는 더 높은 존재에 도달하기 위하여 하늘로 올라가는 것이다.

그러나 이것은 아주 무서운 위험을 겪지 않으면 안 된다고 경고한다. 남근적 상태에 달라붙는 것은 구순적 상태에 대한 고착에서 거의 발전하지 않았다. 새로운 사회적, 성적 발전에 해당하는 것을 획득한 성숙함이 오래된 오이디푸스적 문제의 해결에 사용됐을 때만이 남근적 국면을 진정한 인간적 발전으로 이끈다. 그래서 잭은 오이디푸스적인 아버지가 되는 식인귀를 만나는 위험을 겪는다. 그러나 잭은 역시 식인귀 아내의 도움을 얻는데, 그렇지 않았다면 그 식인귀에게 잡아먹혔을 것이다. 《잭과 콩나무》에서 잭이 새롭게 발견한 남성적 힘이 얼마나 불안정한 상태인가는 잭이 위협을 느낄 때마다 구순성으로 "퇴행"하는 묘사에서 나타난다. 즉, 잭은 두 번이나 오븐 속에 숨었고, 마지막에는 요리하는 커다란 그릇, 구리솥 속에 숨었다. 잭의 미성숙함은 식인귀가 잠들었을 때만 식인귀가 소유한 마법의 물건을 훔치는 것에서 암시되고 있다.[20]

잭이 자신이 새롭게 발견한 남성성을 신뢰할 준비가 본질적으로 덜 되어 있는 것은 너무 배가 고파서 식인귀의 아내에게 먹을 것을 달라고 할 때에 지적된다.

옛이야기 유형에서, 이 이야기는 한 소년이 독립적인 인간이 되기 위해 통과해야 하는 발달 단계를 묘사하는데, 이것이 어떻게 가능하며, 즐겁기조차 하고, 또 위험하기도 하지만, 아주 모험적이라는 것을 보여 준다. 구순적인 만족에 의존하는 것을 포기하고─혹은 환경에 의해서 억지로 구순적 만족을 벗어나게 되고─모든 인생 문제의 해결을 남근적 만족으로 대치하는 것은 충분치 않다. 우리는 단계적으로 이미 성취한 것에다가 더 가치있는 것을 더해야 한다. 이렇게 하기 전에 우리는 오이디푸스적 상황을 돌파해야 할 필요가 있는데, 오이디푸스적 상황은 어머니에 대한 깊은

20) 자신이 새롭게 얻은 힘을 믿는 《잭의 거래》에서의 잭과 《잭과 콩나무》에서의 잭의 모습은 매우 상반된다. 《잭의 거래》에서 주인공은 숨지도 않고 교활하게 물건을 얻지도 않는다. 반대로 위험한 상황에서는 그 사람이 아버지든, 공주의 구혼자이든, 혹은 야생의 짐승이든 간에 공개적으로, 자기의 목적을 달성하기 위해서 몽둥이를 사용한다.

실망으로 시작하여 아버지와의 강력한 경쟁과 질투가 내포된다. 소년은
아직 아버지를 공개적으로 자신에게 관련시킬 만하다고 믿지 않는다. 이
시점의 어려움을 극복하기 위하여, 소년은 어머니의 이해성 있는 도움이
필요하다. 즉, 식인귀의 아내가 잭을 보호하고 숨겨 주었기 때문에 그 소
년은 식인귀 아버지의 힘을 얻을 수 있었다.

첫번 여행에서 잭은 금이 가득 담긴 가방을 훔친다. 이것은 자기와 어
머니가 필요한 물건을 살 밑천이 된다. 그러나 결국 그 돈은 바닥이 난다.
그래서 잭은 여행을 반복한다. 그렇게 하면 자기의 목숨이 위험하다는 것
을 알고는 있지만.[21]

두 번째 여행에서 잭은 황금 알을 낳는 닭을 얻는다. 잭은 물건을 만들
수 없거나 만들어지도록 하지 않으면 물건이 탕진된다는 것을 배웠다. 황
금 알을 낳는 닭을 통해 잭의 모든 물질적인 필요성이 계속 충족되므로
만족할 수 있었다. 그래서 잭의 마지막 여행의 동기는 필요치 않아 보인
다. 그러나 모험을 감행하려는 욕망은 단순히 물질적인 것보다 어떤 더
좋은 것을 발견하려는 욕망에서 나왔다. 그래서, 잭은 다음 번 여행을 떠
나 황금의 하프를 얻는데, 그것은 아름다움과 예술, 인생의 더 높은 것을

---

21) 어떤 층위에서 보면, 콩나무에 오른다는 것은 남근의 발기라는 마법적인 힘만 상징하는 것이 아니
   라 수음과 관련된 소년의 감정을 상징한다. 수음하는 소년은 자기가 발각되어 처벌을 받을까 봐 두
   려워하는데, 그것은 잭이 훔친 것이 발각된다면 식인귀가 잭을 없애 버릴 것으로 상징된다. 그러나
   소년은 역시 수음 중에 부모의 어떤 힘을 "훔치고" 있는 것처럼 느낀다. 어린이는 무의식적인 층위
   에서 이 이야기의 의미를 수음의 불안이 쓸데없다는 자기 확인에서 파생된 것으로 이해한다. 어른
   인 거인 식인귀의 세계를 향한 "남근적" 여행은 소년을 파멸로 몰고 가기는커녕, 소년이 지속적으
   로 누릴 수 있는 유익함을 얻게 해 주었다.
   이것은 옛이야기를 어린이가 의식적인 층위에서 깨닫지 않고 무의식적인 층위에서 깨닫도록 이해
   시키고 무의식적 층위에서 도움을 받고 있다는 또 다른 예다. 옛이야기는 어린이의 무의식이나 전
   의식에서 진행되는 것을 이미지로 표상한다. 어린이에게서 깨어나는 성욕은 밤의 어둠 속에서 일
   어나는 기적같이, 혹은 꿈 속에 일어나는 기적같이 보인다. 콩나무를 타고 올라가는 것은 이 경험
   의 끝에 가서는 자기가 그 일을 감행했다는 사실로 처벌될 것이라는 불안의 증가로 상징된다. 어린
   이가 성적으로 능동적이 되려는 욕망은 부모의 힘과 특권을 훔치는 것에 해당한다고 생각하는 두
   려움 때문에, 이것은 교활해야만 할 수 있고, 어른이 보지 못해야만 할 수 있다. 그 이야기는 이런
   불안을 형상화시킨 뒤, 끝이 좋게 될 거라고 안심시켜 준다.

상징한다. 이것은 성장의 마지막 경험으로 연결되는데, 거기서 잭은 인생의 문제를 풀기 위해 마법에 의지할 필요가 없다는 것을 배운다.

잭은 하프가 표현하는 것을 힘겹게 얻음으로써 완전한 인격을 얻게 되지만, 마법의 해결에 계속 의존한다면, 식인귀에게 잡혀 결국 파멸될 것이라는 사실을 불가항력적으로 깨닫게 된다. 식인귀가 콩나무 아래까지 쫓아오자, 잭은 어머니에게 도끼를 가져오라고 요청하여 콩나무를 자른다. 어머니는 잭이 요청한 대로 도끼를 가져오지만 콩나무 밑으로 내려오는 거인의 거대한 다리를 보자 그만 얼어붙어서 움직이지 못한다. 그 여자는 남근적 대상을 다룰 수 없다. 다른 차원에서 보면, 어머니의 얼어붙음은 성인 남자가 되려는 투쟁에서 생긴 위험으로부터 아들을 보호할 수는 있으나—식인귀의 아내가 잭을 숨겨 주었듯이—아들이 성인 남자가 되게 할 수는 없다는 것을 의미한다. 자기 자신만이 그것을 할 수 있다. 잭은 도끼를 움켜쥐고 콩나무를 잘라서 식인귀를 추락시키고, 식인귀는 떨어져 처벌을 받는다. 그렇게 하여 잭은 구순적 층위에서 경험했던 아버지를 스스로 없앤다. 즉, 질투하는 식인귀가 자신을 삼키려고 하므로 그 식인귀를 없애 버린다.

그러나 콩나무를 잘라 없애면서 잭은 파괴적이고 탐욕스런 식인귀 같은 아버지의 모습에서 자유로워졌을 뿐만 아니라, 또한 인생에서 좋은 것을 얻기 위한 수단으로 남근의 마법적인 힘에 의지하는 것을 버렸다. 도끼로 콩나무를 자르면서 잭은 마법적으로 해결하는 일을 단연코 끊었다. 잭은 "자율적인 사람"이 되었다. 잭은 더 이상 다른 사람의 것을 가져오지 않을 것이고, 식인귀에 대한 도덕적 두려움 속에 살지도 않을 것이며, 어머니에게 오븐 속에(구순성으로의 퇴행) 숨겨 달라고 의지하지도 않을 것이다.

《잭과 콩나무》 이야기의 결말에서, 잭은 남근적이고 오이디푸스적인 환상을 포기할 준비가 되어 있고 그 대신에 자기 나이 또래의 사내아이들이 할 수 있는 것을 하면서 현실에 적응하려고 노력한다. 다음 발달 단계에서는 더 이상 잠자는 아버지의 소유물을 계략을 써서 훔치는 자신을 보지 않을 것이며, 어머니라는 인물이 남편을 배반하는 환상을 품지도 않을 것이며, 자신의 사회적이고 성적인 우월성을 위해 공개적으로 투쟁할 준비가 되어 있을 것이다. 이것은 《잭의 거래》가 시작하는 지점이고, 우리는 이 이야기 속에서 주인공이 그런 성숙을 얻는 것을 본다.

다른 많은 옛이야기처럼 이 옛이야기는 어린이들이 자라도록 부모가 도와야 한다는 것을 부모에게 가르친다. 이 옛이야기는 어린 소년의 오이디푸스적인 문제를 푸는 데 필요한 것을 어머니에게 말해 준다. 어머니는 아직 소년에게 남의 눈을 피하는 성향이 남아 있더라도, 남성적인 담대함을 곁에서 지켜봐야 한다. 그리고 아들이 아버지에게 직접 대항할 때와 같이, 남성적인 자기 확신에서 일어날 수 있는 위험에 부딪칠 때 아들을 보호해야 한다.

《잭과 콩나무》에서 어머니는 아들의 발달하는 남성성을 도와 주지 않고, 그 타당성을 부정하기 때문에 아들을 잃는다. 이성의 부모는 어린이의 사춘기의 성적인 발달에 용기를 주어야 하며, 특히 그 어린이가 넓은 세상에서 목표를 찾고 성취할 수 있도록 용기를 주어야 한다. 잭의 어머니는 아들이 거래한 것을 보고 아주 얼간이라고 생각했다. 그 여자는 아들이 어린이에서 청년기로 발달하는 사건을 깨닫지 못하였기 때문에 아들을 얼간이로 본다고 나타난다. 만일 어머니가 자신의 생각대로 행동했다면, 잭은 미성숙한 어린이로 남아 있었을 것이고, 잭이나 어머니나 비참함을 벗어나지 못하였을 것이다. 잭은 어머니가 자기를 얕잡아 보는 것을 말리지 못했지만, 자기 안에서 싹트는 성년기의 발달에 자극되어 용기있는 행동을 통해서 굉장한 재산을 얻게 된다. 《세 가지 언어 The Three Languages》 같은 다른 옛이야기가 그렇듯이 이 이야기는 기본적으로 어린이가 개인적으로, 사회적으로, 그리고 성적으로 성숙해지는 데에 포함된 다양한 문제에 적절하고도 민감하게 대응하지 못한 부모의 잘못을 지적하고 있다.

이 옛이야기에서 소년 내부의 오이디푸스적 갈등은 하늘 어딘가의 성에서 사는 두 명의 매우 다른 인물, 즉 식인귀와 그 부인으로 편리하게 외화된다. 많은 어린이들이 그 이야기의 식인귀처럼 아버지가 집을 나갔을 때, 엄마와 함께 즐거운 시간을 보내듯이 잭은 식인귀의 부인과 함께 즐거운 시간을 보낸다. 그런데 갑자기 아버지가 집에 들어와서, 밥을 달라고 하여, 어린이의 모든 것을 망친다. 어린이는 아버지에게서 환영받지 못한다. 만일 아버지가 집에서 아이를 보고도 행복을 느끼지 않는다면, 그 아이는 아버지가 멀리 있을 동안 꿈꾸었던 것에 대해 두려워할 것이다. 왜냐하면 그 환상에는 아버지가 포함되지 않았기 때문이다. 아버지의 가장 값진 소유물을 훔치고 싶어하기 때문에, 앙갚음으로 자기가 죽임을 당할 것이라고 두려워하는 어린이의 생각은 매우 자연스럽다.

구순기로 퇴행하는 위험과 관련하여, 여기 잭의 이야기에서는 또 다른 메시지가 내포되어 있다. 즉, 젖소 밀키 화이트가 우유를 내지 않는 것은 전혀 잘못이 아니라는 것이다. 이 일이 생기지 않았더라면, 잭은 마법의 씨앗을 얻으러 밖으로 나가지 않았을 것이다. 구순기는 이같이 단순히 유지하는 게 좋은 것이 아니다. 이 기간이 너무 길 때, 그것은 더 나은 발전을 방해한다. 그것은 구순적으로 고착된 식인귀처럼, 아이를 파괴시킬 수 있다. 어머니가 인정하고 계속 보호한다면 구순기는 남성성 뒤에 여전히 남아 있을 수 있다. 그 식인귀의 부인은 잭을 좁은 장소에 안전하게 숨겨 주는데, 어머니의 자궁이 모든 위험으로부터 안전하게 자리를 제공하는 것과 같다. 발전의 이전 단계로 짧게 퇴행하는 것은 안전을 제공해 주고, 독립과 자기 확신의 다음 단계로 가는 데 필요한 힘을 제공한다. 그것은 어린 소년이 지금 알게 되는 남근적 발달의 이점을 온전하게 즐길 수 있게 한다. 그리고 황금이 가득 든 가방과 더 나아가서 황금 알을 낳는 닭이 소유물에 대한 항문기적 사고를 나타낸다면, 그 이야기는 어린이가 발달 단계에서 항문기에 매여 있지 않음을 확신시켜 준다. 어린이는 곧 그런 원시적인 입장을 승화시켜야만 하고 그것에 만족을 못 느끼게 되었음을 깨닫는다. 그때가 되면 그 어린이는 바로 황금의 하프와 그것이 상징하는 것에 만족하게 된다.[22]

---

22) 불행히도 《잭과 콩나무》는 너무 자주 내용이 바뀌고 첨가된 형태로 다시 판이 짜인다. 그리고 대부 분의 판본이 잭이 거인의 물건을 훔치는 것에 도덕적인 정당성을 주려고 애쓴다. 그러나 이런 변화 는 이야기가 지닌 본래의 시적인 충격을 파괴하고, 깊은 심리학적 의미를 없어지게 한다. 이같이 삭제되고 정정된 이본에서는, 거인이 소유한 성과 마법의 물건이 예전에는 잭의 아버지가 소유했 던 것이라고 묘사한다. 그런데 거인이 잭의 아버지를 죽이고 그것들을 빼앗은 것이고, 뒤에 잭이 거인을 죽이고 마법의 물건의 정당한 소유자가 된다는 것이다. 이것은 잭에게 일어나는 모든 것을 성인에 도달하는 이야기라기보다 도덕적 복수극으로 만든다.

원래의 《잭과 콩나무》는 자기를 하찮게 생각하는 어머니로부터 독립을 얻기 위해 노력하여 스스로 거대한 일을 성취하는 한 소년의 모험여행이다. 원본을 삭제 정정한 이본에서, 잭은 또 다른 강하 고 나이든 여성 요정이 자기에게 하라고 시킨 것만 한다.

한 가지 예로 자신들이 전통적인 옛이야기를 개선하고 있다고 생각하는 사람들이 실제로는 얼마나 그 반대의 행동을 하는지 모를 것이다. 잭이 마법의 하프를 잡았을 때, 하프는 "주인님, 주인님." 하 고 외친다. 잠에서 깨어난 식인귀는 잭을 죽이려고 뒤쫓는다. 말하는 하프를 훔쳤을 때 그 정당한 주인을 부른다는 것은 동화적 의미를 좋게 만든다. 그러나 그 마법의 하프는 원래의 정당한 주인으 로부터 훔친 것이고, 정당한 소유자를 죽인 몹시 나쁜 사람이 가져간 것이라면, 다시 그 정당한 주 인의 아들이 얻는 과정인데도 불구하고 도둑이자 살인자를 깨우는 것을 어린이들은 어떻게 생각할 것인가? 그런 세부사항을 바꾸는 것은 이야기에서 상징적인 의미를 외적으로 표현한 마법적인 충 격을 뺏는 것이다. 마법의 물건, 그 밖에 그 이야기에서 발생하는 모든 내적인 의미를 훔치는 것과 같다.

26.《백설 공주》의 질투하는 왕비와 오이디푸스 신화

　옛이야기는 우리의 삶에서 제기되는 가장 중요한 발달의 문제를 상상적으로 다루기 때문에, 그렇게 많은 이야기들이 각기 다른 방식을 가지고 오이디푸스적인 난관에 관심을 두고 있다는 것은 놀라운 일이 아니다. 그러나 옛이야기가 논의했던 것은 어린이들의 문제지 부모의 문제는 아니다. 실제로 어린이의 부모에 대한 관계는 문제가 많고, 부모의 어린이에 대한 관계도 그렇기 때문에, 많은 옛이야기에서 부모의 오이디푸스적인 문제를 건드린다. 옛이야기는 어린이에게는 오이디푸스적인 어려움에서 벗어나 자기 길을 발견할 수 있다고 믿도록 용기를 주는 반면에, 부모에게는 만일 자발적으로 여기에 휩쓸리면 재난이 닥칠 것을 경고한다.[23]

　《잭과 콩나무 Jack and the Beanstalk》에서 어머니는 아들의 독립을 허락할 준비가 되어 있지 않다고 암시한다.《백설 공주 Snow White》는 아이가 성장해서 자신을 능가하리라는 질투로 인해 부모가—왕비가—어떻게 파멸되는지 말해 준다. 그리스의 비극 오이디푸스에서, 오이디푸스 Oedipus는 물론 오이디푸스적인 덫에 걸려 파멸하고, 어머니 요카스타

---

23) 소원성취의 힘을 가졌다고 여겨지는 것으로서 옛이야기는, 어린이는 모두 오이디푸스적 곤경의 지배를 받지 않을 수 없으며 따라서 어린이가 그것들과 조화롭게 행동한다면 벌을 받지 않는다는 충분한 이해를 심어 준다. 그러나 어린이에 대한 오이디푸스적 문제를 자신이 직접 실행하게 하는 부모는 그로 인해 극심한 고통을 받는다.

Jocasta도 파멸하지만, 무엇보다도 오이디푸스의 아버지 라이오스 Laius 는 자기 아들이 언젠가 자신의 자리를 차지할 것이라는 불안 때문에 모든 사람을 비극적 파멸로 몰고 간다. 백설 공주가 자신을 능가하리라는 왕비 의 두려움은 이 옛이야기의 테마로서 오이디푸스의 이야기가 그렇듯이 부당한 취급을 당하는 어린이의 대명사가 된다. 따라서 이 유명한 신화를 잠깐 생각해 보는 것도 유용할 것이다. 이 신화는 정신분석적인 글로 인 해, 가족 내부의 특별한 감정적인 자리—한편으로는 성숙하고 잘 융합된 인간으로 자라는 데 가장 심각한 장애의 원인일 수 있는 자리와, 다른 편 으로는 가장 풍부한 인격적 발달의 잠재적 원천을 가진 자리—를 언급하 는 은유가 되었다.

　일반적으로 어떤 사람이 자신의 오이디푸스적인 감정을 건설적으로 해 결할 수 없으면 없을수록, 그 자신이 부모가 되었을 때 오이디푸스적인 감정이 다시 생길 수 있는 위험은 더 크다. 남성 부모가 성숙하는 과정에 서 자신의 어머니를 소유하고 아버지에 대한 비합리적인 불안이란 어린 애다운 소망을 극복하지 못했다면 자신의 아들에 대해서도 경쟁자로 생 각해 불안을 느낄 것이며, 이 공포 때문에 라이오스 왕이 했듯이 파괴적 으로 행동할 수 있다. 게다가 부자관계의 구성원인, 어린이의 무의식도 부모 안에 있는 그런 감정에 반응하지 않을 수 없다. 옛이야기는 어린이 가 부모를 질투할 뿐 아니라 부모도 동일한 감정을 가질 수 있다고 어린 이가 이해하게 한다. 그런 통찰력은 부모와 어린이 사이의 간격을 이어 줄 뿐만 아니라 어려움을 건설적으로 다루어서 돌이킬 수 없는 파국이 되 지 않도록 한다. 더 중요한 것은, 있을 수 있는 부모의 질투를 두려워할 필요가 없다는 자기확신을 어린이에게 심어 준다. 왜냐하면 이들 감정이 일시적으로 어떤 혼란을 줄지라도, 어린이는 성공적으로 살아남을 것이 기 때문이다.

　옛이야기는 왜 부모들이 자녀가 성장하여 자기를 능가하는 것을 즐거위할 수 없는지 말해 주지 않지만, 어린이를 질투할 수도 있다고 말해 준다. 우리는 《백설 공주》의 왕비가 점잖게 나이를 먹지 못하고 왜 자신의 딸이 사랑스러운 소녀로 피어나는 것을 즐거워하는 대리만족을 느끼지 못하는지 모른다. 그 왕비는 과거에 상처받았던 어떤 일로 인해 사랑해야 할 어린이를 미워하게 되었을 것이다. 자기 자녀에 대한 부모의 두려움이 세대를 이어가며 어떻게 이어지는가는 신화적 설화 오이디푸스 이야기의 중심적 문제다.[24]

이 신화적 설화는 《탄타루스 Tantalus》로부터 시작하여 《테베에 반역한 일곱 사람 The Seven Against Thebes》으로 끝나는데, 탄타루스는 신들의 친구로서 모든 것을 아는 신들의 능력을 시험하기 위해, 《백설 공주》의 왕비가 자기의 딸을 죽이라고 명령하고, 백설 공주의 몸의 일부라고 믿는 것을 먹는 것처럼, 자기 아들 펠롭스 Pelops를 죽여 신들의 저녁 만찬에 내놓았다. 탄타루스의 악한 행동의 동기는 자만심 때문이라고 신화는 말해 주는데, 《백설 공주》에서의 왕비가 악행을 저지르도록 자극하는 것이 자만심인 것 같다. 아름다운 존재로 영원히 남고 싶어하는 왕비는 빨갛게 달군 쇠 신발을 신고 죽을 때까지 춤을 추라는 벌을 받는다. 탄타루스도 자기 아들의 몸을 음식으로 제공하여 신을 바보로 만들려고 애썼는데, 결국 저승에서 고통을 받는다. 끝없는 배고픔과 갈증을 충족시키려고 가까이 있어 보이는 물과 과일을 잡으려고 애쓰지만 그것들을 잡으려고 애쓰자마자 그것들은 뒤로 물러난다. 이같이 신화나 옛이야기 다 범죄에 적합하게 처벌된다.

역시 양쪽의 이야기에서 죽음이 꼭 인생의 종말을 의미하지는 않는다. 펠롭스는 신이 다시 살렸고, 백설 공주는 의식을 다시 되찾는다. 죽음은 오히려 신이 데려갔다는 것의 상징이다. 오이디푸스적인 어린이는 실제

---

24) 탄타루스로 시작하는 전설집의 여러 신화는 오이디푸스가 중심이 되고, "테베에 반역한 일곱 사람"과 안티고네 Antigone의 죽음으로 끝난다. 앞에서 언급한 슈밥 Schwab의 책 참조.

로 자기의 부모이자 경쟁자가 되는 사람의 죽음을 원치 않고, 단지 한쪽 부모의 완전한 관심을 얻기 위해 어린이다운 방법으로 다른 쪽 부모를 제거하길 바랄 뿐이다. 어린이의 기대는 한 순간 부모가 자기의 눈앞에서 없어지기를 소망하지만, 다음에는 부모가 잘 살아서 자기에게 봉사하기를 바란다. 따라서, 옛이야기에서 사람은 한 순간 죽거나 돌로 변하지만, 다음에는 살아난다.

탄타루스는 자만심을 충족시키기 위해 아들의 안녕을 위협하려 했지만, 그 결과 자기 자신과 아들을 파멸시켰다. 펠롭스는 이렇게 자기 아버지에게 이용당했고, 후에 자신의 목표를 달성시키려고 아버지를 죽이는데 망설이지 않았다. 엘리스 Elis의 외노마우스 Oenomaus 왕은 자기의 예쁜 딸, 히포다미아 Hippodamia를 계속 자기 옆에 남아 있게 하려는 이기적 욕망을 감추고, 오히려 딸이 아버지를 절대로 떠나지 않으려고 하는 것처럼 바꾸는 계책을 생각했다. 히포다미아의 구혼자는 누구든지 전차 경주에서 외노마우스 왕과 경쟁해야 한다. 만일 그 구혼자가 이기면 그 사람은 히포다미아와 결혼할 수 있지만 그 사람이 지면 왕은 늘 그랬듯이 그 사람을 죽일 권리를 갖는다. 펠롭스는 은밀히 왕의 전차에서 놋쇠 나사를 밀랍 나사로 바꿔치기 하고 이 속임수로 경주에 이겨서 왕은 죽임을 당한다.

이 신화는 아버지가 자신의 목적으로 아들을 잘못 이용할 때나, 아버지가 딸에 대한 오이디푸스적인 집착에서 딸의 인생을 뺏고, 딸이 구혼자와 함께 이룰 수 있는 삶을 박탈했다면 그 결과는 똑같이 비극임을 가르쳐준다. 다음으로 신화는 "오이디푸스"적인 형제간의 경쟁이 빚는 무서운 결과를 말해 준다. 펠롭스에게는 두 명의 정실 아들 아트레우스 Atreus와 티에스테스 Thyestes가 있다. 동생인 티에스테스는 질투로 아트레우스의 황금의 털을 가진 양을 훔쳤다. 아트레우스는 티에스테스의 두 아들을 죽이고 그 고기를 성대한 연회에서 티에스테스에게 먹였다.

이것은 펠롭스 집안에서 벌어진 형제간의 유일한 경쟁이 아니다. 펠롭스에게는 또한 정실에서 낳지 않은 아들, 크리시프스 Chrysippus가 있었다. 라이오스는 오이디푸스의 아버지로 어려서부터 펠롭스의 궁정을 은신처로 삼고 자기 집으로 여기며 살았다. 펠롭스의 친절에도 불구하고, 라이오스는 크리시프스를 납치하여 펠롭스에게 나쁜 짓을 하였다. 우리는 크리시프스가 펠롭스로부터 사랑을 많이 받았기 때문에 크리시프스에 대한 질투로 라이오스가 이런 짓을 했다고 추측한다. 그렇게 모르는 사이에 행동으로 나타나는 형제간의 경쟁에 대한 처벌로, 델피의 신탁은 라이오스가 아들에게 죽임을 당할 것이라고 말했다. 탄타루스가 아들 펠롭스를 죽였듯이, 혹은 죽이려고 했듯이 그리고 펠롭스가 장인 외노마우스를 죽음으로 몰고 갔듯이, 오이디푸스는 자기의 아버지 라이오스를 죽이게 된다. 아들이 아버지의 위치를 차지하는 것은 자연스런 과정이다. 그래서 우리는 이 모든 이야기를 아버지의 위치를 차지하려는 아들의 소망과 그것에 선수를 치려는 아버지의 노력으로 읽을 수 있다. 그러나 이 신화에서는 아버지의 편에서 오이디푸스적인 행동을 하는 것이 어린이들의 편에서 오이디푸스적인 행동을 하는 것에 앞선다.

자신의 아들에게 죽게 되는 것을 막으려고, 라이오스는 오이디푸스가 탄생하자 아이의 복사뼈를 창으로 찌르고 두 다리를 함께 묶었다. 라이오스는 양치는 목자에게 어린 오이디푸스를 데려가 들판에서 죽게 버려 두라고 명령하였다. 그러나 그 목동은—《백설 공주》의 사냥꾼처럼—아이를 불쌍하게 여겨서, 오이디푸스를 버린 척하고 다른 목동에게 그 아이를 돌봐 주라고 넘겼다. 이 목동은 오이디푸스를 자기 나라의 왕에게 데려갔고 그 왕은 오이디푸스를 아들로 삼아 길렀다.

젊은 청년이 되어, 오이디푸스는 자기가 아버지를 죽이고 어머니와 결혼할 것이라는 델피의 신탁을 들었다. 자기를 길러 준 왕과 왕비가 자신의 친부모라고 생각한 오이디푸스는 그런 과오를 막으려고 집에 돌아가지 않고 방랑의 길을 떠났다. 오이디푸스는 교차로에서 마주친 라이오스를 죽였는데, 그 사람이 자신의 친아버지라는 사실을 알지 못했다. 오이디푸스는 계속 방랑을 하다 테베에 와서, 스핑크스 Sphinx의 수수께끼를 풀고 그 도시를 다스리게 되었다. 그 보상으로 오이디푸스는 왕비— 과부가 된 어머니 요카스타—와 결혼하였다. 그래서 아들은 왕과 남편이란 아버지의 자리를 대신 차지하게 되었다. 아들은 친어머니와 사랑에 빠지고 어머니는 아들과 성적인 관계를 가졌다. 마침내 그 모든 진실이 밝혀지자 요카스타는 자살하고 오이디푸스는 스스로 장님이 되었다. 자신이 했던 일을 알지 못한 처벌로 스스로 장님이 되었다.

그러나 비극은 거기서 끝나지 않는다. 오이디푸스의 쌍둥이 아들인 에테오클레스 Eteocles와 폴리니세스 Polynices는 아버지의 비참함을 불쌍히 여기지 않았고, 단지 딸 안티고네만이 곁에 남아 아버지를 돌봐 주었다. 시간이 흐르고《테베에 반역한 일곱 사람》의 전쟁에서, 에테오클레스와 폴리니세스는 서로 죽였다. 안티고네는 크레온 Creon 왕의 명령을 어기고 폴리니세스를 땅에 묻어 주어서 죽임을 당했다. 두 형제의 운명에서 보여지듯이, 격렬한 형제간의 경쟁은 황폐한 결과를 낳는다. 또 안티고네의 운명에서 우리는 지나치게 강한 형제간의 집착 또한 똑같이 치명적이라는 사실을 배운다.

이 신화에서 죽음을 불러오는 여러 관계를 요약해 보자. 자기의 아들을 사랑스럽게 받아들이는 대신에, 탄타루스는 아들을 자신의 목적에 쓸 제물로 삼았다. 라이오스도 같은 입장에서 오이디푸스에게 그렇게 했고 두 아버지는 파멸을 맞이했다. 외노마우스는 자기 딸을 혼자서 독점하려고 했기 때문에 죽는다. 요카스타도 마찬가지로 자기 아들에게 지나치게 가깝게 집착하여 마찬가지 운명이 된다. 즉, 이성의 자녀에 대한 부모의 성적인 사랑은 동성의 어린이가 부모의 자리를 차지하고 부모를 능가하리란 불안에서 나온 행동만큼이나 파괴적이다. 동성의 부모를 없애는 것은 오이디푸스의 파멸인데, 그것은 아버지를 고통 속에 내버려 둔 오이디푸스 아들들의 파멸이다. 형제간의 경쟁은 오이디푸스의 아들들을 죽인다. 안티고네는 아버지 오이디푸스를 저버리지 않고 반대로 비참함을 함께 나누었지만 오빠에게 너무 지나치게 헌신하였기 때문에 죽는다.

그러나 이것은 아직 이야기의 결론이 아니다. 크레온은 왕으로서, 안티고네를 사랑한 자기 아들 하에몬 Haemon의 탄원을 거절하면서 안티고네를 죽게 하였다. 안티고네를 죽임으로써, 크레온은 자기 아들 역시 파멸시켰다. 다시 또 여기에 아들의 인생을 지배하기를 포기하지 않는 아버지가 있다. 하에몬은 안티고네의 죽음으로 절망하여, 아버지를 죽이려고 시도하지만 실패하고, 자살한다. 그리고 하에몬의 어머니이자 크레온의 부인도 아들이 죽자 자살한다. 오이디푸스의 가족에서 유일하게 살아남은 사람은 안티고네의 여동생인 이스메네 Ismene인데, 자신의 부모나 형제 어느 쪽에도 깊이 집착하지 않았고, 직접적인 어떤 가족에게도 깊이 빠져 들지 않았다. 신화에 따르면 출구가 없는 것처럼 보인다. 즉, "오이디푸스적" 관계에 우연히 혹은 자신의 욕망 때문에 너무 깊이 빠져 든 사람은 누구나 파멸된다.

거의 모든 종류의 근친상간적 집착이 이 신화에서 발견되고, 옛이야기에서도 모든 유형이 신화와 유사하다. 그러나 옛이야기에서는 주인공의 이야기가 어떻게 이 잠재적으로 파괴적인 유아의 관계를 발전적인 과정으로 만들 수 있거나 통합하는지를 보여 준다. 신화에서는 오이디푸스적인 어려움은 실현되고, 그 관계가 긍정적이건 부정적이건 간에, 그 결과로 모든 것은 파멸로 끝난다. 그 메시지는 명백하다. 즉, 부모가 자기 아이를 받아들일 수 없을 때 그리고 부모가 결국 자신의 아이에게 자리를 물려 주어야 한다는 데에 만족할 수 없을 때 가장 처절한 비극으로 귀결된다. 자식을 자식으로서 받아들이는 것만이—경쟁자도 아니고 성적인 사랑의 대상도 아닌—부모와 자식들, 형제들 사이에 좋은 관계가 유지된다.

오이디푸스적 관계와 오이디푸스적 결과를 표현하는 방법에 있어서 옛이야기와 이 고전적인 신화는 매우 다르다. 계모의 질투에도 불구하고, 백설 공주는 살아 남을 뿐만 아니라 굉장한 행복을 얻는다. 이는 라푼첼 Rapunzel의 이야기에서도 유사하게 나타난다. 라푼첼의 부모는 딸을 기르는 것보다 욕망을 만족시키는 것을 더 중요하게 생각하여 딸을 버렸고, 양어머니는 또 라푼첼을 너무 오랫동안 데리고 있으려고 했다. 《미녀와 야수 Beauty and the Beast》를 보면 미녀는 아버지에게 사랑을 받고 자기도 또한 아버지를 똑같이 깊이 사랑한다. 이 이야기에서는 아버지와 딸 중 어느 누구도 서로에 대한 집착으로 처벌받지 않는다. 반대로 미녀는 아버지를 구하고 아버지에 대한 집착을 야수에게로 옮김으로써 야수를 구한다. 신데렐라 Cinderella는 오이디푸스의 아들들처럼, 형제간의 질투로 파멸되기는 커녕 승리를 얻게 된다.

모든 옛이야기가 다 이렇다. 이들 옛이야기의 메시지는 오이디푸스적인 함정과 어려움이 풀 수 없는 것으로 보이지만, 용기를 가지고 이 감정적인 친밀한 콤플렉스와 투쟁함으로써, 심각한 문제로 전혀 괴로워하지 않은 사람들보다 더 좋은 인생을 살 수 있다는 것이다. 신화에서는 단지 극복할 수 없는 어려움과 패배만이 있다. 옛이야기에서도 똑같은 위험이 있지만 그것은 성공적으로 극복된다. 죽지도 파멸하지도 않고 적이나 경쟁자와 싸워 이기는 것으로 상징되고, 행복으로 상징되는 더 높은 통합이 옛이야기의 결말에서 주인공에게 보상된다. 행복한 결말을 얻기 위해, 어린이는 성숙하는 데 필요한 성장의 경험을 견뎌 내야 한다. 이것은 자기 자신이 되기 위한 투쟁에서 마주치는 어려움으로 사기가 떨어지지 않도록 어린이에게 용기를 준다.

27. 《백설 공주》

《백설 공주 Snow White》는 가장 잘 알려진 옛이야기 중의 하나다. 그것은 수세기 동안 유럽 전역에서 전 유럽의 언어로 다양한 형태로 구연되어 왔다. 이 이야기는 유럽에서부터 다른 대륙으로 퍼졌다. 비록 많이 변했지만,[25] 대부분 그 제목은 단순히 《백설 공주》였다. 요즘은 《백설 공주와 일곱 명의 난쟁이 Snow White and the Seven Dwarfs》란 제목으로도 널리 알려져 있는데, 불행히도 이것은 난쟁이를 강조하여 고친 제목이다. 난쟁이는 성숙한 인간으로 발전하지 못하는 존재로서, 영원히 오이디푸스 전기의 단계에 머물러 있고(난쟁이는 부모도 없고, 결혼하거나 아이도 갖지 않는다.) 백설 공주에서 발생하는 중요한 성장을 돋보이게 하지 못한다.

《백설 공주》의 한 이본은 다음과 같이 시작한다.

> 어떤 백작 부부가 흰 눈이 쌓인 세 개의 언덕을 마차를 타고 지나가고 있었다. 그때 백작이 이렇게 말한다. "이 눈처럼 하얀 딸이 있었으면." 잠시 뒤 그들이 빨간 피로 가득한 세 개의 웅덩이에 도달하자, 그것을 본 백작은 말

---

25) 예를 들어, 한 이탈리아의 이본은 "우유빛 피부와 피같이 빨간 소녀 La Ragazza di Latte e Sangue"라고 불린다. 이탈리아 판본에서 여왕이 쏟은 세 방울의 피는 눈에 떨어뜨리지 않은 것으로 많이 개작됐는데, 이탈리아 지방에서 눈은 매우 드물기 때문이다. 대신에 세 방울의 피는 우유, 하얀 대리석, 혹은 하얀 치즈에 떨어지는 것으로 표현된다.

했다. "이 피처럼 빨간 뺨을 가진 딸을 갖고 싶다." 마지막으로 세 마리의 검은 까마귀가 지나갔다. 그것을 본 순간 백작은 "이들 까마귀같이 검은 머리를 가진" 딸을 원했다. 백작 부부는 계속 가다가 눈같이 희고, 피같이 붉고, 까마귀같이 검은 머리를 가진 한 소녀를 만났는데 그 소녀가 《백설 공주》였다. 백작은 곧 마차에 앉을 자리를 마련해 주고 귀여워했다. 그러나 백작 부인은 그것을 좋아하지 않고 가는 동안 내내 그 소녀를 제거할 생각만 했다. 마침내 백작 부인은 장갑을 떨어뜨리고 《백설 공주》에게 그것을 찾아오라고 명령했다. 백설 공주가 그것을 찾는 동안 마차를 모는 사람은 굉장한 속력을 내면서 달려가 버렸다.

또 다른 비슷한 이본에서는 백작 내외가 숲을 달리면서 단지 《백설 공주》에게 숲에서 자라는 아름다운 장미를 한 다발 꺾어 오라고 시키는 수법으로 마차에서 내리게 하는 세부적인 것만 다르다. 백설 공주가 마차에서 내리자, 왕비는 마차 모는 사람에게 달리도록 명령했고, 《백설 공주》는 숲 속에 버려졌다.[26]

백설 공주의 이야기를 이렇게 표현하면서, 백작과 백작 부인 혹은 왕과 왕비는 희미하게 부모의 가면을 쓰고 있고, 소녀는 아버지 인물형에게 몹시 감동되어 우연히 양딸이 된다. 아버지와 딸의 오이디푸스적인 욕망과, 어떻게 이들 관계가 딸을 없애고 싶어하는 어머니의 질투를 불러일으키는가는 보편적인 이본에서보다 여기서 더 명백하다. 지금 광범위하게 수용되고 있는 《백설 공주》 형태는 우리의 의식에다가 오이디푸스적인 함정을 강요하기보다 우리의 상상력에다 그것을 맡긴다.[27][28][29]

---

26) 《백설 공주》의 다양한 이본은 앞에서 언급한 볼테 Bolte와 폴리프카 Polivka의 책 참조.

27) "백설 공주" 모티프의 가장 최초의 이본 중에서 어떤 요소는 바질 Basile의 《어린 하녀 The Young Slave》에서 발견되는데 여주인공에 대한 박해는 (의붓)어머니의 질투에 해당하는 것이고, 그 이유는 어린 소녀가 아름다워서가 아니라, 실제로나 상상으로 그 (의붓)어머니의 남편이 사랑을 보인다는 것 때문임이 분명히 나타난다. 리사 Lisa라는 이름의 소녀는 일시적으로 머리에 꽂힌 빗 때문에 죽는다. 리사는 백설 공주처럼, 수정 상자에 묻혀서 그 관 속에서 관과 함께 계속 자란다. 그 관에서 칠 년을 보낸 후, 아저씨가 멀리 간다. 이 아저씨는 사실은 리사의 의붓아버지인데, 유일한 아

공개적으로 진술했건 암시되기만 했건 간에, 오이디푸스적인 어려움을 개인이 어떻게 해결하는가 하는 것은 그 사람의 인격과 인간 관계에 매우 중요하다. 오이디푸스적인 함정을 위장하거나 미묘하게 그 함정을 넌지시 비춤으로써, 옛이야기는 이 문제들을 더 잘 이해하게 해 준다. 옛이야기는 간접적으로 가르친다. 방금 언급된 이본에서, 백작이 백설 공주를 너무나 깊이 바라고 사랑하여 부인이 백설 공주를 질투하지만, 백설 공주는 백작과 백작 부인의 친자식이 아니다. 백설 공주의 잘 알려진 이야기에서, 질투하는 늙은 여성은 백설 공주의 친어머니가 아니라 의붓어머니이고, 모녀가 사랑하여 경쟁 관계를 빚는 그 사람은 언급되지 않는다. 그래서 이야기 속의 갈등의 원천인 오이디푸스적인 문제는 우리의 상상력에 남겨져 있다.

반면에 생리학적으로 말해서, 부모가 자식을 낳지만 두 사람이 부모가 되는 원인은 자식의 탄생이다. 그래서 부모의 문제를 만드는 것은 어린이며, 이에 따라 어린이의 문제도 발생하게 된다. 옛이야기는 보통 어떤 방식으로든 어린이의 인생이 궁지에 몰렸을 때 시작한다.《헨젤과 그레텔 Hansel and Gretel》에서 어린이들의 존재는 부모에게 시련을 준다. 그리고 이 때문에, 인생은 어린이들에게 문제투성이로 돌변한다.《백설 공주》에서 문제는 가난이라는 어떤 외형적인 어려움이 아니라, 문제 있는 상황을 만드는 어린이와 그 부모 사이의 관계다.

가족 내의 어린이의 위치가 자신과 부모에게 문제가 되는 순간, 삼각관

버지이기도 하다. 왜냐하면 리사의 어머니는 장미 잎사귀를 삼키고 마술로 임신하게 됐기 때문이다. (의붓)어머니는 남편이 리사를 사랑한다고 생각하기 때문에 미친듯이 질투하여, 관 속에 있는 리사를 마구 흔들었다. 빗이 머리에서 떨어지는 바람에 리사는 깨어났다. 질투하는 (의붓)어머니는 리사를 하녀로 만들어 버렸다. 그래서 그 이야기의 제목이 "어린 하녀"인 것이다. 결말에서, 어린 하녀가 바로 리사라는 것을 아저씨가 발견한다. 그 남자는 리사의 지위를 회복시키고 리사에 대한 남편의 사랑을 질투하여, 거의 리사를 죽일 뻔한 자기 아내를 내쫓는다.[28][29]

28) 이 책에서 논의하는 "백설 공주"는 그림 형제 The Brothers Grimm의 이야기에 바탕을 두고 있다.

29)《어린 하녀》는 바질의《펜타메론 Pentamerone》(London, John Lane the Bodley Head, 1932)에서 두 번째 날의 여덟 번째 이야기로, 1636년에 처음 인쇄되었다.

계를 벗어나려는 어린이의 투쟁이 시작된다. 이와 더불어 어린이는 가끔씩 스스로를 발견하려고 절망적이고 외로운 과정에 들어간다. 그 투쟁 속에서 다른 사람들은 이 과정을 방해하거나 촉진시켜 주는 대조적인 역할을 한다. 어떤 옛이야기에서 주인공은 또 다른 사람을 발견하고, 구출하고, 결합하여 영구적인 의미가 있는 관계를 갖기 전에 찾고, 여행하고, 수년 동안 외롭게 살며 고통스러워한다. 《백설 공주》에서 주인공이 난쟁이들과 지낸 수 년 동안은 주인공이 보낸 시련의 세월을 나타내고, 문제를 해결해 나가는 기간이며, 성장의 기간이다.

옛이야기는 그렇게 산뜻하게 《백설 공주》처럼 어린 시절의 성장과정의 주요 국면을 듣는 이가 알도록 도와 주지 않는다. 대부분의 옛이야기에서는 전적으로 의존적인 가장 초기의 전오이디푸스적인 몇 해 동안이 언급되지 않는다. 그 이야기는 본질적으로 아동기에서 청년기로 넘어가는 과정에 놓여 있는 딸에게 좋은 어린 시절을 갖는 것이 무엇인지, 그것으로부터 벗어나 성장하는 데 필요한 것은 무엇인지 강조하면서, 어머니와 딸 사이의 오이디푸스적인 갈등을 다룬다.

그림 형제의 《백설 공주》는 다음과 같이 시작한다.

먼 옛날, 어느 한겨울 하늘에서 눈송이가 깃털처럼 흩날리던 날이었습니다. 새까만 창틀이 달린 창문 앞에 앉아 왕비가 바느질을 하고 있었습니다. 그런데 바느질을 하면서 창 밖을 내다보느라 왕비는 그만 바늘에 손가락을 찔리고 말았습니다. 세 방울의 붉은 피가 눈 위에 떨어졌습니다. 새하얀 눈 위에 떨어진 붉은 핏방울이 너무도 아름다워서 왕비는 속으로 생각했습니다. "눈처럼 희고 피처럼 붉고 숯처럼 검은 어린이가 있었으면!" 얼마 후 왕비는 딸을 낳았습니다. 아기는 눈처럼 하얀 살결과 피처럼 붉은 입술과 숯처럼 검은 머리카락을 가지고 있었습니다. 그래서 아기는 백설 공주라고 불렸습니다. 아기가 태어난 지 얼마되지 않아 왕비는 세상을 떠났습니다. 일 년이 지난 다음 왕은 다른 여자와 결혼을 했습니다……

이야기는 백설 공주의 어머니가 손가락을 바늘에 찔려 세 방울의 빨간 피가 눈 위에 떨어지는 것으로 시작한다. 여기서 그 이야기가 해결하려고 설정한 문제는 암시적이다. 즉, 성적인 순결을 의미하는 순백이 성적인 욕망과 대조되면서, 빨간 피로 상징된다. 옛이야기는 어린이가 한편으로 가장 혼란을 일으키는 사건을 이런 식으로 받아들이게 준비를 한다. 즉, 월경과 후에 성교로 인해 처녀막이 찢어지는 성적인 출혈을 받아들이도록 준비시킨다. 《백설 공주》의 처음 몇 구절을 들어보면, 어린이는 소량의 출혈이—세 방울의 피(셋이란 숫자는 무의식에서 성과 밀접하게 연합된다.[30])—있은 후에 아기가 생긴다는 것을 배운다. 그런데 여기서 (성적인)출혈은 "행복한" 사건과 밀접하게 연결되고, 어린이는 출혈 없이는 어떤 아기도 태어날 수 없다는 것을 세부적인 설명 없이 배운다.

백설 공주는 태어나자마자 어머니를 여의었고 곧 계모를 맞이한다. 친어머니가 계모로 바뀌어졌다는 사실에도 불구하고, 백설 공주가 태어난 처음 몇 해 동안은 아무런 나쁜 일도 발생하지 않았다. 계모는 백설 공주가 일곱 살이 되어 성숙해지기 시작할 나이에 이른 후에야 "전형적인" 옛이야기의 계모로 바뀐다. 그때부터 계모는 백설 공주에게 위협을 느끼고 질투하게 된다. 계모의 자아도취는 백설 공주의 미모가 자기를 능가하기 전에도 오랫동안 마법의 거울에게 자신의 아름다움을 재확인하는 데에서 입증된다.

왕비는 자신의 가치—예를 들어 아름다움—에 대해 토의하면서 자신만을 사랑해서, 자기 사랑에 빠진, 고대의 나르시스 Narcissus의 주제를 반복한다. 자기의 아이가 성장하는 데 위협을 느끼는 것은 자아도취적인 부모인데, 그것은 부모가 나이를 먹어야 한다는 것을 의미하기 때문이다. 어린이가 전적으로 의지하는 한, 아이는 부모의 일부로 남아 있다. 어린

---

30) 무의식에서 3이란 숫자가 성을 나타내는 이유에 대한 논의는 다음 장 《금발의 소녀와 곰 세 마리 Goldilocks and the Three Bears》 참조.

이는 부모의 자아도취를 위협하지 않는다. 그러나 어린이가 성숙하기 시작하여 독립에 이르면, 그 어린이는《백설 공주》의 왕비에게 일어난 일처럼, 그런 부모에게 위협을 느끼게 한다.

나르시시즘 Narcissism은 어린 아이의 성격 구성에서 많은 부분을 차지한다. 어린이는 점차적으로 이 자기몰입이라는 위험한 형태로부터 벗어나는 것을 배워야 한다. 백설 공주의 이야기는 부모와 어린이 양쪽이 자아도취를 가져서 생기는 나쁜 결과를 경고한다. 백설 공주의 자아도취는 백설 공주를 거의 파멸에 이르게 하는데 공주는 자신을 더 아름답게 만들려고 변장한 왕비의 유혹에 두 번이나 넘어갔다. 한편, 왕비도 자신의 자아도취로 파멸한다.

집에 남아 있는 동안, 백설 공주는 아무것도 하지 않았다. 우리는 공주가 추방되기 전의 생활에 대해서 들은 바가 없다. 우리는 비록 그것이 딸에 대하여 (의붓)엄마가 설정한 남편에 대한 경쟁이라고 추정하는 것이 합리적이라 해도, 백설 공주와 백설 공주의 아버지와의 관계에 대해서 아무 것도 듣지 못했다.

옛이야기는 객관적으로가 아니라 항상 발전하는 사람인 주인공의 관점에서 세상일을 조망한다. 이야기를 듣는 어린이는 자신과 백설 공주를 동일시하기 때문에, 모든 사건을 백설 공주의 눈을 통해 바라보지, 왕비의 눈으로 보지 않는다. 소녀에게는 자기가 아버지를 사랑하는 일은 세상에서 가장 자연스러운 일이고 아버지가 딸을 사랑하는 것도 마찬가지다. 소녀는 이 일을 문제라고 생각할 수 없다. 아버지가 자기를 누구보다 더, 충분히 사랑하지 않는 것은 문제가 되지만 말이다. 여자 아이는 아버지가 어머니보다 자신을 더 사랑하길 원하지만, 이것이 어머니가 자신을 질투하게 만들 수 있다는 사실을 받아들일 수 없다. 그러나 전의식 단계에서, 어린이는 한쪽 부모가 다른 쪽 부모에게 보내는 관심에 대해 자기가 마땅히 받아야 할 관심이라고 느끼고 얼마나 자신이 질투하고 있는지 아주 잘 안다. 어린이는 양쪽 부모에게서 다 사랑을 받기 원하는 만큼—잘 알려진 사실이지만, 오이디푸스적인 상황을 논하는 데서는 자주 무시되는데 그 문제의 성격 때문이다.—한쪽 부모가 자기를 사랑하는 것이 다른 쪽 부모에게 질투를 느끼게 할 수 있다고 상상하는 것은 어린이에게 위협적이다.《백설 공주》에서 왕비에게는 진지한 문제인 이 질투가 심각할 경우에는 그것을 설명하기 위해 어떤 다른 이유가 나타나야 하는데, 이 이야기에서는 어린이의 아름다움의 탓으로 돌린다.

정상적인 사건의 과정에서, 한쪽 부모나 양쪽 부모가 자기 자식을 사랑한다고 해서 부모들 사이의 관계가 위협받지는 않는다. 결혼관계가 아주 나쁘지 않는 한, 혹은 한쪽 부모가 지나치게 자아도취적이지 않는 한, 한쪽 부모에게 사랑받는 어린이에 대한 질투는 아주 적고 다른 쪽 부모가 잘 조절한다.

문제는 어린이에게는 아주 다르다. 첫째, 부모는 좋은 부부관계 속에서 질투의 문제를 쉽게 해결할 수 있지만, 어린이는 그 경우 질투의 고통에 대한 위안을 쉽게 얻을 수 없다. 둘째로, 모든 어린이들은 다 질투한다. 자기 부모에 대해서가 아니라, 부모가 어른으로서 즐기는 특권에 대해서 질투한다. 동성 부모의 부드럽고 사랑스러운 보살핌이 질투하는 오이디푸스적인 어린이와 자연스럽게 확고한 유대를 형성하지 못해서 어린이가 이러한 질투를 이겨내고 정체성을 수립하는 과정에 들어서게 하지 못한다면, 이러한 질투심이 어린이의 감정 상태를 지속적으로 지배하게 될 것이다. 자아도취적인 (의붓)엄마는 관계를 맺거나 동일시하기에 적당치 않은 인물이므로, 백설 공주는 만일 자기가 왕비의 친자식이라고 할지라도 어머니의 유리한 점, 어머니의 힘에 강한 질투를 느끼지 않을 수 없었을 것이다.

만일 어린이가 (이것은 그 어린이의 안전을 몹시 위협하므로) 한쪽 부모에 대한 질투를 스스로 용납할 수 없다면, 그 어린이는 자기의 감정을 부모에게 투사한다. 그래서 "나는 어머니의 모든 유리한 점과 특권을 질투한다."에서 "어머니는 나를 질투한다."로 그 어린이의 소망이 표현된다. 열등감은 방어적으로 우월한 감정으로 뒤바뀐다.

사춘기나 청년기의 어린이는 스스로 다음과 같이 말할 수 있다. "나는 나의 부모와 경쟁하지 않아. 나는 이미 부모보다 더 나아. 나에 대해 경쟁심을 느끼는 것은 부모야." 불행히도, 청년기의 어린이들에게 부모보다 아이들이 더 우수하다는 확신을 심어 주려고 애쓰는 부모도 있다. 즉, 부모들은 어떤 점에서는 어린이들이 더 잘할 수 있지만, 어린이의 능력이 안전해지기까지, 이 사실을 스스로 간직해야 한다. 더 나쁜 것은, 청년기의 어린이와 마찬가지로 스스로 모든 방면에서 잘 할 수 있다고 주장하는 부모가 있다는 것이다. 즉, 아들이 가진 젊은 힘과 성적인 매력을 계속 유지하려는 아버지, 딸처럼 젊고 매력적이기 위해 외모나 옷이나, 행동면에서 그렇게 보이도록 노력하는 어머니가 그런 예다. 《백설 공주》 같은 고대의 역사적 이야기는 이것이 오래된 현상이라는 것을 암시한다. 그러나 부모와 자식 사이의 경쟁은 부모와 어린이에게 인생을 참을 수 없게 만든다. 그런 조건하에서 어린이는 자유롭기 원하고, 자신과 경쟁하거나 굴복시키려고 드는 부모가 없어져 주기를 원한다. 그 상황이 객관적으로 볼 때 정당하다 해도, 부모가 없어져 주기를 바라는 소망은 죄의식을 심하게 일으킨다. 그래서 죄의식을 없애기 위해, 이 소망을 역시 부모에게 투사시킨다. 이런 배경에서 《백설 공주》처럼, 옛이야기에서는 자기의 아이들을 없애려고 애쓰는 부모들이 나온다.

《빨간 모자 Little Red Riding Hood》에서처럼 《백설 공주》에서도, 아버지의 무의식적인 표상으로 볼 수 있는 남성은 사냥꾼이다. 그 남자는 백설 공주를 죽이라는 명령을 받지만 백설 공주의 생명을 구해 준다. 아버지의 대리인 말고 누가 계모의 지배를 순순히 받아들이고, 어린이를 위해서 감히 왕비의 뜻에 거슬리는 행동을 하려 들겠는가? 이것은 오이디푸스적인 청년기의 소녀가 자기의 아버지에 대해 믿고 싶은 것이다. 즉, 비록 어머니가 하라는 대로 하지만, 아버지가 만일 자유롭다면 사냥꾼이 그랬듯이 아버지는 어머니를 속이고 자기의 딸 편에 설 것이다.

왜 구조하는 남자의 인물형이 옛이야기에서는 사냥꾼에게 주어질까? 옛이야기가 생겼을 무렵 사냥은 전형적인 남성의 직업이었다. 그때의 왕자와 공주는 오늘날만큼 많지 않았지만 옛이야기는 단순히 그들에 관해 취급한다. 그러나 언제 어디서 이들 이야기가 생겼든지 간에, 사냥은 귀족의 특권이었으며, 그 사실은 사냥꾼을 아버지 같은 높은 인물로 볼 좋은 근거를 제공한다.

실제로 사냥꾼은 옛이야기에서 빈번하게 나타나는데, 그것은 투사하기에 아주 좋기 때문이다. 모든 어린이는 가끔 자기가 왕자이거나 공주이기를 소망한다. 그리고 한때는 무의식적으로 자신이 환경에 의해 일시적으로 계급이 낮아진 왕자나 공주라고 믿는다. 부모가 어린이들을 계속 지배하는 것처럼, 부모의 지위는 어린이에게는 절대적인 힘을 의미하기 때문에 옛이야기에는 왕이나 왕비가 그렇게 많다. 그래서 옛이야기의 귀족성은 어린이의 상상력의 투사를 표상하고, 사냥꾼도 마찬가지다.

강하고 방어적인 아버지의 인물형에 적합한 이미지로서 사냥꾼 인물형을 점차 받아들이는 것은 어린이들 자신이 이 인물형에 부여하는 연상과 관련된다. 이러한 아버지의 이미지는 《헨젤과 그레텔》에서의 아버지와 같이 무능력한 아버지와 반대되는 인물형이다. 무의식적으로 사냥꾼은 보호자의 상징으로 보여진다. 이런 연결에서 우리는 어린이가 동물적인 공포증에서 전적으로 자유롭지 못하다는 사실을 생각해야 한다. 꿈과 백일몽 속에서 어린이는 성난 동물에게 위협당하고 쫓기는데, 그것은 어린이의 두려움과 죄의식이 만들어 낸 것이다. 단지, 부모인 사냥꾼만이 이들 동물에게 위협을 가해 어린이의 문밖으로 영원히 내쫓을 수 있다고 느낀다. 그래서 옛이야기의 사냥꾼은 친근한 동물을 죽이는 인물이 아니라, 야생의 흉포한 짐승을 지배하고, 다룰 수 있고, 복종시키는 인물이다. 더 깊은 층위에서, 사냥꾼은 인간 내부에 있는 동물적이고, 반사회적이고, 난폭한 경향에 대한 정복을 표상한다. 사냥꾼은 늑대같이 사람의 저열한 측면으로 보이는 것을 찾고, 쫓아가 패배시키기 때문에 사냥꾼은 우리의 난폭한 감정과 타인의 난폭한 감정의 위험으로부터 우리를 구할 수 있는 아주 보호자적인 인물이다.

《백설 공주》에서 사춘기 소녀의 오이디푸스적 투쟁은 억압되지 않지만 경쟁자인 어머니의 주변에서 이루어진다. 《백설 공주》의 이야기에서 아버지인 사냥꾼은 강하고 방어하는 자세를 갖지 못한다. 그 남자는 왕비에 대한 의무를 다하지 못할 뿐 아니라, 백설 공주를 안전하게 보호할 도덕적인 의무도 감당하지 못한다. 그 남자는 공공연히 백설 공주를 죽이지는 않지만, 들짐승에게 죽기를 바라면서, 숲에다 백설 공주를 버린다. 사냥꾼은 어머니의 명령을 외견상 실행하는 것처럼 하고, 소녀에게는 단지 죽이지 않는 것으로 양쪽을 달랜다. 아버지의 이중경향 때문에 계속되는 어머니의 미움과 질투는 《백설 공주》에서는 악한 왕비로 반영된다. 따라서 악한 왕비는 백설 공주의 인생에서 계속 반복해 나타난다.

약한 아버지는 《헨젤과 그레텔》처럼 백설 공주에서도 거의 쓸모가 없다. 옛이야기에서 그런 인물이 빈번히 등장하는 것은 부인에게 쥐어 사는 남편들이 이 세상에는 새로운 것이 아니라는 사실을 암시한다. 더 핵심에 가깝게 말하자면, 어린이가 처리할 수 없는 어려움을 만들거나 어린이가 어려움을 해결하도록 도와 주지 못하는 그런 아버지다. 이것은 옛이야기가 부모에 대해 담고 있는 중요한 메시지 중의 한 예다.

아버지가 무기력하고 약한 반면에 왜 이들 옛이야기에서 어머니는 공공연하게 부정되고 있을까? (의붓)어머니는 악하게, 아버지는 약하게 묘사되는 근거는 어린이가 부모에 기대하는 것과 관계가 있다. 전형적인 핵

가족의 배경에서, 외부 세계의 위험으로부터 어린이를 보호하는 것은 아버지의 의무다. 어머니는 보편적으로 맛있는 음식을 제공해 주며 어린이가 살아나가는 데 직접적이고 구체적인 만족을 주는 존재다. 옛이야기에서 《헨젤과 그레텔》에서 일어난 일처럼 어린이가 없어져야 한다고 어머니가 주장할 때나, 어머니가 어린이를 버리고 돌보지 않는다면, 어린이의 인생은 위험 속에 빠지게 된다. 만일 약한 아버지가 자기의 의무에 태만하다면, 아버지의 보호가 없는 어린이의 인생은 그런 대로 스스로 적응하여 그렇게 직접적으로 위험하지는 않는다. 그래서 백설 공주는 숲 속에서 사냥꾼에게 버려졌을 때 스스로 그럭저럭 꾸려 간다.

양쪽 부모의 편에서 책임감 있는 행동과 결합된 사랑의 보살핌만이 어린이가 그 자신의 오이디푸스적인 갈등을 통합할 수 있게 한다. 만일 어린이에게 한쪽 부모나 양쪽 부모가 없다면, 그 어린이는 부모와 동일시할 수 없을 것이다. 어린이가 시기적으로 준비되는 더 높은 다음 단계의 발달을 이루지 못할 때 생기는 일처럼, 한 소녀가 자신의 어머니에 대해서 긍정적인 동일시를 이룰 수 없다면, 그 소녀는 오이디푸스적인 갈등에 매달려 있을 뿐만 아니라 퇴행하게 된다.

왕비는 원초적인 자아도취에 고착되어 구순의 혼합 단계에 머물러 있는 사람으로 누구와도 긍정적인 관계를 가지거나 동일시할 수 없는 사람이다. 왕비는 사냥꾼에게 백설 공주를 죽이라고 할 뿐만 아니라, 백설 공주의 폐와 간을 증거로 가져오라 한다. 사냥꾼이 동물의 폐와 간을 구해 왕비의 명령을 수행했다는 증거물로 가져왔을 때, 옛이야기는 이렇게 얘기한다.

요리사가 소금으로 간을 맞춰 끓여 온 요리를 먹은 왕비는 백설 공주의 허파와 간을 먹었다고 생각했습니다.

원시적인 사고와 풍습에서, 사람은 자신이 먹은 것의 힘이나 특성을 얻는다고 생각했다. 백설 공주의 매력은 백설 공주의 내부 기관으로 상징되므로 왕비는 백설 공주의 아름다움을 질투하여, 그것을 흡수하길 원했다.

이것은 딸의 싹트는 성욕을 어머니가 질투하는 처음의 이야기도 아닐 뿐 아니라, 그런 질투하는 어머니를 딸이 마음 속에서 고발하는 것도 드물지는 않다. 마법의 거울은 어머니의 목소리라기보다는 딸의 목소리가 말하는 것처럼 보인다. 아주 어린 소녀가 세상에서 자신의 어머니가 가장 아름다운 사람이라고 생각하는 것과 같이, 거울이 처음에 왕비에게 말하는 것이 바로 그 말이다. 그러나 성장한 소녀가 자신이 어머니보다 훨씬 더 아름답다고 생각하는 것처럼, 나중에 거울이 같은 말을 한다. 어머니는 거울을 볼 때 당황할 수 있다. 어머니는 자신과 딸을 비교하고 혼자 생각한다. "나의 딸은 나보다 더 예뻐." 그러나 거울은 "딸이 천 배나 더 예뻐요." 라고 말한다. 이것은 어린이의 내적인 의심의 목소리가 침묵하고 자신의 이점을 확대해서 생각하는 청년기의 과장과 아주 유사한 진술이다.

사춘기의 어린이는 동성의 부모보다 자기가 훨씬 더 낫기를 바라는 마음과 만일 실제로 그렇게 된다면 아직 강력한 힘을 가진 자기의 부모가 무서운 복수를 할 것이라는 두려움 때문에 이중경향을 갖고 있다. 상상에서나 실제로도 부모가 우월하기 때문에 파멸을 두려워하는 것은 어린이지, 부모가 아니다. 부모의 편에서 보면, 자기 아이와 긍정적인 방법으로 동일시하는 데 성공하지 못했다면, (왜냐하면 동일시할 때만이 그 사람은 자식의 성취를 대리경험하여 즐거워할 수 있기 때문이다.) 질투의 번민으로 고통스러워할 수 있다. 부모와 어린이의 동일시를 성공적으로 입증하기 위해서는 부모가 같은 성을 가진 어린이와 강하게 동일시하는 것이 본질적이다.

오이디푸스적인 갈등이 사춘기의 어린이에게 다시 생길 때는 언제나, 난폭한 이중경향이 발생하기 때문에 어린이로서는 가족과의 생활이 견딜 수 없어진다. 내적인 동요를 피하기 위해서, 그 아이는 이런 심리적인 어려움이 전혀 없는 더 좋은 다른 부모의 아이가 되는 꿈을 꾼다. 어떤 어린이들은 환상에만 머무르는 것이 아니라 실제로 이상적인 가정을 찾아 나서기도 한다. 그런데 옛이야기는 함축적으로 그것은 단지 상상의 나라에서만 있으며, 실제로 발견됐다면 그것은 만족스럽지 못한 것으로 판명된다고 어린이에게 가르친다. 이것은 헨젤과 그레텔, 백설 공주 모두에게 마찬가지다. 백설 공주가 집을 떠나 멀리에서나마 가정을 경험하는 것이 완전히 버려진 헨젤과 그레텔보다 낫기는 하지만, 그것 역시 잘 이루어지지 않았다. 난쟁이들은 백설 공주를 보호할 수 없고 백설 공주가 어머니에게 당하지 않을 수 없기 때문에 공주의 어머니는 계속해서 공주를 지배한다. 이것은 난쟁이들이 왕비의 계략을 깨닫고 누구도 집에 들이지 말라고 경고했음에도 불구하고, 백설 공주가 여러 가지 모습으로 변장한 왕비가 집에 들어오는 것을 허용하는 것으로 상징된다.

비록 집을 떠나는 것이 가장 쉬운 탈출구라 할지라도, 집에서 달아나는 것만으로는 부모에 대해 우리가 느끼는 충격에서 벗어날 수 없다. 우리는 우리의 내적인 갈등을 통해 계속 노력하여야만 독립을 얻을 수 있는데, 어린이는 보통 그 내적인 갈등을 자기들의 부모에게 투사하려 한다. 백설 공주의 이야기가 보여 주듯이, 처음에 모든 어린이는 커다란 위험과 싸우게 되는 통합의 어려운 일을 교묘히 피할 수 있기를 바란다. 일시적으로 이 과업으로부터 도망치는 것은 가능할 것처럼 보인다. 백설 공주는 한동안 평화롭게 산다. 혼자서 세상의 어려움을 만나 어찌할 줄 모르는 상태에서 난쟁이들을 만난다. 난쟁이의 보호 아래서 일을 배워서 잘하게 되고 일을 즐기는 소녀로 바뀐다. 이것은 난쟁이가 자기들과 함께 살려면 일을 해야 한다고 백설 공주에게 요구한 것이다. 즉, 난쟁이들은 백설 공주에게 다음과 같이 말한다.

당신이 집에서 살림을 하면서 우리를 위해 요리를 하고 잠자리를 보아 주고 바느질과 뜨게질을 하고 집안을 깔끔하게 정돈해 주신다면 우리와 함께 살아도 좋아요.

어머니가 없을 때 집과 자신의 아버지와 형제까지도 잘 돌보는 것이 많은 어린 소녀에게 진실한 꿈이듯이, 백설 공주는 좋은 주부가 되었다.

백설 공주가 난쟁이를 만나기 전에도, 공주는 자신의 구순적 욕망을 훌륭하게 조절할 수 있다는 것을 보여 준다. 일단, 난쟁이의 집에서 배가 너무 고팠지만, 일곱 개의 접시에서 조금씩만 떼어 먹고, 일곱 개의 잔에서 한 방울씩만 마심으로 그것들 중 어떤 것도 너무 지나치게 건드리지 않았다(구순기에 고착된 어린이들이 무례하게도 생강빵으로 만든 집을 게걸스럽게 먹는 헨젤과 그레텔과는 매우 상반된다). 허기를 채운 뒤에, 백설 공주는 일곱 개의 침대를 모두 살펴보지만, 하나는 너무 길고, 다른 것은 너무 짧아서 마침내 일곱 번째 침대에서 잠이 든다. 백설 공주는 이것들이 모두 다른 사람의 침대라는 것을 알고, 침대의 주인은 저마다 자신의 침대에서 자고 싶어할 것을 알지만 백설 공주는 그 안에 눕는다. 공주가 모든 침대를 다 탐색하는 것은 희미하게나마 이런 위험을 깨닫고 있었다는 것이고, 그런 위험이 없는 곳에서 자리 잡으려고 애쓰는 행위이다. 그리고 백설 공주가 옳았다. 집에 온 난쟁이들은 공주의 미모에 흥미를 느끼지만, 일곱 번째 난쟁이는 자기의 침대에서 공주가 잠들어 있는데도, 소리를 지르는 대신에, 친구들의 침대에서 번갈아 한 시간씩 눈을 붙이면서 밤을 보냈다.

매우 순진하게 느껴지는 백설 공주가 남자와 한 침대에서 자는 것이 위험하다는 것을 잠재적으로 인식하고 있다는 것은 터무니없어 보인다. 그러나 백설 공주는 세 번씩이나, 변장한 왕비에게 유혹을 당함으로써, 대부분의 보통 사람들처럼 그리고 무엇보다도 대부분의 청년들처럼 쉽게 유혹을 받는다. 그런데 백설 공주가 유혹을 물리치는 데 약하다는 것은 그 이야기를 듣는 사람이 의식적으로 느끼게 만들지는 않으면서, 공주를 더욱더 인간적이고 매력적으로 만든다. 한편, 함부로 먹고 마시는 것을 억제하고, 자신에게 적합하지 않은 침대에서 자는 것을 절제하는 행동에서, 역시 백설 공주는 어느 정도 본능의 충동을 통제하여 그것을 초자아의 요구에 복종시키는 것을 배웠음을 알 수 있다. 우리는 역시 공주의 자아가 성숙했다는 것을 발견하는데, 공주는 이제 열심히 일하고 다른 사람들에게 베풀 줄 알기 때문이다.

난쟁이—아주 작은 사람들—는 여러 옛이야기마다 다른 함축적 의미를 갖고 있다.[31] 요정들답게, 《백설 공주》에서 여러 가지로 도움을 준 것처럼 난쟁이들은 나쁜 일도 좋은 일도 할 수 있다. 우리가 난쟁이들에 대해서 첫번째로 안 것은 난쟁이들이 산의 광산에서 일하고 집에 돌아온다는 것이다. 다른 난쟁이들처럼, 별로 유쾌하지 않은 존재일지라도, 그들은 열심히 일하고 장삿속이 밝다. 난쟁이들에게 있어 일은 삶의 핵심이고, 휴식이나 오락을 모른다. 비록 난쟁이가 백설 공주의 미모에 넋을 잃고 공주의 불행한 이야기에 감동을 받았다고는 하나, 난쟁이들은 공주에게 함께 사는 대가로 성실하게 일을 해야 한다고 명백히 말한다. 일곱 명의 난쟁이는 일주일의 칠을 나타내는데 그날그날 일로 가득 차 있다. 백설 공주가 잘 성장하려면 스스로 선택해야 할 곳이 이 일하는 사회다. 공주가 난쟁이집에 머무르는 것은 이런 측면에서 쉽게 이해된다.

다른 난쟁이의 역사적 의미는 좀더 설명이 필요하다. 유럽의 옛이야기와 전설에는 가끔 받아들일 수 없는 기독교 이전의 종교적 주제들이 있는데 왜냐하면 기독교는 공개적으로 이교도적인 경향을 참지 않기 때문이

---

31) 민담에서 난쟁이와 그들이 나타내는 의미는 논문 "난쟁이와 거인 Zwerge und Riesen"에서 논의된다. 그리고 스퇴블리 Hans Bächtold-Stäubli, 《독일 미신에 관한 소사전 Handwörterbuch des deutschen Aberglaubens》(Berlin, de Gruyter, 1927~42)에서 다른 많은 논문들이 발견된다. 거기에는 역시 옛이야기와 옛이야기 모티프에 관한 재미있는 논문이 실려 있다.

342 제2부 동화의 나라에서

다. 어떤 면에서, 백설 공주의 완벽한 미모는 멀리 태양에서부터 온 것으로 보인다. 백설 공주라는 이름은 강한 광선의 희고 순수함을 암시한다. 고대에 의하면, 일곱 개의 행성이 태양 주위를 돈다. 그래서 일곱 난쟁이다. 튜톤 Teuton족의 전설에서 난쟁이나 땅의 요정은, 과거에 널리 알려진 일곱 가지 금속을 캐내는 광부이다. 이 광부들이 일곱인 것은 또 다른 이유가 있다. 일곱 금속은 고대의 자연철학에서 나타난 행성과 관련되기 때문이다(금은 태양과 관련되고, 은은 달과 관련되는 등).

이들 함축적 의미는 점차 현대의 어린이에게는 쓸모가 없다. 그러나 난쟁이들은 또 다른 무의식적 연상을 불러일으킨다. 여기에는 여성 난쟁이가 없다. 반면에 모든 요정들은 여성이며, 요술쟁이들은 각자 남성 동반자가 있으며, 마법사와 여자 마법사, 혹은 마녀들이 있다. 그래서 난쟁이는 남성인데, 성장이 중지된 남성이다. 이 "작은 사람들"은 성장이 중지된 몸과 광부라는 직업으로—난쟁이들은 재주있게 어두운 구멍을 판다.—남근의 함축을 암시한다. 난쟁이들은 확실히 어떤 성적인 의미에서의 남성이 아니다. 난쟁이들의 사는 방식, 사랑이 없이 금속 물질에 대한 관심은 오이디푸스 전기의 존재를 암시한다.[32)33)]

사춘기 이전의 어린 시절은 성적인 것이 상대적으로 잠자고 있는 기간을 대표하는 것으로서, 남근적 존재를 상징적인 인물형으로 지각하는 것은 얼핏 보기에 이상해 보인다. 그러나 난쟁이들은 내적인 갈등이 없고, 남근적인 존재 이상으로 느낄 수 있는 친밀한 관계를 가지려는 욕구가 없

---

32) 옛이야기와 달리, 월트 디즈니 Walt Disney의 영화에서처럼 난쟁이에게 각각 따로 이름을 주고 뚜렷한 인격을 준다면, 백설 공주가 넘어서야만 할 존재의 전개인적인 pre individual 형식을 난쟁이들이 무의식적으로 상징한다고 이해하는 데 심각한 방해가 된다. 옛이야기에 좋지 않은 것을 추가하는 것은 외견상 사람들의 흥미를 더 끌지만, 실제로 그 이야기의 깊은 의미를 바르게 파악하기 어렵게 만들기 때문에 이야기를 파괴하기 쉽다. 영화제작자나 그 이야기를 각색하는 사람들보다 시인은 옛이야기가 지니는 인물의 의미를 더 잘 이해한다. 앤 섹스턴 Anne Sexton의 시 표현에서 나타난 "백설 공주"는 "난쟁이여, 그 작고 뜨거운 개들"[44)]이라고 난쟁이들을 언급하면서, 그들의 남근적 본성을 암시한다.

33) 앤 섹스턴, 《변형 Transformations》(Boston, Houghton Mifflin, 1971).

다. 난쟁이들은 동일한 범위 내에서 행동하는 데 만족한다. 마치 혹성이 하늘에 있는 항구불변의 길을 끝없이 돌듯이, 난쟁이들은 절대로 변하지 않는 대지의 자궁에서 반복해서 일한다. 이 변화의 결여 혹은 변화에 대한 어떤 욕망의 결여는 난쟁이들의 존재를 사춘기 이전의 어린이들의 존재와 나란히 놓는다. 그리고 이것은 백설 공주가 왕비의 유혹에 저항하는 것을 불가능하게 만든 공주의 내면적 압력을 난쟁이들이 이해하거나 공감하지 못하는 이유다. 갈등은 우리의 현재의 삶의 방식을 불만족스럽게 만들고 우리가 다른 해결을 찾도록 유도한다. 만일 우리가 갈등에서 자유로웠다면, 우리는 절대로 자발적으로 더 높은 다른 삶의 형태로 이동하는 위험에 빠져들지 않는다.

난쟁이와 살면서 평화롭던 청년기 이전의 기간은 왕비가 백설 공주를 다시금 혼란스럽게 만들기 전에 청년기로 이동할 힘을 공주에게 준다. 이같이 공주는 한 번 더 문제 많은 시기로 돌입한다. 지금은, 더 이상 수동적으로, 어머니가 자신에게 가하는 고통으로 괴로워하지 않고, 일하면서 자신에게 일어나는 일을 스스로 책임져야 한다.

백설 공주와 왕비의 관계는 어머니와 딸 사이에서 일어날 수 있는 어떤 심각한 어려움을 상징한다. 그러나 그 두 사람은 역시 한 사람의 내부에서 양립할 수 없는 경향이 분리된 인물형으로 투사된 것이다. 가끔 이들 내적인 모순은 부모와 어린이의 관계에서 발생한다. 그래서 옛이야기가 내적인 갈등의 한 면을 부모란 인물형으로 투사하는 것은 역시 실제로 어린이들이 종종 취하는 방식으로 역사적인 진실을 표상한다. 이것은 백설 공주가 난쟁이와 조용하고 별로 탈 없는 나날을 지내는 것을 방해받았을 때 백설 공주에게 일어났던 일에서도 암시된다.

초기 사춘기적 갈등과 계모와의 경쟁으로 거의 파멸될 뻔한 백설 공주는 갈등이 없는 잠재기로 되돌아가려고 한다. 거기서 성은 잠자고 청년기의 혼란을 피할 수 있다. 그러나 시간도 인간적 성장도 정적인 상태로 남아 있을 수는 없고, 청년기의 문제에서 달아나 잠재기의 상태로 돌아가는 것은 성공할 수 없다. 백설 공주에게 성년기가 다가오면서 공주는 잠재기 동안 억압되고 잠자던 성적인 욕망을 경험하기 시작한다. 이와 더불어 계모는 백설 공주의 내적 갈등 속에 있는 부정적 요소를 의식에 표상하는 존재로서, 그 장면에 다시 나타나 백설 공주의 내적인 평화를 흩뜨린다.

난쟁이들의 경고에도 불구하고, 백설 공주가 거듭해서 계모에게 유혹 당하여 자신을 점차 내맡기게 되는 것은 계모의 유혹이 백설 공주의 내적인 욕망에 얼마나 밀접한가를 암시한다. 집에 아무도 들이지 말라는—혹은 상징적으로 백설 공주의 내부에 아무도 들이지 말라는—난쟁이의 충고는 아무 쓸모가 없다(난쟁이들은 청년기의 어려움과 대적하라고 쉽게 설교하고 있는데, 남근적 단계의 발달에 고정된 존재인 난쟁이들은 사춘기의 어려움에 빠지지 않기 때문이다). 청년기에서 올라가고 내려가는 갈등들은 백설 공주가 두 번이나 유혹당하고, 위험에 처하고, 구조되어 이전의 잠재기로 돌아가는 것으로 상징된다. 미성숙한 상태로 되돌아가려는 노력은 마침내 백설 공주가 세 번째 유혹을 당하여 청년기의 어려움을 맞는 데서 끝난다.

계모가 다시 공주의 생활에 나타나기까지 백설 공주가 얼마나 오랫동안 난쟁이와 함께 살았는지는 얘기되지 않지만, 행상인으로 변장한 왕비가 난쟁이의 집에 들어오게끔 백설 공주를 유혹한 것은 레이스 띠의 매력이다. 이것은 백설 공주가 지금 성숙한 청년기의 소녀이며, 시간의 변화에 따라 레이스 띠가 필요하고, 흥미를 느끼는 것이 분명하다는 증거이다. 계모가 레이스 띠를 꽉 졸라매는 바람에 백설 공주는 숨이 막혀 그만 기절하고 말았다.[34]

만일 왕비의 목적이 백설 공주를 죽이는 것이었다면, 왕비는 이 순간에 쉽게 공주를 죽일 수 있었을 것이다. 그러나 만일 왕비의 목적이 딸이 자신을 능가하는 것을 막는 것이라면, 백설 공주를 움직이지 못하게 만드는 것은 한동안 성공했다. 그래서 왕비는 일시적으로 자식의 성장을 정지시켜 그 아이를 계속 지배하는 데 성공한 부모로 나타난다. 또 다른 층위에서 이 일화는 레이스가 자기를 성적으로 매력 있게 만들기 때문에 레이스를 잘 매려는 청년기다운 욕망으로 갈등하는 백설 공주를 제시하는 것이라고 볼 수 있다. 기절한 상태의 무의식은 백설 공주가 자신의 성적인 욕망과 성에 대한 불안 사이의 갈등에 휩싸여 있음을 상징한다. 스스로 레이스에 허리를 조이도록 유혹하게끔 하는 것은 백설 공주 자신의 허영심이기 때문에, 백설 공주와 허영심이 많은 계모는 공통점이 많다. 백설 공주의 청년기의 갈등과 욕망이 자신을 파멸시키는 것으로 보인다. 그러나 옛이야기는 여기에서 그치지 않고 어린이에게 더 중요한 교훈을 계속 가르친다. 즉, 성장과 더불어 오는 위험을 경험하고 극복하지 않으면, 백설 공주는 절대로 자신의 왕자와 결합할 수 없을 것이다.

착한 난쟁이들이 일을 마치고 돌아오면서 백설 공주가 의식을 잃은 상태인 것을 발견하고 꽉 조인 레이스를 풀어 놓는다. 백설 공주는 다시 한번 살아났으며, 잠복기로 일시적인 후퇴를 한다. 난쟁이들은 백설 공주에게 다시 한 번 더 심각하게 나쁜 왕비의 계략을 조심하라고 경고한다. 그것은 성의 유혹을 경계하는 것이다. 그러나 백설 공주의 욕망은 너무 강하다. 왕비가 할머니로 변장하여 백설 공주의 머리에 꽂는 빗을 줄 때 "당신의 머리를 아주 예쁘게 빗어 주겠수." 라고 하자 백설 공주는 다시 한 번 유혹에 빠져 변장한 왕비가 그렇게 하게 내버려 둔다. 백설 공주의 의식적 욕구는 아름다운 머리형을 갖고 싶다는 욕망에 휩싸여 있고, 무의식적인 소망은 성적으로 매력 있게 되려는 것이다. 이 소망은 한 번 더 백설 공주의 초기의 미성숙한 청년기 상태에 "독약"이 된다. 그리고 백설 공주

---

34) 시대나 장소의 관습에 따라, 백설 공주를 유혹하는 것은 늘어뜨리는 레이스가 아니라 또 다른 옷 종류다. 어떤 이본에서는 여왕이 너무 꼭 조여서 백설 공주가 기절한 것은 셔츠나 외투 때문으로 나타난다.

는 다시 의식을 잃는다. 다시 난쟁이들이 공주를 구한다. 세 번째로 백설 공주는 농부 아낙네로 변장한 왕비의 유혹에 빠져서 왕비가 건네 준 운명적인 사과를 먹는다. 난쟁이들은 더 이상 공주를 도울 수 없는데, 왜냐하면 백설 공주에게 청년기에서 잠복기로 퇴행하는 것이 더 이상 긍정적인 해답이 될 수 없기 때문이다.

옛이야기와 마찬가지로 신화에서, 사과는 호의적인 측면과 위험한 측면을 동시에 지니는 사랑과 성을 나타낸다. 사랑의 여신 아프로디테 Aphrodite에게 주어진 사과는 아프로디테가 정숙한 다른 여신들보다 더 사랑받았음을 보여 주기 때문에 트로이 전쟁의 원인이 된다. 남자가 지식과 성을 얻기 위해 순결을 버리도록 유혹하는 것은 성서의 사과다. 남자의 남성성을 유혹하는 것은 이브였지만 이브는 뱀으로 표상되며, 뱀조차도 그것을 혼자서는 할 수 없었다. 뱀은 사과가 필요했는데, 사과의 종교적인 도상성은 역시 어머니의 가슴을 상징한다. 우리 어머니의 가슴 위에서 우리는 최초로 인간관계를 맺고 그 가슴에서 만족을 발견한다. 《백설 공주》에서 어머니와 딸은 사과를 나누어 먹는다. 《백설 공주》에서 사과가 상징하는 것은 서로에 대한 질투보다 더 깊은 모녀간의 공통된 어떤 것인데 그것은 두 여성의 성숙한 성적인 욕망이다.

백설 공주가 의심하는 것을 피하기 위해, 왕비는 사과를 반을 짤라 하얀 반쪽을 먹고, 백설 공주에게는 "독이 묻은" 빨간 반쪽을 먹게 한다. 반복해서 우리는 백설 공주의 이중적인 본성에 대해 말해 왔다. 즉, 백설 공주는 눈같이 희고 피같이 붉다는 것이다. 그것은 백설 공주에게 무성적 asexual이기도 하고 성적 sexual이기도 한 양쪽 측면이 있다는 것이다. 사과의 빨간(성적인) 쪽은 백설 공주의 "순결"의 종말이다. 백설 공주의 잠복기의 동료인 난쟁이들은 더 이상 백설 공주의 생명을 되살릴 수 없다. 백설 공주가 한 선택은 자신에 충실한 것이었고 또 필요했다. 사과의 빨간 쪽은 백설 공주가 태어나도록 이끈 세 방울의 피처럼 성적인 연상을 불러일으키고, 성적인 성숙의 시작을 표시하는 사건인 월경을 나타낸다.

백설 공주가 사과의 빨간 쪽을 먹음으로써, 어린이로서의 백설 공주는 죽어 유리로 만든 투명한 관에 묻힌다. 거기서 백설 공주는 오랫동안 쉬는데, 난쟁이들과 세 종류의 새들이 찾아오곤 한다. 처음에는 올빼미가 찾아오고, 그리고 나서 까마귀가, 마지막에 비둘기가 찾아온다. 올빼미는 지혜를 상징하고, 까마귀는 튜톤 족의 신인 오든 Woden의 까마귀처럼 성숙한 의식을 상징하고, 비둘기는 전통적으로 사랑을 상징한다. 이 새들은 백설 공주가 관 속에서 죽음과 같은 깊은 잠을 자는 것은 성숙을 준비하는 마지막 단계인 형성의 기간임을 암시한다.[35]

백설 공주의 이야기는 육체적 성숙에 도달한 것이 결코 지성적으로나 정서면에서 결혼이 상징하는 어른의 준비가 끝난 것은 아니라고 가르친다. 새롭고 성숙한 인격을 형성하고 해묵은 갈등을 통합하려면 성숙을 위해 상당한 시간이 필요하다. 성숙해졌을 때에 이성의 동반자를 맞으면 성숙한 어른이 되기에 필요한 친밀한 관계를 그 사람과 맺을 수 있게 된다. 백설 공주의 동반자는 왕자이다. 관에 든 백설 공주를 데려간 왕자는 공주가 기침을 하여 독이 든 사과를 토하고 의식을 찾게 되자 공주와 결혼한다. 왕비가 백설 공주의 내장을 먹기 원한 것처럼, 주인공의 비극은 구순욕구에서 시작된다. 백설 공주가 자신을 질식시켰던 사과를—그 여자가 가진 나쁜 대상—먹는 것은 백설 공주의 미성숙한 고착을 나타내고, 또 그것을 토한 행위는 원초적인 구순성에서 최종적으로 자유로워짐을 표시한다.

---

35) 이러한 죽음과 같은 무활동의 시기는 백설 공주의 이름에서 더 잘 설명될 수 있다. 백설 공주라는 이름은 공주의 아름다움을 설명하는 세 가지의 색깔 중의 하나만을 강조한다. 흰색은 흔히 순결, 순수, 영혼을 상징한다. 그러나 눈의 함축성을 강조함으로써 활발치 못한 것이 역시 상징된다. 눈이 대지를 덮을 때, 모든 생명은 백설 공주가 관 속에 누워 있는 동안 생을 멈춘 것처럼 멈춘다. 그런데 백설 공주가 붉은 사과를 먹는 것은 너무 이르다. 이는 너무 앞서 간 것이다. 성을 너무 빨리 경험했기 때문에 아무것도 좋은 것을 얻지 못했다고 그 이야기는 경고한다. 그러나 오랜 기간의 내성이 뒤따를 때, 소녀는 자신의 미성숙과 성의 파괴적인 경험에서 완전히 회복할 수 있다.

백설 공주처럼, 모든 어린이는 발달하면서 실제이든 상상이든 간에 인간의 역사를 반복해야 한다. 우리는 모두 유아기의 근원적인 낙원에서 결국 추방된다. 그 낙원은 우리가 아무 노력도 하지 않고 우리의 모든 소망이 충족될 것이라고 생각되는 곳이다. 선과 악을 배우는 것, 지식을 얻는 것은 우리의 인격을 둘로 나누는 것으로 보인다. 즉, 억제할 수 없는 감정의 붉은 혼돈인 본능과 우리의 의식의 하얀 순수성인 초자아로 나눈다. 우리가 성장함에 따라, 우리는 첫번째의 혼란과 두 번째의 엄격함(꼭 끼는 레이스와 관 속에서 움직이지 못하게 강요당한 것)을 극복하는 것 사이에서 흔들린다. 이 내적인 모순이 해결되고 새로운 성숙한 자아를 깨닫고, 붉고 하얀 색이 조화롭게 공존하는 과정이 이루어졌을 때만 성인이 될 수 있다.

그러나 "행복한" 생활이 시작되기 전에, 우리는 각자 인격의 악하고 파괴적인 측면을 통제해야 한다. 《헨젤과 그레텔》의 마녀는 오븐 속에 타 죽는 것으로 자신의 식인적 욕망을 처벌받는다. 《백설 공주》에서 자만심을 가지고, 질투하는 파괴적인 왕비는 빨갛게 달궈진 쇠 구두를 강제로 신고 죽을 때까지 춤을 추지 않으면 안 된다. 끝을 모르는 성적인 질투는 타인을 망치고 스스로를 파멸시킨다. 불에 달궈진 붉은 쇠 구두를 신을 뿐 아니라 그것을 신고 죽을 때까지 춤을 추는 것으로 상징되는 이 이야기는 무절제한 열정은 억제되어야 하고 그렇지 않으면 사람을 파멸시킨다고 말해 주고 있다. 모든 외부적이고 내적인 혼란의 제거인 질투하는 왕비의 죽음만이 행복한 세상을 만들 수 있다.

많은 옛이야기의 주인공들은 그들이 발전할 결정적인 지점에서, 깊은 잠에 빠지거나 다시 태어난다. 다시 깨어나는 것이나 재생은 더 높은 단계의 성숙과 이해에 도달하는 것을 상징한다. 더 깊이 있는 의식, 더 자기를 알고, 더 차원 높이 성숙하는 것과 같은 인생의 의미에 대한 바람을 자극하는 것이 옛이야기적 방법 중의 하나다. 다시 깨어나기 전에 오랫동안 부동의 기간을 갖는 것은 듣는 이로 하여금 그것을 의식적으로 구연하지 않아도 이 재생은 남자 아이와 여자 아이 모두에게 휴식과 집중의 시간이 필요함을 깨닫게 해 준다.

다음 단계로의 변화는 사람이 그때까지 즐겨 해 왔던 것을 포기하는 것이 필요하다는 것을 의미한다. 그때까지 왕비가 백설 공주의 존재를 질투하는 것이나 공주가 난쟁이와 편한 나날을 보내던 것을 포기해야 한다. 어렵고 고통스러운 성장의 경험은 피할 수 없다. 이 이야기들은 역시 듣는 이로 하여금 타인에게 의존하는 어린이의 자리를 떠나는 것을 두려워할 필요가 없음을 확신케 한다. 왜냐하면 전환기의 위험한 시련을 거친 뒤에, 사람은 더 높고 더 나은 지평에 떠올라, 더 풍요롭고 행복한 존재가 될 것이기 때문이다. 그러한 변신의 위험을 싫어하는 사람들은 《세 개의 깃털 The Three Feathers》의 형들처럼, 절대로 왕국을 얻을 수 없다. 오이디푸스 전기의 발달단계에 붙들린 사람은 난쟁이들처럼, 사랑과 결혼의 행복을 절대로 모를 것이다. 그리고 왕비과 같은 부모는 오이디푸스적인 질투에서 생긴 행동으로 자식들을 거의 파멸시키고 분명히 그들 자신도 파괴할 것이다.

28. 《금발의 소녀와 곰 세 마리》

이 이야기에는 진정한 옛이야기가 지니는 가장 중요한 특질이 빠져 있다. 회복이나 위안도 없고, 갈등의 해결도 없으며, 따라서 행복한 결말도 없다. 그러나 오이디푸스적인 곤경에서 투쟁하는 것과 정체성의 탐색, 그리고 형제간의 경쟁과 같은 어린이의 성장 문제라는 가장 중요한 문제를 상징적으로 다루고 있다는 점에서 매우 의미 있는 이야기다.

비록 이 이야기는 고대에 생성되었지만, 현재와 같은 형태의 줄거리는 최근에 생겼다. 그 짧은 현대사는 훈계적인 이야기가 거듭 발전하여 그것이 옛이야기적 특성을 얻어서 전보다 더 대중적이고 의미 있는 이야기가 됐음을 알려 준다. 그 역사는 출판된 옛이야기가 후기의 판에서 개정되는 것을 방해하지 않았음을 입증한다. 그런 변동이 발생하면, 옛이야기가 구전적으로 영속되었을 때와는 대조적으로 구연자의 개인적 성향 이외의 것들이 변화에 반영된다.

동화를 창작하는 경우가 아니라면, 새로운 인쇄물로 옛이야기를 고치는 작가는 옛이야기에 담겨 있는 무의식의 세계를 새 이야기에 담아 내지 못할 뿐더러 마음 속에서 억압받는 문제를 도와 주거나 계몽하거나 즐겁게 해 줄 특정한 어린이를 마음에 두지 않는다. 대신에 작가가 "일반" 독자에게 들려 주고 싶은 것을 바탕으로 그런 변화가 이루어진다. 알지 못

하는 독자의 욕망이나 도덕적 양심을 만족시키기 위하여 고안된 이야기
는 때로 진부하고 상식적인 방식으로 자세히 이야기된다.

　이야기가 구비전승될 때, 이야기를 결정하고 기억하는 것은 주로 구연
자의 무의식이다. 이야기를 구연하는 사람은 이야기에 관한 자신의 의식
과 무의식에 따라 동기가 유발될 뿐 아니라, 이야기를 듣는 어린이의 정
서적 몰입의 본질에 따라 동기가 유발된다. 한 이야기를 여러 번 그리고
여러 해 동안, 여러 종류의 듣는 이들로 이루어진 다양한 사람들에게 반
복해서 구연함으로써, 판본은 마침내 많은 사람들의 의식과 무의식을 만
족시켜 더 이상 바꿀 필요가 없을 정도로 적절한 상태에 도달한다. 이렇
게 해서 이야기는 그 "고전적" 형식을 획득한다.

　《금발의 소녀 Goldilocks》의 원전은 곰 세 마리의 집에 암여우가 침입한
고대 스코틀랜드의 이야기다.[36] 곰들이 침입자를 삼켜 버리는 이 경고성
이야기는 우리에게 타인의 재산과 개인성을 존중해야 한다고 경고한다.
1831년에 엘레노아 뮈르 Eleanor Muir는 집에서 한 어린 소년에게 줄 생
일 선물로 작은 수제품 책을 만들었는데, 이 책은 1951년에 다시 발견된
다. 엘레노아 뮈르는 이 책에서 성난 할머니가 침입자로 등장하는 이야기
를 말해 주고 있다. 그렇게 함으로써 뮈르는 암여우를 원래의 암여우가
아니라 입버릇이 나쁜 여자를 의미하는 "잔소리 심한 여자"로 잘못 생각
했을 수 있다. 이런 변화가 침입자를 혼동한 것이든, "프로이트적인" 실
수이든, 혹은 깊이 생각한 것이든 간에, 그것은 오래된 경고성 이야기를
옛이야기로 전이시키는 변화였다. 1894년에 구비전승으로 알려지게 된,
그 이야기의 또 다른 오래된 표현은 한 집에서 침입자가 우유를 마시고,
의자에 앉고, 곰의 침대에서 쉬는데, 이 이본에서 그곳은 숲 속의 성이다.
양쪽 이야기에서 침입자는 곰에 의해 아주 가혹하게 처벌받는데, 곰은 침

---

36) 《곰 세 마리 The Three Bears》의 초판본은 앞에서 언급한 브리그즈 Briggs의 책 참조.

입자를 불에 던지거나, 물에 빠뜨리거나, 교회의 첨탑에서 떨어뜨린다.

1837년에 로버트 사우디 Robert Southey가 《의사 The Doctor》라는 제목으로 책을 처음 발행했을 때 작가가 이 오래된 이야기들에 친숙했는지 어떤지는 잘 모르겠다. 그러나 사우디는 이야기에 중요한 변화를 준다. 즉, 우리는 사우디의 이야기에서 최초로 침입자가 창문으로 뛰쳐나간 다음 어떻게 됐는지 모르게 되기 때문이다. 사우디의 이야기는 다음과 같이 끝난다.

> 어린 소녀가 뛰어나갔는데, 그 소녀가 떨어져서 목이 부러졌는지, 혹은 숲 속으로 달려가 거기서 길을 잃었는지, 혹은 숲에서 나가는 길을 발견해서 예전처럼 떠돌이 생활로 들어갔는지, 나는 말해 줄 수 없다. 그러나 곰 세 마리는 더 이상 그 소녀를 보지 못했다.

이 이야기는 즉각 좋은 반응을 얻었다.

다음의 변화를 이룩한 사람은 조셉 쿤달 Joseph Cundall이다. 쿤달은 1849년에 쓰고 1856년에 발견된 《어린이들을 위한 즐거운 이야기 모음 Treasury of Pleasure Book for Young Children》에 있는 서문에서 그 침입자를 어린 소녀로 만들어 그 소녀를 "은발머리"라고 불렀다("은발머리", 혹은 "은발의 처녀"는 1889년에는 "금발머리"로, 그리고 마지막으로 1904년에는 "금발의 소녀"로 바뀌었다). 이야기는 두 번 이상의 중요한 변화를 거친 뒤에 굉장한 대중성을 얻었다. 1878년의 《엄마 거위의 옛이야기 Mother Goose's Fairy Tales》에서, "거대한 곰", "중간 크기의 곰", 그리고 "아주 작은 꼬마곰"이 "아빠곰", "엄마곰", 그리고 "아기곰"이 되었다. 그리고 여주인공은 단순히 창문 밖으로 사라진다. 더 이상 그 소녀에 대한 어떤 나쁜 결말이 예견되거나 말해지지 않는다.

곰 가족의 명칭을 상세히 판독하면, 그 이야기는 무의식적으로 오이디푸스적인 상황에 아주 가깝게 관련된다. 비극은 오이디푸스적인 갈등을 파괴적인 결말로 투사하여 받아들이는 반면에, 옛이야기는 그렇지 않다. 결과가 우리의 상상력에 달려 있기 때문에 그 이야기는 대중적이 될 수 있다. 그런 불확실성이 받아들여지는 근거는 침입자가 기본적인 가족간의 융합을 방해하여 가족의 정서적인 안전을 위협하는 것으로 보인다는 것이다. 개인성을 침해하고 재산을 빼앗아 가는 이방인에서 침입자는 가족의 정서적인 안녕과 안전을 위험하게 하는 사람으로 변화했다. 갑작스럽게 그 이야기가 대중적인 인기를 얻게 되는 이유는 이런 심리적인 토대에 있다.

우리가 《백설 공주 Snow White》와 관련해서 《금발의 소녀》를 볼 때, 고대에 여러 번 되풀이해서 구연된 옛이야기와 다소 최근에 만들어진 창작동화를 비교하게 되는데, 최근의 창작동화의 상대적인 약점은 세부적인 것이 없고 원전인 《곰 세 마리》를 수정하여 변형한 것에서 나타난다. 양쪽 이야기 모두 침입자는 "어린 소녀"이고, 숲에서 길을 잃었고, 사는 사람이 잠시 자리를 비운, 작은 집을 방문하는 것으로 되어 있다. 《금발의 소녀》에서 우리는 어떻게 그리고 왜 그 소녀가 숲에서 길을 잃게 되었는지, 왜 소녀가 피난처를 찾을 필요가 있는지, 혹은 그 소녀의 집은 어딘지 듣지 못한다. 우리는 그 소녀가 길을 잃은 전체적이고 중요한 기본 이유를 알지 못한다.[37] 그래서 《금발의 소녀》의 발단에서부터 제기된 문제는 대답이 없는 채 남아 있다. 이와 달리 옛이야기의 가장 큰 장점은 비록 그

---

37) 어떤 현대의 수정본에서는, 금발의 소녀가 어머니의 심부름을 가다가 숲 속에서 길을 잃었다고 설명하고 있다. 이러한 설명은 우리에게 어머니가 빨간 모자를 어떻게 보냈던가를 상기시킨다. 그러나 빨간 모자가 길을 잃었던 것은 아니다. 빨간 모자는 정해진 길을 벗어나고자 하는 유혹에 빠졌던 것이며, 따라서 그 소녀에게 일어난 일은 모두 자기의 탓이다. 헨젤과 그레텔, 그리고 백설 공주가 길을 잃은 것은 그들의 잘못이 아니라 부모 때문이었다. 아주 어린 어린이일지라도 이유 없이 숲 속에서 길을 잃지 않는다는 것은 알고 있다. 이것이 모든 진정한 옛이야기가 이유를 설명하는 까닭이다. 전에도 제시되었지만, 숲 속에서 길을 잃는 것은 자신을 찾을 필요를 의미하는 고대의 상징이다. 만약 이것이 모두 순전히 우연에 기인한다면, 그 의미는 심각하게 손상될 것이다.

것이 전적으로 환상적이기는 하지만, 우리의 무의식에서만 우리를 당황하게 만들기 때문에 우리가 인식하지 못했던 질문까지도 전부 다 대답해 준다는 것이다.

역사적으로 침입자는 암여우에서 늙은 여자로, 젊고 매력적인 소녀로 바뀌었음에도 불구하고, 내부인은 절대 될 수 없는 이방인으로 남아 있다. 아마도 이 이야기가 그렇게 세기말에 널리 인기를 끌었던 이유는 더욱더 많은 사람들이 소외자라고 느꼈기 때문일 것이다. 어디서 왔는지, 어디로 갈 것인지 모르는 가난하고, 아름답고, 매력적인 금발의 소녀에게 동정을 느꼈고, 곰들의 사생활이 침해받은 데 연민을 느끼게 되었다. 비록 아기곰이 음식을 도둑맞고 의자가 부서졌지만, 이 이야기에는 악당이 없다. 난쟁이와 달리, 곰들은 금발의 소녀의 미모에 현혹되지 않을 뿐 아니라 난쟁이들이 백설 공주의 이야기를 들은 것처럼, 금발의 소녀가 당한 재난에 관한 이야기에 감동을 받지도 않는다. 그런데 금발의 소녀는 말해 줄 아무 이야기도 없고 소녀의 방문은 떠날 때와 마찬가지로 수수께끼다.

《백설 공주》는 딸을 몹시 바라는 어머니에서부터 시작한다. 그러나 유아기의 이상적인 어머니는 사라지고, 질투하는 계모가 나타나 백설 공주를 집에서 쫓아낼 뿐 아니라 생명마저 위협한다. 생존의 순수한 필요성이 백설 공주를 거친 숲에서 위험을 겪게 하고, 숲에서 백설 공주는 스스로 인생을 살아가는 법을 배운다. 어머니와 딸 사이의 오이디푸스적인 질투는 어린이가 줄거리에 깔려 있는 정서적인 갈등과 내적인 압력을 직관적으로 충분히 이해할 수 있게 명확히 그려졌다.

《금발의 소녀》에서 대조적인 것은 곰으로 표현되는 잘 결합된 가족과 스스로를 탐색하는 소외자 사이에 있다. 행복하지만 순진한 곰은 아무런 정체성의 문제가 없다. 곰들은 각자 다른 가족과의 관계에서 자신이 위치한 자리를 정확히 안다. 아빠곰, 엄마곰, 아기곰이라고 그들을 부르면서 그 사실은 더 명백해진다. 각자가 자신의 개별성을 갖고 있는 반면에, 그들은 삼인조로 작용한다. 금발의 소녀는 자신이 누구인지 어떤 역할이 자신에게 적합한지 발견하려고 노력한다. 백설 공주는 풀리지 않는 오이디푸스적인 갈등의 특수한 국면 때문에 싸우고 있는, 좀더 자란 어린이다. 즉, 백설 공주는 어머니에 대한 이중적인 감정으로 갈등한다. 금발의 소녀는 오이디푸스적인 상황의 모든 측면과 싸우려고 애쓰는 전청년기 the pre-adolescent이다.

이것은 그 이야기에서 3이라는 숫자의 의미 있는 역할로 상징된다. 곰 세 마리는 행복한 가정을 꾸리고 있으며 거기서 그들은 아무런 성적이거나 오이디푸스적인 문제 없이 살고 있다. 각자 자기의 위치에서 행복을 느끼고, 각자 자신의 밥그릇과 의자와 침대가 있다. 금발의 소녀 편에서 보면 세 가지의 집기 중 어떤 것이 자신에게 적합할지가 아주 혼동되어 있다. 그러나 금발의 소녀의 행동에서 3이란 숫자는 금발의 소녀가 세 개의 접시와 세 개의 침대와 세 개의 의자를 대하기 오래 전에 나타난다. 세 번의 노력이 그 소녀가 곰의 생활 속에 들어가는 과정에서 나타나기 때문이다. 사우디가 다시 쓴 글에서, 늙은 부인의 행동은 다음과 같다.

> 가장 먼저…… 창문으로 들여다보고, 열쇠 구멍을 엿보고, 집에 아무도 없는 것을 알고, 빗장을 넘어 들어간다.

뒤에 나온 몇몇 이본들에서도 금발의 소녀는 같은 행동을 한다. 다른 이본에서는 들어가기 전에 문을 세 번 두드리기도 한다.

빗장을 넘어 들어가기 전에 창문과 열쇠 구멍을 엿보는 것은 닫힌 문 뒤에서 일어나고 있는 것에 대한 탐욕스러운 호기심과 불안을 암시한다. 닫힌 문 뒤에서 어른들이 무엇을 하는지 호기심이 일어나지 않고, 알고 싶지 않은 어린이가 어디 있겠는가? 잠깐 동안 부모가 집에 없는 것을 어떤 어린이가 기뻐하지 않겠는가? 그것은 부모들의 비밀을 엿볼 좋은 기회인 것이다. 늙은 부인에서부터 금발의 소녀로 이야기의 주요 인물이 바뀌므로, 어른 생활의 신비를 발견하려고 어린이가 엿보는 행동을 연상하기가 훨씬 쉬워졌다.

3은 신비스럽고 가끔은 신성한 숫자이며, 기독교의 삼위일체의 원리보다 더 오래되었다. 그것은 성경에 따르면 뱀과 이브와 아담의 삼인조라는 세속적인 지식이 된다. 무의식 속에서 3이란 숫자는 성을 나타내는데, 왜냐하면 성별마다 세 가지 눈에 뜨이는 성적인 특성이 있기 때문이다. 남성에게는 성기와 두 개의 고환이 있고, 여성에게는 질과 두 개의 젖가슴이 있다.

3이란 숫자는 무의식 속에서 아주 다른 방법으로 성을 나타내는데, 세 사람이 서로 깊이 몰입된 오이디푸스적인 상황을 상징하는 것과 같다. 그런 점에서 많은 이야기 중에 《백설 공주》의 이야기가 더욱더 성적인 색조를 띤다.

다른 것보다 예를 들어서 어머니에 대한 관계는 낙관적이든 비관적이든 간에, 모든 사람의 인생에서 가장 중요한 것이다.[38)39)] 그것은 우리의 초기 인격발달을 조건짓고, 인생에 대한 우리의 생각과 우리 자신이 무엇이 될 것인가에 크게 영향을 끼친다. 그러나 유아기에 관한 한, 어떤 선택도 포함되지 않는다. 어린이에 대한 어머니의 태도는 무조건 "주는 것"이다. 물론 아버지와 형제들도 마찬가지다(그리고 가족의 경제적이고 사회적인 조건도 그렇다. 그러나 이것은 어린이의 부모에 대한 충격을 통해서 그리고 어린이를 향한 부모의 태도를 통해서만 영향을 준다).

어린이는 아버지와 관련을 맺을 때, 자신을 사람으로서, 중요하고 의미

---

38) 에릭슨 Erik. H. Erikson은 어머니와의 관계에서 겪은 이 경험이 우리의 전 인생을 통해서 부딪치는 모든 사건 하나하나를 신뢰하느냐나 불신하느냐를 결정할 것이라고 말한다. 그리고 그런 기본태도에 따라 사건들이 어떻게 진행되고 우리 삶에 어떤 영향을 미치게 될 것인지가 결정될 수밖에 없다.[40)]

39) 에릭슨, 《정체성, 젊음, 그리고 위기 Identity, Youth and Crisis》(New York, W. W. Norton, 1968).

있는 인간관계의 동반자로서 느끼기 시작한다. 우리는 스스로 타인과 다르게 자신을 정의할 때 한 사람이 된다. 우리의 인생에서 한동안 어머니는 최초의 유일한 사람이며, 또 가장 기본적인 자아정의 self-definition는 어머니와 관련하여 자신을 정의할 때 이루어진다. 그러나 어린이가 어머니에게 깊이 의존하므로, 어린이는 어떤 제삼의 인물에 의지하지 않고는 자아정의를 이룰 수 없다. 우리가 누군가에게 기대지 않고 일을 처리할 수 있다고 믿기 전에 "나는 어머니가 아닌 다른 사람에게 기댈 수 있고, 의지할 수 있다."는 것을 배우는 것이 독립에 필요한 단계다. 어린이가 타인과 밀접한 관계를 확립한 뒤, 자신이 지금 이 다른 사람보다 어머니를 더 좋아한다고 느낀다면, 그것은 그 어린이의 결정이고 더 이상 자신이 자유롭지 않다고 느끼는 것은 아니다.

3이란 숫자는 《금발의 소녀》에서 핵심을 이룬다. 그것은 성을 언급하지만, 성적인 행동과 관련되지는 않는다. 반대로 그것은 성숙한 성욕에 앞서는 어떤 것, 즉 우리가 생리학적으로 누구인가 하는 것을 발견하는 것과 관련된다. 3이란 숫자는 역시 핵가족의 내부 관계와, 우리가 거기에 적합한지 확인하려는 노력을 나타낸다. 이같이 3은 생물학적으로(성적으로) 우리가 누구인가에 대한 탐색을 상징하며, 누가 삶에서 가장 중요한 사람인가와 관련된 우리의 인생을 상징한다. 넓게 보자면, 3은 우리의 개인적이고 사회적인 정체성의 탐색을 상징한다. 자신의 눈에 보이는 성적 특성과 부모 형제와의 관계를 통해서, 어린이는 성장하면서 자신을 누구와 동일시해야 하는지를 배워야 하고, 누가 자신의 인생의 동료로서 가장 적당한지 그리고 자신의 성적인 배우자로서는 누가 가장 적당한지를 배워야 한다.

이 정체성을 위한 탐색은 《금발의 소녀》에서 세 개의 밥그릇, 의자들, 그리고 침대로 명백히 인유된다. 탐색의 필요성을 나타내는 가장 직접적인 이미지는 잃었던 어떤 것을 발견하는 것이다. 그 탐색이 우리 자신에 대한 것이라면, 여기에 가장 확신을 주는 상징은 우리가 자신을 잃어버렸다는 것이다. 옛이야기에서 숲에서 길을 잃었다는 것은 길을 발견해야 할 필요가 있는 것이 아니라, 오히려 우리가 스스로를 발견해야 한다는 것이다.

금발의 소녀가 자기를 발견하려고 여행을 떠나는 것은 곰의 집을 엿보는 것에서부터 시작한다. 이것은 일반적으로 어린이가 어른의 성적인 비밀, 특히 부모의 성적인 비밀을 알려는 욕망을 연상시킨다. 이 호기심은 때로는 부모가 서로 침대에서 하고 있는 것을 알려는 바람보다는 그 자신의 성욕에 내포된 지식을 얻으려는 필요성과 더 관련이 많다.

일단, 집에 들어가서 금발의 소녀는 세 개의 다른 대상물인 그릇, 의자, 그리고 침대 중 어떤 것이 적합한지 탐색한다. 소녀는 그것을 항상 첫번째는 아빠곰의 것, 다음에 엄마곰의 것, 그리고 마지막으로 아기곰의 것이란 같은 맥락에서 시험한다. 우리는 이것을 금발의 소녀가 자신에게 가장 적합한 성역할과 아버지, 어머니, 어린이라는 가족의 위치를 조사한다는 암시로 볼 수 있다. 자아추구와 가족 안에서의 역할은 먹는 것에서부터 시작하는데, 모든 사람의 의식적인 경험의 첫번째는 영양분을 공급받는 것이고, 주변의 타인과의 첫관계는 어머니의 양육으로 시작하는 것과 같다. 그러나 금발의 소녀가 아빠곰의 접시를 선택한 행동이 암시하는 것은 그 남성과 같아지고 싶은 소망이 있거나 아버지와 관련되기를 가장 많이 바라는 것을 암시한다. 그것은 아버지의 의자와 침대를 제일 먼저 선택하는 것과 같은 맥락이다. 비록 죽을 먹어 보고 의자에 앉아 보아서 아버지 물건이 자신에게 적합하지 않다는 것을 알았지만, 금발의 소녀가 아빠의 모습을 한 누군가와 침대나 식탁을 같이 쓰려는 것은 암시된 것처럼 소녀의 오이디푸스적인 소망에 지나지 않는다.

그러나 이야기가 말해 주듯이, 남성이 되려는 소망이나, 아버지의 침대에서 자려는 소망은 이루어지지 않는다. 그 이유는 아버지의 죽 그릇은

"너무 뜨겁고" 아버지의 의자는 "너무 단단하기" 때문이다. 그래서 남성의 정체성을 모방하거나 혹은 아버지와 친밀해지는 것이 자신에게 쓸모가 없거나 너무 위협적이며—우리가 타 버릴 수 있다.—다루기에 힘이 든다는 데 실망을 느끼고, 금발의 소녀는 모든 소녀가 오이디푸스적인 깊은 실망을 아버지에게서 경험하듯이, 어머니와 원래의 관계로 되돌아간다. 그러나 이것도 역시 쓸모가 없었다. 예전에는 따뜻한 관계를 가졌으나 지금은 너무 차가워서 편안하지 않았다(죽이 너무 차가웠다). 그리고 어머니의 의자는 앉기에 딱딱하지는 않았지만 지나치게 부드러웠다. 아마도 그것은 어머니가 유아를 감싸듯이 감싸기 때문일 것이다. 그런데 금발의 소녀는 어머니의 부드러움으로 곧바로 돌아가기를 원치 않았다.

침대를 보면, 아빠곰의 침대는 머리가 너무 높고 엄마곰의 침대는 발쪽이 너무 높은 것을 발견하는데, 그것은 두 사람의 역할과 친밀감이 금발의 소녀가 도달할 수 없는 것임을 보여 준다. 단지 아기곰의 것이 그 소녀에게 "제대로 맞았다." 그래서 그 소녀에게 남은 것은 오직 어린이의 역할이다. 그러나 다 그런 것은 아니다. 금발의 소녀가 아기곰의 의자에 앉았을 때, "너무 딱딱하지도 않고, 너무 부드럽지도 않지만, 바로 맞지 않고, 의자 옆으로 몸이 삐쳐 나와 의자는 부서지고 바닥에 쿵하고 떨어졌다."라고 설명된다. 분명히 금발의 소녀는 작은 아기의 의자에 앉기에는 더 자랐다. 처음에는 아빠, 두 번째는 엄마가 되거나 관련을 갖는 데 성공하지 못했기 때문에, 실제로 그 소녀의 삶에서 바닥이 빠져 버린 것이다. 그러나 이 일은 금발의 소녀가 두 번의 실패 후 마지못해 유아기의 어린이 같은 존재로 되돌아갔을 때 존재한다. 금발의 소녀에게는 행복한 결말이 없었다. 금발의 소녀가 자신에게 맞는 것을 발견하는 데 실패하자, 금발의 소녀는 마치 악몽에서 깨어난 것처럼 달아나 버렸다.

금발의 소녀 이야기는 어린이가 습득해야 할 어려운 선택의 의미를 묘사한다. 즉, 자신은 아버지같이 되고 어머니같이 되고 어린이와 같이 될 수 있는가? 이 기본적인 인간의 지위 가운데서 어린이가 있고 싶다고 결정하는 것은 정말로 엄청난 심리학적 전투이며, 모든 사람이 견뎌야 할 시련이다. 그러나 어린이가 아직 아버지나 어머니의 자리에 있을 준비가 안 되었다고 해서 어린이의 자리를 받아들이는 것은 아무런 해결책도 아니다. 이것은 바로 세 번의 시험도 충분치 못한 이유다. 성숙을 위해서, 우리가 아직 어린이라는 인식은 또 다른 인식과 짝지어져야 한다. 즉, 우리는 우리 자신이 되어야 한다는 사실, 부모나 단순히 그들의 자식이라는 점과는 다른 어떤 존재가 되어야 한다는 인식이다.

《금발의 소녀》와 같은 창작동화와 달리, 옛이야기에서는 세 번의 노력으로 끝나지 않는다. 《금발의 소녀》의 끝에는 아무런 정체성의 문제 해결도, 어떠한 자아발견이나, 어떠한 새롭고 독립적인 사람이 되는 것도 투사되지 않았다. 곰의 집에서 겪은 금발의 소녀의 경험은 적어도 소녀에게 유아기로의 퇴행은 성장의 어려움에 아무런 탈출구도 제공하지 않는다는 것을 가르쳐 준다. 자기 스스로가 되는 과정은 부모에게 포함된 관계와 구분하는 것에서부터 시작된다.

《금발의 소녀》에서 곰들은 도와 주지 않는다. 반대로 그들은 꼬마 소녀가 아빠의 침대에 맞추려고 애쓰고 엄마의 자리를 차지하려고 노력하는 등 스스로를 맞추려고 애쓰는 것에 소름끼치도록 비판적이었다. 《백설 공주》와는 반대다. 난쟁이들은 백설 공주가 일곱 개의 접시와 유리잔에 담긴 것을 맛보고, 일곱 개의 침대를 점검하는 것에서 실수를 발견하려 들기 보다 꼬마 여주인공에게 감동한다. 곰들이 당황하여 금발의 소녀를 깨우는 반면에, 난쟁이들은 비록 불편하지만 백설 공주가 잠을 깨지 않도록 조용히 있다. 난쟁이들이 백설 공주의 아름다움에 매혹된 만큼 만일 공주가 함께 남아 있기 원한다면, 의무를 받아들여야 한다고 처음부터 백설 공주의 권리를 말해 준다. 다시 말하자면, 만일 하나의 인간이 되고 싶으면, 성숙하게 행동해야 한다는 것이다. 난쟁이들은 성숙에 포함될 수 있는 위험을 백설 공주에게 경고하지만, 백설 공주가 그들의 충고를 따르지 않을 때도, 거듭해서 공주가 문제를 해결하도록 돕는다.

금발의 소녀는 성장문제에 관해 곰에게서 아무런 도움도 받지 못한다. 그래서 금발의 소녀가 할 수 있는 것은 자신을 발견하려는 노력에서 패배하고, 자신에게 겁이 나 달아나는 것이다. 성장과제의 어려움으로부터 달아나는 것이 어린이가 계속 문제를 해결할 용기를 주지는 않는다. 즉, 어린이가 당면한 성장문제를 애써서 풀어 나갈 용기를 주지 않는다. 더욱이 금발의 소녀의 이야기는 오이디푸스적 상황을 극복한 어린이나, 반복해서 이 상황을 극복한 청년에게 기다리는 미래의 행복에 대한 약속도 없이 끝난다. 거대하게 펼쳐질 미래에 대한 희망만이 어린이가 성숙한 자아를 확립할 때까지 싸워 나갈 수 있는 용기를 준다는 관점에서 볼 때,《금발의 소녀》는 슬프게도 이런 관점을 결여하였다.

《금발의 소녀》가 지닌 약점에도 불구하고, 다른 옛이야기와 비교하면, 상당한 장점을 지니고 있다. 그렇지 않다면 그런 대중성을 얻지 못했을 것이다. 그 이야기는 성적인 정체성을 찾는 어려움을 다루는데, 그 문제는 오이디푸스적인 욕망에 의해서 만들어지며 양쪽 부모의 사랑을 다 얻으려는 노력에서 발생한다.

《금발의 소녀》는 애매한 이야기이기 때문에, 그것이 어떻게 구연되느냐가 크게 좌우한다. 어린이가 어른의 비밀을 엿보지 못하게 해야 한다는 생각에 찬성하는 부모는 어린이가 그렇게 엿보려는 욕망을 공감한 부모와는 다르게 강조하면서 구연할 것이다. 한쪽 부모는 금발의 소녀가 평화를 찾는 것이 어렵다는 것에 공감할 것이고, 다른 쪽 부모는 그렇지 않다. 어떤 사람은 금발의 소녀가 아직 어린이라는 사실을 받아들여야 할 때 느낀 좌절에 대해 더 깊이 공감할 것이지만, 역시 금발의 소녀가 원치 않더라도 아동기에서 벗어나야 할 때 느끼는 좌절감을 더 공감할 것이다.

그 이야기의 모호성은 형제간의 경쟁을 강조할 수도 있다. 이것이 그 이야기의 또 다른 주요 모티프다. 예를 들어 여기서 부서진 의자의 사건은 어떻게 말해지느냐에 따라 크게 달라진다. 금발의 소녀에게 아주 적당한 것으로 보이는 의자가 갑자기 부서질 때 그 소녀가 받을 충격에 깊이 공감하는 것으로 구연될 수 있다. 혹은 반대로, 금발의 소녀가 엉덩방아를 찧었을 때나 아기곰의 의자를 부서뜨렸다는 사실을 기뻐하며 구연할수 있다.

이야기를 아기곰의 관점에서 말한다면, 금발의 소녀는 다음에 생길 더 어린 동생과 마찬가지로 갑자기 어디서 온 지 모르는 침입자이며, 그 소녀가 없이도 완벽했던 아기곰의 가정에서 자리를 뺏는, 혹은 강탈하려고 하는 강탈자다. 이 불쾌한 침입자는 아기곰의 음식을 먹어 버리고, 의자를 부수고, 침대를 뺏으려고까지 했다. 그리고 더 확대해서 부모의 사랑을 받는 아기곰의 자리까지 뺏으려고 했다. 그래서 다음의 구절은 부모의 목소리가 아니라 아기곰의 목소리임을 이해할 수 있다.

> 너무 날카롭고, 예리해서 그 소리는 즉시 금발의 소녀를 깨웠다. 금발의 소
> 녀는 뛰기 시작하여…… 창문으로 달려갔다.

새로운 내방자를 없애기 원하고 그 소녀가 온 곳으로 돌아가기를 원하고 "더 이상 그 소녀를" 보고 싶어하지 않은 것은 아기곰—어린이—이었다. 이같이 그 이야기는 한 어린이가 상상으로나 실제로나 가정에서 생긴 새로운 어린이에 대한 두려움과 욕망에 환상의 형체를 부여한다.

만일 금발의 소녀의 관점에서 본다면, 아기곰은 형제다. 그리고 우리는 금발의 소녀가 아기곰의 음식을 먹어치우고, 장난감을(의자) 파괴하고, 침대를 빼앗아 아기곰이 더 이상 가족 안에 자리를 차지할 수 없게 되길 바란다고 볼 수 있다. 이렇게 해석하자면, 또 다시 교훈적인 이야기가 되어, 형제의 소유를 파괴적으로 다룰 만큼 형제간의 경쟁에 말려들지 말라

고 경계하고 있다. 만일 우리가 이렇게 된다면, 우리는 갈 곳도 없이 추위
에 혼자 남겨 있는 자신을 발견할 것이다.

어린이들이나 어른에게 《금발의 소녀》가 모두 대단한 인기를 끄는 것
은 많은 층위에서 다양한 의미가 생겨나기 때문이다. 나이가 어린 어린이
는 주로 형제간의 갈등에 반응하여 금발의 소녀는 자기가 온 곳으로 되돌
아가야 한다고 기뻐할 것이다. 그것은 많은 어린이들이 새로운 갓난아기
에 대해 갖는 소망이다. 좀더 자란 어린이는 금발의 소녀가 실험적으로
해 본 어른의 역할에 매혹당할 것이다. 어린이들은 엿보고 들어가는 것을
즐거워한다. 어떤 어른은 금발의 소녀가 그것 때문에 쫓겨났다는 것을 그
들의 어린이에게 상기시키길 좋아할 수 있다.

그 이야기는 그런 호소력 있는 형태로 소외자인 금발의 소녀를 묘사하
기 때문에 적절하다. 어떤 사람에게는 이 이야기가 내부에 남아 있는 곰
이 이기기 때문에 타인에게 그렇듯이 매력적이다. 그래서 우리가 소외자
처럼 느끼건 내부자라고 느끼건, 똑같이 그 이야기를 찬미할 수 있다. 제
목이 여러 번 바뀐 것은 이야기가 내부에 소속된 사람—곰 세 마리—의
재산과 심리적인 권리를 방어하는 이야기였다가 소외자에게 관심을 기울
이는 것으로 바뀌었음을 보여 준다. 《곰 세 마리》라고 불렸던 이야기가
지금은 주로 《금발의 소녀》로 알려져 있다. 더 나아가서 그 이야기의 모
호성은 그 당시의 취향에 많이 달려 있는데, 역시 그 당시의 대중적 인기
를 설명할 수 있다. 반면에 전통적인 옛이야기의 명쾌한 해결은 뚝떨어지
는 결말이 나오리라 믿어졌던 더 행복한 시대를 가리키는 것 같다.

이런 관점에서 중요한 것은 이 이야기의 굉장한 호소력인데, 동시에 커
다란 약점이 된다. 현대뿐 아니라 어떤 시대도, 문제로부터 달아나는 것
은 무의식적으로 문제를 부인하거나 억압하는 것을 의미하며, 너무 어렵
거나 풀 수 없는 곤경에 직면했을 때 벗어나는 가장 쉬운 방법이다. 이것
은 《금발의 소녀》가 우리에게 남겨 준 해결이다. 곰들은 그들의 생활 속

에 금발의 소녀가 갑작스럽게 나타나서 갑작스럽게 사라진 것에 대해 전혀 무감동해 보인다. 그들은 아무 일도 일어나지 않고 결말이 없는 막간극인 것처럼 행동한다. 금발의 소녀가 창문으로 뛰쳐나감으로써 모든 것이 해결된다. 금발의 소녀가 관련된 한, 사라짐은 오이디푸스적인 곤경이나 형제간의 갈등에는 어떤 해결책도 필요 없음을 암시한다. 옛이야기에서 발생하는 것과 반대로, 인상적인 것은 곰의 집에서 겪은 금발의 소녀의 경험이 곰의 가족에게 그랬던 것처럼 그 소녀의 인생에 아무런 변화를 가져오지 않았다는 사실이다. 자신이 어디에 적합한지 진지하게 실험했음에도 불구하고—함축적으로는 자기가 누구인지—우리는 그 경험을 통해 금발의 소녀가 더 높은 자아로 인도되었다는 얘기는 듣지 못한다.

부모는 자신들의 딸이 영원히 작은 소녀로 남아 있기를 좋아할 것이고, 어린이는 성장의 투쟁을 잘 피해 나가는 것이 가능하다고 믿고 싶어한다. "얼마나 사랑스러운 이야기인가?"는 《금발의 소녀》에 대한 자연스러운 반응이다. 그러나 그것은 역시 어린이가 정서적으로 성숙하는 데 이 이야기가 도움이 되지 않는 이유가 된다.

29.《잠자는 숲 속의 미녀》

청년기는 급격히 변화하는 시기로, "자신을 입증"하거나 내적인 긴장을 분출하려고 위험하게 날뛰던 행동이 수동적이고 무기력하게 변하는 시기로 특징된다. 이 전진과 후퇴를 반복하는 청년기의 행동은 어떤 옛이야기에서는 주인공이 모험을 향해 돌진하다가 마술에 걸려 갑자기 돌로 변하는 것으로 표현된다. 번번이 그리고 심리적으로 더 정확히 그 연결이 뒤바뀐다. 즉,《세 개의 깃털 The Three Feathers》에서 바보는 청년이 될 때까지 아무 것도 하지 않고,《세 가지 언어 The Three Languages》의 주인공은 자신을 발전시키라고 아버지가 외국으로 쫓아보내기 전에 수동적으로 삼 년을 보낸다.

많은 옛이야기의 주인공이 자신을 찾기 위해 큰 일을 해야 한다고 강조하는 것과 달리,《잠자는 숲 속의 미녀 The Sleeping Beauty》는 역시 자신에게 필요한 길고 조용한 집중을 강조한다. 초경이 오기 몇 달 전, 때로는 그 뒤 한동안, 소녀들은 자신의 내부로 물러서서 수동적이고, 외견상 잠자는 것처럼 보인다. 똑같이 성적성숙을 나타내는 주목할 만한 상태가 오지는 않지만, 소년들도 여성의 경험과 똑같은 무기력하고 내적인 사춘기의 전환을 경험한다. 이같이 사춘기의 시작에서 오랫동안 긴 잠에 빠지기 시작하는 옛이야기가 오랜 세월 동안 소녀와 소년에게 매우 인기 있었다는 것은 이해할 만하다.

청년기와 같은 중요한 인생의 변화에서, 성공적인 성장을 위해서는 능동적이면서 고요한 기간이 필요하다. 내적인 전환은 겉으로는 수동적으로 보이거나 혹은 그 사람이 잠으로 낭비하는 것같이 보이지만, 옛이야기에서 그런 중요한 내적인 정신적 발전은 바깥으로 향해 행동할 에너지가 없는 사람에게 필수적이다. 《잠자는 숲 속의 미녀》와 같은 옛이야기들은 그들의 중심 주제로, 수동적인 기간을 포함하는데, 싹트는 청년기에 그처럼 활동하지 않는 것에 대해 염려하지 않도록 이해시킨다. 즉, 이야기 속에서 행동하지 않는 기간에도 일들이 계속 진행되어 나가는 것을 배운다. 그 순간 마치 이 평온한 기간이 백 년 동안 지속될 것처럼 보인다 해도, 아무것도 하지 않고 영구적으로 머물러 있을 것은 아님을 행복한 결말을 통해 확신하게 한다.

사춘기 초기에 전형적으로 발생하는, 행동하지 않는 시기가 지난 뒤에, 청년들은 행동적으로 변하고 수동성의 시기를 보상한다. 실제 생활에서나 옛이야기에서 청년들은 때로 위험한 모험을 통해서 젊은 남성성이나 여성성을 입증하려고 노력한다. 이것은 고독을 통해 힘을 모은 후 이제는 자기 자신이 되어야 한다는 것을 옛이야기가 상징적 언어로서 이야기하는 방식이다. 실제로 이 성장 단계는 위험으로 가득 차 있다. 청년은 안전한 어린 시절을 떠나야 하는데 이 시기는 위험한 숲 속에서 길을 잃은 것으로 표현되며, 자신의 난폭한 경향과 불안에 직면하는 것을 배우는 것은 야생의 동물이나 용과 만나는 것으로 상징되고, 스스로를 발견하는 것은 낯선 인물들을 만나고 경험하는 것으로 함축된다. 이 과정을 통해서 청년은 자기가 바보이거나 머리가 나쁜 어린이, 단순히 누군가의 자식인 "멍청이"로 암시되는 이전의 순수성을 잃는다. 《잭과 콩나무 Jack and the Beanstalk》에서 잭이 식인귀를 만날 때처럼, 대담한 모험에는 위험이 내포되어 있다. 《백설 공주 Snow White》와 《잠자는 숲 속의 미녀》는 어린이들이 수동적 상태의 위험을 두려워하지 않도록 용기를 준다. 《잠자는 숲 속의 미녀》와 같은 고대의 이야기는 오늘날의 젊은이들에게 다른 이야기 들보다 더 중요한 메시지를 전해 준다. 요즘의 젊은이들, 부모들은 아무 일도 일어나지 않는 것처럼 보이는 조용한 성장을 두려워한다. 왜냐하면 무슨 일을 하는 것만이 목표를 달성할 수 있다는 상식적인 믿음 때문이 다. 《잠자는 숲 속의 미녀》는 오랜 침묵과, 명상과 자기에 집중하는 기간 이 가장 높은 성취를 이끌어 낼 수 있다고 말해 준다.

최근에는 아동기의 의존성을 벗어나려고 자아를 형성하는 투쟁이 소녀 와 소년의 경우에 다르게 그려지며, 이것은 성적 고정관념의 결과라고 주 장한다. 옛이야기는 그런 일면적인 모습을 표현하지 않는다. 소녀가 자신 을 발견하려고 고군분투하는 것이 내적으로 전환하는 것으로 묘사될 때 나 소년이 외적인 세상을 공격적으로 대하려고 할 때조차도, 이 둘은 한 어린이가 자아를 획득하는 두 가지 방법을 함께 상징한다. 즉, 외적인 세 계와 마찬가지로 내적인 세계를 이해하고 극복하는 것을 통해 자아를 획 득하는 것이다. 이런 의미에서 옛이야기의 남녀 주인공들의 일은 모든 사 람들이 성장하는 데 거쳐야 하는 동일한 과정으로, 인위적으로 둘로 나누 어 투사해 놓은 두 인물형이다. 그러나 쓰여 있는 문자 그대로의 의미만을 생각하는 부모들은 그것을 깨닫지 못한다. 반면에, 어린이들은 주인공의 성과 관계없이, 그 이야기가 자신의 문제를 포함하고 있다는 것을 안다.

남성과 여성 인물은 옛이야기에서 같은 역할로 나타난다. 《잠자는 숲 속의 미녀》에서 잠자는 소녀를 관찰하는 것은 왕자이지만, 《큐피드와 프 쉬케 Cupid and Psyche》에서 파생한 많은 이야기에서는 미녀의 아름다움 에 놀라는 왕자같이, 잠자는 큐피드를 보고 프쉬케가 경탄한다. 이것은 한 가지 예다. 수천 개의 옛이야기가 있으므로, 우리는 여성의 용기와 결 정이 남성을 구하는 숫자와 그 반대의 경우가 똑같은 숫자일 것이라고 무 난히 추측할 수 있다. 당연히 그래야 하듯이, 옛이야기는 인생의 중요한 진실을 밝히기 때문이다.

오늘날《잠자는 숲 속의 미녀》는 두 가지 이본이 가장 잘 알려져 있다. 페로 Perrault의 판본과 그림 형제 The Brothers Grimm의 판본이다.[40] 그 차이를 설명하기 위해서는 바질 Basile의《펜타메론 Pentamerone》에 실려 있는 이야기,《해, 달, 그리고 탈리아 Sun, Moon, and Talia》[41][42][43]를 간략히 생각해 보는 게 가장 좋을 것이다.

왕은 자신의 딸 탈리아가 탄생하자 모든 현인과 예언자에게 딸의 미래를 말해 달라고 요청했다. 그들은 공주가 아마포 가시 때문에 재난을 입게 될 것이라고 결론지었다. 그런 사고를 방지하기 위해, 왕은 앞으로 어떤 아마포나 대마도 성에 들여오지 말라고 명령하였다. 그러나 어느 날 탈리아가 성장하여, 창밖을 지나면서 한 할머니가 물레를 잣는 것을 보았다. 탈리아는 전에 그런 것을 본 적이 없어서, "물레 실패가 춤추는 것을 보고 기뻤다." 호기심이 난 탈리아는 손으로 물레를 집어 실을 잣기 시작했다. 대마의 가시가 "탈리아의 손톱 밑에 들어가자 탈리아는 금방 바닥에 쓰러져 기절했다." 왕은 의식을 잃은 딸을 궁전의 벨벳 의자에 앉히고, 문을 잠그고, 궁전을 영원히 떠나 슬픔의 기억을 지우려고 했다.

얼마 후, 또 다른 왕이 사냥을 하고 있었다. 그런데 그 왕의 매는 빈 성의 창문 안으로 날아간 뒤 돌아오지 않았다. 왕은 매를 찾으려고 성을 돌

40) 페로의《잠자는 숲속의 미녀 La Belle au bois dormant》는 앞에서 언급한 페로의 책 참조.《잠자는 숲 속의 미녀》의 영어 번역은 랭 Lang의《푸른 옛이야기책 The Blue Fairy Book》과 앞에서 언급한 오피에 부부 Peter and Iona Opie의 책에 있다. 그림 형제의 이야기《가시 장미 Dornröschen》는 앞에서 언급한 그림 형제의 책 참조.
41) 그때에 그것은 이미 오래된 모티프였으며, 14세기에서 16세기까지 프랑스어와 카탈로니아어로 쓰여졌으며, 우리에게 아직 알려지지 않은 작가가 살던 당시의 민담에 의존하지 않았다면, 바질이 쓴 글의 모델 역할을 한 것으로 보인다.[1][2]
42) 앞에서 언급한 바질의 책.《해, 달, 그리고 탈리아》는《펜타메론》의 다섯 번째 날의 다섯 번째 참조.
43)《잠자는 숲 속의 미녀》의 앞선 형태로는 앞에서 언급한 볼테 Bolte와 폴리프카 Polivka의 책과 소리아노 Soriano의 책 참조.

아다녔다. 거기서 왕은 잠자는 탈리아를 발견했지만 탈리아를 깨울 수가
없었다. 탈리아의 미모에 반하여, 왕은 탈리아와 동거하였다. 그리고 나
서 자기의 왕국으로 돌아가 그 사건을 모두 잊었다. 십 개월이 지난 후 탈
리아는 잠든 채로 두 명의 아기를 낳았다. 아기들은 탈리아의 젖가슴에서
젖을 먹었다.

> 한번은 아기들 중의 하나가 젖을 빨고 싶었는데, 젖가슴을 발견할 수가 없었
> 다. 대신에 아기는 자기 입에다가 대마 가시에 찔려 따끔거리는 탈리아의 손
> 가락을 넣었다. 아기가 손가락을 너무 심하게 빨아 대서 그 대마 가시가 빠
> 져나오는 바람에, 탈리아는 마치 깊은 잠에서 깨어나듯이 일어났다.

어느 날 왕이 자기의 모험을 기억하고 탈리아를 보러 갔다. 왕은 탈리
아가 깨어나 아름다운 두 명의 아이들과 함께 있는 것을 보고 기뻐서 그
뒤로 그들을 항상 마음 속에 생각했다. 왕의 부인은 그 비밀을 발견하고
교활하게 왕이 부르는 것처럼 두 어린이들을 불렀다. 왕비는 어린이들을
요리하여 남편에게 대접하도록 명령했다. 요리사는 그 어린이들을 자신
의 집에 숨기고 대신 새끼 염소를 요리했다. 왕비는 왕에게 그것을 먹게
했다. 한참 지난 뒤에 왕비는 왕의 배신 때문에 탈리아를 불러 불 속에다
던질 계획을 하였다. 마지막 순간에 왕이 도착하여 자기 부인을 불 속에
떠밀어 버리고, 탈리아와 결혼하였다. 그리고 요리사가 살려 준 어린이들
을 발견하고 행복해졌다. 그 이야기는 다음의 싯구절로 끝난다.

> 행복한 사람은 침대에 있는 동안
> 운명이 축복한다고 사람들은 말한다.[44]

---

44) 탈리아의 아이들은 해와 달로 불린다. 여기에는 바질이 제우스 Zeus의 여러 연인 중 하나인 레토
Leto의 이야기에 영향을 받았을 가능성이 있다. 레토는 아폴로 Apollo와 아르테미스 Artemis를 임
신하였고 그들은 태양신과 달의 여신이 되었다. 만일 그렇다면 우리는 헤라 Hera가 제우스가 사랑
한 사람들을 질투한 것처럼, 이 이야기의 왕비가 헤라의 질투를 기억했을 것으로 추측할 수 있다.

무시당하여 저주를 말한 요정의 이야기나, 혹은 이 친숙한 옛이야기의 모티프를 사용하여 페로는 왜 여주인공이 죽음과 같은 잠에 빠졌는지 설명하면서 이야기를 풍요롭게 한다. 그래서 《해, 달, 그리고 탈리아》에서 우리는 탈리아의 운명이 왜 이래야 하는지 그 이유를 모른다.

바질의 이야기에서 탈리아의 아버지는 딸을 무척 사랑한 왕이었다. 그래서 아버지는 딸이 죽음과 같은 잠에 빠진 뒤 성에 남아 있을 수 없었다. 우리는 왕이 탈리아를 "수놓은 차양 밑에" 왕홀이 장식된 의자에 안치하고 떠나간 뒤 더 이상 어떻게 됐는지 모른다. 공주가 다시 깨어난 뒤에도, 왕과 결혼한 뒤에도, 그리고 왕과 아름다운 아이들과 행복하게 산 뒤에도 모른다. 한 명의 왕이 같은 나라의 또 다른 왕으로 뒤바뀌었다. 즉, 아버지 왕은 사랑하는 왕으로 뒤바뀐다. 이 두 왕이 여주인공의 인생에서 서로 다른 시기에 다른 역할로, 다르게 변장해서 대치된 것이 아닐까? 우리는 여기서 다시금 어린이가 부모 안에서 유발시킨 것, 혹은 부모에게서 일어나길 바란 것에 대해 아무런 책임감도 느끼지 않는, 오이디푸스적인 어린이의 "순진함"을 만난다.

페로는 프랑스 아카데미 회원으로서, 바질의 이야기에서 두 가지로 거리를 두었다. 페로는 결국 왕자가 읽을 이야기를 말하는 궁정인이었으므로, 자기의 어린 아들이 공주를 기쁘게 해 주기 위해 만든 이야기인 척하면서, 두 왕을 한 명의 왕과 한 명의 왕자로 바꾸었다. 왕자는 명백히 아직 결혼하지 않고 아이도 없는 사람으로 바뀌었다. 그리고 왕의 존재는 백 년 동안 잠자기 때문에 왕자와 분리된다. 그래서 우리는 그 두 사람이 아무런 공통점도 없다고 확실히 느낀다. 무척 흥미로운 것은 페로는 오이디푸스적인 함축된 의미를 완전히 자유롭게 처리하지 못한다. 페로의 이

대부분의 서양 세계의 이야기는 어떤 경우에 기독교적인 요소를 내포하고 있어서, 기독교적인 의미가 담긴 설명은 또 다른 책을 쓸 정도다. 이 이야기에서 탈리아는 자신이 성교를 했다거나 임신했다는 것을 몰랐고 기쁨도 죄의식도 없다. 이것은 마치 동정녀 마리아와 같은 점으로, 성처녀처럼 그런 방법으로 신들의 어머니가 된다.

야기에서 왕비는 남편의 배신 때문에 온 정신을 잃고 질투하는 것은 아니다. 그러나 왕비는 아들이 사랑한 소녀를 질투한 나머지 그 소녀를 찾아 죽이려고 하는 오이디푸스적인 어머니로 나타난다. 바질의 이야기에서 왕비는 설득력이 있지만, 페로의 왕비는 그렇지 않다. 페로의 이야기는 두 가지 모순되는 부분이 있다. 첫째는 왕자가 잠자는 미녀를 깨워서 그 여자와 결혼하는 것으로 끝맺는다. 뒤따르는 두 번째 부분은 갑자기 매력적인 왕자의 어머니가 자신의 손자를 먹고 싶어하는, 식인귀라고 말해지는 것이다.

바질의 판본에서 왕비는 남편에게 아이들을 먹이고 싶어한다. 남편이 잠자는 미녀를 더 사랑했기 때문에 왕비가 생각하는 가장 무서운 처벌이 바로 그것이다. 페로의 이야기에서는 자기 자신이 아이들을 먹고 싶어한다. 바질의 이야기에서 왕비는 남편의 마음과 사랑이 온통 탈리아와 그 여자가 낳은 아이들에게 가 있어서 질투한다. 왕의 부인은 탈리아를 불에 태우려고 하는데 탈리아에 대한 왕의 "타오르는" 사랑은 왕비의 탈리아에 대한 "타오르는" 미움을 불러일으켰다.

페로의 이야기에서는 왕비의 식인적 미움에 대해 아무런 설명이 없이 왕비를 "어린 아이들이 지나가는 것을 볼 때는 언제나…… 그들을 잡아 먹고 싶은 욕망을 피하기가 어려운" 식인귀로 묘사할 뿐이다. 역시 매력적인 왕자는 잠자는 숲 속의 미녀와의 결혼을 자신의 아버지가 죽을 때까지 이 년간이나 비밀로 한다. 이 년이 지나서야 왕자는 잠자는 미녀와 아침과 낮이라 부르는 두 아이를 자기의 성으로 데려갔다. 그리고 자기 어머니가 식인귀인 것을 알면서도 전쟁터로 떠나면서 어머니에게 왕국과 부인과 아이들을 맡긴다. 페로의 이야기는 왕자의 어머니가 잠자는 미녀를 독사의 구멍에 던지려는 순간에 왕자가 돌아오는 것으로 끝난다. 왕자가 도착하자 식인귀는 자신의 계획이 수포로 돌아간 것을 알고, 스스로 그 독사의 구멍에 뛰어든다.

페로는 프랑스 궁정에서, 결혼한 왕이 잠자는 미녀를 강간하여, 아이를 낳게 하고 그것을 까맣게 잊었다가 우연한 기회에 다시 기억하였다는 이야기를 구연하기가 적당치 않다고 느꼈음을 쉽게 이해할 수 있다. 그러나 옛이야기의 왕자가 아버지인 왕에게 자기가 결혼하여 아버지가 된 것을 비밀로 한 것은 아버지가 자기의 아들이 아버지가 되는 것에 대해 오이디푸스적인 질투를 느낄까 두려워 비밀로 했을 거라고 추측할 수 있지만, 만족스럽지는 못하다. 만일 같은 이야기에서 같은 아들을 두고 어머니와 아버지가 오이디푸스적인 질투를 느끼는 이외의 다른 아무런 이유가 없다면, 아무리 옛이야기라도 그것은 설득력이 없다. 어머니가 식인귀라는 것을 알면서 왕자는 좋은 아버지가 저지할 수 있는 집으로 자신의 부인과 어린이를 데려가지 않고 아버지가 죽은 뒤에 데려간다는 것은 더 이상 쓸모 없는 방어다. 이 모든 모순의 근거는 페로가 예술적 기교를 결여하고 있다기보다는 옛이야기를 진지하게 생각하지 않고 각각의 이야기마다 자신이 덧붙인 멋지고 도덕적인 시구처럼 생각했다는 사실이다.[45]

이 이야기의 그런 일치하지 않는 부분들을 구연하거나 가끔은 인쇄물로도 그 이야기를 왕자와 잠자는 미녀의 행복한 결합으로 끝내는 것은 이해할 만하다. 그림 형제가 듣고 채록한 것은 이 형태로, 그때나 지금이나

---

45) 페로는 궁정인들을 독자로 생각하고 있었기 때문에, 자신이 구연한 옛이야기를 우습게 만들었다. 예를 들어 페로는 여왕이자 식인귀가 아이들을 "로버트 소스"를 쳐서 먹고 싶어했다고 구체화한다. 페로는 이같이 옛이야기의 인물유형의 가치를 떨어뜨리는 세부적인 것을 도입하는데, 잠자는 미녀가 깨어날 때 입은 드레스는 구식이라고 말한 것 등이다.

　잠자는 숲 속의 미녀는 나의 할머니 것 같은 드레스를 입었고, 높은 칼라 너머로 들여다보이는 뾰족한 띠를 하고 있었다. 그렇지만 조금도 덜 아름답게 보이지 않았고 아주 매력적이었다.

마치 옛이야기의 주인공들이 유행이 없는 세상에서 살지 않는 것처럼 쓰고 있다. 페로는 사소한 합리성과 옛이야기의 환상을 무차별하게 섞은 그런 언급을 하여 작품을 조잡하게 만든다. 세부적인 옷 묘사는, 예를 들어 백 년 동안의 잠이란 신화적이고, 알레고리적이고, 심리적인 시간을 파괴하여 특수한 연대기적인 시간으로 만들어 버린다. 백 년 동안의 잠으로부터 깨어나 얼마나 세상이 변했는지 알아 버리고는 곧바로 먼지로 변해 버린 성인의 전설과 달리, 그것은 모든 것을 경박하게 만들어 버린다. 그런 세부 묘사는 재미있게 해 주려는 의도였으나, 페로는 옛이야기의 필수 요소인 초시간성이라는 정서를 파괴하였다.

가장 널리 알려졌다. 그림 형제의 판본은 페로의 것에 있는 어떤 것이 빠졌다. 새로 태어난 아기가 죽게 되는 이유는 누군가가 그 세례식에 초대받지 못해서라든가 혹은 악한 요정에게 질이 떨어지는 나쁜 은 그릇을 주었기 때문이다. 이같이 페로에서는 그림 형제의 판본과 같이, 이야기가 시작할 때 신이자 어머니(들)인 요정들이 선한 측면과 악한 측면으로 분리되는 것을 발견한다. 행복한 결말은 악의 원리를 적절하게 처벌하고 없애길 요구한다. 그때만이 선이 행복을 얻고 승리할 수 있다. 페로의 이야기에서는 바질의 이야기에서처럼, 악의 원리를 없애 버리고 옛이야기의 정의를 행한다. 그러나 그림 형제의 판본에서는 앞으로 다루겠지만 악한 요정이 처벌되지 않기 때문에 옛이야기의 정의가 결여된다.

세부적인 묘사가 다양하게 변해도, 《잠자는 숲 속의 미녀》의 모든 판본에 나타난 중심 주제는 부모가 아무리 자녀가 성적으로 눈뜨는 것을 막으려고 애를 써도, 그것이 이루어지지 않는다는 것이다. 더 나아가서 부모가 지나치게 충고해 주는 것은 적절한 때에 성숙하는 것을 지연시킨다는 것이다. 그것은 잠자는 미녀의 백 년 동안의 잠으로 상징되며, 연인과 결합하여 성적으로 눈뜨는 것을 막는다. 이것과 밀접하게 관련된 또 다른 모티프가 있는데, 성적인 충족을 위해서 오랫동안 기다려야 한다는 것이 미모를 조금도 감소시키지 않는다는 것이다.

페로와 그림 형제의 이본은 우리가 성적인 만족을 발견하기 위해 오랜 시간을 기다려야 할 수도 있다는 것을 지적하면서 시작한다. 성적인 만족은 아이를 갖는 것으로 지적된다. 왕과 왕비는 매우 오랫동안 아이를 갖기 바랬지만 이루어지지 않았다. 페로의 이야기에서 부모는 다른 이들처럼 모든 방법을 다 써 본다.

그들은 세상의 모든 강마다 가서 기원하고, 순례하고, 애를 썼지만 결과가 없었다. 그러나 마침내 왕비는 아기를 가졌다.

그림 형제의 이야기의 시작은 훨씬 더 옛이야기적이다.

> 옛날옛날에 어떤 왕과 왕비가 있었는데 매일같이 "아, 만약 우리에게 아기만
> 있다면!" 하고 말했다. 그러나 그들은 아기를 갖지 못했다. 한번은 왕비가 욕
> 조에 들어갔는데, 개구리가 물에서 헤엄쳐서 땅으로 나와 왕비에게 말했다.
> "당신의 소망은 이루어질 것입니다. 일 년이 지나기 전에 당신은 딸을 낳을 것
> 입니다."

왕비가 일 년이 지나기 전에 아기를 낳을 것이라는 개구리의 말은 임신
기간인 열 달을 기다려야 하는 것에 거의 근접한다. 이것은 왕비가 목욕
탕에 있을 때에 발생하여서, 개구리가 방문했을 때 임신했다고 믿을 만한
근거가 된다(왜 옛이야기에서 개구리가 성적인 만족을 상징하는지는《개
구리 왕 The Frog King》이야기와 관련하여 뒤에 논의하겠다). 부모가 아
이가 태어나기를 오랫동안 기다린다는 것은 성에 대하여 서두를 필요가
없다는 것을 전달하며, 우리가 오랫동안 기다려야 한다 해도 그 보상이
있음을 전한다. 세례식에서 좋은 요정들의 축복은 자신을 얕잡았다고 느
낀 요정의 저주와 대조되는 것을 제외하고는, 실제 구성과 아무런 관계도
없다. 그것은 이 나라 저 나라에서 요정들의 숫자가 세 명에서부터 여덟
명, 열세 명까지 다양하다는 사실로 알 수 있다.[46] 좋은 요정이 아기에게
준 선물은 이본마다 다르지만, 악한 요정이 한 저주는 항상 같다. 그 저주
는 주인공이(그림 형제의 이야기에서 주인공은 열다섯 살이다.) 손가락
을 물레 바퀴에 찔려 죽을 것이라는 것이다. 마지막에 온 좋은 요정은 이

46) 1528년에 프랑스에서 처음 인쇄된 14세기의《페르스포레의 옛날 연대기 Anciennes Chroniques de Perceforest》에서 세 명의 여신들이 제란딘 Zellandine의 탄생을 축하하러 초대되었다. 루시나 Lucina는 아기에게 건강을 주었다. 테미스 Themis는 자기의 접시에 나이프가 없는 데 화가 나서 제란딘이 실을 잣는다면 물레에서 나온 실이 손가락에 끼어 그 실이 나올 때까지 잠을 잘 것이라고 저주했다. 세 번째 여신 비너스 Venus는 일어난 일을 해결할 것을 약속한다. 페로의 이야기에서는 일곱 명의 요정이 초대되고 한 명이 초대받지 못하는데, 그 요정은 잘 알려진 저주를 말한다. 그림 형제의 이야기에서는 열두 명의 자애로운 요정과 한 명의 악의를 가진 요정이 나온다.

죽음의 위협을 백 년 동안의 잠으로 바꿀 수 있다. 그 메시지는《백설 공주》와 유사하다. 아동기의 끝에 나타나는 죽음과 같은 수동성의 기간은 조용한 성장과 준비의 시간일 뿐이고, 사람이 성숙을 깨우쳐 성적인 결합을 할 준비를 하는 시간일 뿐이다. 옛이야기에서 이 결합이 성적으로 만족한 결합이면서 동시에 두 동반자의 정신과 영혼의 결합이라는 사실이 강조돼야 한다.

시간이 흘러 열다섯이란 나이는 월경이 시작되는 나이다. 그림 형제의 이야기에서 열세 명의 요정은 고대에서는 한 해가 일단 열셋이란 음력으로 나누어진다는 것이 기억된다. 이 상징이 음력과 친밀하지 않은 사람에게는 잊혀질 수 있지만, 월경이 전형적으로 해가 바뀌는 열두 달에 의해서가 아니라 음력의 달인 이십팔 일을 주기로 이루어진다는 것은 잘 알려져 있다. 이같이 열두 명의 좋은 요정에 더하여 한 명의 나쁜 요정은 상징적으로 월경이라는 운명적인 "저주"를 언급하는 것임을 나타낸다.

왕이자 남자는 월경의 필요성을 이해하지도 못하고 딸이 운명적으로 피를 흘리는 경험을 하는 것을 막을 수도 없다. 왕비는 그 이야기의 모든 이본에서 성난 요정의 예언과 관련이 없는 것으로 보인다. 어떤 경우에나, 왕비는 그것을 막으려고 할 정도로 어리석지 않다. 그 저주는 물레 실패에 집중되는데, 실패란 단어는 영국에서 일반적으로 여성을 나타낸다. 프랑스(페로)나 독일(그림 형제)에서도 똑같지는 않지만, 아주 최근까지 실을 잣는 것과 짜는 것은 "여성"의 일로 생각되었다.

악의를 가진 요정의 "저주"를 막으려는 왕의 모든 수고는 실패한다. 일단 주인공이 사춘기인, 열다섯 살에 도달하면 악한 요정이 예언했듯이, 물레를 왕국에서 모두 없애는 것으로 소녀의 운명적인 피흘림을 막을 수 없다. 아버지가 취한 예방조치가 무엇이든 간에 딸이 숙성해지면 사춘기가 자리잡는다. 이 사건이 발생할 때 두 부모가 일시적으로 사라지는 것은 사람이 견뎌야 할 여러 가지 성장을 어떤 부모도 어린이로부터 막을 수 없다는 것을 상징한다.

주인공은 청년기가 되자, 옛날에는 받아들일 수 없던 존재의 영역을 탐험하는데, 그것은 늙은 부인이 실을 잣고 있는 숨겨진 방으로 표상된다. 이 시점에서 이야기는 프로이트적인 상징으로 나아간다. 운명적인 장소로 접근함으로써, 소녀는 나선형 계단을 올라간다. 꿈속에서 그런 계단은 전형적으로 성적인 경험을 나타낸다. 계단의 꼭대기에서 소녀는 작은 문이 열쇠로 잠겨진 것을 발견한다. 소녀가 열쇠를 돌리자, 문은 "튀면서 열려" 소녀는 늙은 부인이 실을 잣는 작은 방에 들어간다. 작고 잠겨진 방은 때로 꿈속에서 여성의 성기를 나타낸다. 잠긴 문을 여는 것은 때로 성행위를 상징한다.

늙은 여인이 실을 잣는 것을 보고, 소녀는 묻는다. "그렇게 즐겁게 뛰는 것은 어떤 거예요?" 물레에서 성적인 함축적 의미를 깨닫는 것은 상상력이 많이 요구되지 않는다. 그러나 그것을 건드리자마자, 소녀는 손가락을 찔려서 잠에 빠진다.

이 이야기로 어린이가 무의식에서 일으키는 주된 연상은 성교보다는 월경이다. 공통의 언어로, 성서적인 원전을 언급하면, 월경은 때로 "저주"라고 불리며 그것은 피를 흘리게 하는 여성의—요정의—저주다. 두 번째로 이 저주가 효과를 발휘하는 나이는 과거에 월경이 자리잡는 나이다. 마지막으로, 출혈은 남자가 아닌 늙은 부인과의 만남을 통해 일어난다. 그리고 성서에 따르면, 그 저주는 여성에서 여성으로 계승된다.

출혈은 월경에서처럼, 어린 소녀의 것이고 (어린 남자에게는 다른 방법으로) 만일 그에 대한 정서적 준비가 되어 있지 않다면 정신을 쏙 빼는 경험이다. 갑작스런 출혈 경험에 압도당하면, 공주는 긴 잠에 빠져, 뚫고 들어올 수 없는 가시 철조망으로 모든 청혼자를 막아 낸다. 예를 들어 미성숙한 성적인 만남을 막는다. 가장 친숙한 판본에서《잠자는 숲 속의 미녀》란 명칭은 여주인공이 긴 잠을 자는 것을 강조하는 반면에, 다른 제목

의 이본은 영국의《들장미 Briar Rose》와 같이 방어하는 벽에다 강조점을 둔다.[47]

많은 왕자들이 잠자는 공주의 성장기간이 끝나기 전에 도착하려고 했다. 이 모든 조숙한 구혼자들은 가시로 처벌을 받는다. 정신적으로나 육체적으로 준비되어 있지 않은 상태에서 성적인 환기는 매우 파괴적임을 어린이와 부모에게 경고하고 있다. 그러나 잠자는 미녀가 마침내 육체적으로나 정서적으로 성숙해져서 사랑할 준비가 되고 성과 결혼을 위해서 준비되었을 때, 뚫을 수 없게 보이던 가시벽이 길을 연다. 가시의 벽은 갑자기 큰 벽으로, 아름다운 꽃으로 변하고, 왕자가 들어갈 수 있게 문을 연다. 내포된 메시지는 다른 옛이야기들과 같다. 즉, 걱정하지 말아라. 그리고 일을 서두르지 말아라. 성숙해지면 불가능한 문제는 저절로 해결된다.

아름다운 처녀의 긴 잠은 또 다른 함축적 의미가 있다. 백설 공주가 유리관에 누워 있든, 잠자는 미녀가 침대에 누워 있든, 영원히 지속되는 젊음과 완벽함에 대한 청년기의 꿈은 바로 그것, 꿈이다. 저주의 또 다른 일면은 죽음의 위협인데, 잠이 연장된 것으로서 그 두 가지는 서로 다른 것이 아니다. 만일 우리가 변하고 발전하기를 원치 않는다면, 우리는 죽음과도 같은 상태로 남아 있는 것과 마찬가지다. 잠자는 동안 여주인공의 아름다움은 얼어붙은 것인데 그것은 자아도취에서 나온 고독이다. 그런 자기 몰입은 자기 밖의 세상을 배제하여 여기서는 고통도 없고 얻어야 할 지식도 없고, 경험해야 할 느낌도 없다.

발전의 한 단계에서 다음 단계로의 어떤 변이는 위험을 내포한 것이다. 사춘기의 위험은 물레를 만져서 피를 쏟는 것으로 상징된다. 성장해야만 한다는 위험에 대한 자연스러운 반응은 그런 어려움을 준 세상과 인생에

---

47) 소녀의 이름과 이야기의 독일식 명칭 "Dornröschen"은 가시의 울타리와 울타리 장미 양쪽을 모두 강조한다. 독일식 명칭에서 "장미"의 자그마한 형태는 소녀의 미성숙함을 강조하고, 그것은 가시의 벽으로 보호받아야 한다.

서 물러서는 것이다. 자아도취적인 후퇴는 청년기의 압박감에 대한 기질적 방어지만, 그 이야기는 인생의 변덕스러움으로부터 도피하기 위해 선택했을 때 자아도취적 후퇴는 위험스럽고 죽음과 같은 존재가 된다고 경고한다. 그 사람에게 모든 세계는 죽어 버린다. 이것은 잠자는 미녀를 둘러싼 모든 사람들이 죽음과 같은 잠에 빠진다는 상징적 의미이고, 경고이다. 세상은 스스로 깨어 있는 사람에게만 살아 있다. 긍정적으로 타인과 관련되어야 우리의 인생이 잠들어 버리는 위험으로부터 "깨어나게 된다." 왕자의 입맞춤은 자아도취의 마법을 깨뜨리고 그때까지 성숙하지 않은 채 남아 있는 여성성을 일깨운다. 처녀가 여성으로 성장해야만 인생은 계속될 수 있다.

왕자와 공주의 조화로운 만남은 서로를 일깨우고 성숙을 내포한 상징이다. 즉, 우리 내부의 조화가 아니라 타인과의 조화다. 왕자가 도착한 바로 그 시간이 성적인 각성이 되는 사건이거나 더 높은 단계의 자아로 태어나는 계기로 해석되는 것은 듣는 이에게 달려 있다. 어린이는 아마도 이 모든 의미를 이해할 것이다.

긴 잠에서 깨어나는 것은 어린이마다 나이에 맞게 해석할 것이다. 더 어린 아이는 거기서 자아의 각성을 볼 것이고, 자신의 내적인 혼돈의 경향 사이에 조화를 이루는 것, 다시 말해서 자신의 본능, 자아, 그리고 초자아 사이의 내적인 조화를 획득하는 것이다.

어린이가 사춘기가 되어 이 의미를 경험한 뒤에, 청년기에 도달하면 같은 옛이야기에 대해 새로운 이해를 갖게 될 것이다. 그러면 그것은 다른 성을 가진 사람으로 표상된, 타인과 조화를 이루는 이미지가 되며, 그 두 사람은《잠자는 숲 속의 미녀》의 결말에서 말해지듯이, 그들이 죽을 때까지 함께 즐겁게 살 수 있다. 인생의 가장 바람직한 목표인 타인과의 조화는 옛이야기가 나이 든 어린이에게 전달하는 가장 의미 있는 의사전달로 보인다. 그것은 왕자와 공주가 "죽을 때까지 행복하게 살았던" 상대를 발견하는 결말이 상징한다. 스스로 내적인 조화를 획득한 뒤에만 우리는 타인과의 관계에서 그것을 발견할 수 있다. 발전적 경험을 통해서도 단계 사이의 관계에 대한 전의식적 이해를 어린이는 스스로 얻게 된다.

《잠자는 숲 속의 미녀》의 이야기에서 외상을 주는 사건—사춘기 출발의 피흘림과, 후에는 첫번 성교에서 피흘림같이—이 행복한 결과를 가져온다는 데 모든 어린이는 감동한다. 그 이야기는 그런 사건이 매우 진지하게 일어나야 하지만, 우리가 그것을 두려워할 필요는 없다는 생각을 심어 준다. "저주"는 바로 변장한 축복이다.

《잠자는 숲 속의 미녀》의 가장 초기 모티프를 육백 년 전에 쓰여진 《페르스포레의 옛날 연대기》에서 한 번 더 살펴보자. 즉, 잠자는 미녀가 낳은 아기가 손가락에 낀 물레조각을 빨아내 버리게 한 것은 사랑의 여신 비너스다. 바질의 이야기에서도 마찬가지다. 여성의 완전한 자기 충족은 월경에서 오지 않는다. 여성의 충족성은 사랑에 빠질 때나, 성교할 때나, 혹은 어린이를 출산할 때 성취되는 것이 아니다. 왜냐하면 《페르스포레의 옛날 연대기》와 바질의 여주인공은 이 모든 것이 이루어지는 동안 내내 잠들어 있었다. 이것들은 궁극적으로 성숙해지기 위한 방법에 한 걸음 다가가는 데 필요한 것이다. 그러나 완전한 자기성취는 단지 생명이 주어졌을 때만이, 그리고 자기가 낳은 아기에게 영양을 공급할 때만이 온다. 즉, 아기가 엄마의 몸을 빠는 것과 더불어 온다. 이렇게 이 이야기는 여성에게만 속하는 경험을 열거하고 있으며, 주인공은 여성성의 극치에 도달하기 전에 그것들을 모두 겪어야 한다.

유아가 엄마의 손톱을 빨아 엄마의 생명이 돌아오게 하는 것은 어린이가 엄마로부터 받기만 하는 수동적인 존재가 아니라 능동적으로 엄마에게 봉사한다는 것을 상징한다. 엄마의 수유는 어린이가 그렇게 할 수 있게 한다. 그러나 엄마가 삶에 다시 눈뜨는 것은 아기가 엄마에게서 젖을 먹기 때문이다. 다시 태어난 존재는 옛이야기에서 늘 그렇듯이, 더 높은 정신적 단계의 성취를 상징한다. 이같이 옛이야기는 부모와 어린이에게 똑같이 말하기를, 어린이는 단지 엄마로부터 받기만 하는 존재가 아니라 엄마에게 주기도 하는 존재라는 것이다. 엄마가 아기에게 생명을 주는 반면에 아기는 엄마의 인생에 새로운 차원을 더한다. 자기몰입은 여주인공의 길게 지속되는 잠으로 암시되는데, 아기를 낳고 그 아기가 그 여주인공을 존재의 가장 높은 단계로 회복시키는 것으로 끝난다. 즉, 우리에게 성숙함이란 생명을 받고 또 생명을 주는 것이다.

《잠자는 숲 속의 미녀》에서 이것은 더욱 강조되는데 여주인공뿐 아니라 여주인공을 둘러싼 모든 세계가—여주인공의 부모, 성 안에 거주하는 모든 사람들—여주인공과 함께 그 순간에 살아난다. 만일 우리가 세상에 무감각하다면 세상은 우리에게 존재하기를 멈춘다. 잠자는 미녀가 잠에 빠졌을 때, 세상도 멈추었다. 세상은 어린이가 그 안에서 영양을 받게 될 때 새롭게 깨어난다. 왜냐하면 이런 방식으로만 인류가 계속될 수 있기 때문이다.

이 상징은 잠자는 미녀와 미녀를 둘러싼 세계가 새로운 생명으로 깨어나는 것으로 끝나는, 이야기의 후기 형태에서는 잊혀졌다. 고대의 판본에서처럼 자세히 설명되지 않고 잠자는 미녀가 왕자와 입맞춤하여 깨어난다는 그 이야기의 짧은 형태에서도, 여주인공은 우리에게 완벽한 여성성의 화신으로 다가온다.

30. 《신데렐라》

옛이야기 중에서 《신데렐라 Cinderella》만큼 가장 널리 알려지고 사랑받는 것은 없을 것이다.[48] 그것은 아주 오래된 이야기다. 9세기 중국에서 최초로 문자로 기록되던 당시에도, 이미 그전부터 오랫동안 구전되어 오던 이야기였던 것이다.[49] 아주 작은 발이 최고의 미덕과 고귀함 그리고 아름다움의 상징이라는 점과, 신발이 귀한 재료로 만들어졌다는 점은 이 옛이야기가 꼭 중국은 아닐지라도 동양 쪽에 기원을 두고 있음을 알려 주는 요소들이다.[50][51] 현대인들은 더 이상 극도로 작은 발에서 성적인 매력이나 아름다움을 느끼지 않으나 고대 중국에서는 극도로 작은 발을 만들기 위해 여자의 발을 묶어 두던 풍습이 있었다.

---

48) 《신데렐라》가 가장 잘 알려진 옛이야기라는 사실에 대해서는, 《민속학 사전 Funk and Wagnalls Dictionary of Folklore》(New York, Funk and Wagnalls, 1950)과 앞에서 언급한 오피에 부부 Peter and Iona Opie의 책을 참조하고 그것이 가장 사랑받는 옛이야기라는 것에 대해서는 앞에서 언급한 콜리어 Collier와 가이어 Gaier의 책 참조.

49) 가장 오래된 중국의 "신데렐라" 유형에 대해서는 《민속학 Folklore》(1947) 제58권에 실린 웨일리 Arthur Waley의 《중국 신데렐라 이야기 Chinese Cinderella Story》참조.

50) 이집트에는 귀한 재료로 정교하게 만든 신발에 대한 기록이 3세기부터 나온다. 로마 황제 디오클레티안 Diocletian은 서기 301년의 한 포고문에서 여러 가지 신발의 상한가를 정하고 있는데, 거기에는 자주색이나 주황색으로 물들인 바빌로니아의 고급 가죽으로 만든 신발이나 금으로 도금한 여성용 신발 등이 나온다.[51]

51) 샌들과 슬리퍼를 포함한 신발류의 역사에 관해서는 윌콕스 R. T. Wilcox의 《신발의 양식 The Mode of Footwear》(New York, 1948) 참조.

잘 알다시피 《신데렐라》는 자매간의 경쟁에서 비롯된 고뇌와 희망을 다룬 것으로 천대받던 주인공이 자기를 학대하던 자매들을 이겨 승리하는 내용으로 되어 있다. 페로 Perrault가 《신데렐라》(재투성이 소녀)를 오늘날 널리 알려진 형태로 개작하기 훨씬 전에도, "재투성이"라는 것은 성별과 관계없이 다른 형제들에 비해 천대받는다는 것을 상징했다. 예를 들어, 독일에는 그런 재투성이 소년이 나중에 왕이 되는 이야기가 있다. 그것은 신데렐라의 운명과 비교될 만하다. 그림 형제 The Brothers Grimm 의 옛이야기집에는 "부엌데기 Aschenputtel"이라는 제목으로 되어 있다. 이 단어는 본래, 난롯가의 재를 살펴야 하는 천하고 더러운 식모를 가리키는 말이다.

독일어에는 그것을 뒷받침하는 많은 예들이 있다. 난로의 잿더미에서 지낸다는 것은, 단지 비천함뿐만 아니라 형제간의 경쟁, 자기를 구박하던 형제를 마침내 이겨내는 인물을 상징하기도 한다. 마르틴 루터 Martin Luther는 저서 《탁상어록 Table Talks》에서 카인 Cain이 신에게 버림받은 힘센 악인이었던 반면, 신앙심 깊은 아벨 Abel은 재투성이 형제가 될 수밖에 없었으며 카인에게 복종할 수밖에 없는 힘없는 존재였다고 했다. 다른 설교집에서 루터는 에사오 Esau를 가리켜 야곱 Jacob의 재투성이 형제 [52) 노릇을 하는 수밖에 없었다고 했다. 카인과 아벨, 에사오와 야곱은 한 형제가 다른 형제에게 억압당하거나 파괴되는 성경 속의 예들이다.

옛이야기는 이런 친형제들 사이의 관계를 의붓형제들 사이의 관계로 바꾸어 놓는다. 사람들은 친형제 사이에 그런 증오심이 일어나는 것을 바라지 않으므로, 그런 증오심을 설명하고 수긍할 수 있도록 만들어 놓은 장치일 것이다. 마치 그런 감정은 친형제들 사이에는 있을 수 없다는 투

---

52) 《재투성이 형제 Aschenbrödel》의 의미와 기원, 그리고 그에 대한 다른 상세한 설명은 앞에서 인용한 볼테 Bolte와 폴리프카 Polivka의 책과 안나 루스 Anna B. Rooth의 《신데렐라 이야기들 The Cinderella Cycle》(Lund, Gleerup, 1951) 참조.

로 말하는 것이다. 형제간의 경쟁심리는 형제가 있음으로써 생기는 부정적인 면이라는 점에서 매우 보편적이고도 "자연스러운" 현상이다. 그렇지만 그것은 매우 긍정적인 관계를 낳기도 하는데 《오누이 Brother and Sister》가 그 대표적인 예라 하겠다.

　형제간의 경쟁심리로 인해 어린이가 겪는 내적 경험을 《신데렐라》만큼 잘 나타낸 옛이야기는 없다. 특히 형제나 자매들이 자기만 따돌린다는 절망적인 느낌을 이보다 더 잘 표현하기는 힘들 것이다. 신데렐라는 의붓언니들에 의해 구박과 천대를 받는다. 자기의 몫이 (의붓)엄마에 의해 언니들에게로 넘어가고, 온갖 궂은 일은 다 자기에게 돌아온다. 아무리 일을 잘 해도 칭찬 한 마디 못 듣고, 오히려 일만 점점 더 많아진다. 이것이 바로 형제간의 경쟁심리로 생긴 비참함 때문에 마음이 황폐해진 어린이가 느끼는 심정이다. 신데렐라가 겪는 고생과 천대가 어른들의 눈에는 과장된 것으로 보일지 모르지만, 형제간의 경쟁심리로 고통받는 어린이는 실제로 그렇게 느낀다. "그게 바로 나의 모습이야. 그들이 나를 구박하면서 그렇게 되기를 바라는 그대로야. 얼마나 나를 하찮게 여기느냐 말이야."라고 어린이는 생각한다. 실제로 형제들 사이에서의 어린이의 위치를 보면 하등 그럴 이유가 없어 보이는 경우라도, 어린이는 나름대로의 내적인 이유로 그렇게 느끼는 순간들이 있다. 어떨 때는 꽤 긴 기간 동안 어린이는 실제로 그렇게 느낀다.

　어떤 이야기가 사실과는 거리가 멀어도 어린이가 내면 깊숙이 느끼는 심정과 일치할 때에 그것은 어린이에게 "진실"이라는 정서적 특질을 획득한다. 《신데렐라》에서 일어나는 사건들은 어린이에게 생생한 이미지를 제공하는데, 그 이미지들은 어린이를 압도하면서도 뭔가 모호하여 잘 표현이 안 되던 정서들을 구체화하고 있어서 어린이에게는 실제 경험보다도 더 설득력 있어 보인다.

　"형제간의 경쟁심리 sibling rivalry"라는 용어는 느낌과 원인이 매우 복잡하게 얽혀 있는 심리상태를 이르는 말이다. 거의 예외 없이 그런 경쟁 심리에 빠진 사람이 느끼는 정서는, 객관적으로 정당화될 수 없을 만큼 그가 처한 실제 상황과는 엄청나게 동떨어져 있다. 모든 어린이는 때때로 형제간의 경쟁심리로 몹시 심한 고통을 겪게 된다. 그러나 부모의 입장에서 보면, 한 어린이를 위해 다른 어린이를 희생시킨 적은 없으며, 다른 어린이들이 한 어린이만 구박하는 것을 용인한 적도 없다. 어린이들은 객관적인 판단을 하기가 힘들며, 특히 감정이 복받칠 때에는 거의 불가능하다고 볼 수 있다. 그러나 비교적 이성적인 순간에 어린이는 자기가 실제로 "신데렐라"처럼 취급받고 있지 않다는 것을 "안다". 그러나 그 사실을 "알고" 있으면서도, 어린이는 종종 구박받는다는 느낌이 든다. 바로 그런 이유로 해서 어린이는 《신데렐라》가 지닌 내적 진실을 신봉하며 더불어 신데렐라가 마침내는 구제되고 승리한다는 것도 믿어 의심치 않는다. 신데렐라의 승리를 통해 어린이도 자기 미래에 대해 과장된 희망을 품게 된다. 그래야만 형제들에게 괴롭힘을 당하며 느꼈던 그 비참함을 갚을 수 있기 때문이다.

"형제간의 경쟁심리"라고 명칭이 붙여져 있지만, 이런 비참한 감정이 형제들하고만 관련되어 있는 것은 아니다. 그런 심리의 실제 원인은 부모에 대한 어린이의 감정에 있다. 형이나 언니가 자기보다 능력이 뛰어나면 그것은 일시적인 질투심을 불러일으킨다. 그러나 다른 형제가 부모의 특별한 관심을 받게 되면, 부모가 자기를 무시하거나 거부할까 봐 두려워하는 어린이에게는 커다란 모욕이 된다. 형제 자매들 중 어느 하나, 아니면 그들 모두를 눈엣가시처럼 생각하게 되는 것은 바로 이 불안감 때문이다. 자기는 형제들에 비해 부모의 사랑과 인정을 받지 못하게 될 거라는 두려움이 바로 그 경쟁심리에 불을 붙인다. 이야기 속에서 형제들의 능력 여부가 별로 문제되지 않는다는 사실이 그것을 암시한다. 요셉 Joseph에 관한 성경 구절에서도, 형제들이 요셉을 죽이려고 한 것은 부모가 요셉만

편애하는 것에 대한 질투심 때문이었다. 신데렐라의 계모와는 달리 요셉의 부모는 요셉을 구박하기는커녕 다른 어린이들보다 더 좋아했다. 그러나 요셉 역시 신데렐라와 마찬가지로 종이 되었으며, 기적적으로 탈출하여 마침내 다른 형제들을 능가하게 된다.

형제간의 경쟁심리로 마음이 황폐한 어린이에게, 너도 자라면 형이나 언니만큼 잘 할 수 있을 거라고 말하는 것은, 어린이의 절망스런 심정에 아무런 위안이 되지 못한다. 어린이가 아무리 그 말을 믿고 싶어도 믿지 못하는 경우가 대부분이다. 어린이는 사물을 주관적으로밖에 볼 수 없으며, 그런 시각으로 자기를 형제들과 비교해 볼 때, 자기도 언젠가 그들만큼 잘 해내리라는 확신이 서지 않는다. 만약에 자신에게 그 이상의 무엇이 있음을 믿는다면, 형제들이 아무리 자기를 괴롭혀도 파괴받는 느낌이 들지 않을 것이며, 언젠가는 모든 것이 잘 풀리리라고 믿을 수도 있다. 그러나 어린이는 자기에게 좋은 미래가 펼쳐질 거라는 확신을 가질 수 없다. 그래서 어린이가 위안을 얻을 수 있는 길은 어떤 행운을 만나 형제들을 능가하는 영광스런 사건이 일어나는 공상을 하는 것이다.

가족 내에서의 위치가 어떠하건, 삶의 어떤 시기에 어린이는 어떤 형태로든지 형제간의 경쟁심리에 휩싸이게 된다. 아무리 어린 아이라도 다른 어린이가 자기보다 유리한 점들을 갖고 있음을 느끼게 되면 심한 질투심을 느끼게 된다. 더욱이 형제가 있어서, 부모가 그 형제를 자기보다 더 좋아할 거라는 불안한 생각이 들면 괴로워하지 않을 수 없을 것이다. 어린이들은 성별에 관계없이 형제간의 경쟁심리로 인해 괴로워하며, 또 낮은 위치에서 벗어나 자기보다 우월하던 형제를 능가하고 싶은 욕구가 있기 때문에, 《신데렐라》는 여자 어린이 못지 않게 남자 어린이에게도 강한 호소력을 지닌 옛이야기이다.

《신데렐라》도 《빨간 모자 Little Red Riding Hood》처럼 겉으로 보기에는 단순한 이야기다. 《신데렐라》는 자매간의 경쟁심리, 소원성취, 보잘것없던 인물의 신분상승, 누더기로 가려진 진가의 인정, 권선징악 등이 곧바로 펼쳐지는 이야기다 . 그러나 이러한 표면적인 줄거리 밑에는 복잡하고 대부분 무의식적인 내용의 소용돌이가 숨어 있다. 그리고 이야기에는 충분히 무의식적인 연상을 일으킬 만한 요소들이 곳곳에 장치되어 있다. 이것이 바로 표면적인 단순성과 심층적인 복잡성 사이의 대조를 낳았고, 이야기의 심오한 재미를 불러일으키며 수세기 동안 수백만 사람들을 매료시켜 왔다. 이러한 숨은 의미를 파악하기 위해, 우리는 앞서 논한 형제간의 경쟁심리라는 줄거리 이면을 뚫고 들어가 볼 필요가 있다.

앞에서도 언급했듯이, 만약에 어린이가 아직 자기가 어려서 그런 거라고 믿을 수만 있다면, 형제간의 경쟁심으로 그토록 비참한 고통을 겪지 않아도 될 것이다. 미래에는 일이 제대로 풀릴 거라는 믿음이 있기 때문이다. 그러나 자신이 비천한 처지에 놓일 만한 충분한 이유가 있다고 느낄 때에, 어린이는 절망하게 된다. 그런 의미에서 듀나 반즈 Djuna Barnes 의 옛이야기에 대한 통찰은 매우 예리하다. 어린이는 말로 표현할 수 없는 것들(빨간 모자가 늑대와 함께 침대에 누워 있다는 생각을 할 때 즐겁다든지와 같은 것)에 대해 무언가를 알고 있다는 것이다. 그것을 적용하면 옛이야기를 두 부류로 나눌 수 있다. 그 중 하나는 이야기 속에 내재된 진실에 대해 어린이가 무의식으로 반응하게 되므로 그것을 표현할 수가 없는 부류다. 또 하나는 상당히 많은 옛이야기가 여기에 속하는데 어린이가 잠재의식 심지어는 의식의 수준에서 그 "진실"이 무엇인지 알고 있으며 그 표현도 가능하나, 자신이 알고 있음을 남에게 들키고 싶지 않은 그런 부류다.[53] 《신데렐라》의 어떤 측면은 후자의 부류에 속한다. 많은 어린이들은 이야기 초반에 신데렐라가 그런 비천한 처지에 놓일 만한 이유가 있을 거라고 믿는다. 왜냐하면 자기의 처지도 그렇기 때문이다. 그러나

그들은 그 사실을 다른 사람이 눈치채지 않기를 바란다. 그러면서도 한편
으로는 이전의 결점과 관계없이 신데렐라가 결국에는 높은 위치로 상승
할 가치가 있다고 생각하는데, 그것 또한 자기 역시 결점에도 불구하고
그렇게 되기를 바라기 때문이다.

　모든 어린이들은 성장하면서 자기가 캄캄한 지옥으로 추방될지도 모른
다고 믿는 시기가 있다. 또 그런 생각은 꽤 오래 지속될 수도 있다. 자신
이 어떤 비밀스런 행동은 안했더라도 마음 속에 있는 비밀스런 소망 때문
에, 지위가 하락되고 남들이 모이는 자리에 끼지 못하는 게 당연하다고
생각한다. 현실 속의 상황이 아무리 좋더라도 어린이는 그런 일이 생길까
봐 두렵다. 어린이는 자신과 같은 사악함을 전혀 갖고 있지 않다고 여겨
지는 다른 사람들, 특히 자기의 형제 자매를 미워하고 두려워한다. 그리
고 부모나 형제가 자신의 실체를 알게 되어, 신데렐라의 가족이 신데렐라
에게 하듯이, 자기를 천대할까 봐 두려워한다. 다른 사람들, 그 중에서도
특히 부모가 자신을 결백하다고 믿기를 원하기 때문에, 어린이는 "모든
사람들"이 신데렐라의 결백을 믿고 있는 것에 마음이 놓인다. 이것이 이
옛이야기의 큰 매력 중의 하나다. 사람들이 신데렐라의 착함을 믿듯이 자
기의 착함도 믿으리라고 어린이는 희망한다. 《신데렐라》가 어린이에게
이런 희망을 북돋우는 것이 어린이들이 그렇게 《신데렐라》를 좋아하는
이유 중의 하나이다.

　어린이를 사로잡는 또 하나의 매력은 계모와 의붓언니들이 매우 사악하
다는 점이다. 어린이의 눈에 비춰진 자신의 결점이 무엇이었든 간에 계모
와 의붓언니들의 거짓과 사악함에 견주면 사소한 것이 되어 버리고 만다.
게다가 의붓언니들이 신데렐라에게 한 행동은 어린이가 형제들에게 가질
수 있는 어떤 사악한 생각도 다 합리화시켜 준다. 그들은 어찌나 사악한지
자기가 아무리 그들에게 나쁜 일이 일어나기를 바라더라도, 그들의 사악
함에는 못미치는 것이다. 그들의 행위에 비하면 신데렐라는 정말로 결백

하기 때문이다. 어린이도 신데렐라의 이야기를 들으면서, 자신이 화가 나서 한 생각들에 대해 죄의식을 느낄 필요가 없다고 생각하는 것이다.

또 다른 의식의 층위에서, 어린이는 부모나 형제들이 심하게 다루어서 아무리 고통스럽다 하더라도, 신데렐라의 운명에 비하면 아무 것도 아니라는 생각을 한다. 어린이의 마음 속에는 현실과 과장된 환상들이 함께 공존하기 때문이다. 동시에 《신데렐라》 이야기는 어린이에게 자신은 운이 좋은 편이며, 상황이 더 나쁠 수 있었다는 점을 상기시켜 준다(상황이 더 나쁠 수도 있다는 불안감은 옛이야기의 행복한 결말에 의해 해소된다). 한 아버지의 보고에 의하면, 오 년 육 개월 된 여자 아이의 행동은 어린이가 얼마나 쉽게 "신데렐라"와 동일시하는지를 보여 준다. 이 어린이는 자기의 여동생을 매우 질투했다. 이 어린이는 《신데렐라》 이야기가 자기의 감정을 실제로 연기할 수 있는 대본이 되므로 그 이야기를 매우 좋아했다. 아마 그런 이미지들이 없었더라면, 그 아이는 자신의 감정을 파악하거나 표현할 수가 없어서 상당히 심한 억압을 느꼈을 것이다. 깔끔하게 옷을 입고 예쁜 옷들을 좋아하던 어린이가 점점 단정치 못하고 더러워졌다고 한다. 어느 날인가는 소금 좀 가져오라고 하자, 그 아이는 소금을 가져오면서

> "엄만 왜 저를 신데렐라처럼 취급하세요?"라고 말했다고 한다. 말문이 막힌 엄마가 "왜 너는 신데렐라처럼 취급받는다는 생각을 하니?"라고 묻자 "엄마는 온갖 궂은 일을 다 나에게 시키시잖아요."라고 어린이는 대답했다.

그 어린이는 자기의 부모까지 공상 속으로 끌어들여 마치 모든 더러운 먼지를 다 뒤집어쓴 듯한 표정으로 그것을 연기해 보인 것이다. 그러더니 나중에는 파티에 참석하는 여동생을 뒷바라지하는 역까지 하며 오히려 "신데렐라" 보다 한술 더 떴다. 《신데렐라》 속에 녹아 있는 모순된 정서를

무의식적으로 이해하고 있는 그 어린이는, 다른 기회에 엄마와 여동생에게 이렇게 말했다는 것이다.

"내가 우리 가족들 중 가장 아름답다고 해서 나를 그렇게 질투하면 안 돼요."[54]

이것은 신데렐라의 표면적인 겸손 이면에 엄마나 자매들에 대한 우월감이 숨어 있음을 드러낸다. 신데렐라는 이렇게 생각하는 듯하다. "당신들은 나에게 온갖 지저분한 일을 시키고 나도 지저분한 척하고 있어요. 그러나 나를 이렇게 대하는 이유를 알고 있어요. 내가 당신들보다 낫다는 것을 질투해서 그러는 거예요." 이 확신은 이야기의 결말 부분에서 더욱 확고해지는데, 모든 신데렐라는 결국 왕자의 눈에 띄게 되는 것이다.

어린이는 이 시기의 거부당한다는 느낌과 무가치하다는 느낌을 떨쳐버리기 위해서 이러한 죄의식과 불안감의 정체를 필사적으로 파악하려고 한다. 그뿐만 아니라 어린이는 이런 곤경에서부터 벗어날 수 있다는 의식, 무의식적인 안도감이 필요하다.《신데렐라》의 가장 큰 장점 중의 하나는 신데렐라가 타락된 처지를 훌륭하게 극복한 것은 스스로의 노력과 인간성 때문이었음을 어린이들이 알게 된다는 것이다. 신데렐라가 받은 마술적인 도움이나 극복하기가 불가능한 장애물 같은 것은 어린이의 염두에 없다.《신데렐라》는 어린이에게 똑같은 일이 자신에게도 일어날 거라는 자신감을 준다. 왜냐하면《신데렐라》에는 어린이 자신의 의식적, 무의식적 죄책감의 원인들이 너무나 잘 표현되어 있기 때문이다.

《신데렐라》는 표면적으로는 의붓언니들의 시샘과 적개심, 그리고 그로 인해 고통받는 신데렐라로 압축이 되는데, 이 이야기 속에는 형제간의 경

54)《미국인의 면모 American Imago》(1955) 제12권에 실린 루벤스타인 B. Rubenstein의 "어린 소녀의 발달과정에서의 신데렐라 이야기의 의미 The Meaning of the Cinderella Story in the Development of a Little Girl" 참조.

쟁심리가 극단적인 형태로 표현되어 있다. 여기에는 그 외에도 많은 다른 심리적인 문제들도 포함되어 있지만 매우 교묘하게 암시되어 있어서 어린이도 의식의 수준에서는 그것들을 깨닫지 못한다. 그러나 무의식 속에서 어린이는 의미심장한 세부사항들에 대해 반응을 한다. 그런 사건이나 경험에 대해 어린이는 의식적으로 멀어지려고 하지만, 그럼에도 불구하고 그것들은 여전히 그 어린이에게 중대한 문제들을 불러일으키는 사건과 경험인 것이다.

　서양에서《신데렐라》가 최초로 인쇄된 판본은 바질 Basile의《고양이 신데렐라 The Cat Cinderella》이다.[55] 거기에는 상처한 성주가 나오는데, 그 사람은 딸을 너무 사랑해서 딸에게서 눈을 떼지 못한다. 그러다가 성주는 사악한 여자와 결혼을 하는데, 그 여자는 딸을 미워하고—아마도 질투심 때문일 것이다.—오싹할 정도의 불쾌한 눈빛으로 소녀를 쳐다본다. 그 소녀는 자기가 좋아하는 가정교사에게 이에 대해 불평하며, 아버지가 사악한 여자 대신에 그 여교사와 결혼했더라면 좋았을 거라고 말한다. 가정교사는 이러한 가능성에 현혹되어, 이름이 제졸라 Zezolla인 그 소녀에게 하나의 방안을 일러 준다. 제졸라가 계모에게 커다란 궤에 들어 있는 옷을 꺼내 달라고 부탁한 뒤 계모가 궤 속으로 몸을 숙일 때 머리 위로 뚜껑을 세차게 닫으면 목이 부러질 거라고 한다. 제졸라는 이 충고를 따라 계모를 죽인다.[56] 그리고 나서 제졸라는 아버지를 설득해 가정교사와 결혼하게 한다.

---

55)《고양이 신데렐라 La Gatta Cenerentola》는 바질의《펜타메론 Pentamerone》중에서 첫째 날의 여섯 번째 이야기다.

56) 고리 상자 뚜껑으로 사람의 목을 눌러서 죽이는 발상은 매우 드물다. 다만, 그림 형제의 옛이야기 집 속에 나와 있는《향나무 The Juniper Tree》에서, 못된 계모가 이 방법으로 아들을 죽인다. 그것은 아마 역사적인 기원이 있을 것이다. 투르의 성 그레고리우스 St. Gregorius는《프랑크족의 역사 History of the Franks》(New York, Columbia University Press, 1916)에서 597년에 죽은 프레드군트 여왕 Queen Fredegund이 이 방법으로 친딸 리군디스 Rigundis를 죽이려고 했으나, 달려온 신하에 의해서 구출되었다고 했다. 여왕이 리군디스를 죽이려고 한 것은 리군디스가 자신이 더 "출

결혼 후 며칠도 되지 않아, 새 계모는 지금까지 숨겨 왔던 여섯 딸을 데려와 내세우기 시작한다. 그 여자는 남편을 제졸라와 이간시켜 아버지가 딸을 멀리하게 된다.

> 제졸라는 응접실에서 부엌으로, 호화스런 침대에서 벽난로로 쫓겨났다. 호화로운 비단 옷과 금 패물 대신에 행주치마가, 왕위를 상징하는 홀 대신에 부지깽이가 쥐어졌다. 처지만 바뀐 것이 아니라 이름까지 바뀌어 제졸라는 "고양이 신데렐라"로 불렸다.

어느 날 아버지가 여행을 떠나면서, 딸들에게 여행에서 무엇을 가져다 주었으면 좋겠느냐고 묻는다. 의붓딸들은 비싼 물건을 다양하게 요구한다. 제졸라는 요정들에게 자기를 추천하고 자기에게 무언가를 보내라는 부탁을 해 달라고 요구한다. 요정들은 제졸라에게 대추야자나무와 그것을 심고 가꿀 도구들을 보내 온다. 고양이 신데렐라가 그것을 심고 정성껏 기른지 얼마 되지 않아, 그것은 여자 어른의 키만큼 자라더니 한 요정이 그 속에서 튀어 나와 고양이 신데렐라에게 무엇을 원하느냐고 묻는다. 제졸라는 자기의 유일한 소망은 의붓언니들 몰래 집을 떠나는 것이라고 했다.

성대한 축제가 있는 어느 날, 의붓언니들은 화려한 옷을 차려 입고 연회에 참석하러 나간다. 그들이 떠나자마자, 고양이 신데렐라는

> 나무로 달려가서, 나무 요정이 전에 일러 준 대로 주문을 외웠다. 그러자 갑자기 왕비처럼 옷차림이 바뀐다.

신이 좋으므로" 즉 자신은 왕의 딸이고 여왕은 시녀 출신이므로 자신이 어머니 대신 여왕이 되어야 한다고 주장했기 때문이다. 이와 같이 "지금 어머니가 있는 자리에 내가 더 적격이다."라고 생각하는 딸의 오이디푸스적인 오만함은 어머니의 오이디푸스적인 복수심을 불러일으켜, 자신의 자리를 대신 차지하려는 딸을 제거하려고 하게 된다.

우연히 연회에 참석한 그 나라의 국왕은 고양이 신데렐라의 비범한 아름다움에 넋을 잃었다. 그 소녀가 누군지 알아 보려고 시종들 중 하나에게 고양이 신데렐라를 따라가 보라고 명령하였으나, 고양이 신데렐라는 교묘히 그 시종을 따돌렸다. 그 다음 날도 이와 똑같은 일이 일어났다. 셋째 날에도 똑같은 일이 반복되었으나, 이번에는 시종에게 쫓기는 사이에 고양이 신데렐라의 덧신 한 짝이 벗겨졌다. 그 덧신(바질 시대의 나폴리 여자들이 외출할 때에 신던 굽이 높은 덧신)은 "비할 데 없이 고급스럽고 예쁜 신이었다."라고 표현되어 있다. 덧신의 주인인 아름다운 소녀를 찾기 위해, 왕은 그 나라의 모든 여인들을 연회에 참석하라고 명령을 내린다. 연회를 끝내면서 왕은 모든 여인들에게 그 덧신을 신어 보라고 명령을 내린다.

> 제졸라의 발이 덧신 가까이 다가가자, 그 신은 제졸라의 발로 저절로 날아왔다. 그리하여 왕은 고양이 신데렐라를 왕비로 삼았고, 의붓언니들은 시기심으로 얼굴이 흙빛이 되어 조용히 엄마가 있는 집으로 기어들어갔다.

어린이가 어머니나 계모를 죽이는 모티프는 매우 희귀하다.[57][58] 제졸라가 받은 일시적인 천대가 살인에 대한 벌로 보기에는 부적절하다. 특히 제졸라가 "고양이 신데렐라"로 강등된 것은 그런 악행에 대한 응징, 적어도 직접적인 응징은 아니었다. 그러므로 몇 가지 다른 설명이 필요하다. 이 이야기의 또 하나의 독특한 특질은 계모가 둘이라는 점이다. 《고양이 신데렐라》에는 대부분의 《신데렐라》에 들어 있는 친어머니에

---

57) 《오누이》 유형의 이야기인 《나쁜 어머니 La Mala Matrè》에서, 어린이들은 바질의 이야기에서처럼 여교사의 충고로 사악한 어머니를 죽인다. 그리고 아버지에게 그 교사와 결혼하라고 요청한다. 바질의 경우와 마찬가지로, 이 이야기는 남부 이탈리아에 기원을 두고 있어서 어느 한쪽이 다른 쪽을 본떴으리라고 추정된다.
58) 《나쁜 어머니》는 니노 A. de Nino의 책, 《Usi e costumi abruzzesi》(Florence, 1883~7) 제3권 참조.

대한 내용이 전혀 없다. 또 구박받는 딸에게 왕을 만날 수단을 제공하는 것이 친어머니의 상징적인 표상이 아니라, 대추야자나무의 모습을 한 요정이다.

《고양이 신데렐라》에서 친어머니와 첫번째 계모는 각각 다른 발달 단계에서 모습을 달리한 어머니의 모습이라고 할 수 있다. 그리고 그 여자를 죽이고 다른 인물로 대치시키는 것은 현실이라기보다는 오이디푸스적인 공상이라고 할 수 있다. 그렇다면 제졸라가 단지 상상했을 뿐이므로 그것으로 벌을 받지 않는 것은 당연하다. 언니들 때문에 비천한 지위로 떨어지는 것 역시 제졸라에게 일어남직한 공상이다. 그 당시에 제졸라가 오이디푸스적인 소망에 따라 행동하는 중이라면 충분히 그럴 수 있다. 제졸라가 오이디푸스적인 연령을 지나 엄마와 다시 좋은 관계를 가질 수 있게 되자, 엄마가 대추야자나무의 요정의 모습으로 다시 돌아와 딸로 하여금 오이디푸스적인 상대가 아닌 왕과 성공적인 성적인 관계를 맺을 수 있게 도와 준다.

신데렐라의 지위가 오이디푸스적인 관계의 결과라는 것은 이 모티프로 된 옛이야기들의 다양한 판본들을 통해서도 알 수 있다. 유럽, 아프리카, 아시아 대륙, 그리고 유럽만 예를 들어도 프랑스, 이탈리아, 오스트리아, 그리스, 아일랜드, 스코틀랜드, 폴란드, 러시아, 스칸디나비아에 두루 퍼져 있는 이야기들에는, 신데렐라가 자기와 결혼하기를 원하는 아버지를 피해 도망을 가는 내용이 들어 있다. 널리 분포되어 있는 또 다른 판본의 이야기들에는, 신데렐라가 아버지를 매우 사랑하고 있지만 아버지가 요구하는 만큼 사랑하지 않는다는 이유로 아버지에 의해 추방된다. 이와 같이 신데렐라의 지위 하락이 아버지와 딸 사이의 오이디푸스적인 갈등으로 생긴 결과인 예들도 많이 있다. 종종 (새)엄마와 (의붓)언니의 이야기가 빠져 있는 경우들도 있다.

콕스 M. R. Cox는 345종의《신데렐라》판본들에 대해 심도 깊은 연구를 해 왔는데, 그것들을 크게 세 가지 범주로 나누었다.[59] 첫번째 범주는 모든 이야기들에 다 들어 있는 두 가지 핵심적인 내용만 담고 있다. 즉, 학대받는 여주인공과 신발로 신원을 확인한다는 두 가지 특징만 들어 있다. 두 번째 범주는 두 가지 본질적 내용이 더 포함되어 있다. 하나는 콕스가 특유의 빅토리아 식으로 이름 붙인 "비정상적인 아버지", 즉 딸과 결혼하기를 원하는 아버지 모티프이며, 다른 하나는 여주인공이 도망쳐서 마침내 "신데렐라"의 처지로 떨어지게 되는 모티프다. 세 번째 범주는 두 번째 범주에만 들어 있는 두 모티프가 콕스가 이름 붙인 "리어 왕의 오판 King Lear Judgement"으로 대체된 이야기들이다. 즉, 딸의 사랑의 선언이 불충분하다는 이유로 아버지가 딸을 내쫓으며 그래서 결국 "신데렐라"의 처지로 전락하는 내용이다.

바질의 《신데렐라》는 여주인공의 운명이 스스로에 의해 초래된, 매우 희귀한 "신데렐라" 이야기들 중의 하나다. 신데렐라의 비참한 처지는 자신이 세운 음모와 악행으로 인해 생긴 결과다. 실제로 모든 다른 판본에서 신데렐라는 적어도 표면상으로는 완벽하게 결백하다. 신데렐라는 자기와 결혼하고 싶어하도록 아버지의 소망을 불러일으킨 적도 없으며, 자기를 충분히 사랑하지 않는다고 내쫓김을 당해도 아버지를 여전히 사랑한다. 오늘날 가장 잘 알려진 《신데렐라》이야기들에서도 의붓언니들에 비해 신데렐라가 천대받아야 할 아무 이유가 없다.

바질의 것을 제외한 대부분의 "신데렐라" 이야기에서 신데렐라의 덕행은 완벽하다. 불행하게도 실제 인간관계에서는, 한쪽이 완전히 결백하고, 다른 한쪽이 완전한 악당인 경우는 극히 드물다. 옛이야기에서는 이런 일이 얼마든지 가능하며 요정 대모가 부리는 마법에 비하면 조금도 굉장할

---

59) 신데렐라 모티프를 중심으로 한 여러 옛이야기에 대해서는 콕스의 책, 《신데렐라의 345가지의 이본들 Cinderella : Three Hundred and Forty-five Variants》(London, David Nutt, 1893)에 논의되어 있다.

바 없는 기적이다. 그러나 어린이가 옛이야기 속의 주인공과 자신을 동일
시할 때는 어린이 나름대로의 이유가 있기 때문이며, 의식적, 무의식적
연상이 작용하고 있는 것이다. 다시 말해서 이 이야기를 대하는 소녀의
마음 속은, 아버지와 자기가 그런 관계이고 싶어하는 욕구와 그러한 감정
을 숨기고 싶은 욕구에 의해 강한 영향을 받기 쉽다.[60]

아버지가 순진한 신데렐라와 결혼하고자 한다거나, 그것을 피하기 위
해서는 도망쳐야 하는 운명 등은 보편적인 어린이들의 공상과 일치하며,
또 그것의 표현이라고 해석할 수 있다. 여자 어린이는 아버지가 자기와
결혼하기를 바라는 공상을 하면서도 그런 공상에 대해 죄의식을 가지고
있었기 때문에, 자신은 결코 아버지의 그런 욕구를 유발한 적이 없다고
생각한다. 그러나 마음 속 깊은 곳에 아버지가 어머니보다 자기를 더 사
랑하기를 바라는 마음이 있음을 아는 어린이는 자신은 벌을 받을 만하다,
그리하여 도망을 가거나 추방을 당하는 신데렐라의 처지로 떨어질 만하
다고 느낀다.

---

60) 이것은 정신분석학 초기에 발생한 유명한 오류를 예로 들 수 있다. 프로이트 Sigmund Freud는 정
신분석을 하면서 꿈, 자유연상, 회상 등에 관해 여성 환자가 말한 것을 기초로 하여, 그들은 어렸을
때에 아버지의 유혹을 받은 적이 있으며 그것이 신경증의 원인이라고 결론을 내렸다. 그러다가 자
신이 어린 시절의 생활을 잘 알고 있던 환자들도(분명히 그런 유혹을 받은 적이 없는) 비슷한 기억
을 갖고 있다는 것을 알고 나서, 프로이트는 아버지의 유혹은 자신이 믿고 있던 만큼 빈번하지 않
다는 것을 알게 되었다. 그 후 수많은 예에서도 입증이 되었는데, 여성 환자들의 회상은 실제로 일
어난 일이 아니고 일어나기를 소망했던 일이라는 사실을 분명히 알게 되었다. 그들은 오이디푸스
시기에 어린 소녀로서 아버지가 깊은 사랑에 빠져서 아내로서 아니면 적어도 애인으로서 자기를
요구해 주었으면 하고 바란 적이 있는 것이다. 그들은 그것을 어찌나 열렬하게 바랐던지 실제로 그
런 일이 일어났던 것으로 상상을 했고, 그래서 나중에 이 환상을 떠올렸을 때에 그 일이 분명히 실
제로 일어났다고 단언한 것이다. 자신은 아버지를 유혹하는 행동을 한 적이 전혀 없다고 주장하며
그렇게 믿고 있었다. 모두 아버지 스스로 그렇게 했다는 것이다. 한마디로 자신들은 신데렐라만큼
결백하다는 것이다.
유혹에 대한 기억이 사실에 근거한 것이 아니라 환상에 지나지 않음을 알게 된 프로이트는 환자들
이 좀더 깊은 무의식에 들어갈 수 있도록 도와 주었으며, 그 과정을 통해 환자는 그런 소망이 성취
되었다고 오해하고 있을 뿐만 아니라 어린 소녀들이 결코 순진하지 않았다는 것이 확실해졌다. 어
린이는 유혹을 받고 싶어하며, 실제로 유혹받았다고 상상할 뿐만 아니라 어린이다운 방법으로 아
버지를 유혹하려고 시도하기도 했다. 프로이트의 책 《신 정신분석 입문 New Introductory
Lectures to Psychoanalysis》 제20권, 제22권에 실린 "자전적 연구 An Autobiographical Study"
참조.

아버지를 충분히 사랑하지 않았다는 이유로 아버지에게 쫓겨나는 다른 신데렐라 이야기들은, 자기가 아버지를 사랑하기를 원하듯이 아버지도 자기를 원했으면 좋겠다는 어린 소녀의 소망이 투사되었거나, 또는 아버지의 딸에 대한 오이디푸스적 감정이 형상화된 것이라고 볼 수도 있다. 이런 식으로 해서 아버지와 어린이 둘 다의 무의식 속에 지금까지 깊이 억압되어 있는 오이디푸스적인 감정을 매료시키는 것일지도 모른다.

바질의 판본에서 신데렐라는, 첫번째 계모를 죽이는 죄를 범하기는 하지만, 가정교사였던 계모와 그 딸들과의 관계에 있어서는 결백하다. 바질의 판본이나 고대 중국의 이야기 어디에도 신데렐라가 형제들에게 구박을 받는다는 언급은 없다. 또 (새)엄마가 누더기를 입히고 하녀의 일을 하도록 강요하는 것 외에 다른 구박의 흔적도 없다. 연회에 참석하지 못하게 일부러 막는 일도 없다. 오늘날 잘 알려져 있는 "신데렐라" 이야기에서는 형제들 사이의 경쟁심리가 매우 우세한 기능을 하는 데에 비해, 초기 이야기들에서는 거의 그 기능이 없다. 예를 들어, 바질의 판본에서 신데렐라가 왕비가 된 것을 언니들이 매우 시샘하는 것은 졌을 때 느끼는 자연스런 반응 이상의 것이 아니다.

이 점은 오늘날 잘 알려져 있는 "신데렐라" 이야기에서와 많이 다르다. 오늘날의 판본들에서는 언니들이 신데렐라를 구박하는 데 능동적으로 참여하고 그에 상응하는 벌을 받는다. 그런 경우에도 계모가 의붓언니들이 신데렐라를 괴롭히는 데 중요한 방조자 역할을 했음에도 계모는 아무런 벌도 받지 않는다. 마치 의붓언니의 학대는 용납할 수 없으나 계모의 학대는 어느 정도 용납이 되는 듯이 느껴진다. 오늘날의 이야기에서 계모의 구박을 정당화할 만한 신데렐라의 행동이나 의도는 다른 판본들을 통해 추측해 볼 수 있을 뿐이다. 바질의 판본이나, 아버지가 딸과 결혼하고 싶을 정도로 신데렐라가 사랑을 불러일으킨 이야기들을 참고해 볼 수 있을 것이다.

초기 "신데렐라" 이야기에서는 자매간의 경쟁심리보다는 오이디푸스적인 거부가 주된 기능을 하고 있다. 그런 이야기들에는 아버지가 딸에게 성적 욕망을 가지고 있어서 아버지로부터 도망치는 딸, 딸이 자신을 충분히 사랑하지 않는다고 딸을 내쫓는 아버지, 남편이 자기보다 딸을 더 사랑하기 때문에 딸을 구박하는 어머니, 그리고 드물게는 새엄마를 자기가 선택한 여성으로 바꾸는 딸 등이 나온다. 이런 사실로 보아 여주인공의 하락의 원인은 오이디푸스적인 욕구불만 때문이라고 생각할 수도 있다. 그러나 이런 이야기들의 역사적인 변천 과정을 정확하게 규명할 수는 없다. 이유를 굳이 대자면, 구전설화들은 오래된 판본이 새로운 판본들과 나란히 공존하기 때문일 것이다. 옛이야기들이 수집되고 발간된 시기가 워낙 후대라서, 그런 이야기들이 발생한 순서를 통시적으로 정한다는 것은 고도로 사변적인 작업이다.

그러나 그다지 중요하지 않은 세부사항들은 변이 양상의 폭이 크지만, 주요 내용은 거의 모든 판본들이 비슷하다. 예를 들어, 여주인공이 처음에는 사랑과 기대를 한 몸에 받고 있다가 갑자기 비참한 지위로 떨어지고, 마지막에는 다시 갑자기 보다 더 높은 신분으로 상승하는 등의 내용은 거의 일치한다. 또한 대단원이 여주인공에게만 맞는 신발에 의해 여주인공의 신원이 확인되는 것도 일치한다(더러는 다른 물건, 즉 반지 같은 것이 구두를 대신하는 경우도 있다).[61] 이야기를 여러 유형으로 나눌 수 있는 차이점은 신데렐라의 지위 하락의 원인이 어디에 있느냐는 것이다.

한 유형에서는 아버지가 반대 인물이 되어 신데렐라를 괴롭히고, 또 다른 유형에서는 계모와 의붓언니들이 반대 인물의 역할을 한다. 이런 이야기들에서는 계모와 의붓언니들이 거의 동일시되어서 그들은 동일인이 각기 다른 모습으로 나뉘어진 듯한 느낌을 준다.

---

61) 《골풀 모자 Cap o' Rushes》를 예로 들 수 있다. 앞에서 언급한 브리그즈 Briggs의 책 참조.

첫번째 유형에서는 아버지의 딸에 대한 지나친 사랑이 신데렐라의 비극적 상황의 원인이다. 두 번째 유형에서는 계모와 그 딸들의 경쟁심리에 의한 증오심이 그 원인이다.

만약에 우리가 바질의 판본에서 얻은 실마리를 근거로 하면, 아버지의 딸에 대한, 그리고 딸의 아버지에 대한 지나친 사랑이 먼저 있었고, 어머니와 언니들에 의해 신데렐라의 처지로 떨어지는 것은 그 다음에 생긴 일이라고 볼 수 있다. 이것은 여자 아이의 오이디푸스적인 발달 단계와 병행된다. 소녀는 처음에는 어머니(원래의 좋은 어머니로, 나중에 요정 대모로 다시 나타남.)를 사랑한다. 그러다가 사랑의 대상이 아버지로 바뀌게 되며, 아버지를 사랑하고 아버지에게 사랑받기를 원한다. 이 시점에서 어머니를 비롯한(상상이건 실제이건) 모든 자매들이 다 그 소녀에게는 경쟁자로 바뀐다. 그러다가 오이디푸스 시기의 말기가 되면, 어린이는 자기는 버림받아 외톨이가 되었다고 느낀다. 그러다가 시간이 흘러 사춘기에 되어 모든 일이 순조롭게 풀려 가면 어느덧 다시 어머니로 향하는 자신을 발견한다. 이제 어머니는 자기가 사랑을 독차지해야 하는 인물이 아니라, 바로 동일시의 대상이다.

난롯가는 한 가정의 중심인데, 그것은 어머니의 상징이기도 하다. 그렇다면 잿더미 속에서 지낼 정도로 그것과 가깝다는 것은, 어머니와 어머니가 의미하는 것에 집착하고 그것으로 회귀하려는 노력의 상징일 수도 있다. 모든 어린 소녀들은 아버지에게 상처받은 실망 때문에 어머니에게로 돌아가려고 노력한다. 그러나 어머니에게로 다시 돌아가려는 시도는 더 이상 뜻대로 되지 않는다. 왜냐하면 어머니는 더 이상 아기에게 모든 것을 주던 어머니가 아니기 때문이다. 이제 어머니는 어린이에게 요구를 하는 어머니이다. 이런 관점에서 볼 때에, 이야기의 시초에 신데렐라가 비통해 하는 것은 친어머니를 잃어서 애도하는 것뿐만 아니라 자기가 아버지와 가지려고 했던 모든 멋진 관계에 대한 환상이 다 사라져서 슬퍼하는 것이기도 하다. 신데렐라가 이야기의 결말에서 결혼할 마음의 준비가 된 젊은 처녀로 성공적인 삶을 맞기 위해서는 오이디푸스적인 실망을 무사히 극복하여야 한다.

이와 같이 불행의 표면적인 원인으로 보면 다른 두 유형의 "신데렐라" 이야기도 심층 차원에서는 그리 다른 이야기가 아니다. 그 이야기들은 오이디푸스적인 욕구와 불안이라는 같은 현상의 각기 다른 중요한 측면들을 표현했을 뿐이다.

오늘날 유행하는 "신데렐라" 이야기들에서는 사건들이 훨씬 더 복잡하다. 바질의 판본과 같은 오래 된 이야기의 몇몇 요소들이 없어진 이유를 설명하는 데는 상당한 시간이 필요하다. 대체로 아버지에 대한 오이디푸스적인 욕구들이 억제되어 있다. 아버지가 마술적인 선물을 가져다 줄 거라고 기대하는 것만 그대로이다. 《고양이 신데렐라》의 대추야자나무처럼 아버지가 가져다 준 선물은, 신데렐라에게 왕자를 만나고 또 그의 사랑을 받게 될 기회를 준다. 그리하여 이 사건은 이 세상에서 자기가 가장 좋아하는 남성이 아버지에서 왕자로 바뀌게 됨을 의미한다.

오늘날의 판본에서는, 어머니를 제거하고 싶어하는 신데렐라의 욕구가 완벽하게 억제되어 있으며, 대체와 투사에 의해 대치되어 있다. 즉, 신데렐라의 삶에서 주요 역할을 공공연히 맡고 있는 것은 어머니가 아니라 계모이다. 어머니는 대용물로 대치되었다. 아버지의 인생에서 더 큰 몫을 차지하기 위해 어머니를 밀어내고 싶어하는 쪽은 소녀가 아니다. 오히려 투사에 의하여 소녀를 갈아치우고 싶어하는 쪽이 계모이다. 또 한 번의 대체를 통해서 소녀의 진짜 욕구는 더욱 숨겨진 상태로 남겨지게 되는데, 그것은 소녀의 정당한 지위를 빼앗으려는 자매들의 등장이다.

이런 판본들에서는 오이디푸스적인 갈등들이 억압되는 대신에 형제간의 경쟁심리가 중심 플롯이 된다. 실제의 삶에서도, 오이디푸스적인 애증 관계와 그에 따른 죄의식들이 종종 형제간의 경쟁심리 이면에 숨겨져 있는 경우가 많다. 그러나 죄의식을 불러일으키는 복잡한 심리적 현상들에서 흔히 그러듯이, 사람이 의식으로 경험하는 것은 죄책감 그 자체나 그 결과라기 보다는 죄의식으로 인한 불안감이다. 그래서 《신데렐라》에서도 멸시받는 소녀의 비참함에 대해서만 이야기한다.

옛이야기의 최고 전통이기도 한데, 그 불안감은 곧 완화가 된다. 신데렐라의 불쌍한 상황을 들으며 느끼던 불안감은 곧 행복한 결말이 이어짐에 따라 해소가 된다. 신데렐라에 깊은 감동을 받음으로써, 어린이는 나름대로 오이디푸스적인 불안과 죄의식, 저변에 깔린 욕구 등을 암암리에 자신도 의식하지 못한 상태에서 해결하는 것이다.

죄책감이나 불안을 느끼지 않고 사랑할 수 있는 대상을 찾으면, 자기도 오이디푸스적인 곤경에서 풀려날 수 있다는 어린이의 희망은 이제 자신감으로 바뀌게 된다. 왜냐하면 이 이야기는 비천한 처지도 자신의 잠재력을 최대한 실현시키기 위해서는 꼭 필요한 과정이라는 것을 확인시켜 주기 때문이다.

분명히 강조하고 넘어가야 할 점은, 현재 가장 대중적인 신데렐라 이야기는 신데렐라의 완벽한 결백을 강조함으로써 오이디푸스적인 죄책감을 은폐시키고 있다는 것이다. 그래서 그 이야기를 들으면서 신데렐라의 불행한 사태가 오이디푸스적인 문제와 관련 있다는 것을 의식 수준에서 알아차린다는 것은 불가능하다.

현대의 "신데렐라" 이야기들은 한결같이 오이디푸스적인 요소를 모호하게 위장시키며, 신데렐라의 순결을 의심케 하는 여지는 전혀 남겨 놓지 않는다. 신데렐라가 그런 불행한 사태에 놓이는 것은 계모와 의붓언니들의 사악함으로 충분히 설명된다. 오늘날 신데렐라의 플롯은 형제들 사이의 경쟁심리에 중점을 두고 있다. 계모가 신데렐라의 지위를 하락시키는 것은 자기의 딸들을 앞세우기 위한 것이며, 의붓언니들의 심술은 신데렐라에 대한 질투심 때문이다.

그러나《신데렐라》는 형제간의 경쟁심리와 연관이 되어 있는 그런 정서와 무의식 속의 생각들을 자극하는 데 실패하는 법이 없다. 어린이의 내면 경험 속에서는 그것들이 연관되어 있기 때문이다. 어린이는 자신의 경험을 통해서 신데렐라와 관계된 혼란스런 내적 동요를 이해할 수가 있다. 여자 아이라면, 어머니를 제거하고 아버지를 독점하려는 억압된 소망을 떠올리고, 자신의 그런 "추한" 욕구에 죄의식을 느낀다. 그러면서 어머니가 왜 딸을 눈에 안 뜨이는 곳으로 보내 잿더미 속에서 지내게 하고 다른 자식들을 더 좋아하는 지를 "이해할" 수 있을 것 같다. 한때 부모 중 한 명을 내쫓고 싶다는 생각을 안 해 본 어린이가 있을까? 그리하여 그 벌로 신데렐라 같은 처지에 빠질 만하다고 느끼지 않는 어린이가 있을까? 그리고 또 마음껏 진흙이나 먼지 속에서 뒹굴고 싶다는 느낌을 가진 적이 없는 어린이가 있을까? 또 그 결과 부모에게 야단을 맞고 자기는 정말 더럽다고 느끼며, 더러운 구석으로 쫓겨나는 것이 자기한테는 가장 어울린다고 생각한 경험은 누구에게나 있을 것이다.

이렇게《신데렐라》의 오이디푸스적인 배경을 상세하게 설명하는 목적은, 이 이야기가 형제간의 경쟁심리 배후에 있는 것을 깊이 이해하게 한다는 것을 보여주기 위함이다. 만약에 어린이가 이야기를 들을 때 무의식이 의식이 이해한 것 주위를 배회하도록 내버려두면, 어린이는 형제들이 자신의 마음에 불러일으킨 복잡한 정서에 대해 보다 깊게 이해할 수 있게 된다. 형제간의 경쟁심리는, 겉으로 드러났건 속으로 감추었건 간에, 삶의 성장 과정에서 형제애만큼이나 중요하며 커다란 비중을 차지한다. 그러나 형제애와는 달리, 형제간의 경쟁심리는 정서적인 장애를 초래할 수 있기 때문에, 그와 연관된 요소들을 잘 이해함으로써, 살면서 겪게 되는 이 중요하고도 어려운 문제를 극복하는 데 많은 도움을 받을 수 있다.

《빨간 모자》처럼《신데렐라》도 오늘날 주로 두 가지 다른 형태로 알려져 있다. 하나는 페로의 판본에서 또 하나는 그림 형제의 판본에서 파생

된 것이다. 그리고 그 두 판본은 내용이 상당히 다르다.[62]

페로의 다른 옛이야기들과 마찬가지로, 페로의 《신데렐라》가 지닌 문제점은 자신이 천박하다고 간주한 내용들을 이야기에서 제거한 점이다. 페로가 참고한 자료들은 바질의 것과 자신이 알고 있던 몇 가지 구전되던 "신데렐라" 이야기, 그리고 그 둘이 결합된 것 등이었는데, 페로는 궁중에서 이야기되기에 적합한 것으로 만들기 위해 많은 요소들을 세련되게 다듬었다. 대단한 기법과 취향을 갖춘 작가로서 페로는 이야기를 자기의 미적 감각에 맞게 고치느라고 어떤 내용들은 바꾸고 어떤 세부사항들을 고안해 내기도 했다. 예를 들면, 신데렐라의 구두가 유리로 되어 있는 것은 페로가 고친 것이며, 페로에게서 파생된 이야기 외에는 요즈음에도 찾아 볼 수가 없다.

유리 구두에 대해서는 상당히 논란이 많다. 불어에서는 "vair"(얼룩덜룩한 모피)와 "verre"(유리)가 가끔 비슷하게 발음이 되기 때문에, 페로가 그 이야기를 잘못 들어서 "vair"를 "verre"로 대체시켰으며, 그래서 모피 구두가 유리 구두로 바뀌었다고 한다. 이런 설명이 자주 언급이 되기는 하지만, 유리 구두는 페로가 정교하게 고안해 낸 것이라는 데에는 의심의 여지가 없다. 그러나 그것 때문에 페로는 《신데렐라》의 많은 초기 판본들의 중요한 대목, 즉 언니들이 그 구두에 발을 맞추기 위해 발뒤꿈치를 잘라 내는 대목을 누락시켜야 했다. 왕자는 이 속임수에 빠졌다가, 신발 속에 피가 들어 있다는 새들의 노래 소리를 듣고서야 정신을 차린다. 그 신발이 유리로 되어 있다면, 이것은 즉시 명확하게 드러났을 것이다. 예를 들어 《라신 코아티 Rashin Coatie》(스코틀랜드 판본)에서는 계모가 딸의 발꿈치와 발가락을 잘라 내고 딸의 발을 신발 속으로 밀어넣는다. 교회로

---

62) 페로의 《신데렐라》는 앞에서 언급한 오피에 부부의 책에 재수록되어 있다. 유감스럽게도 대부분의 영문 번역에서와 마찬가지로, 여기에도 이야기의 교훈을 담은 시는 포함되어 있지 않다.
그림 형제의 《재투성이 신데렐라 Aschenputtel》는 앞에서 언급한 그림 형제의 책 참조.

가는 도중에 새 한 마리가 노래를 부른다.

> 잘라 내고 조여서 겨우 신었다네
> 왕 옆에서 말 타고 가는 소녀.
> 구두에 잘 맞는 멋진 발은
> 부엌의 잿속에 숨어 있다네.[63]

이와 같은 새의 노래는 왕자로 하여금 함께 가는 여인이 바로 자기가 찾는 그 신부가 아니라는 의심이 들게 만든다. 그러나 그러한 거친 절단 행위는 페로가 들려 주고 싶어하는 그런 정중한 분위기에는 적합하지 않았을 것이다.

페로의 이야기와 거기서 파생된 다른 이야기들은 여주인공의 성격을 다른 판본들하고는 매우 다르게 묘사한다. 페로의 신데렐라는 꿀처럼 달콤하고, 무미건조할 정도로 착하고, 주도권을 온전히 결여하고 있다(디즈니 Disney가 자기 만화의 소재로서 페로의 《신데렐라》를 사용하였다는 것은 이것으로 증명된다). 대부분의 다른 신데렐라들은 이보다 훨씬 인간적이다. 몇 가지 차이만 지적하자면, 페로의 경우에 잿더미 속에서 자는 것은 신데렐라의 선택이다.

> 신데렐라는 일을 다 마치고 나서, 굴뚝 옆 구석으로 가더니 잿더미 위에 앉았다.

그리하여 신데렐라라는 이름을 얻게 된다는 것이다. 그림 형제의 이야기에서는 그런 식의 자발적인 자기비하가 없다. 거기에서는 신데렐라가 잿더미에서 잠을 자야만 했다고 표현되어 있다.

---

63) 《라신 코아티》는 앞에서 언급한 브리그즈의 책에 실려 있다.

연회에 참석하는 의붓언니들의 옷을 입히는 대목에서도, 페로의 신데렐라는 스스로 "세상에서 가장 멋진 모습이 되도록 의붓언니들에게 조언해 주고," 자발적으로 언니들의 머리를 만져 준다. 반면에 그림 형제의 이야기에서는 의붓언니들이 신데렐라에게 자기들의 머리를 빗기고 신발을 닦아 놓으라고 명령을 내린다. 연회에 가게 되는 대목도 페로의 신데렐라의 경우에는 아무런 행동이 없다. 신데렐라에게 연회에 가고 싶은 마음이 있다고 말해 준 것도 요정 대모다. 그림 형제의 이야기에서 신데렐라는 계모에게 자기도 연회에 가게 해 달라고 부탁하며, 안 된다는 데도 애원을 계속하여, 마침내 계모는 신데렐라에게 하룻밤에 끝마칠 수 없는 양의 일을 시킨다. 신데렐라는 계모가 요구한 불가능한 일을 다 마치고 나서 연회에 간다. 여기에서는 연회가 끝나는 대목에서 신데렐라가 자발적으로 자리를 뜨고 추적해 오는 왕자로부터 몸을 피한다. 페로의 신데렐라는 그렇지 않다. 떠나는 게 좋겠다고 생각하여 떠나는 것이 아니라, 요정 대모가 자정 이후에는 단 일 분도 지체하지 말라고 했기 때문에 그 명령에 단순히 순종할 뿐이다. 만약에 그렇게 하지 않았다가는 마차가 호박 등으로 바뀌어 버릴 테니까.

구두를 신어 보게 하는 장면에서도, 페로의 경우에는 구두의 주인을 찾아다니는 사람이 왕자가 아니라 그 신발이 맞는 소녀를 찾기 위해 보내진 어떤 신사이다. 또 신데렐라가 왕자와 대면하기 전에, 대모가 나타나 신데렐라를 아름다운 옷을 입은 모습으로 바뀌게 한다. 이렇게 페로의 이야기에는 그림 형제의 판본과 그 외 대부분의 판본들이 지닌 중요한 세부내용들이 누락되어 있다. 다시 말하자면, 신데렐라가 누더기 옷을 입고 나타나도 왕자가 조금도 당황하지 않는 모습 같은 것이 빠져 있는 것이다. 왕자가 신데렐라의 외모에 개의치 않는다는 것은 신데렐라 본연의 특질 자체를 인정한다는 것이 된다. 그리하여 페로의 이야기에는 외부적인 것에만 의존하는 물질주의적인 의붓언니들과 그런 것에 별 관심이 없는 신데렐라 사이의 대조가 훨씬 감소되어 있다.

페로의 경우에는 인물이 악한가, 덕이 있는가는 별로 큰 차이를 낳지 않는다. 그의 이야기에는 다른 판본들보다 신데렐라를 학대하는 이야기가 훨씬 많이 나오는데, 그럼에도 불구하고 결말에서, 신데렐라는 자기를 그렇게 괴롭히던 사람들을 껴안고, 온 마음으로 사랑한다고 말하고, 또 그들도 항상 자기를 사랑해 주기를 부탁한다. 그러나 이해할 수 없는 것은 왜 신데렐라가 그 사람들을 사랑하고 싶어하며, 어떻게 이런 결과가 벌어진 후에 그 사람들이 신데렐라를 사랑할 수 있을 것인가이다. 왕자와 결혼한 후에도 페로의 신데렐라는 자기의 두 언니를 궁전에서 기거하게 하며, 같은 날 궁정 안의 멋진 두 귀족과 두 언니의 결혼식을 올려 주었다.

그림 형제의 결말은 이와 매우 다르다. 그리고 신데렐라의 다른 판본의 경우들도 이것과 비슷하다. 우선 언니들이 구두에 발을 맞추려고 발을 절단한다. 둘째, 언니들은 신데렐라의 비위를 맞추어서 행운을 조금이라도 얻어 가지려고 결혼식에 자발적으로 참석한다. 그러나 그들이 교회로 가는 도중에, 비둘기들—아마도 전에 계모가 신데렐라에게 시킨 그 불가능한 일들을 해낼 때에 도와 주었던 바로 그 새들일 것이다.—이 나타나서 그들 각각에게서 눈 하나씩을 쪼아 먹고, 또 교회에서 돌아올 때에 나머지 눈 하나도 마저 쪼아 먹는다. 이야기는 이렇게 끝난다.

> 그리하여 사악한 마음과 그릇된 행위로 인해 그들은 평생을 앞을 못보고 사는 벌을 받아야 했다.

이 두 판본이 지닌 많은 다른 차이점 중에서도 두 가지만 더 언급하겠다. 페로의 이야기에서는 아버지에게 이렇다 할 역할이 전혀 없다. 우리가 아버지에 대해서 아는 것은 그 사람이 재혼을 했고 "계모에게 꽉 잡혀 있어서 신데렐라는 계모에 대한 불평을 하면 야단 맞을까 봐 감히 아버지에게 할 수가 없다."는 사실뿐이다. 또 우리는 요정 대모가 신데렐라에게 마차와 말과 옷을 가져다 주기 위해 갑자기 어딘가에서 나타날 때까지 요정 대모에 대한 이야기를 들어 본 적이 없다.

《신데렐라》는 모든 옛이야기들 중에서 가장 인기가 있고 전세계적으로 분포되어 있으므로 분석해 볼 만하다. 이야기의 주요 모티프들이 어떻게 어우러져서 의식, 무의식에 그토록 커다란 감동을 주고 또 심층적인 의미를 자아내는지를 살펴보고자 한다. 스티스 톰슨 Stith Thompson은 민담의 모티프에 관해 그 동안 가장 완벽한 분석을 해 왔는데, 그림 형제의 《신데렐라》에 나타난 모티프들을 다음과 같이 열거한다. 구박받는 여주인공, 난롯가에서 잠을 자야 함, 아버지에게 부탁한 선물, 어머니의 무덤가에 심은 개암나무 가지, 여주인공에게 부과된 과제들, 그 과제를 수행하도록 도와 주는 동물들, 신데렐라가 무덤 가에 심은 나무로 변형되어 나타나 아름다운 옷을 제공하는 어머니, 연회에서 왕자를 만남, 그 연회로부터 세 번 도망쳐 나옴, 처음에는 비둘기 집에 숨고, 두 번째는 배나무 속에 숨는데 그 나무를 아버지가 베어 버림, 송진으로 된 덫을 놓는 속임수와 구두 한 짝을 잃어버림, 구두 주인을 찾으러 다님, 언니들이 발을 베어 내는 행위와 신부감으로 인정되었다가 가짜임이 드러남, 그 속임수를 폭로하는 동물들, 행복한 결혼, 악한들에게 가해지는 응보.[64] 그러나 나는 이런 모티프들뿐만 아니라 그림 형제의 이야기에서는 빠져 있지만 페로의 《신데렐라》에 있는 보다 잘 알려진 세부내용에 대해서도 살펴보고자 한다.

오늘날의 《신데렐라》에서, 여주인공이 받는 구박이 형제간의 경쟁심리의 결과라는 것은 이미 다루었다. 이 점이 바로 듣는 이에게 가장 직접적으로 영향을 미치며, 감정이입을 불러일으킨다. 그리하여 듣는 이로 하여

---

64) 앞에서 언급한 스티스 톰슨의 책 및 《민담 The Folk Tale》(New York, Dryden Press, 1946) 참조.

금 여주인공과 동일시하게 하고, 앞으로 벌어질 일에 대한 준비를 하게
한다.

신데렐라가 잿더미 속에서 자는 것은―신데렐라라는 이름이 여기서
연유되었다.―대단히 복합적인 의미를 지닌 대목이다.[65] 표면상으로는
학대를 상징하고 이야기가 시작되기 전에 여주인공이 누리던 행복한 위
치로부터의 하락을 의미한다. 그러나 페로가 여주인공 스스로 잿더미 속
에서 기거하겠다고 선택하게 한 데에 이유가 없는 것은 아니다. 우리는
난롯가의 잿더미 옆에서 하녀처럼 생활하는 것을 극도로 하락된 지위로
여기는 것에 너무 익숙해져 있어서, 그것이 다른 각도에서는 매우 바람직
하고 높은 지위일 수도 있다는 데까지 인식하지 못하고 만다. 고대에는
화로를 지키는 임무―베스타 Vesta 여신전의 성화지기의 임무―가 가장
높은 지위는 아니라도 여성들에게 통용되는 특권 계급들 중의 하나였다.
베스타 여신전의 성화지기는 고대 로마에서는 굉장한 선망의 대상이었
다. 여섯 살부터 열 살 사이의 여자 어린이가 이 명예직에 선발이 되었다.
대략 신데렐라가 하녀 생활을 하던 그 정도의 나이인 셈이다. 그림 형제
의 이야기에서는 신데렐라가 나뭇가지 하나를 심고서 그것을 눈물과 기
도로 가꾸는데, 나무로 자라난 후에야 비로소 그것은 신데렐라에게 연회
에 가는 데 필요한 것들을 제공한다. 그렇다면 나무를 심은 때로부터 연
회에 참석하게 되기까지는 여러 해가 지나갔다고 볼 수 있다. 그리고 여
섯 살부터 열 살까지가 이 이야기가 가장 깊은 인상을 남기는 나이이다.

---

65) "Cinderella"라는 영어 이름이 보편화된 것은 불행한 일이다. 그 이름은 불어 "Cendrillon"을 무심
코 잘못 번역한 것이다. "Cendrillon"은 여주인공의 독일어 이름과 마찬가지로 잿더미 속에서 살고
있다는 점을 강조하고 있다. "그을음 cinders"이 아니라 "잿더미 ashes"가 바로 불어 "cendre"의
올바른 번역이다. cendre는 ashes에 해당되는 라틴어 cinerem에서 파생된 단어이다. 옥스포드 영
어 사전에는 "cinders"가 어원학적으로 불어 "cendres"와 연관되어 있지 않음을 분명히 밝히고 있
다. 이 점은 "Cinderella"라는 이름이 지닌 비유적인 의미에 관련지어 볼 때 매우 중요하다. 왜냐하
면 잿더미는 완전 연소가 되어서 깨끗한 가루로 된 물질이지만, 이와는 달리 그을음은 불완전 연소
의 찌꺼기로서 매우 더러운 물질이다.

또 그 인상은 종종 그들 마음 속에 남아 평생 동안 그들을 지탱시켜 주기
도 한다.

신데렐라가 하녀 생활을 하던 몇 년간에 관해 말해 보자. 베스타 신전
의 처녀들이 삼십 년간 성화지기의 역할을 수행한 것은 그 일을 그만두고
결혼할 수 없다는 것이 관례화된 후대의 일이다. 원래는 결혼 적령기에
도달할 때까지 오 년 동안만 여사제 역할을 했었다. 이것은 대략 신데렐
라가 고생하던 만큼의 시간이다. 베스타 신전의 여사제가 된다는 것은 화
로의 수호자임과 동시에 절대적으로 순수하다는 것을 뜻했다. 자신의 역
할을 잘 수행하고 난 후에, 그들은 신데렐라처럼 최상의 결혼을 했다. 그
리하여 결백과 순결, 그리고 화로의 수호자는 고대의 비유법에서 서로 의
미가 통한다.[66][67] 아마도 기독교 시대로 들어서면서 우상 숭배가 배척됨
에 따라, 상당히 바람직하던 여사제의 역할이 가치 없는 것으로 평가절하
되었을 것이다. 베스타 신전의 여사제들은 성스러운 화로와 모신 the
mother goddess 헤라 Hera를 섬겼다. 신이 부신 a father god으로 바뀌면
서, 예전의 모성적인 신성함은 타락되고 가치가 떨어지게 되었다. 이와
더불어 화롯가의 의미도 비천한 것으로 변질되었다. 이런 의미에서 신데
렐라도 마치 신화적인 불새처럼 마지막에 잿속에서 다시 살아나는 모신

---

66) 성화를 지키는 여사제의 순결함과 정화시키는 불의 순결함은, 재에 대한 적절한 비유적 의미를 환
기시킨다. 대부분의 사회에서 재는 정화의 의식에서 스스로를 정화하는 수단으로 사용되었다. 오
늘날 보편화되어 있지는 않지만 이것이 재의 비유적 의미 중 하나이다.
재의 또 다른 비유적 의미는 애도와 관련되어 있다. 머리 위에 재를 뿌리는 행위는, "재의 수요일
Ash Wednesday"처럼, 고대와 마찬가지로 아직도 죽음의 표상이다. 애도의 행위와 그 표시로 잿
더미 속에 앉아 있는 것은 《오디세이아 Odyssey》에서도 나오며, 고대에는 많은 사람들이 그렇게
실행했었다. 신데렐라를 그을음에 앉아 있게 하고 또 그걸 근거로 이름을 붙임으로써, 이탈리아의
이야기(페로의 이야기의 전신)에 보이는 주인공의 이름은 불어와 독일어 이름과 마찬가지로 순결
과 깊은 애도라는 의미를 함축하고 있다. 이것이 영어 이름에서는 정반대의 의미로 바뀌어 검고 더
럽다는 뜻만 지니게 된 것이다.
67) 재의 제의적인 의미라든가, 정화나 애도의 기능에 대해서는 헤이스팅스 James Hastings의 《종교,
윤리학 백과사전 Encyclopedia of Religion and Ethics》(New York, Scribner, 1910)에서 "잿더
미" 항목 참조. 또 민담에서의 재의 의미나 용도, 옛이야기에서의 재의 기능에 대해서는 앞에서 언
급한 스퇴블리 Bächtold-Stäubli의 책에서 "재" 참조.

으로 볼 수도 있다. 그러나 이것은 《신데렐라》를 듣는 보통 어린이들은 알 길이 없는 역사적인 성격을 띤 맥락이다.

난로 옆에서 지내는 것이 모든 어린이들에게 환기시키는 긍정적인 연상이 또 하나 있다. 어린이들은 부엌에서 음식 만드는 것을 지켜보고 일을 거들기도 하면서 시간 보내기를 좋아한다. 중앙난방 장치가 생기기 이전에는, 난로 가까운 자리가 집안에서 가장 따뜻하고 가장 아늑한 장소였다. 난로는 많은 어린이들에게 어머니와 그곳에서 함께 보내던 때의 행복한 기억들을 떠올리게 한다.

어린이들 역시 자신이 착하고도 더러워지는 것을 좋아한다. 그렇게 할 수 있음은 그것들에 대한 본능적인 자유의 상징이기도 하다. 그리하여 잿더미 속을 휘젓는 사람은 "재투성이 형제 Aschenbrödel"의 원래의 뜻인데 이 역시 어린이들에게는 상당히 긍정적인 의미를 지닌다. 스스로를 "착하면서 더러운" 어린이로 만드는 것은 옛날이나 지금이나 즐거우면서 동시에 죄 진 느낌을 준다.

마지막으로, 신데렐라는 죽은 어머니를 애도하고 있다고 볼 수 있다. "재에서 태어나 재로 돌아간다."라는 구절이 죽음과 재 사이를 밀접하게 연관짓고 있는 유일한 말은 아니다. 재를 뒤집어쓰는 것은 애도를 상징해왔으며, 누더기 옷을 입고 지내는 것은 우울함의 징후이다. 그리하여 재속에서 기거한다는 것은 화로 가까이 어머니와 함께 지냈던 아름다운 시절을 상징할 수도 있으며, 동시에 어머니의 죽음이 상징하는, 즉 어머니와의 친밀한 관계의 상실을 깊이 애도한다고 볼 수도 있다. 이런 이미지들의 조합으로 인해, 화롯가는 우리에게 강한 감정이입 현상을 불러일으킨다. 또 화롯가는 한때 살았던 천국의 모든 것을 연상시키며, 또 어린 아이가 그 단순하고 행복하던 존재 양식을 포기하고 청년과 성인의 이중적인 감정들에 직면해야만 했을 때 얼마나 근본적으로 뒤흔들렸는지를 떠올리게 한다.

아이가 어릴 때는 부모가 형제들의 이중적인 감정이나 세상의 요구로
부터 어린이를 보호한다. 회상해 보면 이 시기는 정말 천국과 같은 시기
였을 것이다. 그러다가 갑자기 손위 형제들이 이제 덜 보호받게 된 자기
를 이용하는 듯하고 요구도 많아지며, 야단도 많이 맞게 된다. 꼭 불결한
습관이 아닐지라도 정리가 제대로 안 되었다고 지적받으면 자기만 따돌
림받는 더러운 어린이라는 생각이 든다. 그리고 다른 형제들은 화려하게
지내는 듯이 보인다. 그러면서 형제들의 올바른 행동들이 어린이의 눈에
는 불명예고, 허위이고, 가장된 것으로 비쳐진다. 이것은 《신데렐라》에서
의 의붓언니들의 모습이기도 하다. 어린 아이는 극단적인 감정 상태로 지
낸다. 어느 순간은 자신이 추하고 더럽다고 느끼고, 그 다음 순간에는 자
신은 완전히 결백하고 다른 사람들은 사악한 존재라고 느끼는 것이다.

외부 조건이 어떠하건 간에, 형제간의 경쟁심리로 고민하는 이 몇 해
동안에, 어린이는 내적인 고통과 부자유, 그리고 결핍을 경험한다. 어린
이는 오해받는 느낌을 경험하고 남을 해치려는 욕구도 경험한다. 신데렐
라가 잿더미 속에서 몇 년간을 보낸다는 대목은 어린이에게 그런 고통스
런 경험을 아무도 피할 수 없음을 말해 준다. 오로지 적대적인 세력만 있
고 도움을 주는 사람은 주위에 아무도 없는 듯이 보이는 때가 있다. 만약
에 신데렐라 이야기를 들으면서 자기도 그런 힘든 시기를 상당 기간 견뎌
야 한다는 느낌이 들지 않았다면, 마지막에 유익한 세력이 적대적인 세력
을 이겼을 때에 어린이가 받는 안도감도 미진할 것이다. 어린이가 때때로
느끼는 비참함은 너무나 심해서 그런 상황이 마냥 지속될 것처럼 느껴진
다. 그래서 신데렐라의 삶에서 재빠르게 지나가는 어느 시기도 자신의 것
과는 비교가 안 되는 것처럼 보일는지도 모른다. 그래서 신데렐라도 자기
만큼 심하게 그리고 오랫동안 고통을 받아야 한다고 생각하고, 그래야 신
데렐라가 구출될 때 자기도 그와 똑같이 될 거라고 믿을 수 있는 것이다.

어린이가 신데렐라의 절망 상태에 충분히 공감을 하고 난 뒤, 신데렐라

의 삶에는 첫번째의 긍정적인 사건이 생긴다.

> 어느 날 아버지는 장에 가면서 의붓딸들에게 "무엇을 사다 줄까?" 하고 물
> 었습니다. 첫째가 말했습니다. "아름다운 옷이요." 둘째가 말했습니다. "진
> 주와 보석이요." 아버지가 또 물었습니다. "신데렐라 너는? 넌 뭘 원하지?"
> 신데렐라는 말했습니다. "집에 돌아오실 때 아버지 모자에 닿는 첫번째 나뭇
> 가지를 꺾어다 주세요." 아버지는 부탁받은 대로 했습니다. 아버지가 말을
> 타고 집에 돌아오는데 개암나무 가지 하나가 앞을 가로막더니 모자를 툭 쳤
> 습니다. 아버지는 그 가지를 꺾어서 신데렐라에게 가져다 주었습니다. 신데
> 렐라는 아버지에게 고맙다는 인사를 하고는 어머니의 무덤가로 가서 그 나
> 뭇가지를 심은 뒤 하염없이 울었습니다. 신데렐라가 흘린 눈물은 그 나뭇가
> 지에 떨어져 나무를 흠뻑 적셨습니다. 그러자 그 나뭇가지는 쑥쑥 자라기 시
> 작해 금새 아름다운 나무가 되었습니다. 신데렐라는 매일 세 차례씩 어머니
> 의 무덤가로 가서 그 나무 밑에 앉아 울며 기도를 하곤 했는데, 그럴 때마다
> 조그맣고 하얀 새가 그 나무로 날아오곤 했습니다. 그리고 신데렐라가 소원
> 을 말할 때마다 그 새는 신데렐라가 바라는 것을 가져다 주곤 하였습니다.

신데렐라가 어머니의 무덤 가에 심을 나뭇가지를 아버지에게 부탁한
것과 아버지가 그 부탁을 들어 준 것은 그 둘 사이의 긍정적인 관계를 재
수립하려는 첫번째 시도이다. 이야기로부터 우리는 신데렐라가 아버지가
그토록 잔소리 심한 여자와 결혼했다는 것에 대해 화를 내지는 못했더라
도 분명히 실망했었음을 가정할 수 있다. 그러나 어린 아이에게 부모는
전능한 존재다. 만약에 신데렐라가 자기 운명의 주인이 되려면, 부모의
권위는 약화되어야 한다. 이런 힘의 약화와 전이가 나뭇가지가 아버지의
모자를 쳐서 땅에 떨어뜨리는 것으로 상징화되었을 수도 있다. 그리고 바
로 그 가지가 신데렐라에게 마술적인 힘을 주는 나무로 자라난 것이다.
그러므로 아버지의 힘을 약화시킨 것(개암나무의 가지)을 신데렐라가 예
전의 (죽은)어머니의 힘과 권위를 증가시키는 것으로 사용한 셈이다. 아

버지가 신데렐라에게 어머니의 기억을 떠올리게 하는 가지를 선물한 것
으로 보아, 그것은 신데렐라가 아버지에 깊이 몰두된 상태로부터 어머니
와의 갈등이 없던 원래의 관계로 되돌아가는 것에 대해 아버지가 승인한
다는 신호로 볼 수 있다. 신데렐라의 정서에서 아버지의 중요성이 줄어듦
으로써, 아버지에 대한 유치한 사랑이 마침내 왕자와의 성숙한 사랑으로
옮아갈 수 있는 가능성이 열리는 것이다.

　신데렐라가 어머니의 무덤가에 심고 눈물로 키운 그 나무는, 이 이야
기에서 가장 시적인 감동을 주고 심리학적으로 중요한 요소 중 하나다.
그것은 유아기의 이상적인 어머니에 대한 기억이, 내적 경험의 중요한 부
분으로 생생하게 남아 있다가 최악의 역경에 처했을 때에 용기를 주고 격
려해 줄 수 있음을 상징한다.

　자상한 어머니가 나무로 나타나지 않고 도움을 주는 동물로 나타나는
다른 판본들에서도 이 점은 더욱 명확하게 밝혀져 있다. 예를 들어 "신데
렐라" 모티프의 가장 오래 된 기록인 중국판에서는, 여주인공은 온순한 물
고기 한 마리를 기르고 있는데, 그 물고기는 주인공이 헌신적으로 보살
펴, 이 인치이던 것이 십 피트로 크게 자랐다. 사악한 계모가 이 사실을
눈치 채고 그것을 교활하게 잡아먹어 버린다. 여주인공이 낙담해 있는데,
한 현인이 나타나 그 고기의 뼈가 묻혀 있는 곳을 알려 주면서 그 뼈를 모
아서 방에다 잘 보관하고 있으라고 일러 준다. 그리고 만약에 이 뼈를 놓
고 기도를 하면, 원하는 것을 무엇이든지 얻을 수 있을 거라고 말해 준다.
유럽과 동양 쪽의 많은 판본들에서 죽은 어머니는 송아지, 소, 염소 등의
동물들로 나타나 여주인공의 마술적인 원조자가 된다.

　《라신 코아티》라는 스코틀랜드 이야기는 바질이나 페로의 《신데렐라》
보다 더 오래되었다. 왜냐하면 그것은 1540년 경[68]에 이미 언급이 되어 있

---

68) 《라신 코아티》 또는 이와 비슷한 이야기는 1872년 머래이 Murray가 편집한 《스코틀랜드의 애가
　　Complaynt of Scotland》(1540)에 언급되어 있다.

기 때문이다. 어머니는 죽기 전에 딸인 라신 코아티에게 조그만 붉은 송
아지를 유물로 남겼는데, 그 송아지는 라신 코아티가 원하는 것이면 무엇
이든지 해 주었다. 그러나 계모가 이 사실을 알게 되어 그 송아지를 잡게
했다. 라신 코아티가 절망에 빠져 있는데, 죽은 송아지가 라신 코아티에
게 자기의 뼈들을 주워서 회색 돌 밑에 묻으라고 말했다. 라신 코아티는
그대로 행하고, 다음부터는 그 돌로 가서 송아지에게 부탁하여 원하는 것
을 얻는다. 크리스마스날 식구들이 교회를 가려고 가장 좋은 옷들로 차려
입고 난 후, 계모는 라신 코아티에게 더러워서 함께 교회에 갈 수 없다고
말을 한다. 그러자 죽은 송아지가 라신 코아티에게 아름다운 옷을 갖다
주어 라신 코아티는 교회에 가게 된다. 그런데 교회에서 한 왕자가 라신
코아티를 보고 사랑에 빠지게 되고, 세 번째 만났을 때에 라신 코아티는
구두를 잃어버린다는 등으로 이어진다.

다른 "신데렐라" 이야기에서는 도움을 주는 동물이 신데렐라를 먹여
살리는 경우도 많다. 예를 들어, 이집트 이야기에서 계모와 의붓언니들은
두 어린이를 구박한다. 그들은 소에게 애원한다. "소야, 우리 어머니처럼
우리에게 자비를 베풀어 다오." 소는 그들에게 좋은 음식을 제공한다. 계
모가 이를 알고 그 소를 잡는다. 어린이들은 그 소의 뼈들을 태워 그 재를
진흙 단지에 넣어 땅에 묻는다. 거기에서 나무가 자라고 어린이들이 먹을
과일이 열린다. 이 나무는 이렇게 하여 어린이들에게 행복을 제공한다.[69]
이것은 어머니를 상징하는 동물과 나무가 결합된 "신데렐라" 유형에 속
한다. 여기에서는 하나가 다른 하나를 상징할 수 있음을 보여 준다. 어머
니의 상징적인 대체물로 우리에게 젖을 제공하는 동물이 나오는 예를 제
시하고 있다. 즉, 소나 염소(지중해 연안의 나라들)가 어머니의 상징물
역할을 하는데, 이것은 유아기의 수유 경험이 훗날 안도감을 제공하는 정

---

69) 이 이집트 이야기는 르네 바세 René Basset의 《아프리카의 이야기들 Contes populaires d' Africa》
(Paris, Guilmoto, 1903)에 실려 있다.

서나 심리와 어떤 관련을 맺고 있음을 반영한다.

에릭슨 Erik H. Erikson은 "기초적 신뢰 basic trust"의 의미를 이렇게 표현한다.

> 그것은 생후 일 년 동안의 경험에서 파생된, 자신과 세계에 대한 태도다.[70]

기초적 신뢰는 어린이가 인생의 가장 초기에 경험한 좋은 어머니의 보살핌이 어린이에게 서서히 스며들어 이루어진다고 한다. 만약에 그 당시에 모든 것이 다 순조로웠으면, 어린이는 자신과 세계에 대해 신뢰할 수 있을 것이다. 도움을 주는 동물이나 마술적인 나무가 바로 이 기초적 신뢰감의 이미지며, 여기에 형체를 부여한 외적인 표상이다. 그것은 좋은 어머니가 어린이에게 주는 유산이며, 어린이와 늘 함께 하면서 어린이가 곤경에 빠질 때마다 어린이를 보호하고 지탱해 준다.

계모는 그 동물을 죽일 수는 있어도 그 동물이 신데렐라에게 주는 내적인 힘까지 빼앗지는 못한다. 이것이 지적하는 바는, 인생을 살아가는 데 있어서 실제 존재하는 것보다 마음 속에 있는 것이 훨씬 중요하다는 것이다. 최악의 상황에서도 삶을 견딜 수 있는 것은 내면화된 좋은 어머니의 이미지를 지니고 있기 때문이다. 이것만 있으면 외부적인 모습이 사라진 것은 별 문제가 되지 않는다.[71]

다양한 《신데렐라》 이야기들이 지닌 명백한 주요 메시지들 중의 하나는 인생에서 성공하기 위해 외부세계의 어떤 것에 의존해야 한다는 생각

---

70) 에릭슨의 《정체성과 삶의 주기 Identity and the Life Cycle》, 《심리학적 문제 Psychological Issues》(New York, International Universities Press, 1959) 제1권 참조.
71) 아이슬란드의 "신데렐라" 이야기에서는 죽은 어머니가 학대받는 주인공의 꿈에 나타나 마법의 물건을 준다. 그것이 왕자가 여주인공의 신발을 찾는 장면이 나올 때까지 여주인공을 인도한다. 이에 관해서는 존 아나슨 Jon Arnason의 《아이슬란드의 민담 Folk Tales of Iceland》(Leipzig, 1862~4)과 《아이슬란드의 민담과 전설 Icelandic Folktales and Legends》(Berkeley, University of California Press, 1972) 참조.

은 확실히 잘못되었다는 것이다. 외부적인 것들을 통해서 목표에 도달하려는 의붓언니들의 노력들은 모두 다 허사로 돌아갔다. 옷을 아무리 신중하게 고르고 준비해서 차려 입어도, 신발에 발을 맞추려고 별별 속임수를 다 써도 결국에는 소용이 없더라는 것이다. 신데렐라처럼 오로지 자신에게 진실된 사람만이 마지막에 성공할 수 있다. 이런 메시지는 기대하지도 않았던 어머니나 동물이 출현하는 대목에서도 전달된다. 이것은 심리학적으로 정확하다. 왜냐하면 사람이 일단 기초적 신뢰감을 갖게 되면, 내적인 안도감과 자긍심을 지니는 데 외적인 것들이 별반 필요치 않기 때문이다. 유년기에 기초적 신뢰를 얻지 못하면, 어떤 외적인 것으로도 보상이 안 된다. 불행하게도 삶의 초기에 기초적 신뢰를 상실한 사람이 그것을 뒤늦게라도 획득하려면, 정신과 인격의 내적 구조의 변화를 통해서이지, 외관을 좋게 꾸민다고 되는 것은 아니다.

　나뭇가지에서 자라난 나무와 송아지의 뼈나 재 등이 갖는 이미지는 친어머니 또는 어머니에 대한 경험에서 발전된 다른 어떤 것의 이미지다. 나무 이미지는 특히 적절한데 고양이 신데렐라의 대추야자나무건, 신데렐라의 개암나무건, 나무에는 성장의 개념이 들어 있기 때문이다. 그것은 예전의 어머니가 내재화되어 있는 것만으로는 충분치 못함을 가리킨다. 어린이가 성장함에 따라, 이 내면화된 어머니 역시 그 만큼의 변화를 겪어야 한다. 다시 말해 탈물질화의 과정을 거쳐야 한다. 즉, 이것은 어린이가 현실 속의 좋은 어머니를, 기초적 신뢰라는 내적 경험으로 승화시켜 나가는 과정과 흡사하다.

　그림 형제의《신데렐라》에는, 이 모든 것이 그 이상으로 정제되어 있다. 신데렐라의 내적인 변화는 잿속에서 지내는 것으로 상징되듯 어머니의 죽음에 대한 절망적인 애도에서 시작된다. 그러나 주인공이 거기에 고착되어 있다면, 어떠한 내면적인 성장도 일어나지 않았을 것이다. 애도하는 것은, 사랑하는 사람 없이 삶을 꾸려 나가기 위한 일시적인 과도기로서 필요하다. 그러나 살아남기 위해서는 그것을 결국 긍정적인 어떤 것으로 바꾸어야 한다. 즉, 현실에서 상실한 것을 내적으로 회복해야 한다. 일단, 내적인 대상이 되고 나면 현실에서 무슨 일이 일어나건 상관없이 우리 마음 속에 항상 고이 간직할 수 있는 것이다. 신데렐라가 나뭇가지를 심어 놓고 통곡을 하는 것은 죽은 어머니에 대한 기억이 생생하게 간직되어 있음을 보여 준다. 그러나 나무가 자람에 따라, 신데렐라 내부에서 내면화된 어머니도 자라게 된다.

나무에게 하는 신데렐라의 기도는 자기가 마음 속에 키워 온 희망으로 되어 있다. 기도는 우리가 일어날 거라고 신뢰하는 어떤 것에 대한 요구이다. 이 기초적 신뢰는 불행이 준 충격이 가라앉고 나면 다시 살아난다. 그리하여 과거에도 그랬듯이 결국에는 모든 일이 다 잘 될 거라는 희망을 회복시켜 준다. 신데렐라의 기도에 응답하러 오는 작은 하얀 새는 전도서 속의 사자 messenger이다. "공중의 새가 그 소리를 전하고 날짐승이 사실을 말해 줄 것이다." 하얀 새는 훌륭한 어머니가 어린이를 보살필 때 어린이에게 전달된 기본적 신뢰로서 어린이의 마음 속에 심어진 어머니의 혼이다. 이와 같이 그것은 어린이 자신의 영혼의 일부가 되어, 모든 역경 속에서 그 어린이를 지탱해 주고, 미래에 대한 희망과 스스로 훌륭한 삶을 창출할 수 있는 용기를 어린이에게 제공한다.

신데렐라가 나뭇가지를 부탁하고 이것을 심고 눈물과 기도로 가꾸는 이미지와, 그리고 나중에는 신데렐라가 필요할 때마다 그 속에서 빛을 밝히며 나타나는 하얀 새의 이미지가 상징하는 중요한 의미를 우리가 의식하건 안 하건 《신데렐라》의 이런 특질은 우리 모두를 감동시킨다. 그리고 우리는 적어도 잠재의식적으로는 그 의미에 반응을 한다. 그것은 아름다우면서도 효과적인 이미지다. 부모의 의미를 이제 막 내재화시키기 시작하는 어린이에게는 더욱 의미심장하고 교훈적인 이미지이다. 내면화된 어머니, 즉 기초적 신뢰는 어린이의 성별과 관계없이 매우 중요한 심리현상으로 여자 어린이만큼 남자 어린이에게도 의미심장하다. 나무에 관한 모티프를 없애고 그 자리에 갑자기 불쑥 나타나는 요정 대모를 대체시켜 놓음으로써, 페로는 이야기로부터 몇몇 심오한 의미를 박탈했다.

그림 형제의 《신데렐라》는 메시지를 매우 교묘하게 전달하여, 당시의 어린이가 형제간의 경쟁심리나 또 다른 이유로 아무리 비참한 느낌에 빠져 있더라도 그 비참함과 슬픔을 승화시킬 수 있게 한다. 신데렐라가 정성껏 나무를 심고 가꾸었듯이, 어린이도 현실 속의 자신의 삶이 보다 나아지도록 스스로 노력할 수 있게 한다.

그림 형제의 《신데렐라》에서는 나무에 관한 대목과 소원을 들어 주는 하얀 새에 관한 대목 바로 뒤에 왕이 왕자의 신부감을 고르려고 삼 일간의 연회를 베푼다는 이야기가 이어진다. 신데렐라는 계모에게 참석하게 해 달라고 애원한다. 안 된다는 데도 계속 간청하자, 마지못해 계모는 조건을 내세우며 허가를 해 준다. 즉, 잿더미 속에 콩 한 말을 쏟아 붓고 나서, 신데렐라가 두 시간 내에 그 콩들을 모두 골라내면 보내 주겠다는 것이다.

이것은 동화의 주인공이 수행해야 하는 외관상 불가능해 보이는 과제들 중 하나다. 동양판 《신데렐라》 중에는 물레질을 하게 하는 것도 있으며, 또 어떤 서양판에서는 곡식을 채로 치게 하는 것도 있다.[72] 표면적으로 이것은 신데렐라를 학대하는 또 하나의 예에 지나지 않는다. 그러나 이런 요구를 신데렐라에게 한다는 것은, 그것이 신데렐라가 행복한 결말을 맞을 만한 가치가 있음을 증명하기 위해서 꼭 거쳐야 하는 관문임을 의미하는 것이다. 신데렐라의 운명에 근본적인 변화가 생긴 후, 소원을 들어주는 하얀 새라는 마법의 원조자를 얻었고 또 그것은 연회에 가기 직전의 일이기 때문이다. 도움을 요청하기 위해 부른 새들 덕택에 신데렐라

---

72) 신데렐라에 요구된 다양한 과제에 대해서는 앞에서 언급한 루스 Rooth의 책 참조.

는 콩을 가려내는 일을 무사히 마칠 수 있었다. 그러나 계모는 두 배로 더
어려운 과제를 내놓는다. 이제는 잿더미에 섞인 콩 두 말을 단 한 시간만
에 다 골라내라는 것이다. 이번에도 새들의 도움으로 신데렐라는 성공적
으로 해낼 수 있었다. 그래도 계모는 자기의 약속을 어기고 여전히 허락
을 안 한다.

신데렐라에게 요구된 과제들은 어리석어 보인다. 다시 골라내게 할거
면서 뭐 때문에 잿더미 속에다 콩들을 쏟아 붓는가? 계모는 그 일이 불가
능하고, 비천하고, 무의미함을 확신하고 있었다. 그러나 신데렐라는 사람
이 무슨 일을 하건, 심지어 잿더미 속을 뒤지는 일이라 할지라도, 그것에
의미를 부여할 줄 아는 사람이라면 그 일로부터 어떤 좋은 것을 얻을 수
있음을 알고 있는 것이다. 이 부분은 어린이에게 용기를 불어넣는데, 어
린이로 하여금 뭔가 하찮은 일이라고 하더라도, 즉 아무리 더러운 곳에서
더러운 것들을 가지고 놀아도, 거기서 뭔가 추출해 내는 방법을 알고 있
다면 매우 가치 있는 일이 될 수 있다는 확신을 갖게 한다. 신데렐라는 새
들의 도움을 청했고, 그들에게 좋은 콩들은 골라내어 항아리 속에 담고,
나쁜 콩들은 먹어서 없애라고 하였다.

두 번씩이나 약속을 어긴 계모의 거짓은, 악으로부터 선을 골라내는 일
이 필요하다는 신데렐라의 인식과 대조를 이룬다. 신데렐라는 자신도 모
르는 사이에 그 작업을 선과 악의 도덕적인 문제로 바꾸었던 것이다. 그
리고 나서 악을 제거한 후에, 어머니의 무덤으로 가서 나무에게 자기 몸
에 "금과 은을 떨구어 다오."라고 부탁한다. 새는 금실과 은실로 지은 드
레스를 떨구어 준다. 그리고 첫째 날과 둘째 날에는 비단실과 은실로 수
놓은 신을 떨구어 주었으며, 마지막 날에는 순금으로 만든 신을 떨구어
준다.

페로의 이야기에서도, 신데렐라가 무도회에 갈 수 있기 위해서는 그 전
에 과제를 수행해야만 했다. 그러나 여기에서는 갑자기 요정 대모가 나타

나더니 신데렐라에게 가고 싶을 거라고 말하면서 정원에서 호박을 가져오라고 시킨다. 신데렐라는 무슨 의도로 그러는 지도 모르면서 그저 시키는 대로 한다. 호박 속을 몽땅 퍼내고 그것을 마차로 만든 것은 신데렐라가 아니라 대모였다. 그러고 나서 대모는 신데렐라에게 쥐덫을 열게 한 후에, 그 속에 들어 있던 여섯 마리의 쥐를 마차를 끌 말로 변하게 한다. 또 생쥐 한 마리를 잡아 마부와 흡사하게 변형시킨다. 마지막으로 신데렐라에게 도마뱀 여섯 마리를 가져오게 해서 그것들을 시종으로 만든다. 신데렐라의 누더기 옷을 아름다운 옷으로 변하게 하고 유리 구두를 준다. 그렇게 잘 차려 입은 후 신데렐라는 무도회를 향하여 떠난다. 그때 대모는 신데렐라에게 자정 전에는 돌아와야 한다고 하면서, 자정이 지나면 모든 것이 원래의 상태로 되돌아간다고 말한다.

유리 구두나 호박이 마차로 바뀌는 등의 모티프는 다 페로가 지어낸 것이다. 페로의 《신데렐라》와 거기서 파생된 이야기들 말고는 다른 어디에서도 전혀 그런 내용을 찾아 볼 수 없다. 소리아노는 이 부분을 이렇게 본다. 페로가 그 이야기를 진지하게 받아들이는 사람들을 조롱하고 있으며, 그런 아이러니로 자기의 주제를 다루고 있다는 것이다. 즉, 만약에 신데렐라가 가장 아름다운 공주로 바뀔 수 있다면, 쥐들이나 생쥐도 얼마든지 말과 마부로 바뀔 수 있다는 것이다.[73)74)]

아이러니는 어느 정도 무의식적인 생각들의 소산이다. 페로의 개작이 널리 수용되었다는 것은 그만큼 듣는 이의 공감을 불러일으켰기 때문이라고 설명할 수밖에 없다. 과거에 좋았던 기억을 마음 속 깊이 잘 간직하는 것, 도덕적 감각을 키워야 한다는 것, 역경 속에서도 자신에게 충실해야 한다는 것, 타인의 악의나 심술에 흔들리지 말고 자신을 잘 지켜 나가

---

73) 도마뱀에 대해서 소리아노는 "도마뱀처럼 게으르다."는 불어 표현을 상기시키면서, 페로가 도마뱀으로 시종을 만든 의도가 무엇인지를 설명한다. 시종의 게으름은 농담거리가 되었던 것이다.
74) 앞에서 언급한 소리아노의 책 참조.

는 것 등은 "신데렐라"의 너무나 명백한 주제라서 페로도 감동받지 않을
수 없었을 것이다. 그렇다면 결론은 페로가 이것으로부터 자신을 의도적
으로 방어한 것임에 틀림이 없다. 페로의 아이러니는 내적인 과정을 통해
우리를 변형시켜야 한다는, 원래 이 이야기에 담겨져 있는 요구를 무효화
시킨다. 즉, 그것은 최상의 목표를 달성하려면 외부적인 비천한 조건들을
극복해야 한다는 생각을 조롱한다.[75] 그리하여 페로는《신데렐라》를 어린
이를 위한 아무런 암시도 들어 있지 않은, 멋지고 환상적인 이야기로 만
들어 놓았다. 그리고 바로 이 점은 많은 사람들이 원하는 바이기도 하며,
페로의 판본이 전세계적으로 널리 수용되는 이유이기도 하다.

　이것은 페로가 옛날 이야기를 각색한 방법에 대한 설명이 될런지는 모
르지만, 이야기의 의식적, 무의식적 이해에 근거하여 페로가 지어낸 특정
세부사항들에 대한 설명은 되지 않는다. 신데렐라가 잿더미 속에서 할 수
없이 지내야 하는 대부분의 판본들과는 달리, 페로는 신데렐라가 스스로
그렇게 하기로 선택했다고 말한다. 이것은 신데렐라를 자신을 착하고 더
러운 상태로 남고 싶어하는 욕구가 억압되지 않은 사춘기 이전의 유치한
어린이로 만들어 버린다. 그리고 아직 생쥐나 쥐, 도마뱀 같은 은밀한 작
은 동물들에 대한 혐오감도 아직 생기지 않은, 그리고 호박 속을 다 파내
고 그것이 아름다운 마차라고 상상하는 매우 철없는 어린아이의 모습인
것이다. 생쥐나 쥐들은 어둡고 더러운 구석에서 살면서 음식을 훔쳐먹는
데 이런 것들은 어린이들도 좋아하는 행동이다. 또 무의식적으로 그 동물
들은 남근을 연상시키며 성적인 관심과 성숙의 상징이기도 하다. 그러한
남근적인 의미는 고려하지 않더라도, 그런 역겨울 정도는 아니지만 저급
한 동물을 말이나 마부, 시종으로 변형시키는 것은 승화를 상징한다. 이

---

75) 페로는 이야기의 결말에서 두 번째 교훈으로 끝을 맺는데(소리아노는 이를 "쓰디쓴 아이러니"라고
　　부른다.) 여기에서 "신데렐라" 이야기에 스며 있는 페로의 빈정거림은 분명히 드러난다. 두 번째
　　교훈에서 사람은 지혜, 용기 그 외 다른 장점을 지니는 것이 유리하기는 해도 그것들을 발휘시켜
　　줄 대모나 대부가 없으면 크게 소용이 없다("ce seront choses vaines")고 한다.

렇게 볼 때 이 부분은 적어도 두 가지 층위에서 꼭 들어맞는다. 한 층위에서 볼 때, 그런 동물들은 신데렐라의 남근에 대한 흥미를 나타내는 것은 아닐지라도 신데렐라가 비천하게 잿속에서 함께 지내던 여러 친구들을 상징한다. 또 다른 층위에서 볼 때, 성숙해지는 과정에서 그런 재미들을 승화시켜야 하고 적어도 왕자를 맞을 준비를 갖추려면 그런 것을 극복해야 한다는 것이다.

페로의 《신데렐라》는 옛이야기의 내용을 의식적, 무의식적으로 훨씬 부담 없이 받아들일 수 있게 되어 있다. 우리는 의식적으로 페로의 아이러니, 심각한 내용이 없이 멋진 환상적인 이야기로 격하시킨다는 아이러니를 기꺼이 받아들인다. 왜냐하면 이 이야기에 원래 암시되어 있을 형제간의 경쟁심리, 어릴 적 대상들의 내면화, 도덕적 요구사항들의 준수 등의 부담이 줄어들기 때문이다. 그리고 우리의 무의식은 묻어 두었던 어린 시절의 경험에 비추어 보면, 페로가 보탠 내용들이 확실히 맞는 말이라고 느끼는 것이다. 즉, 성숙해지기 위해서는 본능적인 것에 끌리던 욕구들을, 그것이 더러운 것에 대한 것이든 남근적인 것에 대한 것이든 간에, 변형시키거나 승화시켜야 함을 지적하는 듯이 보이기 때문이다.

페로의 신데렐라는 여섯 명의 시종에 의해 호위되어 여섯 마리의 말이 끄는 마차를 타고 무도회에 간다. 마치, 루이 16세 시대의 베르사이유 궁의 무도회처럼 보인다. 그리고 신데렐라는 자정이 되기 전에 돌아와야 한다. 자정만 지나면 신데렐라는 다시 원래의 보잘것없는 옷으로 바뀌기 때문이다. 그러나 셋째 날 밤에 신데렐라는 시간 가는 줄을 모르고 있다가 마술이 풀리기 전에 돌아오느라 허겁지겁 서둘렀기 때문에, 유리 구두 한 짝을 잃어버린다.

왕자는 궁전의 대문을 지키던 호위병들에게 공주가 떠나는 모습을 못보았느냐고 물었습니다. 그러자 병사들은 매우 낡은 옷을 입은 한 소녀가 나가는

것밖에 못보았다고 했습니다. 숙녀라기보다는 시골뜨기 하녀에 훨씬 가까운
모습이더라고 했습니다.

그림 형제의 이야기에서는 신데렐라가 원하는 만큼 오래 무도회에 머
물 수 있었다. 신데렐라가 떠나는 것은 자기의 마음이 내켜서였지 누군가
가 시켜서가 아니었다. 첫째 날 밤 신데렐라가 떠나려고 하자 왕자가 바
래다주겠다고 하였으며 함께 집 앞에까지 온다. 이 순간 신데렐라는 재빨
리 사라져서 왕자에게서 몸을 숨겼다.

> 왕자는 집주인인 신데렐라의 아버지가 올 때까지 기다렸다가 신데렐라의 아
> 버지에게 정체를 알 수 없는 그 처녀가 비둘기장으로 도망쳐 버렸다고 말했
> 습니다. 그러자 아버지는 "설마 신데렐라는 아니겠지?"라고 생각하고 왕자
> 에게 도끼 한 자루를 가져다주면서 그것으로 비둘기장을 부수어 보라고 했
> 습니다. 왕자가 비둘기장을 부수었지만 그 안에는 아무도 없었습니다.

한편, 신데렐라는 도망을 쳐서 원래의 더러운 옷으로 갈아입고 있었다.
그 다음 날도 똑같은 일이 반복되었다. 신데렐라가 배나무 속에 숨은 것
만 달랐다. 셋째 날 왕자는 계단에 송진을 발라 놓았고, 신데렐라가 슬쩍
도망을 갈 때에 신데렐라의 신발 한 짝이 거기에 달라붙었다.

왕자가 자기를 알아볼 때까지 수동적으로 기다리지 않고 신데렐라가
능동적으로 주도권을 쥐는 판본들도 다양하다. 그런 판본들 중에는, 왕자
는 신데렐라에게 반지를 주고, 왕자를 대접하기 위해 만드는 케이크에 신
데렐라가 그 반지를 넣고 굽는 대목이 있다. 그 당시 왕자는 이 반지에 딱
맞는 여자가 아니면 그 누구와도 결혼을 하지 않을 거라고 신데렐라는 생
각한 것이다.

신데렐라는 왜 왕자를 만나러 세 번씩이나 무도회에 갔으며, 왜 번번이
허겁지겁 도망쳐서 자신의 비천한 처지로 돌아왔을까? 자주 그렇듯이,

세 번 반복되는 행위는 자기 부모에 대한 어린이의 위치를 반영한다. 어린이는 일찍이 셋 중에서 자기가 가장 중요한 존재임을 확신함으로써 참된 자아에 다다르게 되었으나, 훗날의 두려운 경험을 통해 자신이 가장 보잘것없는 존재가 아닌가 하는 생각이 들었었다. 참된 자아란 세 번의 반복을 통해서 얻어지는 것이 아니라, 세 번의 반복에 의해 도달되는 뭔가 다른 것—신발이 발에 딱 맞는 것—을 통해서 얻어지게 된다.

표면적인 층위에서, 신데렐라가 왕자를 피해 다니는 행위는 본래의 모습으로 선택받고 싶지, 화려한 외모로 선택받고 싶지 않기 때문이었다. 자신의 연인이 비천한 처지에 있는 자신을 보고도 여전히 자기를 원할 때에만 자신을 내어 주겠다는 의미일 것이다. 그러나 그것 때문이라면 첫째 날 밤에 자신의 본래 모습을 드러내거나 신발을 잃어버려도 상관없었을 것이다. 좀더 심층적인 층위에서, 신데렐라가 반복해서 무도회에 참석하는 것은 어린 소녀의 이중적인 감정 때문이라고 볼 수 있다. 한편으로는 자신을 정신적으로나 육체적으로 내맡기고 싶으면서도 또 동시에 그렇게 하기가 두려운 것이다. 그것은 또한 아버지의 마음 속에 들어 있는 이중적인 감정이기도 하다. 아버지는 그 아름다운 소녀가 자기의 딸 신데렐라일까 의아해 하면서 자기의 느낌을 믿지 않는다. 왕자 또한 신데렐라가 정서적으로 오이디푸스적인 관계로 아버지에 매여 있는 한 신데렐라를 차지할 수 없음을 아는 듯이, 스스로 신데렐라를 추적하지 않고 아버지에게 그렇게 좀 해 달라고 부탁한다. 아버지가 먼저 자신과의 관계로부터 딸을 풀어 줄 준비가 되어 있음을 딸에게 보여야만, 딸 역시 이성과의 사랑의 대상을 미숙한 대상(아버지)으로부터 성숙한 대상(왕자)으로 기꺼이 옮길 수 있기 때문이다. 아버지가 신데렐라가 숨은 장소들을 파괴하는 행위, 즉 비둘기장과 배나무를 베어 버리는 행위는, 자기의 딸을 기꺼이 왕자에게 넘겨 주겠다는 의도를 담고 있다. 그러나 아버지의 노력들은 바랐던 결과로 이어지지는 않았다.

매우 다른 층위에서, 비둘기장과 배나무는 신데렐라를 이 시점까지 지 탱해 주었던 마술적인 물건을 상징한다. 비둘기장은 신데렐라를 위해 콩 을 고르며 도와 주던 새들이 사는 곳이다. 이 새들은 신데렐라에게 아름 다운 옷과 운명의 구두를 떨구어 준 나무 위의 하얀 새의 대체물이다. 그 리고 배나무는 어머니의 무덤에서 자라났던 그 나무를 우리에게 연상케 한다. 신데렐라가 이제 현실적인 세계에서 잘 지내기 위해서는, 마법적 물건의 도움에 대한 기대와 의존심을 버려야 한다. 아버지는 이 점을 알 고 있는 듯이 신데렐라의 은신처를 부숴 버린다. 이제 더 이상 신데렐라 는 잿더미 속에 안주할 수도, 마법적인 장소로 도피할 수도 없게 되었다. 이제부터 신데렐라는 자신의 진정한 지위보다 훨씬 미천한 상태로도 훨 씬 더 높은 존재로도 존재하지 않을 것이다.

그림 형제에 이어 콕스도, 신랑이 신부에게 약혼의 정표로 신발 한 짝 을 주는 고대 독일의 풍습을 언급한다.[76] 그러나 이것은 고대 중국의 이야 기에서는 황금 신발에, 페로의 이야기에서는 유리 구두에 발이 딱 맞는 사람이 왜 적합한 신부감인가에 대해서는 설명해 주지 않는다. 이 시험이 효과를 거두려면, 신발은 늘어나지 못하는 것이어야 한다. 그렇지 않으면 그 신발은 다른 소녀들, 예를 들어 의붓언니들에게도 맞을 수 있기 때문 이다. 페로의 섬세함은 절대로 늘리지도 못하고 또 깨어지거나 부서지기 쉬운 유리로 된 구두를 설정한 데서도 잘 나타난다.

몸의 일부가 미끄러져 들어가 꼭 맞는 좁은 용기는 질의 상징으로 보일 수 있다. 깨지기 쉽고 또 깨질까 봐 잡아늘여도 안 되는 어떤 것은 우리에 게 처녀막을 연상시킨다. 그리고 남자가 자기가 사랑하는 여자와 유대를 확고히 하려고 마음먹었다면, 무도회가 끝날 무렵에 여자가 잃어버리기 쉬운 것은 처녀막이라고 볼 수 있다. 특히 남자가 여자를 잡기 위해 덫—

---

76) 앞에서 언급한 콕스의 책 참조.

계단에 바른 송진— 을 놓았을 경우에는 더욱 그러하다. 신데렐라가 이 상황에서 도망치는 것은 처녀성을 보호하기 위한 노력으로 볼 수도 있다.

　페로의 이야기에서 대모가 신데렐라에게 일정한 시각까지 집에 돌아오라고 하면서 그렇지 않으면 일이 틀어져 버릴 거라고 하는 명령은, 부모들이 딸이 혹시나 밤늦게까지 남아 있다가 생길 일을 두려워하여 늦게까지 있지 말라고 하는 부탁과 흡사하다. "변태적인" 아버지에 의해 강간당하는 것을 피하기 위해 딸이 도망치는 많은 "신데렐라" 이야기들도 이 점을 뒷받침해 준다. 즉, 신데렐라가 무도회에서 도망치는 행위에는, 자신이 유린당하거나 또는 자기 자신의 욕망 때문에 스스로 몸을 내주는 일이 생기지 않게 하려는 의도가 들어 있다는 것이다. 또 왕자가 신데렐라의 아버지의 집에 와서 신데렐라를 찾도록 유도하는데, 이는 신랑이 아버지로부터 신부의 손을 인계받는 의식과 병행된다. 페로의《신데렐라》에서는 궁정의 한 신사가 구두를 신어 보게 하며, 그림 형제의 이야기에서는 왕자가 직접 신데렐라에게 신발을 건네 주며 신데렐라가 스스로 신발을 신는다. 그러나 다른 이야기들에서는 왕자가 직접 신을 신기는 경우도 많다. 이것은 결혼식의 중요한 부분인, 신랑이 신부의 손에 반지를 끼워 주는 의식과 닮은 데가 있다. 그것은 이제부터 그 둘은 함께 결합되어 있음을 상징한다.

　이 모든 것은 쉽게 이해된다. 이야기를 들으면서, 발이 신발에 쏙 들어가는 행위가 약혼을 뜻한다는 것, 또 신데렐라가 분명히 순결한 신부라는 것을 곧 알게 된다. 모든 어린이들은 결혼이 성과 관련되어 있다는 것을 알고 있다. 동물들과 보다 가깝게 생활했던 옛날의 어린이들은 성이란 남성이 자신의 신체기관을 여성에게 집어넣는 것과 관계 있다는 것을 알고 있었으며, 현대의 어린이들은 부모에게서 들어서 알고 있다. 그러나 이야기의 주제인 형제간의 경쟁심리라는 관점에서 보면, 그 귀한 신발이 적임자의 발에 딱 맞는다는 사실은 또 다른 상징적 의미를 갖는다.

형제간의 경쟁심리는 많은 옛이야기에서처럼 "신데렐라"의 주제이다. 이런 이야기들에서는 주로 동성 형제들 사이의 경쟁심리가 항상 문제가 된다. 그러나 현실에서는 첨예한 경쟁심리가 오누이간에 존재하는 수도 종종 있다.

남성과 비교해서 여성이 받는 성차별은, 요즘 다시 부각되어 도전을 받고 있지만, 오래된 이야기다. 이런 차별이 한 가족 내에서 오누이간의 질투와 시기를 유발하지 않는다면 이상한 일일 것이다. 정신분석학적 저술들에는 남자 어린이의 성기를 시기하는 여자 어린이의 예들이 가득 들어 있다. 여성의 "남근선망 penis envy"이 친숙한 개념이 된 지는 꽤 오래 되었다. 그러나 이런 선망이 결코 일방적인 것이 아니라는 사실은 비교적 덜 알려져 있다. 남자 어린이도 여자 어린이가 소유하고 있는 것, 즉 젖가슴이나 아이를 밸 수 있는 능력 등을 부러워한다는 것이다.[77]

각각의 성은 자기의 성에 속한, 즉 지위나 사회적 역할이나 성기 sexual organs 등을 좋아하고 자랑스러워하는 한편, 자기에게는 결핍되어 있는데 이성에게 있는 것에 대해서는 질투를 한다. 이것은 쉽게 관찰이 가능하고 의심할 여지 없는 올바른 관점이지만, 남성의 시기심에 대해서는 불행히도 아직 널리 인식되거나 받아들여지지 않는다(이것은 초기 정신분석이 일방적으로 여자 어린이들의 남근선망만을 강조해 왔던 것에도 어느 정도의 원인이 있다. 아마도 그 당시 대부분의 논문들이 여성에 대한 자신의 질투심을 검토해 보지 않은 남성들에 의해 쓰여졌기 때문일 것이다. 이것은 자부심 강한 호전적인 여성에 의해 오늘날 쓰여진 글들에서 나타나는 경향과 닮은 데가 있다). 다른 어떤 옛이야기들보다도 형제간의 경쟁심리의 주제를 다룬 《신데렐라》에, 어떤 형태로든지 신체적인 차이에 의한 남녀간의 경쟁심리가 나타나 있지 않다면 이상하게 허전할 것이

---

77) 베텔하임 Bruno Bettelheim의 《상징적 상처들 Symbolic Wounds》(Glencoe, The Free Press, 1954) 참조.

다. 이런 성적 선망 뒤에는 성적 공포, 즉 자기 신체의 일부를 잃어버리지 않았나 하는 불안이 자리하고 있는데, 이게 바로 소위 "거세불안 castration anxiety"이라고 하는 것이다. 표면상으로《신데렐라》는 자매간의 경쟁에 대해서만 이야기하고 있다. 그러나 그 속에 좀더 무의식 깊이 닿아 있는, 좀더 많이 억압된 다른 정서에 대한 심층적 암시들은 없을까? 남자 어린이와 여자 어린이가 똑같이 "거세불안"으로 심하게 고통을 받지만, 그들이 겪는 느낌은 서로 다르다. "남근선망"과 "거세불안"이라는 용어는 둘 다, 그 현상의 다양하고 복잡한 심리적 측면들의 어느 하나만을 강조하고 있다. 프로이트의 이론에 의하면, 여자아이의 거세 콤플렉스는, 원래 모든 어린이들이 남근을 가지고 있는데 어쩌다가 그것을 잃어버리게(아마도 잘못한 행위에 대한 벌로) 되었다는 어린이의 상상에 중심을 두고 있다. 따라서 남근이 다시 자랄지도 모른다는 희망도 가지고 있다고 한다. 남자 어린이의 불안은 이와 다르다. 모든 여자 어린이에게 남근이 없다는 것은 그들이 그것을 잃어버렸다고 설명될 수밖에 없는데, 같은 일이 자신에게도 일어날까 봐 두려운 것이다. 이러한 거세 콤플렉스를 가지고 있는 여자 아이는 그 상상된 결핍으로부터 자존심을 지키기 위해 다양한 방어책을 사용한다. 그 중의 하나가 자기도 역시 그런 성기를 지니고 있다는 무의식적인 환상이다.

작고 아름다운 덧신은《신데렐라》의 핵심 소재이며,《신데렐라》를 가장 사랑받는 이야기로 만든 상징물이다. 이 상징물을 고안해 낸 무의식적인 생각과 감정을 이해하고, 무엇보다도 그 상징물에 대한 무의식적인 반응들을 이해하기 위해서는, 다양하지만 모순이 될 정도로 서로 다른 심리적인 태도들이 신발이라는 상징물에 관련되어 있을지도 모른다는 사실을 인정해야 한다.

《신데렐라》의 대부분의 판본에서 일어나고 있는 매우 이상한 사건은, 의붓언니들이 그 작은 덧신에 발을 끼우기 위해서 발의 일부를 절단하는 일이다. 페로는 그의 이야기에서 이 사건을 제외시켰지만, 콕스에 의하면 페로로부터 파생된 판본들과 그 외 몇몇 다른 판본들을 제외한 모든 "신데렐라" 이야기에 이 사건이 공통적으로 들어 있다는 것이다. 이 사건은 여성의 거세 콤플렉스의 일면을 상징적으로 표현한 것이라고 볼 수 있다.

의붓언니들이 발을 잘라 내는, 상식을 벗어난 행위는, 신데렐라가 행복한 결말로 가면서 만난 마지막 장애물이다. 그 일은 왕자가 신데렐라를 발견하기 직전에 일어난다. 이제 마지막으로 의붓언니들이 자기 어머니의 적극적인 도움을 받아 신데렐라의 정당한 소유물을 가로채려고 시도한다. 신발에 발을 맞추기 위하여 자기의 발을 잘라 내는 것이다. 그림 형제의 이야기에서 큰딸은 엄지발가락이 너무 커서 신발 속으로 들어갈 수가 없었다. 그래서 계모는 큰딸에게 칼을 건네 주며, 일단 왕비가 되면 더 이상 걸을 일이 없을 테니까 발가락들을 잘라 버리라고 한다. 그 딸은 어머니가 일러 준 대로 발가락을 잘라 내고 그 발을 신발에 억지로 집어넣은 후 왕자에게로 갔고, 왕자는 그 여자를 말에 태우고 간다. 그들이 신데렐라의 어머니의 무덤 옆을 지날 때 개암나무 위에 앉아 있던 두 마리 비둘기가 왕자를 부른다.

그 처녀가 신고 있는 신발을 좀 보세요. 온통 피투성이잖아요. 그 처녀의 발에는 신발이 너무 작지요. 그 처녀는 무도회에서 만난 처녀가 아니랍니다.

왕자는 그 여자의 발을 내려다보고 황금 신에서 피가 줄줄 새어 나와 그 여자의 하얀 양말이 새빨갛게 물든 것을 본다. 왕자는 말머리를 돌려 가짜 신부를 다시 집으로 데려다 준다. 둘째 딸이 그 신발을 신어 보니 이번에는 뒤꿈치가 너무 컸다. 그 여자의 어머니는 이번에도 칼을 건네 주며 뒤꿈치를 잘라 내라고 말한다. 그리하여 똑같은 일이 반복된다. 가짜 신부가 하나밖에 없는 다른 판본들에서도 발가락이나 발뒤꿈치, 또는 둘 다를 자르게 되어 있다. 《라신 코아티》에서처럼 어머니가 직접 자르기도 한다.

이 일화에서 의붓언니들은 신데렐라를 속여 자신의 목표를 달성하기 위해서는 못할 게 없다는 것을 증명함으로써, 이미 받은 상스러운 인상을 더욱 강화시킨다. 표면적으로도 의붓언니들의 행동은 신데렐라와 첨예하게 대조가 된다. 신데렐라는 참된 자신의 모습 이외의 다른 어떤 것을 통해서도 행복을 획득할 마음이 없다. 신데렐라는 마술에 의해 창조된 외모에 근거해서 선택받기를 거부하며, 왕자가 누더기 옷차림을 입은 자신의 모습을 볼 수 있도록 일을 처리한다. 의붓언니들은 속임수에 의존하고, 그들의 허위는 자기의 신체의 일부를 잘라 내는 일까지 마다하지 않는다. 그리고 신체 절단의 모티프는 그 이야기가 끝날 때에 두 마리 하얀 새가 그들의 눈을 쪼아먹는 대목에서 또 한 번 나온다. 아무튼 이것은 너무나 비정상적으로 조잡하고 잔인한 내용이다. 아마도 이것은 뭔가 특별한, 어떤 무의식적인 이유에서 고안된 것임이 틀림없다. 자기를 절단하는 일은 옛이야기에서는 매우 희귀하다. 다른 사람에 의해서 벌이나 어떤 다른 이유로 몸의 일부를 절단당하는 경우는 얼마든지 있다. 그러나 자기 스스로 자기 몸의 일부를 절단하는 일은 희귀한 일이다.

《신데렐라》가 만들어졌을 당시에 남성은 크고 여성은 작다는 그런 고정관념이 있었기 때문에, 신데렐라의 작은 발은 신데렐라를 특히 여성적인 느낌이 들게 만든다. 신발에 들어가지 않을 정도의 큰 발을 가진 의붓언니들은 상대적으로 신데렐라보다 훨씬 남성적이며, 덜 매력적이다. 왕자를 차지하기 위해 필사적인 의붓언니들은 자신을 우아한 여성으로 만들기 위해 가능한 별별 짓을 다하면서도 조금도 부끄러워하지 않는다.

자기 절단을 통해 왕자를 속이려는 의붓언니의 계책은 피흘림에 의해 탄로가 난다. 그들은 자기 몸의 일부를 자르는 행위를 통해 자신을 좀더 여성적으로 만들기 위해 노력했다. 피흘림은 그 행위의 결과이다. 그들은

자신들의 여성성을 증명하기 위해 상징적인 자기 거세에 참여했던 것이
다. 자기 거세를 행한 부위에서 피가 난다는 것은, 그것이 월경을 상징할
수도 있기 때문에 또 다른 여성성의 증거가 될 수 있다.

스스로 했든 어머니가 했든, 그 절단이 상상된 음경을 제거하는 거세의
무의식적인 상징이건 아니건 간에, 또 피흘림이 월경의 상징이건 아니건
간에, 그 이야기에서 이야기하는 바는 의붓언니들의 노력이 허사로 돌아
간다는 것이다. 새들은 의붓언니 누구도 올바른 신부가 아님을 피흘림을
지적함으로써 폭로한다. 신데렐라는 순결한 신부이다. 무의식 속에서는
아직 월경을 하지 않는 소녀가 이미 월경을 하는 사람보다 훨씬 명백하게
순결하다. 그리고 남에게 그것도 특히 남자에게 자기의 피를 보이는 여자
는—발에서 피가 나는 의붓언니들처럼 어쩔 수 없이—상스러울 뿐만 아
니라 피를 흘리지 않는 사람보다 확실히 훨씬 덜 순결하다. 그리하여 이
일화는, 무의식적인 이해의 또 다른 층위에서, 신데렐라의 처녀성과 의붓
언니의 처녀성 부재가 대조를 이루고 있기도 하다. .

《신데렐라》 이야기의 중심 요소인 덧신, 여주인공의 운명을 결정짓는
이 덧신은 가장 복합적인 상징이다. 그것은 아마도 서로 모순되는 무의식
적인 다양한 생각들 속에서 고안되었을 것이다. 그래서 그것은 또 듣는
이에게 다양한 무의식적인 반응을 불러일으킨다.

의식 상태에서, 덧신과 같은 물건은 단지 그 덧신 그 자체이다. 그러나
무의식 상태에서 이야기 속의 덧신은 처녀성 또는 그것과 관련된 생각을
상징적으로 표현하고 있을지도 모른다. 옛이야기는 의식적, 무의식적 층
위 둘 다에서 진행이 되며, 이 점이 바로 옛이야기를 보다 예술적이고, 감
동적이고, 설득력 있게 만든다. 그리하여 그 속에서 사용되는 사물은 표
면적인 의식의 층위에서도 적절해야 하며, 그러면서도 그 표면적인 의미
와는 매우 다른 연상들을 불러일으켜야 한다. 작은 덧신과 그것에 맞는
발, 그리고 그것에 맞지 않는 또 다른 절단된 발들은 의식의 층위에서도

의미가 잘 통하는 이미지들이다.

《신데렐라》에서 그 예쁘고 작은 발은, 아늑하게 발이 들어가는 아름다우면서도 귀중한(예를 들면 금으로 된) 덧신과 결합되어, 무의식에 성적인 매력으로 작용한다. "신데렐라" 이야기의 이 요소는 그것만으로 한 편의 완성된 옛이야기가 되기도 한다. 스트라보 Strabo에 의해 보고된 이야기로, "신데렐라"보다 훨씬 오래 된 고대 중국의 이야기가 있다. 이 이야기는 아름다운 매춘부 로도프 Rhodope의 샌들을 가지고 자취를 감춘 한 독수리가, 그 신발을 파라오의 머리 위에 떨어뜨린다. 파라오는 그 샌들에 너무 반해서 신발 주인을 아내로 맞기 위해, 온 이집트 사람에게 신발의 주인을 찾게 한다.[78] 이 이야기를 통해 볼 때, 오늘날과 마찬가지로 고대 이집트에서도 어떤 경우 여성의 신발이 여성의 가장 소중한 것의 상징으로, 분명하지만 깊은 무의식적인 이유로 남성의 사랑을 불러일으킨다는 것을 알 수 있다.

스트라보의 이야기에서 볼 수 있듯이, 이천 년 동안 전세계적으로 사랑받은 이야기들에서, 여성의 덧신이 올바른 신부감을 찾는 해결책으로 인정되어 왔음을 알 수 있다. 덧신의 무의식적인 의미를 처녀막의 상징으로 분석하기 힘든 이유는, 남성과 여성이 둘 다 이 상징적 의미에 반응을 보이지만 그 반응 양식이 다르기 때문이다.[79][80][81] 이것이 이 상징을 미묘할

---

78) 로도프의 이야기는 스트라보의 저서, 《스트라보의 지형학 The Geography of Strabo》(London, Heinemann, 1932)에 나온다.
79) 광범위한 민담 자료들은 덧신이 처녀성의 상징으로 쓰일 수 있음을 뒷받침하고 있다. 루스는, 제임슨 Raymond do Loy Jameson을 인용하여, 만주 지방에서는 신부가 신랑의 형제들에게 덧신을 선물로 주게 되어 있다고 한다. 집단혼이 실행되고 있기 때문에, 결혼식을 통해서 그들은 신부와 성 관계를 맺는다. 그리고 이 덧신들은 여성의 성기("lien hua")로 장식되어 있다고 한다.[80] 제임슨은 중국에서 덧신이 성적 상징으로 사용된 몇 가지 예를 인용하고 있으며, 에그르몽 Aigremont은 유럽과 동양에서의 이런 예를 제시한다.[81]
80) 앞에서 언급한 루스의 책 참조.
81) 제임슨의 《중국민담에 관한 세 강의 Three Lectures on Chinese Folklore》(Peiping, Publications of the College of Chinese Studies, 1932)와 《인류학 Anthropopyteia》(Leipzig, 1909) 제5권에 실린 에그르몽의 "발과 신발의 상징성과 에로티즘 Fuss-und Schuh-Symbolik und Erotik" 참조.

뿐만 아니라, 복합적이고 모호하게 만드는 이유이며, 또한 그렇기 때문에 각기 다른 이유로 남성과 여성 모두에게 강한 정서적 호소력을 갖는 것이다. 이유가 다를 수밖에 없는 것은, 처녀막과 그 무의식적 상징이 남성과 여성 각각에게 다른 의미를 지니기 때문이다. 그리고 남성과 여성 모두 인격적으로나 성적으로 온전한 원숙함을 획득하게 될 때까지, 아마도 그 시기는 어느 정도 인생의 후반부가 되겠지만, 그때까지는 계속 그럴 것이다.

이야기 속에서 왕자는 신데렐라를 신부감으로 택하는 근거를 덧신에 두고 있다. 만약에 선택의 근거를 외모나 인격, 또는 그 외 다른 특질에 두었다면 결코 의붓언니에게 속지 않았을 것이다. 그런데 의붓언니들은 두 차례나 왕자를 속일 수 있었다. 그것도 왕자의 말에 타고 갈 정도로 확실하게 속였다. 새들이 두 번 다 피투성이 신발을 지적하며 진짜 신부가 아니라고 왕자에게 일러 주어야 했던 것이다. 그렇게 보면, 발이 신발에 맞는 것만으로는 신부가 올바르게 결정될 수 없음을 알 수 있다. 또한 신발을 신은 발에서 나는 피가 잘못된 신부 선택의 증거가 되고 있다. 이것은 왕자 혼자서 관찰하기는 매우 곤란한 어떤 것이다. 피는 눈에 잘 띄는 것이기는 하지만, 실제로 왕자는 주의하라는 경고를 받고서야 깨달았던 것이다.

왕자가 신발 속의 피를 관찰하지 못하는 무능력은 월경의 피흘림과 관련된 거세불안의 일면을 드러내는 것이다. 덧신 밖으로 새어나오는 피는 이제 월경에서의 피흘림과 함께, 덧신이 처녀막의 상징적인 등가물임을 드러낸다. 왕자가 그것을 모르는 채로 있다는 것은, 그 역시 처녀막이 자신에게 불러일으키는 불안감으로부터 자신을 보호할 필요가 있었음을 나타낸다.

신데렐라는 왕자의 이런 불안감을 해소시켜 주었기 때문에, 올바른 신부감이다. 신데렐라의 발은 아름다운 신발 속으로 쉽게 미끄러져 들어갔으며, 이것은 그 안에 뭔가 우아한 것이 숨겨져 있을 수 있음을 보여 준다. 신데렐라는 자신의 몸을 절단할 필요도 없었고, 그래서 몸의 일부에서 피를 흘릴 필요도 없었다. 신데렐라가 여러 번 반복해서 움츠린 행위만 보아도, 언니들과는 대조가 되며, 성적인 면에서 공격적이지 않으며 선택되기를 참을성 있게 기다리는 성격임을 알 수 있다. 그러나 일단 선택을 받으면, 전혀 망설이지 않는다. 왕자가 신겨 주기를 기다리지 않고 스스로 신발에 발을 집어넣음으로써, 신데렐라는 자기의 운명을 스스로 꾸려 나갈 수 있는 주도권과 능력이 있음을 보여 준다. 왕자는 의붓언니와 있을 때는 상당히 불안해서 무슨 일이 일어나고 있는지 살펴볼 겨를도 없었지만 신데렐라와 있을 때는 굉장히 안도감을 느낄 수 있었다. 신데렐라가 그런 안도감을 왕자에게 줄 수 있었기 때문에, 신데렐라는 왕자에 맞는 신부감인 것이다.

결국 이야기의 주인공인 신데렐라의 경우는 어떠한가? 왕자가 신데렐라의 신발을 소중히 여겼다는 것은 왕자가 처녀막의 상징에 의해 표현된 신데렐라의 여성성을 사랑하고 있음을 상징적인 형태로 말한 것이다. 잿더미 속에서 살면서 무슨 느낌을 가졌건 간에, 신데렐라는 그렇게 사는 사람은 남들에게 더럽고 불쾌한 인상을 준다는 것을 알고 있었다. 자신의 성적 욕구에 대해 이런 느낌을 갖는 여성들이 있고, 또 남성들이 이런 느낌이 들까 봐 두려워하는 여성들이 있다. 이것이 바로 왕자가 자기를 신부로 선택하기 전에 자신의 이런 모습을 보아야 한다고 신데렐라가 확신한 이유다. 왕자는 신데렐라에게 황금 신을 건네어 주는 행위를 통해, 더럽고 비천한 신데렐라의 모습까지도 인정함을 상징적으로 표현하고 있다.

여기에서 우리는 그 황금 신이 죽은 어머니의 혼을 상징하는 새에게서 빌린 것임을 기억해야 한다. 그 죽은 어머니의 혼은 신데렐라가 내면화시켰던 것으로, 시련과 고통에 처할 때마다 신데렐라를 항상 지켜 왔었다. 황금 신을 신데렐라에게 건네 줌으로써, 마침내 왕자는 그 황금 신과 자신의 궁전을 진짜 신데렐라의 것으로 만든다. 왕자는 황금 신(처녀막)을 통해 상징적으로 신데렐라에게 여성성을 유발시킨다. 남성이 여성의 처녀성과 사랑을 받아들이는 것은, 그 여성의 여성다운 가치를 최종적으로 인정하는 것이다. 그러나 아무도, 심지어 옛이야기 속의 왕자라도, 그 여성에게 여성성의 수락까지 하게 할 수는 없다. 남성의 사랑도 그것까지 하게 할 수는 없다. 왕자의 사랑에 힘입기는 하였지만, 결국 신데렐라 자신만이 자신의 여성성을 종국적으로 수락할 수 있는 것이다. 이것이

> 신데렐라는 무거운 나막신을 벗어 버리고 그 황금 신을 신었습니다. 황금 신은 신데렐라의 발에 꼭 들어맞았습니다.

라는 이야기의 대목이 갖는 심층적 의미다.

순간, 빌려서 꾸민 무도회 복장이 신데렐라의 것이 된다. 잿더미 속에서 살 때 신고 있던 나막신을 황금 신으로 바꾼 것은 바로 신데렐라 자신이다.

신발을 신는 의식은 신데렐라와 왕자간의 약혼을 상징하고 있는데, 여기서 왕자가 신데렐라를 선택한 이유는 상징적으로 신데렐라가 자기를 거세 공포에서 풀어 준 거세 안 된 여인이기 때문이다. 신데렐라가 왕자를 선택한 이유는 왕자가 "더러운" 성적 측면에서도 자신의 가치를 인정했고, 신발로 표현된 자신의 처녀성을 인정했으며, 황금 신(처녀막) 속에 자신의 작은 발을 꼭 끼어 넣는 것으로 표현한 남근에 대한 자신의 욕망을 인정했기 때문이다. 이것이 바로 왕자가 아름다운 신발을 신데렐라에게 가져온 이유이고, 신데렐라가 작은 발을 그 안에 집어 넣은 이유이다. 그렇게 함으로써 신데렐라가 적합한 신부감임이 밝혀졌다. 그리고 신데렐라는 신발에 발을 집어 넣으면서 그들간의 성적인 관계에서 자기가 능동적일 수 있음을 알린다. 또 자기 발이 신에 딱 맞듯이 자신은 아무 것도 결핍된 것이 없이 모든 것을 완벽하게 갖추고 있다는 것이다.

보편적인 결혼식 절차를 보면, 이런 해석을 뒷받침해 줄 만한 것들이 많이 있다. 신부는 손가락 하나를 앞으로 내밀고 신랑은 그 손에 반지를 끼운다. 한쪽 손의 엄지손가락과 검지 손가락으로 원을 만들고 그 원 속으로 다른 쪽 손의 손가락 하나를 쑥 내미는 행위는 성교를 가리키는 천박한 표현이다. 그러나 반지 의식에서는 그와는 다른 상징적 의미가 있다. 처녀막의 상징으로서의 반지를 신랑이 신부에게 건네는데, 신부는 손가락 하나를 앞으로 내밀고 신랑은 그 손가락에 반지를 끼움으로써 반지 의식을 마친다.

많은 무의식적인 생각들이 이 의식 속에 표현되어 있다. 그 제의적인 반지 교환을 통해, 남성은 처녀막(여성이라면 누구나 우려해 온 어떤 것)에 대한 자신의 욕구와 처녀성의 승인을 표현한다. 그뿐만 아니라 자신의 페니스를 갖고 싶어하는 여성의 소망도 인정한다. 반지를 자기의 손가락에 끼우게 함으로써, 신부는 이제부터 자신의 남편이 어느 정도 자신의 처녀막을 소유할 것이고 자신도 남편의 페니스를 소유할 것이라는 점을 인정하는 것이다. 이것은 여성의 거세불안에 대한 종결을 의미한다. 남성 역시 자신의 결혼 반지를 낌으로써 남성의 거세불안도 종결된다. 왕자가 신데렐라에게 건네 준 황금 신 역시 반지 의식의 또 다른 형태라고 할 수 있다. 우리는 반지 의식을 너무나 당연시해서 그 상징적 의미에 대해서는 관심이 없다 그러나 신랑이 신부를 아내로서 맞아들이는 데에는 꼭 이 의식이 행해진다.

《신데렐라》는 형제간의 경쟁심리와 질투, 그것의 극복과 성취에 관한 이야기다. 가장 큰 선망과 질투는 한 사람은 갖춘 것을 다른 한 사람은 갖고 있지 못할 때 생겨난다. 형제간의 경쟁심리 뿐만 아니라, 성적인 경쟁심리도 신데렐라 이야기의 결말에서 통합되고 승화된다. 질투심에 의한 상실감에서 출발하지만, 사랑을 통해 행복한 결말을 맺게 된다. 사랑은 질투의 근원을 이해하고, 인정함으로써 그것을 제거한다.

신데렐라는 자신에게 부족하다고 느끼던 것을 왕자로부터 받는다. 왕자는 신데렐라가 어느 면으로도 부족하지 않으며 신데렐라가 갖고 싶은 것을 갖게 될 거라고 안심을 시키고 있다. 왕자는 또 신데렐라로부터 자신에게 가장 필요한 보증을 얻어낸다. 신데렐라가 줄곧 갖고 있던 페니스에 대한 욕구를 왕자만이 만족시켜 줄 수 있다는 인정을 신데렐라로부터 받은 것이다. 그것은 신데렐라가 자신의 욕구로 인해 거세당한 적도 없으며, 다른 사람을 거세하고 싶은 욕구도 없음을 상징한다. 그리하여 왕자는 이제 더 이상 거세불안에 시달리지 않아도 된다. 신데렐라가 왕자로부터 자기에게 가장 필요한 것을 받았듯이, 왕자 역시 신데렐라로부터 자기에게 가장 필요한 것을 얻었다. 신발 모티프는 남성에게는 무의식적인 불안을 진정시키고, 여성에게는 무의식적인 욕망을 만족시키는 효과가 있다. 이것은 두 사람 모두에게 결혼과 성관계의 완벽한 성취를 가능케 한다. 이 모티프는 듣는 이의 무의식이 섹스와 결혼에 내포되어 있는 것들에 눈뜰 수 있게 한다.

이야기의 숨겨진 의미에 무의식적인 반응을 하는 어린이는, 성별과 관계없이, 자신의 질투심과 거세불안 이면에 놓여 있는 것이 무엇인지 보다 잘 이해하게 된다. 어린이 역시 행복한 성적 관계를 가로막는 불합리한 불안감에 대해, 그리고 그런 관계를 성취하는 데에 필요한 것이 무엇인지에 대해 어떤 암시를 받게 될 것이다. 그러면서도 이 이야기는 어린이에게 주인공처럼 자기도 불안감을 극복할 것이며, 모든 시련에도 불구하고 행복한 결말을 맞으리라는 안도감을 준다.

행복한 결말이란 적대자의 처벌 없이는 미완성이다. 이야기 속에서 인물을 처벌하는 것은 신데렐라도 왕자도 아니다. 신데렐라에게 나쁜 콩, 좋은 콩을 골라 주면서 그의 분별을 돕던 새들이, 이제 의붓언니 스스로가 초래한 파멸을 완성시켜 준다. 새들은 의붓언니들의 눈을 쪼아 먹었다. 앞이 안 보인다는 것은, 자신이 상승할 수 있는 전망이 막히었다는 상징적인 표현이다. 그들에게는 이제 자신의 운명을 외모에 맡기려는 착각도, 성적인 행복이 (자기)거세에 의해 성취될 수 있다는 믿음도 끝난 것이다.

옛이야기의 이런 요소들이 지닌 무의식적인 의미를 조사하려면, 성적인 비유도 고려해 보아야 한다. 이 논의를 하려니, 나는 어떤 시인의 다음과 같은 충고를 반대로 행하게 될까 봐 두렵다. "당신은 나의 꿈을 밟고 있으니, 부드럽게 밟으세요."[82] 그러나 꿈들은, 프로이트가 순결해 보이던 표면의 밑에 숨은 다면적이고 조잡하고 노골적으로 성적인 무의식적 생각들을 과감히 파헤치자, 그 의미와 중요성을 드러내기 시작했다. 프로이트의 영향으로 꿈은 훨씬 역겹고 다루기 힘든 골칫거리가 되었으나, 이제 꿈은 무의식에 다다를 수 있는 왕도가 되었으며, 우리는 꿈의 덕분으로 자신과 인간성의 본질에 대한 보다 새롭고 풍요로운 관점을 갖게 되었다.

《신데렐라》에 심취한 어린이는 거의 언제나 한두 가지 표면적 의미에만 주로 관심을 보일 것이다. 그러나 자신에게 문젯거리가 있어 그것을 이해하려고 하는 여러 순간들마다, 어린이의 무의식은 《신데렐라》의 주요 세부사항에 의해 빛을 받을 것이다.[83]

표면적으로 그 이야기는, 어린이가 형제간의 경쟁심리를 어느 정도 삶

---

82) "Tread softly because you tread on my dreams."는 예이츠 William Butler Yeats 전집에 있는 "그는 성의 the Cloths of Heaven를 소원한다."에 나오는 구절이다(New York, Macmillan, 1956).

83) 예를 들어 한 어린이가 황금 신이 처녀성의 상징이라는 것을 의식적인 수준에서 알게 된다면, 걱정스러운 것은 당연하다. 이는 마치 어느 유명한 자장가에 나오는 다음 구절의 성적인 의미를 어린이가 알까 봐 걱정하는 것과 같다.

> 꼬꼬댁 꼬꼬!(Cock a doodle do!)
> 마님이 신발을 잃어버렸다네.
> 주인은 활대를 잃어버렸다네.
> 그래서 그들은 어쩔 줄 모른다네.

여기서 "cock"의 저속한 의미는 오늘날 어린이들도 다 알고 있다. 이 구절에서의 신발의 의미는 《신데렐라》에서의 상징적 의미와 같다. 만약에 어린이가 이 자장가의 의미를 안다면 그야말로 어린이는 "어쩔 줄 모른다네."가 될 것이다. 그리고 어린이가 그 동안 내가 풀어내려고 노력했던 《신데렐라》의 모든 숨은 의미를 조금이라도 알아챈다면(그럴 어린이는 없겠지만) 그것도 역시 곤란한 일이다.

의 일반적인 사실로 인정하도록 도와 주고, 그것에 의해 파괴될까 봐 두려워할 필요가 없다고 안심을 시킨다. 형제들이 자기에게 그토록 가혹하지 않았다면, 오히려 그 어린이는 결말에서 그와 같은 커다란 승리감을 맛보지 못할 것이며, 지금 더러운 못난이 취급을 받고 있다면 그것은 일시적인 단계일 뿐이라고 말해 준다. 또 하나의 명백한 도덕적 교훈도 있다. 겉모습으로는 사람의 내면적 가치에 대해서 알 수가 없으며, 스스로에게 진실하면 진실하지 않으면서 진실한 척하는 사람들을 이길 수 있다. 또한 선은 보상을 받고 악은 벌을 받는다는 것 등이다.

드러내서 언급을 했는데도 미처 깨닫지 못한 것들로는, 이런 교훈들이 있다. 인격을 완성시키려면 힘든 일도 할 수 있어야 한다. 마치 완두콩을 고르듯이 악과 선을 구분할 수 있어야 한다. 또 구할 방법만 알면 잿더미 같이 비천한 것에서도 대단히 가치 있는 것들을 얻을 수 있다는 것 등이다.

표면적 의미 바로 아래에 있어서 어린이의 의식에 가장 쉽게 전달되는 교훈은, 과거에 좋았던 것에 대한 믿음을 간직하는 것, 즉 좋은 어머니로부터 얻었던 기초적 신뢰를 생생하게 간직하는 것이 중요하다는 것이다. 이 신뢰가 삶에서 가장 소중한 것을 성취하게 한다. 그리고 만약에 좋은 어머니의 가치를 회복할 수만 있다면, 그것은 승리를 얻게 해 준다는 것이다.

꼭 어머니와의 관계가 아니라 부모와 자식간의 일반적인 관계에 대해서도 《신데렐라》는 부모와 자식 모두에게 다른 어떤 유명 옛이야기에서도 찾아볼 수 없는 중요한 통찰을 제시한다. 그 통찰은 너무나 의미심장해서 이 논의의 마지막에 다루려고 지금까지 남겨 놓았다. 그 이야기 속에 너무나 명백하게 들어 있어 어떤 인상을 남겼으면서도, 그 뜻을 의식적으로 파악할 수 없기 때문에, 이 메시지의 영향력은 더욱 증폭된다. 우리가 이 옛이야기를 우리 자신의 일부로 받아들일 때, 그 교훈은 우리가 깨닫지 못하는 사이에 삶에 대한 이해를 키워 준다.

　다른 어떤 대중적인 옛이야기에서도, 좋은 어머니와 나쁜 어머니가 이처럼 분명하게 병치된 경우는 없다. 가장 못된 계모 이야기가 나오는 《백설 공주 Snow White》에서조차도, 계모는 딸에게 중요한 임무를 맡기거나 힘든 일을 요구하지 않는다. 그리고 마지막에 어린이의 행복을 마련해 주려고 착한 어머니가 다시 나타나지도 않는다. 그러나 신데렐라의 계모는 힘든 일과 불가능해 보이는 과제를 신데렐라에게 시킨다. 표면적인 층위에서 그 이야기는 계모가 시킨 모든 과제들에도 "불구하고" 신데렐라가 어떻게 왕자를 만나게 되는가에 관해서 말하고 있다. 그러나 특히 어린 아이의 무의식 속에서 "불구하고"는 종종 "때문에"와 같은 의미로 쓰인다.

　처음에 "신데렐라(재투성이 소녀)"이기를 강요받지 않았더라면, 주인공은 결코 왕자의 신부감이 될 수 없었을 것이다. 그 이야기는 이 점을 매우 분명히 밝힌다. 인격적인 자기 정체성을 성취하고 최상의 자아를 실현하기 위해서는, 두 어머니가 다 필요하다고 이야기는 말한다. 즉, 원래의 좋은 부모와 "잔인하고 비정하게" 요구하는 듯이 보이는 "의붓"부모가 둘 다 필요하다는 것이다. 그 두 부모가 어우러져 "신데렐라" 이야기를 만든다. 만약에 좋은 어머니가 사악한 계모로 대치되는 기간이 없었더라면, 분리된 자아를 개발하고, 선과 악의 차이를 발견하고, 주도권과 자기 결단력을 키울 계기가 없었을 것이다. 이야기 내내 좋은 어머니(계모)를 갖고 있던 의붓언니들이 위의 것들 중 아무 것도 성취하지 못했다는 것만 보아도 알 수 있다. 그들은 계속 미성숙한 상태로 남아 있어서 신발이 의붓언니의 발에 맞지 않았을 때에도 행동을 취한 사람은 그들이라기보다는 그들에게 행동지침을 내린 어머니였다. 위의 사실은 의붓언니들이 나머지 인생을 장님으로—즉 무감각하게—지내게 되는 것에 의해서도 강조된다. 그것은 인격 개발의 실패에 따른 논리적인 결과를 상징하기도 한다.

　자립 능력을 개발하려면 아기와 좋은 부모 사이에서만 얻어지는 "기초

적 신뢰"가 필요한 것이다. 그러나 어린이에게 자립의 가능성과 필요성을
깨닫게 하기 위해서는 그 좋던 부모가 당분간 못되고 학대하는 부모로 바
뀔 필요가 있다. 왜냐하면 어린이에게는 그 과정이 너무 고통스러워서,
그 과정을 피할 수만 있다면 어린이는 피하려고 하기 때문이다. 그래서
"숨돌릴 틈도 없이" 어린이의 마음은 전혀 헤아리지 않고 가혹하게 몰아
대면서 수 년 동안 개인적 시련 속에서 헤매도록 어린이를 떠나보내야 한
다. 그러나 만약 어린이가 자기 힘으로 자아를 개발하면서 이런 시련을
견뎌 낸다면 좋은 부모가 마치 기적처럼 다시 나타나는 것이다. 이것은
청소년기의 어린이가 성숙해지는 동안 어린이를 냉정하게 대하는 부모와
비슷한 점이 있다.

《신데렐라》는 자아완성을 위한 인격발달의 단계를 보여 준다. 그것도
성숙한 인간이 되기 위해 필요한 것들이 무엇인지를 옛이야기적인 방식
으로 알려 준다. 이것은 별로 놀라운 일이 아니다. 왜냐하면 옛이야기는
내가 이 책 전체를 통해서 보여 주려고 해 왔듯이 우리의 심리적인 작용
들을 지극히 잘 표현하고 있기 때문이다. 그 속에는 우리의 심리적인 문
제는 무엇이며, 그것을 가장 잘 다스릴 수 있는 방법은 무엇인지가 제대
로 들어 있다. 에릭슨은 인간 발달 모형에서, 이상적인 인간은 "단계별 심
리 사회적 위기들 phase-specific psychosocial"을 통해 그 단계의 이상적
인 목표를 성취하면서 완성되어 간다고 했다. 이런 위기를 순서대로 나열
하면 다음과 같다. 첫째는 "기초적 신뢰"다. 이것은 신데렐라의 좋은 어
머니와의 경험에서 생기는 것이며 신데렐라의 인격 속에 굳게 자리잡고
있다. 둘째는 자율성이다. 신데렐라는 자기에게 주어진 역할을 인정하고
그것에 최선을 다하였다. 셋째는 주도성이다. 신데렐라는 나뭇가지를 심
고 정성과 눈물과 기도로 나무를 키우면서 그것을 발달시킨다. 넷째는 근
면성이다. 완두콩을 골라내는 것과 같은 노동으로 표현된다. 다섯째는 자
기 정체성이다. 신데렐라는 무도회에서 빠져 나와 비둘기장과 나무 속에

숨으면서, 왕자가 "재투성이"와 같은 부정적인 자신의 모습까지 인정해 주기를 고집한다. 그런 후에야 비로소 신데렐라는 왕자의 신부감으로서의 긍정적인 정체를 지니게 된다. 왜냐하면 진정한 정체성은 긍정적인 면과 부정적인 면을 모두 지니고 있기 때문이다. 에릭슨에 의하면, 이러한 방금 열거한 인격적 특성들을 성취함으로써 이런 심리 사회 위기들을 이상적으로 해결해야, 비로소 사람은 다른 사람과 진실한 친교를 맺을 준비가 된다는 것이다.[84]

내적인 발전 없이 좋은 부모에게 매여 있는 의붓언니들에게 발생한 일과, 원래의 좋은 부모가 의붓부모에 의해 대체되었을 때 신데렐라가 겪었던 학대와 의미심장한 발전 끝에 거둔 결과는 매우 대조적이다. 모든 어린이와 부모는 이 대조를 지켜보면서, 최상의 부모조차 일정 기간 학대하고 요구만 하는 의붓부모가 되는 것이 어린이에게 가장 유익한 결과를 가져온다는 사실을 이해하게 된다. 만약에《신데렐라》를 읽어 주는 부모가 어떤 인상을 받았다면, 그것은 자신이 어린이에게 일정 기간 못된 부모 노릇을 하는 것이 어린이가 진정한 성숙으로 이르기 위해 피할 수 없는 단계라는 것이다. 이 이야기는 또한 어린이가 참된 자기 정체성을 획득하게 되면 좋은 부모의 이미지가 어린이의 마음 속에서 되살아나 나쁜 부모의 이미지를 몰아내고 이전보다 훨씬 강하게 자리잡을 것임을 말하고 있다.

그리하여《신데렐라》는 부모들에게도 상당한 위안을 준다. 즉, 그것은 자신이 일시적으로 어린이에게 나쁜 모습으로 비쳐야 하는 이유와 근거를 분명히 밝히기 때문이다. 어린이 또한 자기의 왕국을 얻으려면 당분간 "신데렐라" 같은 삶을 겪을 태세를 갖추어야 한다는 사실을 배운다. 고생이 계속 이어지고 극복하기 힘든 과업이 주어져도 주도적으로 극복해야 한다는 것이다. 어린이의 심리적 발달 단계에서 신데렐라가 성취하는 왕

---

84) 앞에서 언급한 에릭슨의 저서《정체성과 삶의 주기》와《정체성, 젊음, 그리고 위기 Identity, Youth, and Crisis》참조.

국이란, 무한한 기쁨이나 개인성과 고유한 인간성 획득이 될 것이다.

무의식적으로, 어린이들과 어른들은《신데렐라》가 제시하는 다른 확신에도 반응한다. 광포한 오이디푸스적 갈등이 신데렐라를 구박받게 하고 아버지에게 실망하게 하고 좋은 어머니를 계모로 바뀌게 했지만, 신데렐라는 훌륭한 삶, 심지어 부모보다도 더 좋은 삶을 살게 된다. 게다가 거세불안조차도 어린이의 불안한 상상의 일부분일 뿐이며, 누구나 바람직한 결혼을 통해 불가능한 꿈처럼 보였던 성적 갈망을 성취할 수 있다. 그리하여 남자는 황금빛 여근을, 여자는 남근을 얻게 될 것이다.

《신데렐라》는 어린이를 절망감, 즉 오이디푸스적인 환멸, 거세불안, 남에게 무시당한다는 상상으로 인한 자기비하 등으로부터 끌어올려 자율성과 근면성 그리고 긍정적인 자기 정체성을 획득하게 한다. 이야기의 결말에서 신데렐라는 행복한 결혼을 할 준비가 정말로 되어 있었다. 그러나 신데렐라는 능동적으로 왕자를 사랑하는가? 이야기 어디에도 그것은 나와 있지 않다. 왕자가 황금 덧신을 신데렐라에게 건네 줌으로써 신데렐라는 약혼을 하게 되었다. 여기서 황금 덧신은 결혼 금반지일 수도 있다(실제로 어떤 "신데렐라" 이야기에서는 반지가 나오기도 한다).[85] 그러나 신데렐라가 알아야 하는 것에는 또 무엇이 있나? 어린이가 진실한 사랑이 무엇인지를 알기 위해 필요한 경험들은 무엇인가? 이 질문에 대한 대답은 이 책에서 마지막으로 다루게 될 옛이야기의 종류, 즉 동물신랑 이야기들에서 주어질 것이다.

---

85) 신발 대신에 반지로 주인공을 알아내는 "신데렐라" 이야기들에는 《마리아 인타울라타 Maria Intaulata》와 《마리아 인타우라다 Maria Intauradda》(Archivio per lo Studio delle Tradizioni Populari, Palermo, 1882) 제2권, 그리고 《알바니아 이야기들 Contes Albanais》(Paris, 1881) 속에 들어 있는 "구두 Les Souliers" 등이 있다.

31. 동물신랑 이야기

성숙을 향한 투쟁

　백설 공주는 핏기 없이 관 속에 누워 있다가 왕자에 의해 옮겨지며 우연히 목에 걸린 독 묻은 사과 조각이 튀어 나와 생기를 되찾게 된다. 잠자는 미녀는 연인의 입맞춤으로 오랜 잠에서 깨어난다. 신데렐라의 비천한 세월은 왕자가 내민 구두에 발이 맞는 순간 끝나게 된다. 다른 많은 동화들에서 그렇듯이, 이런 이야기들에서 구원자는 신부감에게 어떤 형태로든지 자신의 사랑을 증명하고 있다. 그러나 여주인공의 감정에 대해서는 별로 이야기되는 바가 없다. 그림 형제 The Brothers Grimm의 판본에서도 신데렐라가 사랑에 빠졌다는 말은 듣지 못했으며, 다만 신데렐라가 왕자를 만나러 세 번이나 무도회에 갔다는 사실을 통해서 유추해 볼 수 있을 뿐이다. 잠자는 미녀의 느낌에 대해서도, 미녀가 마법으로부터 자신을 풀어 준 남자를 "다정한 태도로" 바라보았다는 표현이 있을 뿐이다. 또 마찬가지로 백설 공주에 대해서도, 생명을 되찾아 준 그 남자에게 공주는 "믿음직한 느낌이 들었다."는 표현이 있을 뿐이다. 마치 이런 이야기들은 일부러 여주인공이 사랑에 빠져 있다는 언급을 피한 것 같다. 그리하여 옛이야기조차도 한 눈에 반하는 사랑을 별로 다루지 않는다는 인상이 든다. 옛이야기는 그 대신, 왕자에 의해 잠에서 깨어나거나 선택되는 것보다는 훨씬 많은 것이 사랑에는 포함되어 있다고 암시하는 듯하다.

구원자가 여주인공의 아름다움 때문에 사랑에 빠지는데, 이 아름다움이란 바로 완전무결함을 상징한다. 사랑하기 때문에 구원자들은 능동적이 되며, 사랑하는 여인에게 자신이 그만한 가치가 있는 인물임을 증명해야 한다. 이것은 사랑을 수동적으로 받아들이는 여주인공의 태도와는 매우 다르다. 《백설 공주 Snow White》에서 왕자는 백설 공주 없이는 살 수 없다고 선언한다. 왕자는 난쟁이들이 백설 공주에게 바라는 모든 것을 제공하며, 결국에는 백설 공주를 데리고 가도 좋다는 허락을 받아 낸다. 잠자는 미녀의 구혼자도 그 미녀에게 다가가기 위해서 가시로 된 담을 목숨을 걸고 지나가야 했다. 《신데렐라 Cinderella》에서 왕자는 신데렐라에게 덫을 놓기 위해 정교한 계획을 세웠고, 신데렐라를 놓치고 신발만 얻은 왕자는 신데렐라를 찾기 위해 넓은 지역을 돌아다닌다. 이런 이야기들은 상대방에게 반한다는 것은 갑자기 벌어질 수 있는 일이지만, 사랑을 한다는 것은 더 많은 것을 요구한다는 것을 암시하는 듯하다. 그러나 이런 이야기들에서 남자 구원자는 후원자 역할에 불과하므로, 그들의 행동만 가지고는 누군가를 사랑하는 데에는 어떤 발달 과정을 거쳐야 하는가, 그리고 사랑함으로써 야기되는 약속의 본질은 무엇인가 등에 대해서 알아낼 만한 것이 별로 없다.

지금까지 살펴본 모든 이야기들은, 사람이 자아를 획득하고 내적 통합을 이루기 위해서는 힘겨운 과정을 거쳐 나가야만 함을 널리 전하고 있다. 그러기 위해서는 역경을 견디고, 위험을 극복하며, 승리해야만 한다. 이런 방법으로만 인간은 자기 운명의 주인이 되고 자신의 왕국을 차지할 수 있다. 옛이야기 속의 남녀 주인공들에게 일어나는 모든 일은 입사식에 비유될 수 있다. 처음 입사식에 임할 때는 순진하고 불완전한 초심자가, 마치고 나올 때에는 처음 시작할 때는 꿈도 못꾸었던 높은 경지에 도달하게 된다. 이 신성한 항해를 통해서 그 사람은 보상을 얻거나 구원을 받는다. 진정한 자신이 됨으로써, 남녀 주인공들은 사랑받을 만한 가치를 지니게 된다.

그러나 그런 자아 개발이 유익하고 우리의 영혼을 구원함에도 불구하고, 여전히 행복의 충분조건이 되지는 못한다. 행복을 얻으려면, 고립을 뛰어넘어 다른 사람과의 유대를 형성해야 한다. 자기의 삶이 아무리 높은 경지까지 나아갔다 하더라도, "그대" 없는 "나" 혼자서는 고독한 삶을 살 수밖에 없다. 옛이야기의 행복한 결말에서 주인공이 자신의 평생 반려자와 결합하는 것만 보아도 알 수 있다. 그러나 이런 옛이야기들은 참된 자아를 성취한 후, 고립을 초월하기 위해서 각자가 해야 할 일이 무엇인지는 가르쳐 주지 않는다.《백설 공주》에서도《신데렐라》에서도(그림 형제의 판본) 그들이 결혼한 후의 삶에 대해서는 아무 말이 없다. 결혼한 후 배우자와 행복하게 살았다는 말밖에 없다. 이 이야기들은 여주인공을 참된 사랑의 문턱에까지만 올려놓고, 사랑하는 사람과의 참된 결합을 위해 어떤 인격적 성숙이 필요한 지에 대해서는 말이 없다.

완전한 의식과 유대를 성취할 기반이 마련되어 있다 하더라도, 사랑을 할 때에 요구되는 변화를 받아들일 마음의 준비가 되어 있지 않다면, 그것은 완성이 될 수가 없다.《백설 공주》나《신데렐라》와 같은 옛이야기의 마지막 장면에서 이야기가 시작되는 옛이야기들도 많이 있다. 그리고 그런 옛이야기들의 주제는 주인공이 너무나 매력적이라 사랑받을 만하고 또 아무리 왕자의 사랑을 듬뿍 받고 있다 하더라도 그것만으로 행복이 보장되지는 않는다는 것이다. 사랑을 받고 사랑을 하며 완전한 성취감을 맛보려면, 한 단계 더 나아가야 한다는 것이다. 아무리 백설 공주나 신데렐라가 힘겹게 참된 자아를 획득하였다 할지라도 단순히 그것만으로는 충분하지 않다.

참된 자아를 확립한 동시에 누군가와 함께 있으면서 행복을 느껴야만, 인간은 모든 잠재력을 성취한 완전한 인간이 된다. 그렇게 되려면 우리

인성의 가장 심층적인 영역에도 변화가 있어야 한다. 존재의 심층을 움직이는 변화가 다 그렇듯이, 여기에도 용기를 가지고 맞서야 하는 위험이 있으며 극복해야만 하는 문제들이 산재해 있다. 이런 옛이야기들의 메시지는, 우리가 타인과 더불어 양쪽 모두를 영원히 행복하게 할 친근한 유대를 맺고 싶으면, 유아적인 태도를 버리고 보다 성숙한 태도를 성취해야 한다는 것이다.

옛이야기는 어린이로 하여금 그 문제에 대해 잠재의식에 호소함으로써 미리 준비를 시킨다. 만약에 어린이가 그 문제에 의식적인 층위에서 주의를 기울여야 한다면 어린이는 매우 혼란스러울 것이다. 그러나 이런 개념들이 어린이의 잠재의식이나 무의식에 일단 깊이 새겨지고 나면, 시간이 무르익어 그런 문제들에 대한 이해가 필요할 때에 어린이는 그것을 활용할 수 있다. 옛이야기 속에서는 이런 모든 것들이 상징적인 언어로 표현되어 있기 때문에, 어린이는 자기가 표면적으로 들은 것에만 반응함으로써 미처 마음에 준비되어 있지 않은 것을 무시할 수 있다. 그러나 점차 마음의 준비가 되어 그것을 극복하거나 이용할 수 있게 되면서, 어린이는 상징 뒤에 숨어 있는 의미들을 한 꺼풀씩 벗겨 낼 수 있다.

이런 의미에서, 옛이야기는 어린이에게 성교육을 시키기에 가장 이상적인 방법이다. 옛이야기는 어린이의 나이와 인지 발달 상황에 알맞게 성에 관해 알려 준다. 어떠한 성교육이라도 다소 직선적으로 표현되어 있다. 그래서 성교육이 아무리 어린이의 언어와 이해 가능한 용어로 되어 있더라도, 마음의 준비가 되어 있지 않은 어린이에게 받아들일 수밖에 없게, 즉 다른 선택의 여지가 없게 하여, 어린이들을 당황시킨다. 어린이들은 정보에 압도당하지 않기 위해 자기가 들은 것을 왜곡시키거나 억압할 수도 있다. 이것은 또한 당시에나 미래에 치명적인 결과를 낳을지도 모른다.

옛이야기는 그 전에 몰랐던 것을 배워야만 하는 시기가 결국에는 온다고 암시한다. 혹은 정신분석적으로 말해, 성에 대한 억압을 해소시켜야 한다고 한다. 우리가 위험하고 불쾌하고 꺼림칙하다고 느꼈던 것이 진짜 아름답게 경험되기 위해서는 그 겉모습이 달라져야 하는 것이다. 이런 일이 일어나도록 하는 것은 바로 사랑이다. 그런 억압의 해소와 성경험의 변화가 현실에서는 동시에 일어나지만, 옛이야기에서는 분리해 다뤄진다. 이것이 갑자기 일어나는 경우는 매우 드물다. 성을 우리가 그 동안 바라보던 방식과 매우 다르게 보게 되는 것 그 자체가 종종 긴 진화의 과정이기도 하다. 그리하여 어떤 옛이야기들은 갑작스런 충격으로 행복한 깨달음을 얻는 반면, 어떤 옛이야기들은 오랜 투쟁을 거쳐 마침내 뜻밖의 깨달음에 도달하기도 한다.

많은 옛이야기들에서 용맹스런 주인공은 용을 죽이고, 거인이나 괴물들 또는 마녀나 주술사들과 싸운다. 마침내 총명한 어린이는 이 주인공이 증명하고자 줄곧 노력하는 그것이 무엇일까 의문을 가지게 된다. 만약에 그들 자신의 안전에 대해 아무런 느낌이 없다면, 어떻게 그들이 자기가 구출하는 여성에게 안도감을 줄 수 있을까? 공포와 전율의 느낌을 알고 있고 또 자주 그것을 부인하려고 애썼던 어린이는, 이 주인공들이 무슨 이유로 자신이 불안으로부터 완전히 해방되어 있음을 사람들과 자기 자신에게 확신시키려고 하는 것일까 등의 의문이 생기게 된다.

영예에 대한 오이디푸스적인 환상들은 주인공이 용을 죽이고 여주인공을 구출하는 이야기에 형상화되어 있다. 그러나 그것은 동시에 오이디푸스적인 불안, 그것도 성적 불안에 대한 거부의 몸짓이기도 한 것이다. 이런 주인공들은 자신을 용맹스럽게 보이고자 그런 불안의 감정들을 억압하고 있다. 그리하여 아무도 자신의 불안을 눈치채지 못하도록 위장하고 있는 것이다. 가끔 색다른 용기의 환상들 이면에 성적 불안이 비치는 수가 있다. 즉, 용맹한 주인공이 공주를 쟁취한 후에는, 마치 자신의 용기는 싸우기 위해 있는 것이지 사랑하기 위해 있는 것은 아니라는 듯이 공주를 피하는 것이다. 그런 이야기들 가운데 하나가 그림 형제의 《까마귀 The

Raven》다. 거기에서 주인공은 공주가 그를 방문하기로 약속이 되어 있는 삼 일간을 꼬박 잠에 곯아떨어져 있다. 그림 형제의《두 왕의 아이들 The Two King's Children》과《북 치는 사람 The Drummer》같은 다른 이야기에서도, 주인공은 사랑하는 여인이 침실 문지방에서 자기를 부르는 동안 밤새도록 깊은 잠에 빠져 있다가 세 번째 부를 때에야 비로소 깨어난다. 《잭의 거래 Jack and His Bargains》에서 잭이 신부 곁에 뻣뻣하게 누워 있는 것에 대해서도 그런 해석이 가능하다. 즉, 잭이 공주를 향해 움직이지 못하는 이유가 바로 그의 성적 불안이라는 것이다. 무감각해 보이는 것이 사실은 억압으로 인해 생긴 공백을 상징한다. 그리고 이 억압은 성적 행복을 필요로 하는 결혼의 축복 이전에 해소되어야 한다.

《공포를 찾아 나선 청년》

두려움을 느낄 필요에 대해 말하는 옛이야기들이 있다. 주인공은 아무런 불안 없이 머리칼이 곤두서는 모험들에서 살아 남을 수 있을지는 모르나 두려움을 느끼는 능력이 없다면 삶에서 만족을 찾을 수가 없다. 어떤 옛이야기들에서는 주인공의 공포감의 결여가 결함으로 인식된다. 그림 형제의《공포를 찾아 나선 청년 One Who Went Forth to Learn Fear》의 경우도 그러하다. 아버지가 스스로 무언가에 도전하라고 하자, 주인공은 대답한다. "저는 공포가 무엇인지 알고 싶어요. 저는 그것을 도저히 이해할 수가 없거든요." 그것을 알기 위해 주인공은 온갖 소름 끼치는 모험들에 스스로 뛰어든다. 그러나 그는 공포감을 느끼지 못했다. 초인간적인 힘과 용기—그가 만약 두려운 느낌을 안다면 그렇게 일컬을 수 있을 것이다.—로 주인공은 왕의 성에 걸린 주술을 풀고, 왕은 그에 대한 보상으로 공주와 결혼하라고 한다. 그랬더니 주인공은 "그것 참 좋지요, 그러나 저는 아직 무서워 떠는 게 무엇인지 모르고 있어요."라고 대답한다. 이 대답을 볼 때 두려움이 무엇인지 모르는 한, 결혼할 자격이 없는 것으로 주인 공이 인식하고 있음을 알 수 있다. 이 사실은 주인공이 아내를 좋아하면 서도 "무서워서 떨어 보았으면."하고 여러 번 되뇌는 데서 더욱 강조된 다. 마침내 그 남자는 신방 침대에서 떠는 게 무엇인지 알게 된다. 어느 날 아내는 남편의 이불을 벗겨 내고 거기에 작은 잉어가 가득 든 차가운 물 한 양동이를 부었다. 그때 작은 잉어들이 자기의 몸 위에서 꿈틀거리 자 그 남자는 소리친다. "어이구 떨린다! 떨려! 이제야 떨리는 게 무언지 알겠네." 이 이야기의 주인공은 아내의 덕분으로 신방 침대에서 자기 인 생에서 부족했던 것을 회복한다. 어른보다는 어린이에게 더욱 실감나는 일로, 잃어버린 것을 맨 처음에 잃었던 바로 그 장소에서 찾게 되는 경우 가 있다. 무의식적 층위에서 그 이야기가 암시하는 바는, 그 겁 없는 청년 이 떠는 능력을 잃어버린 이유는 신방 침대에서 자신을 압도할 그 감정 들, 즉 성적인 정서들을 직면하지 않으려고 스스로 억압해 놓았기 때문이 라는 것이다. 그러나 그런 감정들 없이는 완전한 인간이 될 수 없음을 그 는 내내 확신하고 있었다. 그 남자는 떨 수 없는 한 결혼할 마음도 들지 않았던 것이다.

  일단 성에 대한 두려움이 회복되자 행복하게 된 것만 보아도 알 수 있 듯이, 주인공은 자신의 모든 성적 정서들을 억압했기 때문에 떨 수가 없 었던 것이다. 이 이야기에는 의식적으로는 간과하기 쉽지만 무의식에 반 드시 인상을 남기는 미묘한 요소가 하나 있다. 그 이야기의 제목은 주인 공이 두려움을 찾아 나섰다고 되어 있다. 그러나 이야기 전체를 통해 두 려움에 대한 언급을 살펴보면, 그것은 자신이 도저히 이해할 수 없는 어 떤 기술이라고 주인공은 말하고 있다. 성적 불안감은 주로 강한 혐오감의 형태로 경험한다. 성행위는 그것에 대해 걱정하는 사람을 떨게 만들기는 하지만, 항상 진짜 공포심을 불러일으키지는 않는다.

  이야기를 듣는 사람이 주인공을 떨지 못하게끔 하는 것이 성적 불안 때문이라고 인정하건 안 하건 간에, 마침내 그 남자를 떨게 만든 것은 우리의 가장 보편적인 불안들의 비이성적인 속성이라는 것을 알 수 있다. 그 남자의 아내만이 밤에 침대에서 고쳐 줄 수 있는 종류의 떨림인 것이다. 이것은 그 남자의 불안의 근거가 무엇인지에 대한 충분한 실마리가 된다.

밤에 잠자리에서는 두려움을 느끼지만 나중에는 그게 얼마나 근거 없는 불안이었는지를 깨닫게 되는 대부분의 어린이에게, 이 이야기는 겉으로 하나도 안 무섭다고 말하는 허세 이면에는 스스로 인정하고 싶지 않은 매우 미성숙하고 유치한 두려움이 감춰져 있을 수 있다는 생각을 갖게 한다.

그 이야기를 어떻게 받아들이건 간에, 결혼의 행복이란 그 전까지는 별 소용이 없었던 감정들이 활용되어야 한다는 것을 의미한다. 그리하여 결국 남성에게서 인간성을 끌어낼 수 있는 사람은 바로 여성 배우자이다. 두려움을 느껴야 인간이지, 두려움을 느끼지 못하면 인간이 아니기 때문이다. 이 이야기는 성숙한 인간성을 획득하기 위한 마지막 단계는 모든 억압되었던 것들을 회복하는 것임을 옛이야기의 형식으로 밝히고 있다.

동물신랑

성에 대한 부정적인 태도를 야기하는 억압에 대해서는 아무런 언급이 없이, 사랑을 하려면 성에 대한 이전의 태도를 근본적으로 바꾸어야 한다는 사실만을 단순하게 가르치는 이야기들은 매우 많으며 또 인기가 있다. 꼭 일어나야만 하는 일이라면, 옛이야기에서는 항상 그렇듯이, 가장 인상적인 이미지로 표현한다. 야수가 근사한 인물로 바뀌는 것과 같은 것들이 다 그런 이미지다. 이런 이야기들은 다양하지만, 그것들 모두의 공통점은 성적 상대를 처음에는 동물로 경험한다는 것이다. 이런 옛이야기들은 "동물신랑" 또는 "동물남편"의 이야기로 알려져 왔다(지금은 별로 알려지지 않았지만 이런 이야기들에는 신부가 동물인 "동물신부" 유형도 있다).[86]

오늘날 이런 이야기들 중 가장 유명한 것은《미녀와 야수 Beauty and the Beast》[87]이다. 이 모티프는 전세계적으로 퍼져 있기 때문에 아마도 다른 어떤 이야기보다도 많은 변이들이 있다.[88]

동물신랑 이야기는 전형적인 세 가지 특징이 있다. 첫째, 신랑이 왜 어떻게 동물로 바뀌게 되었는가를 알 수가 없다. 둘째, 이렇게 만든 사람은 마녀다. 그리고 마녀는 악행에 대한 어떤 징벌도 받지 않는다. 셋째, 여주인공을 야수와 결합시켜 주는 사람은 아버지다. 여주인공은 아버지에 대한 순종이나 사랑 때문에 그렇게 하고 있으며, 표면상으로 어머니는 아무런 중요한 역할을 맡지 않는다.

심리학적인 통찰력으로 이 세 가지 측면을 살펴보면, 첫째 측면의 심각한 결함의 미묘한 의미가 눈에 띠기 시작한다. 신랑이 그렇게 못생긴 동물의 모습을 지녀야 하는 이유, 또는 그 남자에게 이런 해악을 끼친 사람이 처벌을 받지 않는 이유에 대해서 알 수가 없는데, 그것으로 미루어 보면 그 남자의 "본래의" 아름다운 모습이 변화되는 사건이 먼 과거에 일어

---

86) 이런 유형의 민담들에서는, 동물신랑이 여성의 사랑을 통해 구원을 받는 것만큼이나 동물신부도 남성의 헌신적인 사랑에 의해 마법이 풀리게 된다. 이렇게 보면, 같은 모티프가 남성과 여성 둘 다에게 적용된 거라고 추정할 수 있다. 또 단어가 성을 지닌 언어의 경우에, 중심 인물의 성별이 모호하여 듣는 사람의 상상에 맡기는 경우도 있다.

페로의 이야기에서 주요 인물들의 이름은 남성으로도 여성으로도 볼 수 있게 되어 있다. 예를 들면,《푸른 수염》의 제목은 "La Barbe Bleue"이다. 여기에서는 이름 자체가 남성적인 성격이 분명하므로 여성관사를 붙였다. 신데렐라의 불어 이름인 "Cendrillon"은 남성어미이다. 여성어미를 붙였다면 "La Cendrouse" 정도가 되었을 것이다. 빨간 모자도 "Le Petit Chaperon Rouge"로 되어 있다. 불어에서 "chaperon"은 남성의 복장을 가리키는 말일 뿐 아니라 소녀의 이름 앞에 남성관사를 붙였다. 잠자는 미녀 "La Belle au bois dormant"는 여성관사를 붙이고 있으나 "dormant"는 남성과 여성 모두에 똑같이 적용되는 말이다(앞에서 언급한 소리아노 Soriano의 책 참조). 독일어에서 주요 인물들은 어린이의 성이 중성이듯이(Das Kind) 대부분 중성이다. 예를 들어, 백설 공주는 "Das Schneewittchen"이고, 잠자는 미녀는 "Das Dornröschen"이며, 빨간 모자는 "Das Rotkäppchen"이고, 신데렐라는 "Das Aschenputtel"이다.

87)《미녀와 야수》는 보몽 부인 Leprince de Beaumont의 판본이 가장 유명하다. 영어로는 1761년에 잡지〈The Young Misses Magazine〉에 최초로 번역되었다. 그리고 앞에서 언급한 오피에 부부 Opie and Opie의 책에 재수록되었다.

88) 동물신랑 모티프가 널리 퍼진 것에 대해서는 뢰리히 Lutz Röhrich의《이야기와 현실 Märchen und Wirklichkeit》(Wiesbaden, Steiner, 1974)에서 논의된다.

났다는 것을 알 수 있다. 먼 과거란 그 일이 일어난 이유를 캘 수 없을 정도로 먼, 인과관계를 캐 볼 수 없는 먼 과거의 일이다. 성의 억압이 너무나 일찍 일어났던 일이라서 회상할 수가 없다고 볼 수 있지 않을까? 우리의 삶에서 언제부터 성이 동물의 모습과 같은 어떤 것, 두려워하거나 숨기고 멀리해야 할 어떤 것이 되었는지는 아무도 기억할 수가 없다. 대체로 그것은 너무 일찍 금기시되어 버렸다. 얼마 전만 해도 많은 중산층 부모들은 자녀들에게, 결혼할 때가 되면 성에 대해서 다 알게 된다고 말했던 것이다. 이런 관점에서 보면,《미녀와 야수》에서 마법에서 풀려난 신랑이 미녀에게 "어떤 나쁜 요정이 아름다운 처녀가 나와 결혼하겠다고 승낙할 때까지 그런 모습으로 남아 있으라고 저주를 내렸지요."라고 말하는 것은 조금도 놀라운 일이 아니다. 오로지 결혼만이 성을 허용하고 동물적인 것을 혼례의식을 통해 성스러운 결합으로 바꾸었던 것이다.

어린이를 최초로 가르치는 교사는 어머니나 유모이므로, 그들은 처음부터 섹스를 어떤 형태로든지 금기시했음직하다. 어떤 동물신부 이야기에서는 동물로 바뀌게 된 원인이 어린이의 음란한 행동 때문이라고 밝히고 있다. 그리고 그 일을 한 사람은 그 어린이의 어머니다. 그림 형제의《까마귀》의 서두는 다음과 같다.

> 옛날에 어떤 왕비에게 딸이 하나 있었습니다. 아직 품안의 아기였습니다. 한번은 어린이의 장난이 하도 심해 어머니는 잠시도 편안히 있을 수가 없었습니다. 그래서, 왕비는 내키는 대로 말이 나올 지경이었습니다. 왕비는 더 이상 참을 수가 없어서 창문을 열고 성 밖에서 맴도는 까마귀떼를 보면서 이렇게 말했습니다. "이 아이가 차라리 까마귀가 되어서 날아가 버렸으면 좋겠어! 그러면 얼마나 조용하고 편안할까?" 왕비가 말을 마치자마자 아이는 까마귀로 변해서……

잠시도 가만히 있지 않고 어머니를 괴롭히는 행동을, 입에 담거나 용납

할 수 없는 본능적인 성적인 행위라고 생각하는 것이 그리 무리한 추리로
보이지는 않는다. 어머니의 잠재의식에서 딸이 동물처럼 느껴졌고, 동물
이 되어 버렸으면 하고 바랐을 수도 있다. 만약에 어린이가 단순히 시끄
럽게 울기만 했다면 이야기에 그렇다고 표현이 되어 있거나, 아니더라도
어머니가 어린이를 기꺼이 포기할 정도는 되지 않았을 것이다.

이와는 대조적으로, 동물신랑 이야기에서 어머니는 표면상으로 부재하
지만, 어린이로 하여금 섹스를 동물적인 것으로 보게 만드는 마녀로 위장
하여 존재한다. 거의 모든 부모들이 어떤 형태로든지 성을 금기시하며 그
것은 보편적이고 적어도 어느 정도는 교육상 피할 수 없는 것이어서 성을
동물적인 것으로 보이게 만든 사람을 처벌할 이유가 없다. 이 점이 바로
신랑을 동물로 변하게 한 마녀가 이야기의 결말에서 처벌받지 않는 이유
이다.

야수를 변형시키는 것은 여주인공의 애정과 헌신이다. 여주인공이 야
수를 진실로 사랑하게 되어야만 그 사람은 마법에서 벗어날 수가 있다.
소녀가 배우자를 완전히 사랑하려면, 아버지에 대한 유아적인 집착에서
벗어나야 한다. 그래야 마음이 옮아갈 수 있는 것이다. 또 아버지가 망설
이면서라도 그것에 동의해야 이 일은 가능하다. 《미녀와 야수》에서 아버
지는 자신이 살기 위해서 딸과 야수의 결합을 묵인하는 것 같아 처음에는
동의하지 않으려고 했으나 나중에 딸이 진정으로 원한다는 확신이 생기
자 동의한다. 그리고 나서 미녀는 오이디푸스적인 사랑을 자유롭고 행복
하게 아버지에게서 연인으로 옮길 수 있었다. 그렇게 함으로써 아버지에
대한 유치한 사랑도 뒤늦게나마 승화를 통해 완성시키고, 동시에 나이에
걸맞은 상대방에 대한 성숙한 사랑도 완성시킨 것이다.

처음에 미녀는 단지 아버지에 대한 애정 때문에 야수와 머무르지만 사
랑이 성숙해짐에 따라 머무르는 주된 목적이 바뀐다. 이야기에서 말하듯
이 그러는 동안 난관이 없었던 것은 아니다. 그러나 결국 미녀의 사랑을

통해 아버지와 남편 모두 자신의 삶을 되찾는다. 만약에 이런 해석에 대해 좀더 증명하려면, 미녀가 아버지에게 장미 한 송이를 부탁하고 그 소원을 들어주기 위해서 아버지가 목숨 걸고 위험을 무릅쓰는 대목을 자세히 살펴보면 된다. 장미 한 송이를 부탁하고 또 그것을 주고받는 것은 미녀와 아버지 사이의 지속적인 사랑을 뜻하는 이미지다. 즉, 이 장미는 둘 다에게 계속 되어 온 생생한 사랑을 상징한다. 야수에게로 그렇게 쉽게 옮겨갈 수 있었던 것도 계속 솟아나는 사랑 때문이었다.

옛이야기는 우리의 성별이나 주인공의 성별과는 관계없이 우리의 무의식에 말을 걸고, 어떤 중요한 이야기를 하는 것으로 경험된다. 대부분의 서양 옛이야기에서 짐승이 남성이고 또 여성의 사랑에 의해서만 마법이 풀리게 된다는 사실을 주목해 볼 만하다. 짐승의 모습은 지역적인 상황에 따라 다 다르다. 예를 들어 아프리카에 있는 반투 Bantu족의 이야기에서는 악어가 자기 얼굴을 핥아 주는 여성에 의해 인간의 모습을 되찾는다.[89] 다른 이야기들에서는 돼지, 사자, 곰, 당나귀, 개구리, 뱀 등의 동물로 변형되는데 마찬가지로 전부 여주인공의 사랑에 의해 인간의 모습을 회복

---

89) 카피르의 이야기에 대해서는 앞에서 인용한 《민속학 사전 Dictionary of Folklore》과 틸 G. M. Teal의 《카피르Kaffir》(London, Folk Society, 1886) 참조.

90) 문자 이전 문화에서 구전된 많은 동물신앙 이야기들은, 자연과 친화된 삶이라 할지라도 성을 사랑에 의해서만 인간다운 관계로 변형될 수 있는 동물적인 것으로 보는 견해를 바꾸지 못함을 보여 준다. 또 남성이 성에 있어서의 공격적인 역할 때문에 종종 동물적인 역으로서 무의식 속에서 경험되는 것도 마찬가지다. 그리고 성에서 여성이 수동적인 역할을 하기는 하지만, 그래도 단순한 성적 유대감을 풍요롭게 하기 위해서는 여성 역시 성에 보다 능동적으로 참여해야 하고, 힘들고 불쾌한 일―악어의 얼굴을 핥아 주는 것과 같은 일―까지도 해내야 한다는 무의식적인 자각도 변함이 없다.

문자 이전 사회에서는, 동물남편이나 동물아내의 이야기들이 옛이야기적인 특성뿐만 아니라 토템적인 특성도 지니고 있다. 예를 들면 자바의 라랑 Lalang에서는 한 공주가 남편으로 개를 취했고 그렇게 해서 태어난 아들이 그 종족의 선조라고 믿고 있다.[91]

요루바 Yoruba의 한 민담에서는 거북이가 소녀와 결혼을 해서 처음으로 지상에 성행위를 소개하였다고 한다. 이것은 동물신앙과 성교라는 개념 사이에 밀접한 관계가 있음을 보여 준다.[92]

91) 함부르흐 Paul Hambruch의 《말레이 반도의 민담들 Die Märchen der Weltliteratur, Malaiische Märchen》(Jena, Diederichs, 1922) 참조.

92) 프로베니우스 Leo Frobenius의 《아틀란티스 : 아프리카의 민담 Atlantis : Volksmärchen und Volksdichtungen aus Africa》(Jena Diederichs, 1921~8) 제10권 참조.

한다.[90)91)92)] 이런 이야기를 만들어 낸 사람들은, 행복한 결합을 성취하기 위해서 여성이 성을 불결하고 동물적이라고 보는 관점을 극복해야 한다고 믿고 있었다고 추측이 된다. 물론 서양에도 여성이 마법에 걸려 동물로 변하며 남성의 사랑과 결연한 용기에 의해서만 마법이 풀리는 이야기들이 있다. 그러나 실제로 동물신부 이야기들에서 동물의 형태가 위험하거나 징그러운 경우는 거의 없다. 오히려 그것은 대체로 사랑스럽다. 《까마귀》는 이미 언급한 바 있고, 그림 형제의 다른 이야기들로는 《북 치는 사람》에서 소녀가 백조로 바뀐다. 그리하여 옛이야기는 사랑이나 헌신이 없는 성관계는 동물적으로 보인다는 사실을 암시하고 있다. 한편, 적어도 서양의 구전들에서는 동물적 측면이 여성과 관계되는 한, 그것은 전혀 위협적이지 않으며 심지어 매력적이기까지 하다. 오로지 성의 남성적인 측면만이 동물적이다.

《흰눈이와 빨간 장미》

동물신랑은 거의 언제나 혐오스럽거나 흉포한 야수로 되어 있으나, 몇몇 이야기에서는 그 거친 속성에도 불구하고 길들여진 동물로 나타난다. 그림 형제의 《흰눈이와 빨간 장미 Snow White and Rose Red》에서는 전혀 무섭거나 혐오스럽지 않은 사랑스런 곰이 나온다. 그러나 야수적인 요소가 이야기에서 완전히 배제된 것은 아니다. 그런 요소는 왕자를 곰으로 변하게 마법을 건 거친 성격의 난쟁이에게서 잘 나타난다. 이 이야기에서는 두 주인공이 다시 둘로 나뉘어진다. 구출을 하는 두 여성은 흰눈이와 빨간 장미이며, 점잖은 곰과 역겨운 난쟁이가 있다. 두 소녀는 엄마의 격려에 고무되어 곰과 친구가 된다. 그리고 난쟁이가 추악한 느낌을 주어도 난쟁이를 곤경에서 구해 준다. 그들은 처음 두 번은 난쟁이의 수염 일부를 잘라 큰 위험에서 구해 주었고, 마지막 세 번째에는 코트 일부를 찢어

구해 준다. 이 이야기에서 소녀들은 곰이 난쟁이를 죽이고 마법에서 풀려
날 때까지 난쟁이를 세 번 구해 주어야 한다. 그리하여 동물신랑이 친절
하고 유순하게 나오는 반면, 여성들은 동물 같은 관계가 인간적인 관계로
되기 위해 난쟁이의 형태를 띤 불쾌한 성질을 몰아내어야만 한다. 이 이
야기는 우리의 본성이 친절한 측면과 역겨운 측면 두 가지를 다 가지고
있음을 내포하고 있다. 그리고 우리에게서 그 역겨운 면을 제거하고 나면
모든 것이 행복해질 수 있다는 것도 보여 준다. 이야기의 결말에서, 주인
공들의 본질적인 통일성은 흰눈이가 왕자와, 빨간 장미가 왕자의 동생과
결혼하는 것으로 재확인된다.

　　동물신랑 이야기들은 성에 대한 태도를 거부에서 포용으로 바꾸어야
하는 쪽이 주로 여성임을 말한다. 성이 여성에게 추하고 동물적인 것으로
보이는 한, 남성은 동물적인 상태로, 즉 마법이 풀리지 못한 상태로 남아
있을 수밖에 없다. 한쪽 배우자가 성을 꺼리는 한, 다른 쪽이 그것을 즐길
수는 없다. 한쪽에서 그것을 동물 같은 것으로 보는 한, 다른 쪽은 스스로
에게나 상대방에게나 부분적으로 동물로 남아 있기 때문이다.

《개구리 왕》

　　어떤 옛이야기는 우리가 동물적인 것에 대한 통제력을 갖기 위해 매우
길고도 험한 발전 단계를 거쳐야 한다는 것을 강조하는 한편, 어떤 옛이
야기는 동물적인 것이 행복의 원천이 될 수 있다는 충격적인 깨달음을 준
다. 그림 형제의 이야기 《개구리 왕 The Frog King》은 그 중 후자의 범주

---

93) 이야기의 제목은 원래 《개구리 왕 또는 무쇠 헨리 The Frog King or Iron Henry》이다. 그러나 무
　　쇠 헨리는 대부분의 판본들에 나타나지 않는다. 무쇠 헨리의 지극한 충성심은 이야기의 끝에 첨가
　　되어 있어서 마치 공주의 의리 없음과 대조시키기 위한 것처럼 보인다. 그러나 이야기에 실질적인
　　보탬이 되지 않으므로 여기에서는 무시하였다(오피에 부부는 나름대로의 타당한 이유를 들어 그들
　　판본의 제목과 내용에서 "무쇠 헨리"를 삭제했다).[94]
94) 앞에서 언급한 오피에 부부의 책 참조.

에 속한다.[93][94]

동물신랑에 관한 다른 이야기들만큼 오래 되지는 않았지만, 《개구리 왕》의 판본들은 13세기까지 거슬러 올라간다. 1540년에 나온 《스코틀랜드의 애가 The Complaynt of Scotland》에 그 비슷한 이야기가 《세상 끝의 우물 The Well of the World's End》[95]이라는 제목으로 나와 있다. 그림 형제에 의해 1815년에 발행된 《개구리 왕》의 판본은 세 딸들에 관한 이야기로 시작된다. 두 언니들은 교만하고 둔감한 편이며, 오로지 막내딸만 개구리의 청원에 귀를 기울일 자세가 되어 있다. 현재 가장 잘 알려진 그림 형제의 판본에서도, 주인공은 역시 막내이며 딸이 모두 몇 명인지는 나와 있지 않다.

《개구리 왕》이야기는 막내 공주가 우물가에서 황금 공을 가지고 노는 것에서 시작된다. 그러던 중에 황금 공이 우물 속으로 빠지게 되고 그 소녀는 매우 상심한다. 그때 개구리가 나타나서 공주에게 무슨 일이 있느냐고 묻는다. 만약에 공주가 자기를 친구로 삼아서 공주 옆에 앉게 하고, 공주의 잔으로 마시게 하고, 공주의 접시의 음식을 먹게 하고, 공주의 침대에서 자게 해 준다면 개구리는 자기가 그 황금 공을 찾아다 주겠노라고 제안한다. 공주는 개구리가 어떻게 사람의 친구가 될 수 있겠냐고 혼자 생각하고 그렇게 하겠노라고 약속한다. 그리고 나서 개구리는 공주에게 그 황금 공을 가져다 준다. 그리고 개구리가 공주의 집에 데려다 달라고 요구하자, 공주는 재빨리 달아나고 곧 그 개구리에 관해서는 까맣게 잊어버리고 만다.

다음 날 궁전에서 만찬을 들고 있는데 개구리가 문밖에 나타나 들여보내 달라고 한다. 공주는 문을 꽝 닫아 버린다. 딸의 근심을 눈치 챈 왕이 무슨 일이냐고 묻자 공주는 전날 있었던 일을 왕에게 말한다. 왕은 딸에

---

95) 앞에서 언급한 브리그즈 Briggs의 《세상 끝의 우물》 참조.

게 약속을 지켜야 한다고 완강하게 타이른다. 할 수 없이 공주는 개구리에게 문을 열어 주나, 여전히 개구리를 식탁 위에 올려놓기를 꺼려한다. 왕이 딸에게 약속을 지키라고 타이르자 공주는 할 수 없이 식탁에 개구리를 올려놓는다. 개구리가 공주의 침대에서 같이 자겠다고 하고 공주는 다시 한 번 약속을 어기려고 하나, 왕은 화를 내며 어려울 때 도와 준 사람을 무시하면 안 된다고 엄하게 말한다. 그렇게 하여 일단 개구리가 침대 속으로 들어오자, 더욱 역겨워진 공주는 개구리를 들어 벽에다 던져 버린다. 그 순간 개구리는 왕자로 바뀐다.

대부분의 판본들에서는 개구리가 공주의 침대에서 사흘 밤을 자고 난 후에 그 일이 일어난다. 원래의 이야기는 이보다 훨씬 분명하다. 개구리가 침대에 눕기 전에 공주가 키스를 해 주어야 하며, 삼 주일을 함께 잔 후에야 개구리가 왕자로 변한다.[96]

이 이야기에서 성숙의 과정은 매우 빠른 속도로 진행된다. 처음에 공주는 공을 갖고 노는 아름다운 말괄량이 어린 소녀였다(태양도 이렇게 아름다운 소녀는 본 적이 없다고 했다). 모든 일은 공 때문에 일어난다. 그 공은 완전함의 이중적인 상징이다. 둥근 모양이기 때문이며, 가장 귀한 물체인 황금으로 만들어져 있기 때문이다. 그 공은 또한 미발달된 자아도취 심리를 상징하기도 한다. 그것은 아직 실현되지 않은 모든 잠재성을 내포하고 있다. 그 공이 깊고 어두운 우물 속으로 떨어졌을 때, 천진함은 상실되고 판도라의 상자가 열린 것이다. 공주는 공을 잃은 것만큼이나 어린이의 순수함을 잃은 것에 대하여도 상심하고 있었다. 이때 오로지 추한 개구리만이 완전성을 상징하는 공을 공주의 정신이 빠져 있는 어두움으로부터 건져내어 공주에게 돌려줄 수 있는 것이다. 삶은 이제 그 어두운 측면을 드러내기 시작함으로써 추하고 복잡해졌다.

96) 그림 형제가 빠뜨린 《개구리 왕자 The Frog Prince》의 원본은, 레프츠 Joseph Lefftz의 《그림 형제의 민담들 Märchen der Brüder Grimm : Urfassung》(Heidelberg, C. Winter, 1927) 참조.

아직 쾌락원칙에 사로잡혀 있는 소녀는 자기가 원하는 것을 얻기 위해서 결과를 개의치 않고 약속을 한다. 그러나 현실은 모습을 드러내고야 만다. 공주는 개구리를 앞에서 문을 쾅 닫음으로써 그것을 피하고자 노력하지만 왕의 모습으로 나타난 초자아가 역할을 시작한다. 공주가 개구리의 요구에 대해 거절하려고 하면 할수록, 왕은 약속을 완전히 이행해야 한다고 더욱 강력하게 주장한다. 재미로 시작했던 것이 점점 더 심각해지는 것이다. 공주는 자기가 한 약속은 꼭 지키라고 강요받으면서 점점 성숙하게 된다.

여기에는 타인과 친숙해지는 단계들이 명확하게 묘사되어 있다. 우선 공주가 공을 가지고 놀 당시에는 혼자였다. 개구리가 나타나서 무슨 문제가 있느냐고 물으면서 공주는 타인과 대화를 시작한다. 개구리가 공을 돌려 주고 공주는 개구리와 얼마 동안 논다. 그러다가 방문을 받게 되고, 개구리를 옆에 앉히고, 개구리와 함께 먹고, 개구리를 자기의 방에 함께 있게 하고, 마침내는 그 개구리와 동침하게 된다. 개구리가 육체적으로 가까이 오면 올수록, 공주는 더욱 역겨워하고 불안해하며, 특히 살이 닿으면 몸서리를 친다. 성에 눈을 뜨는 과정에서 역겨움이나 불안 심지어 분노 같은 감정이 없을 수 없다. 불안이 분노나 미움으로 극대화되었을 때 공주는 개구리를 벽에다 팽개친다. 회피하고 싶지만 아버지의 명령에 마지못해 하던 종전의 태도와는 달리, 개구리를 패대기치는 행위를 통해 공주는 자신의 존재를 내세우고 위험도 감수하고 있다. 그 행위를 통해 공주는 불안을 초월하게 되며, 미움은 사랑으로 바뀌게 된다.

이 이야기에서 말하는 방식에 따르면, 사랑을 하기 위해서는 먼저 감정을 느낄 수 있어야 하며, 부정적인 감정일지라도 감정이 없는 것보다는 낫다는 것이다. 처음에 공주는 완전히 자기중심적이다. 공주의 모든 관심은 공에만 집중되어 있다. 개구리와 약속을 하고 나서 집으로 돌아올 때에도 공주에게는 아무 감정이 없으며, 그 약속의 의미에 대해서도 전혀 개의치 않는다. 개구리가 공주에게 육체적, 정신적으로 다가가면 갈수록, 공주의 감정은 더욱 격해지지만 그러면서 점점 인간적이 되어 간다. 오랜 성장의 과정 동안 공주는 아버지에게 순종하여 왔으나 이때처럼 아버지의 명령을 강압적으로 느낀 적은 없었을 것이다. 그리고 마지막에는 아버지의 명령을 어김으로써 자신의 존재를 확인한다. 이렇게 공주가 자기 자신을 찾듯이, 개구리도 왕자의 모습을 찾았다.

다른 층위에서 이 이야기는 최초의 성적 접촉은 매우 힘들고 불안감으로 가득 차 있기 때문에 즐거움을 기대하기 힘들다고 말한다. 그러나 만약에 우리가 일시적인 혐오감에도 불구하고 다른 사람이 더 가까이 오도록 허용을 하면, 언젠가는 완벽한 친밀감이 성적 접촉의 진짜 아름다움을 드러낸다는 행복한 인식의 충격을 경험하게 될 것이다. 《개구리 왕》의 어떤 판본에서는 이렇게 묘사되어 있다.

> 침대에서 하룻밤을 지낸 후 눈을 뜬 공주는 자기 옆에 멋진 신사가 있는 것을 보았습니다.[97]

그리하여 이 이야기에서는 함께 밤을 지냄으로써(우리는 그 밤 동안에 무슨 일이 일어나는지를 추측해 볼 수가 있다.) 결혼 상대를 보는 시각이 근본적으로 달라졌음을 표현하고 있다. 결정적인 사건이 일어나는 시각은 판본에 따라 달라, 첫날밤에서부터 삼 주에 걸쳐 다양한데, 모두 인내심을 가지라고 충고하고 있다. 친밀함이 사랑으로 바뀌는 데에는 시간이 걸린다.

많은 동물신랑 이야기들과 마찬가지로 《개구리 왕》에서도, 결국 아버지의 고집 때문에 딸의 남편감과의 행복한 결합이 가능하였다. 초자아를 형성케 하는 부모의 가르침은 책임감 있는 양심을 발달시킨다. 아무리 무

---

97) 앞에서 언급한 브리그즈의 책 참조.

분별한 약속이었다 하더라도 한번 한 약속은 지켜야 한다는 것은 초자아를 상징한다. 그런 양심은 인격적, 성적 결합의 행복에 필수적인 것이며, 성숙한 양심이 없는 결합은 진지함이 결여되어 영구히 지속될 수가 없다.

그러나 개구리 왕자는 어떠한가? 개구리 왕자 역시 공주와 결합하려면 좀더 성숙해져야 한다. 그에게 일어난 일이 보여 주는 것은, 어머니를 사랑하고 의존하는 그런 관계가 인간으로 성숙해지는 전제 조건이라는 점이다. 모든 어린아이들처럼 개구리 왕자도 완전히 공생하는 삶을 소망했다. 어린이들은 엄마의 무릎 위에 올라가려고 하고, 엄마의 접시의 음식을 먹으려 하고, 엄마의 컵에 든 물을 마시려고 하며, 엄마의 침대로 기어 올라가서 엄마 옆에서 자려고 하지 않던가? 그러나 시간이 흐르면 엄마는 어린이에게 더 이상 공생하기를 거절한다. 왜냐하면 그런 공생은 어린이가 개별화되는 것을 방해하기 때문이다. 어린이가 엄마의 침대에 머무르기를 아무리 원해도, 엄마는 아이를 침대 밖으로 "던져" 버린다. 이것은 어린이가 독립하기 위해서 거쳐야 하는, 고통스럽지만 피할 수 없는 경험이기도 하다. 부모에 의해서 공생관계로 그만 살라고 강요를 받고서야 비로소 어린이는 홀로 서기 시작한다. 개구리 왕자도 침대 밖으로 "던져 졌을 때" 비로소 미숙한 존재에서 벗어나서 인간의 모습으로 돌아올 수 있었다.

어린이는 자기도 개구리처럼 저급한 존재에서 높은 존재로 나아가야 하며, 아직도 나아가는 중임을 알고 있다. 이 과정은 지극히 정상적인데, 왜냐하면 어린이의 삶도 저급한 상황에서 시작되기 때문이다. 그리고 이것이 바로 동물신랑 이야기의 처음에 주인공이 저급한 동물의 모습을 하고 있는 것에 굳이 해명할 필요가 없는 이유이기도 하다. 어린이는 자신의 저급한 상황이 어떤 악행이나 나쁜 세력 때문에 생긴 것이 아님을 안다. 그것은 자연의 질서인 것이다. 개구리는 물 속의 삶에서 물 밖의 삶으로 옮아갔다. 이는 아기가 태어날 때의 상황과 같다. 역사적으로 보면, 옛이야기는 태생학에 대한 지식을 몇 세기 앞질러 논하고 있다. 그리하여 옛이야기는 인간의 태아가 태어나기 전에 거치는 몇 가지 발달 단계를 이야기하고 있는 것이다. 개구리도 그 발달 단계에서 여러 차례 변형을 겪는 동물이다.

그러나 모든 동물들 중에서 개구리가(《세 개의 깃털 The Three Feathers》에서는 두꺼비가) 성적 결합의 상징이 되는 이유는 무엇일까? 예를 들어 "잠자는 미녀"의 수태를 예감한 것도 개구리였다. 사자나 다른 야수들과 비교해서, 개구리(또는 두꺼비)는 공포심을 불러일으키지 않는다. 전혀 위협적이지 않은 동물이다. 만약에 개구리가 부정적인 느낌으로 경험된다면, 그것은 《개구리 왕》에서처럼 일종의 역겨움일 것이다. 성이 지닌 혐오스런 면을 두려워할 필요가 없음을 이보다 더 잘 전달할 수 있는 방법은 상상하기 힘들다. 개구리 왕자가 겪는 이야기, 즉 개구리 왕자의 행동과 공주의 행동, 그리고 개구리와 공주 사이에서 벌어진 일 등은, 사람이 아직 성에 관한 마음의 준비가 되어 있지 않으면, 성이 혐오스럽게 느껴지는 것은 당연하며 시간이 지나면 바람직한 느낌으로 바뀐다는 것을 말하고 있다.

심리분석에 의하면, 성적 충동은 삶의 초기부터 사람의 행동과 태도에 영향을 미치는데, 성적 충동을 표출하는 방법도 어른과 어린이 사이에 커다란 차이가 있다고 한다. 어릴 때의 존재형태가, 성장한 후에는 전혀 다른 형태로 바뀌는 개구리를 성을 상징하는 동물로 등장시킴으로써, 이 이야기는 어린이의 무의식에 말을 걸고 있다. 또한 어린이로 하여금 자기 나이에 걸맞은 성행위의 형태를 수용할 수 있도록 도와 준다. 그러면서 또 한편으로는 자기가 성장함에 따라 자신의 성행위 또한 가장 바람직한 방향으로 변형될 거라는 믿음이 생기게 한다.

성과 무의식 속의 개구리 사이에는 보다 직접적인 다른 연상들도 있다. 의식이 발달되기 이전에, 어린이는 개구리(또는 두꺼비)가 환기시키는

끈적끈적하고 축축한 느낌과 성적 기관에서 느껴지는 촉감을 유사하다고 연관짓는다. 또한 개구리가 흥분했을 때에 팽창하는 모습은 남자의 성기가 발기하는 것을 연상케 하기도 한다.[98)99] 《개구리 왕》에서도 개구리는 혐오감을 불러일으키는 것으로 생생하게 묘사되어 있다. 하지만 그 이야기는 아무리 축축하고 혐오스러운 동물도 적절한 시간에 적절한 방법을 통해 매우 아름다운 어떤 것으로 바뀔 수 있음을 확신시켜 준다.

어린이들은 천성적으로 동물을 좋아하고, 자유와 즐거움을 만끽하는 동물들처럼 편안하게 살고 싶어하기 때문에 어른들보다 동물에게 더 친밀감을 느낀다. 그러나 이런 친밀감을 지닌 어린이는 자신이 정해진 바대로 인간이 될 수 없을지도 모른다는 불안감을 느낀다. 그런데 이 이야기는 동물적인 존재를, 매력적인 인간으로 탄생하기 위한 애벌레와 같은 중간단계로 표현함으로써 그런 불안감을 해소시켜 준다.

성을 동물적인 것으로 여기는 생각은 치명적인 결과를 낳을 수 있다. 심한 경우에 자신이나 다른 사람의 성적 경험을 동물같다고 보는 그 상태를 끝까지 벗어나지 못하는 사람도 있다. 그러므로 성행위가 처음에는 동물적으로 보일 수도 있지만, 그에 접근하는 올바른 방법만 발견하면 혐오스런 외모에서 아름다운 모습이 드러날 거라는 사실을 어린이들에게 전달할 필요가 있다. 바로 이 점에서 옛이야기는 성경험을 언급하거나 암시하지 않고도 다른 많은 의식 수준의 성교육보다 훨씬 더 건전할 수가 있

---

98) 앤 섹스턴 Anne Sexton은, 시적 자유와 예술가의 무의식에 대한 통찰을 통해, 그림 형제의 이야기를 각색한 자기의 시 《개구리 왕》에서 이렇게 쓰고 있다.

　　개구리의 감촉에
　　쌀쌀맞은 아가씨는 폭발하네
　　마치 산탄처럼

　또 이런 구절도 있다.

　　개구리는 내 아버지의 생식기라네[99)]

99) 앞에서 언급한 앤 섹스턴의 책 참조.

다. 현대의 성교육에서는 성행위가 정상적이고 즐겁고 아름다우며 생존
에 꼭 필요한 것임을 가르치고자 노력한다. 그러나 어린이가 성을 역겨운
것으로 생각할지도 모른다는 사실과 또 이런 관점이 어린이에게 중요한
방어기능을 한다는 사실을 염두에 두지 않았기 때문에, 현대의 성교육은
어린이에게 어떤 확신을 주는 데 실패하고 있다. 반면 옛이야기는 개구리
(다른 어떤 동물이든 간에)를 역겹게 느끼는 어린이들의 생각에 동의함
으로써 어린이의 신뢰를 얻고 있으며, 또 이야기가 진행됨에 따라 어린이
에게 더욱 확고한 신념을 갖게 해 준다. 즉, 적절한 시기가 되면 이 구역
질나는 개구리가 인생의 가장 매력적인 동반자로서의 모습을 드러낼 거
라는 사실을 믿게 되는 것이다. 그것도 성에 대한 직접적인 언급 없이 메
시지가 전달되는 것이다.

《큐피드와 프쉬케》

   가장 널리 알려진 《개구리 왕》의 판본에서, 공주가 강하게 자기 주장을
하고 가장 심하게 혐오감을 느끼는 순간, 왕자의 변화가 이루어진다. 이
런 감정들은 일단 극심한 동요를 일으키고 나면, 다음 순간 갑자기 방향
을 반대로 튼다. 《개구리 왕》의 다른 판본들에서는, 그런 경이로운 일이
생기는 데 사흘에서 삼 주일까지 걸린다. 다른 동물신랑 유형의 이야기들
에서는, 그 참된 사랑을 성취하는 데 수 년간의 끝없는 진통이 요구되기
도 한다.
   《개구리 왕》에서의 즉각적인 성취와는 반대로, 이 이야기들은 섹스나
사랑에 성급하게 돌진하다가 재앙스런 결과가 벌어질 수 있음을 경고하
고 있다. 즉, 애인이나 사랑에 대해 성급히 몰래 알아내려고 하다가 큰 재
앙을 만날 수도 있다는 것이다.
   동물신랑에 관한 서구의 전통은 2세기 아풀레이우스 Apuleius가 정리

한《큐피드와 프쉬케 Cupid and Psyche》에서 시작된다. 이 또한 더 오래
된 출처에서 끌어온 것이다.[100] 이 이야기는《변신 이야기 Metamorpho-
sis》라는 대작의 일부분이다. 제목에서도 나타나 있듯이 이 이야기는 변
신하게 하는 입사식에 관한 이야기다.《큐피드와 프쉬케》에서 큐피드는
신이지만, 그 줄거리는 다른 동물신랑 이야기와 공통적인 중요한 특질을
지니고 있다. 큐피드는 프쉬케가 볼 수 없는 모습으로 지낸다. 두 명의 못
된 언니들의 꾀임에 빠져 프쉬케는 자기의 연인을 "천 번이나 칭칭 감은
거대한 뱀"이라고 생각하며, 연인과의 성관계도 혐오스럽다고 믿는다. 큐
피드는 원래 신이었고, 나중에 프쉬케도 신이 되는데, 그 과정에서의 온
갖 사건들은 프쉬케에 대한 여신 아프로디테 Aphrodite의 질투가 발단이
되어 일어난다. 오늘날《큐피드와 프쉬케》는 옛이야기로는 알려지지 않
고 신화로만 알려져 있다. 그러나 이것은 서양의 많은 동물신랑 이야기들
에 영향을 주었기 때문에 여기에서 검토해 볼 필요가 있다.

  이 이야기에서 왕은 세 딸이 있었다. 막내딸 프쉬케는 비범한 미모를
지니고 있어서 아프로디테의 질투심을 불러일으켰다. 그래서 아프로디테
는 아들 에로스 Eros를 시켜 프쉬케에게 세상에서 가장 추악한 남자와 사
랑에 빠지게 하는 벌을 내리라고 명령을 내렸다. 한편, 프쉬케의 부모는
딸이 아직 남편감을 만나지 못한 것을 걱정하여, 아폴로 Apollo의 신탁에
물었다. 신탁은 말하기를 프쉬케는 뱀처럼 생긴 괴물의 희생이 되기 위해
높은 절벽에 바쳐져야만 한다고 했다. 이것은 죽는 것과 동등한 의미가
있으므로, 죽을 준비를 하고 장례 행렬을 지어 지정된 장소로 인도되어
갔다. 그러나 부드러운 바람이 불어와 프쉬케를 절벽 밑으로 사뿐히 끌어

100)《큐피드와 프쉬케》에 관해서는 앞에서 언급한 노이만 Erich Neumann의 책《에로스와 사이키
    Amor and Psyche》참조.
    그 이야기의 다른 판본들에 대해서는 테게토프 Ernst Tegethoff의《에로스와 사이키 민담 유형에
    관한 연구 Studien zum Märchentypus von Amor und Psyche》(Bonn, Schroeder, 1922) 참조.
    이 유형의 옛이야기들의 좋은 예들이 그림 형제의 이야기《즐거운 종달새 The Singing, Hopping
    Lark》에 관한 볼테 Bolte와 폴리프카 Polivka의 논고에 나타나 있다.

내려서 모든 소원이 이루어지는 빈 궁전에 안전하게 데려다 놓았다. 에로스가 어머니의 명령을 어기고 어머니 몰래 프쉬케를 자기의 연인으로 삼아 숨겨 둔 것이다. 밤의 어둠 속에서 에로스는 신비스런 존재로 가장을 하고 프쉬케의 남편으로서 동침을 한다.

프쉬케는 자기가 누리는 모든 안락에도 불구하고, 낮 동안에는 외로워했다. 프쉬케의 간청에 마음이 움직인 에로스는 아내의 질투심 많은 두 언니들로 하여금 프쉬케를 방문하게 했다. 언니들은 비열한 질투심에서 동생과 함께 자며 임신을 시킨 그 상대가 "천 번이나 칭칭 감은 거대한 뱀"이며, 결국 그 신탁이 예언한 것이 맞았노라고 프쉬케를 설득했다. 언니들은 프쉬케에게 칼로 그 괴물의 머리를 자르라고 말했다. 그들의 말에 설득을 당한 프쉬케는 자신을 보려고 절대로 시도하지 말라는 에로스의 명령을 어기고, 에로스가 잠이 들자 괴물을 죽일 목적으로 램프와 칼을 가져 왔다. 램프로 에로스를 비춘 순간, 프쉬케는 에로스가 너무나 아름다운 젊은이라는 것을 알게 되었다. 깜짝 놀라는 순간 프쉬케의 손이 흔들리며 뜨거운 기름 한 방울이 에로스의 살을 데게 했으며, 깨어난 에로스는 그대로 떠나 버렸다. 상심한 프쉬케는 자살을 하려고 하지만 번번이 목숨을 구한다. 아프로디테의 분노와 질투를 산 프쉬케는 지하 세계로 내려가는 등의 일련의 끔찍한 시련을 겪어야만 했다(못된 언니들은 프쉬케를 대신해서 에로스의 사랑을 받으려고 부드러운 바람에 실려 가기를 희망하다가 절벽 밑으로 떨어져 죽고 만다). 마침내 에로스의 상처는 다 아물었고 프쉬케의 뉘우침에 감동을 받은 에로스는 제우스에게로 가 프쉬케에게도 영원한 생명을 주길 간청한다. 그리하여 그들은 올림포스산에서 결혼을 하고 "쾌락"이라는 이름의 아이를 낳는다.

에로스의 화살은 자제할 수 없는 성적인 욕망을 불러일으킨다. 아풀레이우스의 이야기는 라틴어 이름, 큐피드를 사용한다. 그러나 성적인 욕망이라는 점에서는 그 두 가지가 다 같은 뜻을 의미한다. 프쉬케는 그리스

용어로 영혼을 뜻한다. "큐피드와 프쉬케"에서 신플라톤주의자인 아풀레이우스는 뱀처럼 생긴 괴물과 결혼한 아름다운 소녀에 관한 고대 그리스의 이야기를 우화로 각색한 것이다. 그런데 그레이브즈 Robert Graves에 의하면 이 우화는 이성적인 영혼이 지혜로운 사랑으로 진전하는 과정을 상징한다고 한다.[101] 이것은 다 맞는 말이다. 하지만 이런 해석은 이야기의 풍요로움을 온전히 다 밝히지는 못하고 있다.

우선, 무시무시한 뱀이 프쉬케를 데려갈 거라는 예언은, 경험 없는 소녀의 형체 모를 성적 불안감에 대한 시각적 표현이다. 프쉬케의 운명으로 향하는 장례 행렬은 쉽게 받아들일 수 없는 상실, 처녀성의 종말을 의미한다. 프쉬케가 함께 사는 에로스를 죽이라는 설득에 기꺼이 넘어가는 것은 어린 소녀는 자기의 처녀성을 빼앗은 남자에게 강한 거부감을 느끼기 때문이다. 자기 안의 순수한 처녀성을 앗아간 존재는 어느 정도 자신의 남성다움도 박탈당할 만하다. 이것은 프쉬케가 에로스의 목을 베어 버리려는 시도에 의해 상징된다.

바람에 의해 실려 온, 자신의 모든 소망이 충족되는 궁전에서의 삶이 지루함에도 불구하고 프쉬케가 즐길 수 있는 것은 본질적으로 자기 탐닉적인 삶을 제시한다. 그리고 그 여자의 이름과는 달리 아직 의식이 그 여자의 존재 안에 깃들이지 않았음을 나타낸다. 천진한 성적 쾌락은 지식과 경험, 나아가 고통에 기반을 둔 성숙한 사랑과는 상당히 다르다. 이야기에서 나오듯이 지혜는 안이한 쾌락적 생활에서는 얻어질 수 없다. 프쉬케가 주어진 경고에 따르지 않고 에로스에게 불빛을 비추는 행위는 지식에 도달하기 위한 시도이다. 그러나 이야기에서 경고하는 바는, 스스로 의식에 도달하고자 하는 시도는 그 자체로 충분히 성숙한 것이나 지름길로 가려다가는 더욱 멀리 돌아가야 하는 결과를 낳게 된다는 것이다. 그리하여

---

101) 로버트 그레이브즈의 《아풀레이우스 마도렌시스:루시우스의 변신이야기들 Apuleius Madauren-sis:The Transformations of Lucius》(New York, Farrar, Straus & Young, 1951).

의식은 단숨에 얻어질 수 있는 것이 아니라는 것이다. 성숙한 의식을 갈망하면, 프쉬케가 필사적으로 목숨을 끊으려고 했듯이, 기꺼이 자기의 목숨을 내놓기도 한다. 프쉬케가 겪어야 했던 엄청난 시련들은, 인간의 최상의 영혼(프쉬케)이 성적인 열정(에로스)과 결합하기 위해 겪어 나가야하는 난관들을 가리킨다. 육체적인 인간이 아니라 정신적인 인간은 지혜롭게 성적인 결혼에 임하려면 다시 태어나야만 한다. 이것은 프쉬케가 지하세계로 들어갔다가 다시 나오는 것으로 표현되어 있다. 인간의 두 가지측면이 결합하려면 다시 태어날 필요가 있다.

이 이야기에는 많은 의미심장한 세부사항들이 있는데, 그 중의 하나가다음과 같다. 아프로디테는 아들에게 자기 손을 더럽히는 일을 대신 하도록 명령할 뿐만 아니라, 그렇게 하도록 성적으로 유혹한다. 그리고 아프로디테의 질투심은 아들인 에로스가 자기의 명령에 거역했을 뿐만 아니라 오히려 프쉬케와 깊은 사랑에 빠졌다는 것을 알게 되었을 때에 극에달한다. 이 이야기에서 보면 신들도 오이디푸스적인 문제에서 자유롭지못하다는 것을 알 수 있다. 여기에는 어머니의 아들에 대한 오이디푸스적인 사랑과 소유적인 질투심이 있다. 그러나 에로스 역시 프쉬케와 결혼을하기 위해서는 성숙해져야 한다. 에로스가 프쉬케를 만나기 전에는 어린신으로서 아무런 억압이나 책임을 갖지 않은 상태였다. 어머니 아프로디테의 명령을 어겼을 때 에로스는 비로소 독립을 위한 투쟁을 한 것이다. 에로스는 프쉬케에 의해 상처를 받고 또 프쉬케가 겪은 가혹한 시련에 감동을 받은 후에야 비로소 높은 단계의 의식에 도달하게 된다.

《큐피드와 프쉬케》는 옛이야기적인 요소들을 더러 포함하고 있지만, 그것은 옛이야기가 아니라 신화이다. 두 주인공 가운데 하나는 처음부터신이었고 다른 하나는 나중에 불사의 존재가 된다. 이런 것은 옛이야기에서는 찾아 볼 수가 없는 요소이다. 이야기 전체를 통해서 사건들은 신의손에 달려 있다. 프쉬케의 자살이 방해를 받은 것도, 그 여자에게 시련을 주는 것도, 그런 시련들로부터 성공적으로 살아남을 수 있었던 것도 다 신의 도움 때문이다. 다른 동물신랑이나 동물신부의 이야기와는 달리, 큐 피드는 자기의 모습을 그대로 유지하고 있다. 프쉬케만이 신탁과 못된 언 니들 때문에, 그리고 성적인 불안감 때문에 에로스를 괴물로 상상했던 것 이다.

그러나 이 신화는 이후 서양의 많은 동물신랑 이야기들에 영향을 미쳤 다. 우리는 여기에서 처음으로, 자신들보다 예쁘고 덕이 있는 막내동생에 게 질투심을 느끼는 못된 두 언니의 모티프를 만나게 된다. 언니들은 프 쉬케를 파멸시키려고 하지만, 온갖 시련을 이겨내고 프쉬케는 결국 승리 했다. 게다가 그 비극적인 사건들의 발단은, 자신에 대해 알려 하지 말라 는 남편의 경고를 무시하고 신부가 남편의 명령에 거스르는 행동을 한 것 이었고, 또 전개과정은 남편을 되찾기 위해서 온 세상을 돌아다니는 그런 내용으로 되어 있다.

이 모티프들보다 더 중요한 것은, 신랑이 낮 동안은 자리를 비우고 밤 의 어둠 속에서만 나타난다는 것이다. 이것은 《큐피드와 프쉬케》에서 처 음 나타나는 동물신랑 이야기의 한 중요한 특징이다. 남편이 낮 동안은 동물이고 밤에만 침상에서 인간이 된다고 믿어지는 것이다. 간략히 말하 자면, 남자는 낮과 밤의 존재 양식이 서로 분리되어 있다는 것이다. 이 이 야기를 통해, 남자는 자신의 성생활을 자신이 하는 다른 일과 분리시키고 싶어한다는 결론을 끌어내기란 어렵지 않다. 한편, 여자는 자기가 즐기는 안락함과 쾌락에도 불구하고 자신의 삶이 공허하다고 느낀다. 여자는 본 의 아니게 나머지 일상으로부터 성생활 측면의 분리와 고립을 받아들여 야만 한다. 그래서 여자는 그 둘을 통합시키고자 한다. 여자는 가장 힘들 고 지속적인 정신적, 육체적 노력을 통해서만 그것이 달성될 수 있다는 것을 모르고 있었다. 그러나 일단 프쉬케가 섹스, 사랑, 생활의 측면들을 통합시키려는 노력을 시작하자, 그 여자는 더 이상 흔들리지 않았고 마침내는 승리하였다.

만약에 이것이 가장 오래된 옛이야기가 아니었더라면, 이러한 동물신랑 이야기에 들어 있는 메시지가 매우 시기적절하다고 생각할 수도 있다. 즉, 알아내려고 노력하다가는 무시무시한 결과를 맞는다는 경고에도 불구하고, 이제 여성은 성과 생활에 대해 더 이상 무지한 상태로 남아 있는 것에 만족하지 않는다. 상대적으로 순진한 상태가 편안할런지는 모르지만, 그것은 더 이상 받아들여서는 안 될 공허한 삶인 것이다. 여성이 완전한 의식과 인간다움으로 다시 태어나기 위해서는 온갖 역경을 겪어야 하지만, 이제는 그렇게 해야 함에 조금도 망설일 여지가 없다고 이야기는 말하고 있다. 그렇지 않다면 들려 줄 만한 가치가 있고 또 여성의 삶에 이바지하는 이야기가 되지 못한다.

일단 여성이 성을 동물적인 것으로 여기는 시각을 극복하기만 한다면, 여성은 더 이상 단순한 섹스의 상대로 머무르거나 쾌락과 상대적인 무지에 속한 삶에 만족할 수 없게 된다. 양쪽 배우자 모두가 행복하려면, 그들은 둘 다 세상에서 충만한 삶을 영위하고 있어야 하며, 서로 동등하여야한다. 동등하고 완전한 삶을 둘 다 영위하기는 매우 어려우나, 그들이 삶에서 그리고 상대방에게서 행복을 느끼려면 결코 어렵다고 회피할 일이아님을 그 이야기는 말하고 있다. 이것은 동물신랑을 모티프로 한 많은 이야기들에 숨겨져 있는 메시지이며, 《미녀와 야수》보다는 다른 이야기들에서 더욱 명확하게 나타난다.

《마법에 걸린 돼지》

《마법에 걸린 돼지 The Enchanted Pig》는 오늘날 별로 알려지지 않은 루마니아의 옛이야기다.[102] 그 이야기에서 왕은 세 딸이 있었다. 왕은 전쟁터로 떠나야 했기 때문에, 딸들을 모아 놓고 잘 처신을 할 것과 집에 있

는 모든 것을 잘 돌보라고 간곡히 부탁하면서 뒷방 하나는 절대로 들어가
지 말라고 경고하였다. 들어갔다가는 해를 당하게 될 거라고 하였다. 그
가 떠난 다음 얼마간은 모든 일이 순조롭게 잘 돌아갔으나, 마침내 맏딸
이 그 금지된 방에 들어가 보자고 제안을 하였다. 막내딸이 반대를 하였
으나, 둘째딸이 맏딸과 합세하여 문을 따고 안으로 들어갔다. 그들이 방
에서 발견한 것이라고는 커다란 테이블과 그 위에 펼쳐져 있는 책뿐이었
다. 먼저 맏딸이 그 책에 쓰여져 있는 내용을 읽었다. 거기에는 자기가 동
방에서 온 왕자와 결혼하게 될 거라고 쓰여져 있었다. 둘째가 페이지를
넘겨서 읽으니 둘째 딸은 서방에서 온 왕자와 결혼하게 될 것이라고 되어
있었다. 막내딸은 아버지의 명령을 어기면서까지 자기의 운명을 알고 싶
지 않았지만, 두 언니들의 강요에 못이겨 읽게 되었는데 북쪽에서 온 돼
지와 결혼하게 된다는 것이었다.

　왕이 돌아오고, 마침내 두 언니들은 예언된 대로 결혼을 한다. 그 다음
에는 커다란 돼지 한 마리가 북쪽으로부터 와서 막내딸에게 청혼을 한다.
왕은 돼지의 청을 들어야 하므로 딸에게 정해진 운명대로 받아들이라고
충고하였으며, 딸은 아버지의 말을 듣는다. 결혼식이 끝나고 집에 돌아오
는 길에 돼지는 수렁에 빠져 온몸에 진흙을 뒤집어쓴 다음, 아내에게 키
스해 달라고 한다. 아버지의 말을 따라, 그 여자는 손수건으로 돼지의 주
둥이를 닦고 입을 맞추었다. 함께 밤을 지내면서, 그 여자는 돼지가 잠자
리에서는 사람으로 변했다가 아침이면 다시 돼지로 돌아온다는 사실을
알게 된다.

　그 여자는 우연히 만난 마녀에게, 어떻게 하면 남편이 돼지로 바뀌는
것을 막을 수 있냐고 묻는다. 마녀는 밤 사이에 남편의 다리를 실로 묶어

---

102) 랭 Andrew Lang의 《마법에 걸린 돼지》는 《빨간 옛이야기책 The Red Fairy Book》(London,
　　Longmans, Green, 1890)에 실려 있고, 크렘니츠 Mite Kremnitz의 《마법에 걸린 돼지》는
　　《Rumänische Märchen》(Leipzig, 1882)에 실려 있다.

놓으면, 남편이 다시 돼지로 돌아가지 못할 거라고 말한다. 그 여자는 마녀의 충고대로 하였지만, 남편은 깨어나서 당신이 너무 성급했기 때문에 나는 당신을 떠나야 하며, 당신이 나를 찾아다니느라고 "쇠로 된 신발 세 켤레가 다 떨어지고, 강철지팡이가 무디게 될 때까지는" 다시 만날 수 없을 거라고 하였다. 남편은 사라졌고, 남편을 찾는 그 여자의 끝없는 방랑은 달과 해, 그리고 바람에게까지 이어졌다. 이런 각 장소마다 그 여자는 먹을 닭 한 마리를 받고, 뼈를 모아 두라는 주의를 받았으며, 또한 다음에 가야 할 장소를 지시받았다. 마침내 쇠 신발 세 켤레가 다 떨어지고 강철지팡이조차도 뭉툭해지자 그 여자는 어떤 높이 솟아 있는 장소에 이르게 되는데, 드디어 그곳이 그 여자의 남편이 살고 있는 곳이라고 하였다. 그 여자는 그곳에 닿을 수 없어 막막해하고 있던 중 갑자기 자기가 그 동안 성실하게 지녀 왔던 닭뼈들이 도움이 될 거라는 생각이 떠올랐다. 그 여자가 닭뼈들을 나란히 늘어놓자 그것들은 서로 딱 달라붙었다. 이렇게 해서 그 여자는 두 개의 긴 장대를 만들고 그것으로 다시 사다리를 만들어 가며, 그 높은 장소로 기어올라갔다. 그러나 마지막 단에 놓을 뼈 하나가 부족했다. 그래서 그 여자는 칼을 꺼내 자신의 새끼손가락을 잘라서 그것으로 마지막 단을 만들어 남편에게 닿을 수가 있었다. 그러는 동안에 남편은 마법이 풀려 돼지 모습을 벗어나게 된다. 그들은 아버지의 왕국을 물려받았으며, "고생을 많이 한 왕만이 다스릴 수 있는 지혜로운 방법으로 왕국을 다스렸다." 실을 가지고 남편을 인간의 모습에 묶어 놓음으로써, 남편의 동물적인 성질을 억지로 벗어나게 하려는 시도는 매우 희귀하다. 보다 흔한 모티프는 여성에게 남성의 얼굴이나 비밀을 불에 비춰 보지 못하게 하는 것이다. 《큐피드와 프쉬케》에서 금지된 것에 빛을 비춘 것은 기름 램프였다. 노르웨이의 옛이야기 《해의 동쪽 달의 서쪽 East of the Sun and West of the Moon》에서는 낮에 흰곰의 모습을 지닌 남편이 사실은 곰이 아니라, 금기를 어긴 아내를 떠나야 하는 아름다운 왕자임을 알게 해 준 것은 촛불이었다.[103) 이야기의 제목이 아내가 남편과 재결합하기 전에 얼마나 멀리까지 방랑해야 하는지를 암시하고 있다. 아내가 호기심을 조금만 억제했더라면, 남편이 멀지 않은 미래에 인간의 모습으로 회복될 거라는 것은 이야기 속에 명백히 나타나 있다. 《해의 동쪽 달의 서쪽》에서의 곰은 일 년 이내였을 것이고, 마법에 걸린 돼지도 겨우 사흘 후에 마법이 풀렸을 것이다.

　그렇게 많은 이야기들에서 젊은 아내가 남편에게 불을 비추는 치명적인 실수를 저지르는 것만 보아도, 아내들이 남편의 동물적 속성에 대해 알고 싶어한다는 것을 알 수 있다. 이것은 직접 이야기되지는 않지만, 아내로 하여금 남편의 경고에 거스르도록 유혹하는 어떤 인물의 입을 통해 나타난다. 《큐피드와 프쉬케》에서 프쉬케에게 에로스가 무시무시한 용이라고 말하는 것은 신탁과 언니들이며, 《해의 동쪽 달의 서쪽》에서는 소녀에게 그 곰이 북구의 거인 같으니까 직접 보고 확인하는 것이 좋겠다고 꾀는 사람은 그 소녀의 어머니다. 《마법에 걸린 돼지》에서 남편의 발목을 실로 묶으라고 제안한 마녀 역시 나이 많은 여자다. 이렇게 보면 옛이야기에서는 어린 소녀에게 남성이 짐승이라는 생각을 심어 주는 사람들은 나이가 든 여자들임을 암시하고 있다. 즉, 소녀들의 성적 불안감은 자신의 경험에서 나온 결과가 아니라, 다른 사람들로부터 들은 것에서 비롯한 결과라는 것이다. 또 만일 소녀가 그 말만 믿다가는 결혼의 행복이 위기에 처하게 될 거라고 그 이야기들은 암시하고 있다. 동물신랑이 걸려 있는 마법들은 항상 나이 많은 여성의 소행이다. 아프로디테는 실제로 프쉬케가 흉측한 야수에 의해 유린당하기를 바랐고, 흰곰에게 주술을 건 사람은 계모였고, 돼지에게 마법을 건 사람도 마녀였다. 이 사실은 같은 모티프의 반복이다. 즉, 남성을 소녀의 눈에 야수로 보이게 하는 것은 바로 나

---

103) 《해의 동쪽 달의 서쪽》은 앞에서 언급한 랭의 《푸른 옛이야기책 The Blue Fairy Book》 참조.

이 많은 여성이라는 것이다.

이런 불안이 저절로 생긴 것이건 아니면 나이 많은 여성에게서 들은 결과이건 간에, 만약에 "동물신랑"이 단지 소녀의 성적 불안의 상징이라면 동물신랑은 밤에 동물이고 낮에 인간일 것이라고 기대하는 자연스러울 것이다. 그런데 왜 옛이야기에서는 낮에는 동물이고, 밤에 침대에서는 아내를 다정하게 껴안는 인간으로 표현되어 있는 것일까? 나는 이런 이야기들이 심오한 심리적 통찰력을 보여 주고 있다고 생각한다. 의식에나 잠재의식에서 "동물적인" 어떤 것으로 성을 경험하고 자신의 처녀성을 앗아간 것에 대해 남성에게 분개하는 많은 여성들이, 밤에 자기가 사랑하는 남자와 즐기는 동안에는 전혀 다르게 느낄 것이다. 그러나 일단 그 남자가 자기를 떠나고 환한 대낮이 되면, 오랜 불안과 분노가 이성에 대한 질투까지 겹쳐서 다시 살아난다. 밤에 사랑스럽게 보이던 것이 낮에는 달리 보이는 것이다. 특히 세상이 성적 쾌락에 대한 비판적인 태도(남편이 괴물일지 모른다는 어머니의 경고)를 보일 때면 더욱 그러하다. 마찬가지로 남성들의 경우에도 성행위를 하는 동안은 즐기다가 이튿날 오랜 불안과 분노가 성의 쾌락을 압도하면 다른 느낌이 드는 남자들도 많이 있다.

동물신랑에 대한 이야기들은 어린이들에게, 성을 위험하고 야수적인 어떤 것으로 여기는 두려움은 자기만 느끼는 것이 아니라 많은 사람들이 그렇게 느끼고 있다고 안심을 시킨다. 또한 이야기 속의 주인공이 그런 불안과는 달리 자신의 성적 상대가 추한 동물이 아니라 사랑스런 사람이라는 것을 알게 되듯이 어린이도 그렇게 될 거라고 안심을 시킨다. 전의식적 차원에서 이 이야기들은, 자신의 불안의 대부분이 남에 의해 자신에게 심어진 것이며, 실제로 경험해 보면 겉보기와는 매우 다르다는 것을 알려 준다.

또 다른 층위에서, 이 이야기들은 문제를 빛으로 조명해 보는 것이, 자신의 불안이 근거 없는 것이었다는 사실을 증명해 주기는 하나, 그렇다고 문제가 해결되지는 않는다는 사실도 알려 준다. 그 문제가 해결되려면 시간이 걸리고, 성급한 마음으로 처리하려다가는 일이 훨씬 지연될 수도 있으며, 또 그것은 무엇보다도 힘든 일임을 알려 준다. 성적인 불안감을 극복하기 위해서는 하나의 완전한 개체로서 성장하여야 하고, 안타깝게도 이런 성장은 대부분 고통을 통해서만 얻어진다는 것이다.

이런 이야기들의 한 가지 분명한 교훈은 이야기 속의 남자는, 여자에게 구혼해야 했던 과거—돼지가 공주에게 구혼하기 위해 멀리서부터 오고, 흰곰은 신부를 구하기 위해 여러 가지 약속을 했는데—에 비해, 오늘날 덜 중요하게 느껴지는 것이다. 그것은 남자들의 구혼으로는 행복한 결혼을 이루기에는 부족하다는 것이다. 즉, 여자들도 남자들만큼 노력해야 한다는 것이다. 여자도 남자가 자신을 위해 애썼던 것만큼 아니면 그 이상으로 그 남자를 위해 애써야 하기 때문이다.

이런 이야기들이 지니고 있는 또 다른 교묘한 심리적인 암시들은, 듣는 과정에서 다 흘려 버릴지도 모르지만 그래도 잠재의식에 어떤 영향을 끼침으로써, 이해가 안 되었을 경우에는 인간 관계를 곤경에 빠뜨리는 전형적인 문제들에 민감하게 대처할 수 있게 만들어 준다. 예를 들어, 돼지가 일부러 진흙에서 뒹굴고 나서 신부에게 입을 맞추어 달라고 요구하는 것은, 자신이 행여 받아들여지지 않을까 두려워하는 사람의 전형적인 행동으로 실제보다도 훨씬 못한 모습을 보여 줌으로써 상대방이 그래도 자신을 받아들일 것인지를 시험해 보는 것이다. 자기가 최악의 상태에서도 수용이 되어야 그 사람은 안심을 할 수 있기 때문이다. 그리하여 동물신랑의 이야기에서, 자신이 거칠기 때문에 아내에게 매력을 잃게 될지도 모른다는 남성의 불안이 여성이 성행위의 동물적인 속성에 대한 불안과 병행을 이룬다.

마법에 걸린 돼지의 신부가 그 남편과 재결합하기 위해 겪는 과정은 다른 이야기들과 매우 다르다. 남편을 만나기 위한 마지막 단계에서 새끼손가락을 자른 행위는, 그 여자가 가장 마지막에 행한, 그리고 가장 인간적인 희생이며, 또 그 여자의 행복의 "열쇠"이기도 하다. 이 이야기에서 그 여자의 손이 불구가 되었다거나 피를 흘렸다는 내용이 더 이상 나오지 않는 것으로 보아, 그러한 행동은 명백히 상징적인 희생이라는 것을 알 수 있다. 성공적인 결혼에서는 서로의 관계가 육체의 완벽한 결합보다 더 중요하다는 것을 암시하는 것이다.[104)

재난을 피하려면 들어가지 말아야 하는 방의 의미에 대해서는 아직까지 논의하지 못하였다. 이것은 다른 이야기들에서 그런 금기를 어김으로써 일어나는 비극적인 결과와 관련해 살펴볼 때 가장 잘 이해될 수 있다.

《푸른 수염》

《푸른 수염 Bluebeard》은 모든 옛이야기 속의 남편들 중에서 가장 괴물스럽고 잔인하다. 실제로 이 이야기는 옛이야기가 아니다. 왜냐하면《푸른 수염》에서 열쇠에 묻어 있던 피가 아무리 닦아도 지워지지 않아서 신부가 방에 들어간 사실이 발각되는 부분을 제외하고는 마법적이거나 초자연적인 것이 이 이야기에는 전혀 들어 있지 않다. 또 더욱 중요한 사실은 어느 누구의 성격에도 별다른 발전이 없다는 것이다. 비록 마지막에 악이 처벌을 받기는 하지만 그것은 본질적으로 회복이나 위로의 목적이 들어 있지 않다.《푸른 수염》은 옛이야기에 아무런 직접적인 연원을 갖고

---

104) 여기서 우리는 다시 한 번 처녀막의 상실, 즉 여성이 첫번째로 성을 경험할 때 신체의 일부가 희생된다는 암시를 알 수 있다. 닭의 뼈는 높은 곳에 오르기 위한 주술적인 물건과는 거리가 멀다고 할 수 있다. 그래서 그것은 새끼손가락을 포기하기 위한 필요성에 대한 일종의 투사이거나 아니면 사다리의 마지막 발판으로 사용된다는 것을 확실하게 하기 위한 장치로 여겨진다.
그러나 "신데렐라"에서는 결혼의식의 많은 상징적 의미 중의 하나와 같이, 결혼의 완전한 성취를 위해서 여성은 자신의 남근을 갖고 싶다는 소원을 포기해야 하며, 남편의 것으로 만족하여야 하는 것이다. 새끼손가락을 자르는 행위는 자기 거세의 상징과는 거리가 멀며, 여성이 자신의 있는 그대로의 조건에서 행복해지려면, 있는 그대로의 남편의 조건에 만족하기 위해 어떤 환상들을 포기해야 함을 의미한다.

있지 않은, 페로에 의해 창작된 이야기다.[105]

　들어가는 것을 금지시킨 방, 앞서 죽인 여자들을 보관하고 있는 비밀의 방을 중심 모티프로 하고 있는 옛이야기들은 상당수 있다. 이런 종류의 러시아 민담이나 스칸디나비아의 민담들에서 방에 들어가는 것을 금지시키는 사람이 동물신랑인 경우가 있는데, 이는 동물신랑 이야기와《푸른 수염》의 이야기들 사이에 어떤 관련이 있음을 제시한다. 이런 옛이야기들 중 보다 잘 알려져 있는 것으로는, 영국의《여우신랑 Mr. Fox》과 그림 형제의《하얀 새 Fitcher's bird》다.[106]

　《하얀 새》에서는 마법사가 세 딸 중 맏딸을 유괴한다. 마법사는 그 여자에게 그 집에 있는 모든 방에 들어갈 수 있지만, 방 하나만은 예외이며, 그 방은 열쇠들 중에서 가장 작은 것에 의해서만 열 수 있다고 한다. 그리고 그 여자가 이 방에 들어갔다가는 죽음의 고통을 면치 못할 거라고 한다. 게다가 마법사는 그 여자에게 달걀 하나를 맡기고 그것을 항상 가지고 다니게 했다. 그것을 잃어버렸다가는 커다란 불행이 닥칠 거라는 것이다. 그 여자는 금지된 방에 들어가게 되었고, 그 방은 죽은 사람들과 피로 가득 차 있었다. 여자는 깜짝 놀라 계란을 떨어뜨렸고, 계란에 묻은 피는 닦아도 지워지지 않았다. 그 계란으로 인해 여자의 행동이 돌아온 마술사에게 발각되었고 마법사는 그 여자를 다른 사람들과 마찬가지로 죽인다. 그 다음에 마법사는 둘째 딸을 유괴해 갔고 그 여자도 같은 운명을 맞게 되었다.

　마침내 막내딸이 마법사에게 유괴되어 그 집으로 오게 되었다. 그러나

---

105)《푸른 수염》에 관해서는 앞에서 언급한 페로 Perrault의 책 참조. 최초의 영역본은 오피에 부부의 앞의 책에 재수록되어 있으므로 참조.
　페로는 과거 오래 전에도 열어 보아선 안 되는 방안에 들어가는 행위는 헤아릴 수 없는 결과를 가져온다는 이야기들이 있다고 했다. 예를 들어, 이 모티프는《아라비안 나이트 The Arabian Nights' Entertainments》에 수록되어 있는《세 번째의 달력 이야기 Tale of the Third Calender》와《펜타메론 Pentamerone》의 네 번째 날의 여섯 번째 이야기에서 나타난다.
106)《여우신랑》은 앞에서 언급한 브리그즈의 책에 실려 있다.

그 여자는 마법사를 속여 계란을 안전한 곳에다 치워 놓은 후 모험을 감행했다. 난도질 된 언니들의 사지를 가지런히 모아 놓자 언니들은 모두 다시 살아났다. 마법사는 집으로 돌아와서, 여자가 신의를 지켰다고 믿고 그 보답으로 막내딸을 신부로 맞이하겠노라고 한다. 막내딸은 다시 한 번 마법사를 속여, 이번에는 언니들과 많은 황금을 자기 부모님에게로 빼돌린다. 그러고 나서 막내딸은 자신의 온 몸에 꿀을 바르고 깃털을 붙여 하얀 새—이야기의 제목은 여기서 유래한다.—로 변장을 하고 감쪽같이 도망을 친다. 결국 그 마법사와 모든 친구들은 여자의 오빠와 친척들이 지른 불에 다 타 죽는다. 이런 유형의 옛이야기에서는 희생자들이 다시 다 살아나고, 또 그 악한은 인간이 아니다.

《푸른 수염》과 《하얀 새》를 여기서 고찰하는 이유는, 여성의 신뢰도를 측정하기 위해 남성이 여성에게 자기의 비밀을 캐내서는 안 된다는 명령을 내리는 모티프가 이 이야기에 가장 잘 나타나 있기 때문이다. 그러나 호기심에 이끌려, 여성은 꼭 일을 저지르며 그리하여 재앙스런 결과를 맞이하는 것이다. 《마법에 걸린 돼지》에서 세 딸들은 금지된 방에 들어가 그들의 미래에 대한 설명이 쓰여 있는 책을 들여다본다. 《마법에 걸린 돼지》는 《푸른 수염》 유형의 이야기와 공통된 특질이 있으며, 그래서 우리는 이 이야기도 함께 다루어 보고자 한다. 금지된 방의 모티프가 지닌 의미를 보다 명백히 밝히기 위함이다.

《마법에 걸린 돼지》에서, 딸들에게 못들어가게 한 방에 보관되어 있던 책에는 결혼에 대한 지식이 들어 있었다. 이 사실은, 아버지가 딸들에게 금지했던 것이 성에 관한 지식의 습득임을 말해 준다. 오늘날도 성애에 관한 정보를 담고 있는 책들은 젊은이에게 금지되어 있는 경우가 많다.

푸른 수염이건 《하얀 새》의 마법사건, 남성이 여성에게 어떤 방의 열쇠를 맡기면서 그 방에 들어가지 말라고 하는 것은, 그 남성의 명령에 대해 더 나아가 그 남성에 대해 여성이 얼마나 신의를 지키는지를 알아보는 시험이다. 남성은 상대의 충성을 시험해 보기 위해 떠나는 척하거나 잠시 동안 떠나 있는 것이다. 그 배신의 성격은 그에 대한 벌이 처형이라는 것으로 미루어 짐작해 볼 수가 있다. 예전에는 세계의 여러 지역들에서 여성 쪽의 속임수의 한 형태인 성적 부정행위는 남편에 의해 죽임을 당하는 것으로 처벌되었었다.

　이걸 염두에 두고, 여성의 잘못을 탄로나게 하는 것이 무엇인지 살펴보자.《하얀 새》에서는 달걀이었고,《푸른 수염》에서는 열쇠였다. 그것들은 일단 피가 묻으면 그 피는 절대로 닦아 낼 수 없다는 의미에서 마법적인 물건이다. 절대로 닦아 낼 수 없는 피의 모티프는 고대부터 있어 왔다. 어디에서 일어난 일이건, 그것은 어떤 악행, 보통은 살인이 일어났었음을 의미한다.[107] 달걀은 여성의 성적 행위의 상징이다. 그래서《하얀 새》에서의 자매들은 몸을 순결하게 보존했어야 한다고 보여진다. 비밀의 방으로 통하는 문을 여는 열쇠는 남성의 성기를 연상케 하며, 특히 처녀막이 찢어지고 피가 나오는 첫 성교를 연상시킨다. 만약에 이것이 숨겨진 의미들 중의 하나라면, 그 피는 절대로 닦아 낼 수가 없는 것이다. 처녀성을 잃는 것은 되돌이킬 수 없는 사건이다.

　《하얀 새》에서 소녀들의 신의가 시험되는 것은 소녀들이 결혼을 하기 전의 일이다. 마법사가 막내딸과 결혼 계획을 세운 것은 그 소녀가 신의를 지켰음을 믿도록 마법사를 속일 수 있었기 때문이다. 페로의《푸른 수염》에서는 푸른 수염이 가짜 여행을 떠나자마자 항상 커다란 축제가 벌어진다. 이때에는 주인이 있을 때는 감히 집에 발을 들여놓지도 못하던 방문객들이 참여한다. 푸른 수염이 없을 때 여인과 손님들 사이에서 어떤 일이 벌어지는지는 각자의 상상력에 맡겨 놓는다. 그러나 모든 사람들이

---

107) 1300년경의 로마 서사시 "게스타 로마노눔 Gesta Romanorum"에서는 아들을 죽일 때 어머니의 손에 떨어진 피가 닦아지지 않는다. 셰익스피어 Shakespeare의 희곡에서도 남들은 보지 못해도 맥베드 Macbeth의 아내는 자기 손에 묻은 피를 볼 수 있다.

절정의 시간을 보낸다는 것은 이야기 속에 나타난다. 그리하여 달걀이나 열쇠에 묻은 피는 여자가 성적인 관계를 맺었다는 것을 상징하는 듯하다. 그러므로 우리는 그 여자의 불안에 찬 공상을 이해할 수 있다. 그 여자는 자기와 비슷한 불륜을 저질렀기 때문에 죽임을 당한 여성들의 시체를 보는 것이다.

이런 이야기들을 듣다 보면, 여성에게 금지된 것을 하도록 강하게 유혹한다는 사실이 즉시 명백해진다. "나는 멀리 떠날 거요. 내가 없는 동안 방 하나만 빼고 모든 방을 살펴보아도 좋소. 여기에 금지된 방의 열쇠가 있소. 이것은 당신이 사용하면 안 되오."라고 말하는 것보다 더 효과적으로 사람을 유혹하는 방법은 상상하기 힘들다. 그리하여 그 이야기의 모골이 송연해지는 세부사항들로 인해 쉽게 드러나지는 않지만, 《푸른 수염》은 성적 유혹에 관한 이야기다.

보다 명시적인 또 다른 차원에서, 《푸른 수염》은 성의 파괴적인 측면에 관한 이야기다. 그러나 그 이야기 속의 사건들에 대해 잠시 동안 생각해 보면, 이상하게 앞뒤가 맞지 않는다는 사실이 명백히 드러난다. 예를 들어 페로의 이야기에서, 푸른 수염의 아내는 방에서 그 끔찍한 광경을 목격하고도 아직 주위에 남아 있을 많은 손님들 중 어느 누구에게도 도움을 청하지 않는다. 그 여자는 여동생 앤에게도 마음 속을 털어놓지 않으며 동생의 도움을 청하지도 않는다. 그 여자가 앤에게 하는 부탁은 기껏해야 파티에 오기로 한 오빠들이 왔나 나가 보라는 것이었다. 푸른 수염의 아내는 가장 확실해 보이는 행동 순서를 끝까지 밟지 않는다. 즉, 안전한 곳으로 도망을 치거나, 숨거나, 변장하는 행동을 하지 않는 것이다. 이것은 《하얀 새》에서도 마찬가지다. 이와 유사한 그림 형제의 옛이야기 《강도신랑 The Robber Bridegroom》에서는 소녀가 맨 처음에는 숨고, 그 다음에는 도망치며, 마지막에는 그 흉악한 강도들을 파티장으로 유인해 그곳에서 복면을 벗게 했던 것이다. 푸른 수염의 아내가 한 행동은 두 가지 가능성을 제시한다. 그 여자가 작은 방에서 본 것은 불안에 찬 공상이 만들어 낸 환영이거나, 또는 남편을 배신했지만 남편이 알아차리지 않기를 바라고 있다는 두 가능성이 있다.

이런 해석들이 타당하건 타당하지 않건 간에, 《푸른 수염》은 서로 꼭 연관될 필요 없는 두 가지 정서를 형상화하고 있으며, 이것은 어린이들에게도 전혀 낯설지 않다. 하나는 질투심에 불타는 사랑이다. 사랑하는 사람을 자기 옆에 붙잡아 놓으려는 집착으로, 상대방을 죽여서라도 자기에 대한 충절을 영원히 변치 못하게 만드는 사랑이 형상화되어 있다. 또 하나는 성적인 감정으로, 이것은 매우 매혹적이고 유혹적이지만 매우 위험하기도 하다.

《푸른 수염》이 인기 있는 이유를 죄와 성의 결합, 또는 성적 죄가 지닌 매력 때문이라고 생각하기 쉽다. 내 생각에 어린이들에게 이 이야기가 매력적인 한 가지 이유는 어른들에게 끔찍한 성적 비밀이 있을 거라는 어린이의 생각에 확신을 주기 때문이다. 그것은 또 어린이가 자신의 경험을 통해서 너무나 잘 알고 있는 것을 언급하기 때문이다. 즉, 성적 비밀을 알아내려는 유혹이 너무 강해서 어른들조차도 상상 가능한 최대한의 모험을 감행하며, 게다가 다른 사람을 그렇게 하도록 유혹한 사람은 벌을 받는다는 것이다.

열쇠에 묻은 피와 다른 세부사항들을 통해, 푸른 수염의 아내가 성적으로 무분별한 짓을 저질렀음을 어린이는 전의식적 차원에서 알고 있으리라고 생각된다. 그 이야기는 또 말하기를 질투심에 사로잡힌 남편이 부정한 아내는 가혹한 처벌, 심지어 죽임까지도 당할 만하다고 믿을런지 모르지만, 그것은 절대적으로 잘못된 생각이라는 것이다. 유혹에 빠지는 것은 지극히 인간적인 일이라고 그 이야기는 분명히 말하고 있다. 오히려 모든 것을 자기 손에 넣으려고 하고 그런 확신으로 행동하는 사람이야말로 죽음을 당할 만하다는 것이다. 불륜은 달걀이나 열쇠에 묻은 피에 의해 상징적으로 표현되어 있는데, 그것은 용서받아야 할 어떤 것이라는 것이다. 만약에 그것을 이해해 주지 못한다면, 그것으로 고통받아야 할 사람은 바로 그 사람 자신이라는 것이다.

《푸른 수염》의 내용이 잔인하고 앞에서 언급한 대로 다른 옛이야기들과 같은 범주에 들지는 않지만, 위 분석을 통해서 보면 다른 옛이야기들과 마찬가지로 높은 도덕성과 인간성을 심오하게 가르치고 있음을 알 수 있다. 불륜에 대해 잔인한 복수를 꾀하는 사람은 당연히 실패하게 되어 있다. 이것은 마치 성을 오로지 파괴적인 면으로만 보려는 사람과 마찬가지다. 성적인 탈선을 이해하고 용서하는 보다 인정 많은 도덕성이야말로 이 이야기의 가장 중요한 측면인 것이다. 이것은 전에 페로가 주석을 달은 두 번째 "교훈 morality"에 이미 이렇게 표현되어 있다.

> 이것이 지난 시대의 이야기라는 것은 누구나 알 수 있다. 더 이상 그런 불가능한 것을 요구하는 끔찍한 남편은 없다. 요즈음 남편들은 아무리 불만족스럽거나 질투가 날 지라도, 자기 아내에게 관대하게 행동한다.

《푸른 수염》을 어떻게 해석하건, 그것은 다음의 사실을 경고하는 교훈적인 이야기다. "여자들이여, 성적인 호기심에 굴복하지 말라. 남자들이여, 성적인 배신을 당하였다고 분노에 이성을 잃는 행동을 하지 말라." 이 이야기에는 이런 사실을 드러내는 것을 미묘한 암시 등에 의존하지 않으며, 무엇보다도 보다 높은 인성으로 향한 발전이 전혀 투사되어 있지 않다. 결말에서 주인공, 즉 푸른 수염과 아내는 둘 다 그전과 아무 차이가 없다. 지구를 뒤흔들 만한 사건들을 이야기 속에서 경험했음에도 불구하고 둘 다 그 일로 인해 조금도 나아지지 않았다. 푸른 수염이 이 세상에서 없어졌으므로 세상만 아마도 조금 나아졌을 것이다.

열지 못하게 금지되어 있는 방을 여는 모티프가 진짜 옛이야기에서는 어떻게 전개되는지 알아보려면 《성모 마리아의 아이 Our Lady's Child》 같은 이야기를 보면 된다. 아이가 열네 살—성적으로 성숙할 나이—이 되자, 마리아는 소녀에게 모든 방을 열 수 있는 열쇠를 주면서 마지막 방 하나만은 들어가지 말라고 하였다. 소녀는 호기심에 끌려 그 문을 열었다. 나중에 소녀는 여러 번 추궁을 받으면서도 그 사실을 계속 부인하였다. 그 벌로 소녀는 말하는 능력을 빼앗겼다. 소녀가 거짓말을 하느라 그것을 잘못 사용하였기 때문이다. 소녀가 많은 가혹한 시련을 겪은 후 마침내 거짓말을 했음을 인정하자, 다시 말을 할 수 있게 되고 모든 것이 원래대로 행복하게 된다. 왜냐하면 "누구든지 자신의 죄를 후회하고 고백하는 자는 용서를 받기" 때문이다.

《미녀와 야수》

《푸른 수염》은 위험스런 성벽 propensities에 대한 이야기다. 성의 이상한 비밀, 그리고 성과 격렬하고 파괴적인 정서와의 긴밀한 연관성 등에 대한 이야기인 것이다. 간단히 말해, 성의 어두운 측면에 관한 이야기다. 그것은 영원히 잠긴 문 안에 숨겨 놓고 안전하게 통제하는 것이 차라리 나을지도 모르는 일이다. 《푸른 수염》에서 일어나는 어떤 일도 사랑과는 아무런 상관이 없다. 푸른 수염은 상대방을 자기의 뜻대로 소유하려는 성향 때문에, 아무도 사랑할 수가 없고 또 누구의 사랑도 받을 수 없다.

제목과는 달리, 《미녀와 야수》에는 전혀 야수적인 면이 없다. 야수가 미녀의 아버지를 협박한 적이 있기는 하지만, 사람들은 시작부터 그것이 엄포에 불과하다는 것을 안다. 우선은 미녀와 함께 있기 위해서, 궁극적으로는 그 여자의 사랑을 얻기 위해서, 아울러 야수의 모습을 벗어날 목적으로 일부러 그렇게 하였던 것이다. 이 이야기에서 세 명의 주요 인물들 즉 미녀, 아버지, 야수는 모두 유순하고 헌신적인 사랑을 할 뿐이다. 오히려 동물신랑 이야기의 연원이 된 신화들은 아들에 대한 아프로디테의 오이디푸스적인 사랑처럼 잔인하고 파괴적이지만, 아버지에 대한 미녀의 오이디푸스적인 사랑은 미래의 남편에게로 대상이 전이되는 과정에서 경이롭게 치유된다. 《미녀와 야수》는 이런 류의 민담의 최종적인 완성편이라고 하겠다.

다음은 1757년 출판된 보몽 부인의 《미녀와 야수》를 요약한 것이다. 이것은 뷔네브 부인 Madame Villeneuve의 초기 프랑스 판본을 개작한 것으로 현재 가장 유명한 판본이다.[108][109]

《미녀와 야수》의 대부분의 판본들과는 달리, 보몽 부인의 판본에서는 한 부자 상인이, 으레 그렇듯이 세 명의 딸을 가지고 있을 뿐만 아니라, 세 명의 아들도 가지고 있다. 물론 그 이야기에서 세 아들의 역할은 별로 없다. 세 명의 딸들은 모두 미인이지만, 그 중에서도 막내는 "작은 미녀"로 알려질 정도로 아름다웠으며, 그 이름으로 인해 언니들의 질투를 받았다. 언니들은 허황되고 이기적이어서 막내인 작은 미녀와는 성격이 정반대였다. 작은 미녀는 겸손하고 매력적이며 누구에게나 상냥했다. 갑자기 아버지가 모든 재산을 잃어 가족이 모두 형편없는 처지로 전락하게 되는데, 언니들은 모두 이런 상황을 끔찍하게 여겼지만, 작은 미녀의 성격은 이런 힘든 상황 속에서 더욱 빛이 났다.

---

108) 페로의 《꽁지머리 소년 Riquet à la Houppe》은 이 두 이야기들보다 앞선 것이다. 그리고 페로가 이 이야기를 개작할 당시에 원전으로 사용한 이야기는 알 길이 없다. 페로는 야수 대신 불구자 리케 Riquet라는 못생겼지만 총명한 남자를 주인공으로 했다. 리케의 인품과 재능 때문에 사랑에 빠진 한 머리 나쁜 공주에겐 주인공의 추한 모습이 보이지 않으며, 주인공의 신체적인 결함에도 맹목적이 된다. 그리고 공주는 남자의 사랑을 듬뿍 받음으로써 더 이상 어리석지 않으며 지력이 넘쳐 흐르게 된다. 이것은 사랑이 가져다 준 마법 같은 변화다. 사랑이 원숙해지고 성을 받아들일 수 있게 될 때, 이전에는 혐오스럽고 어리석어 보이던 것들이 아름답고 영혼이 충만한 것으로 변화한다. 페로가 지적하듯이, 그 이야기의 교훈은, 아름다움은 그것이 외모이건 마음이건 보는 사람의 눈에 달려 있다는 것이다. 그러나 페로는 이야기를 명백하게 교훈적으로 이야기하고 있기 때문에, 옛이야기로서의 가치를 상실하고 있다. 사랑이 모든 것을 바꾸어 놓기는 하지만, 그 이야기에는 참다운 성장이 없다. 거기에는 풀어야 하는 내적인 갈등도 없고, 주인공을 보다 높은 인간성으로 상승시키는 아무런 투쟁도 없다.

109) 《미녀와 야수》에 관해서는 앞에서 언급한 오피에 부부의 책 참조.

그러다가 아버지가 여행을 떠나게 되어서 딸들에게 무엇을 가져다 줄지를 물었다. 아버지가 이 여행에서 재산을 다시 회복하게 되리라는 것이 두 딸들의 기대였기 때문에, 두 딸은 비싼 옷을 사다 달라고 요구했다. 한편 작은 미녀는 아무 것도 요구하지 않았다. 아버지가 계속 물어 보자 작은 미녀는 장미 한 송이를 가져다 달라고 했다. 부를 되찾으려는 희망은 수포로 돌아가고 아버지는 떠날 때와 똑같이 가난한 상태로 집으로 돌아오게 되었다. 아버지는 깊은 숲에서 길을 잃어 막막한 절망 상태에 빠져 있었다. 그러다가 갑자기 궁전이 눈앞에 나타났다. 아버지는 그곳에 들어가 음식과 잠 잘 곳을 발견하였는데, 사람이라곤 찾아볼 수가 없었다. 다음날 아침 아버지가 떠나려고 하는데, 아름다운 장미 몇 송이가 눈에 띄었다. 마침 작은 미녀가 한 부탁이 생각나서 아버지는 딸에게 주려고 장미를 꺾고 있는데, 그때 무시무시한 야수가 나타나서 아버지를 성으로 데리고 가더니 장미를 훔친 것에 대해 호통을 쳤다. 야수는 장미를 꺾은 벌로 아버지를 죽이겠다고 말했다. 아버지는 장미를 딸에게 선물하고 싶었을 뿐이었다고 하며 살려 달라고 애원했다. 그러자 야수는 만약에 그 딸들 중 하나가 아버지 대신 죽을 거라면 가도 좋다고 동의했다. 그러나 딸들 중 아무도 그럴 의도가 없으면, 그 상인은 석 달 내에 죽으러 돌아와야 한다고 했다. 아버지를 떠나 보내면서, 야수는 황금이 가득 든 상자를 아버지에게 주었다. 그 상인은 딸들 중 아무도 희생시킬 마음이 없었지만 세 달 동안의 유예를 기꺼이 받아들이면 가족들에게 황금을 나눠 줄 수 있으리라고 생각하고 집으로 갔다.

집으로 돌아오자마자 아버지는 작은 미녀에게 장미를 건네줄 수 있었으나, 그 동안 일어났던 일에 대해서 말하지 않을 수 없었다. 세 명의 아들이 야수를 찾아서 죽여 버리겠다고 했으나 아버지는 그것을 허락하지 않았다. 그들 모두 죽임을 당할 게 확실했기 때문이다. 작은 미녀는 아버지 대신 그 성에 가겠다고 고집했다. 아버지가 딸의 마음을 돌리려고 무슨 말을 해도 작은 미녀의 마음을 돌릴 수가 없었다. 아무튼 작은 미녀는 아버지와 함께 가겠다는 것이었다. 아버지가 가지고 온 황금으로 위의 두 딸은 화려한 결혼을 하였다. 석 달이 지나자 아버지는 본의 아니게 작은 미녀를 동반하고 야수가 사는 성으로 떠났다. 야수는 작은 미녀에게 자신의 자유의지로 왔느냐고 물었다. 작은 미녀가 그렇다고 대답하자 야수는 아버지에게 떠나라고 명령했다. 아버지는 할 수 없이 무거운 마음으로 떠날 수밖에 없었다. 작은 미녀는 야수의 궁전에서 최상의 대접을 받았으며 소원하는 것은 무엇이든지 마법에 의한 것처럼 다 이루어졌다. 밤마다 저녁식사 때에 야수는 미녀를 방문했다. 시간이 지나자, 작은 미녀는 야수의 방문을 어느덧 기다리게 되었다. 다만, 미녀를 당황케 하는 것은 헤어질 때마다 야수가 자기의 아내가 되어 주지 않겠느냐고 묻는 것이었다. 미녀가 항상 완곡하게 거절을 하면, 야수는 매우 수심에 차 근심스럽게 자리에서 일어나 떠나갔다. 이렇게 석 달이 지나가고, 미녀가 다시 아내가 되기를 거절했을 때에, 야수는 그렇다면 적어도 결코 자기를 떠나지 않겠다고 약속해 줄 수 있느냐고 물었다. 미녀는 떠나지 않겠다고 약속하면서 아버지를 방문할 수 있도록 허락해 달라고 부탁했다. 미녀는 외부 세계를 볼 수 있는 거울을 통해 아버지가 자신을 걱정하느라고 매우 초췌해 있는 것을 알기 때문이다. 야수는 일 주일 간의 방문을 허락했고, 만약에 미녀가 돌아오지 않는다면 자기는 죽게 될 거라고 경고했다.

　다음날 아침 깨어 보니 미녀는 아버지의 집에 아버지와 함께 있었다. 오빠들은 군대에 가고 없었다. 언니들은 결혼 생활이 불행하여 집에 돌아와 있었는데, 질투심 때문에 작은 미녀를 일 주일이 넘도록 붙잡아 둘 계획이었다. 그렇게 되면 야수가 찾아와서 동생을 해칠 거라고 생각했기 때문이다. 그들은 작은 미녀에게 일주일을 더 머물도록 설득했다. 열흘째 밤에 미녀는 야수에 대한 꿈을 꾸었는데, 야수는 죽어 가는 목소리로 미녀를 원망했다. 야수에게로 돌아가고 싶다는 생각이 들자마자 미녀는 이미 그곳으로 옮겨져 있었다. 가서 보니 야수는 미녀가 약속을 지키지 않았기 때문에 입은 마음의 상처로 거의 죽어 가고 있었다. 집에 머무르는 동안, 미녀는 자기가 얼마나 야수에게 깊은 애착을 느끼고 있었는지를 깨닫게 되었는데 크게 상심하여 마음의 병이 든 야수의 모습을 보는 순간, 미녀는 자기가 야수를 사랑하고 있다는 사실을 확신하게 되었다. 그리하여 미녀는 더 이상 야수 없이는 살 수 없으며 결혼하고 싶다고 말한다. 그러자 야수는 곧 왕자로 바뀌고, 미녀는 아버지와 다른 식구들의 축복 속에서 결혼을 한다. 언니들은 석상으로 변하여, 자신들의 잘못을 숨김없이 인정할 때까지 그런 모습으로 남아 있어야 했다.

《미녀와 야수》에서 야수의 모습은 우리의 상상력에 맡겨진다. 많은 유럽 국가들의 일련의 옛이야기들 속에서 야수는, 《큐피드와 프쉬케》를 본따 뱀의 모습을 하고 있다. 야수가 뱀이라는 점과 또 한 가지 사실을 제외하면 이 유형의 옛이야기 속의 사건들은 위의 내용과 흡사하다. 거기에는 남성이 본디 자신의 모습을 되찾고 나서 자기가 뱀 같은 모습으로 바뀌게 된 이유를 말하는 대목이 있다. 그것은 자기가 고아를 유괴했기 때문에 받은 벌이라는 것이다. 자기의 성욕을 채우려고 나약한 사람을 희생시킨 벌로, 사랑하는 이를 위해 기꺼이 자신을 희생하는 이타적인 사랑에 의해서만 그 남자는 원래의 자신의 모습을 회복할 수 있다는 것이다. 왕자가 뱀으로 바뀐 이유는 뱀이 남근 이미지의 동물이기 때문이며, 인간다운 사랑의 개입이 없이 쾌락을 추구하는 성욕의 상징이기 때문이다. 그리고 또 뱀은 에덴 동산에서도 그랬듯이 자신의 목적만을 달성하려고 남을 희생시키는 이미지다. 그 남자의 유혹에 넘어가면 우리는 순결한 상태를 잃어버리게 된다.

《미녀와 야수》에서 운명적인 사건은 아버지가 가장 사랑하는 막내딸에게 주려고 장미를 훔치는 데서 시작된다. 아버지가 장미를 꺾는 행위는 딸에 대한 아버지의 사랑을 상징함과 동시에 딸의 처녀시절이 끝나 가는 것에 대한 아버지의 예견을 상징한다. 꺾여진 꽃, 특히 꺾여진 장미는 처녀성 상실을 상징하는 이미지다. 그들 둘 다 "야수의" 경험을 겪어야 했듯이, 이것은 아버지와 딸 둘 다에 해당되는 듯하다. 그러나 이야기는 그런 불안은 근거 없는 불안이었다고 주장하고 있다. "야수적인" 경험이 사실은 깊은 인간성과 사랑으로 가득 찬 경험이었던 것이다.

《푸른 수염》과 《미녀와 야수》를 비교해 보면, 전자가 원초적이고 공격적이며 이기적인 성의 파괴적인 측면을 보여 주고 있는 데에 비해, 후자는 참사랑이 어떤 것인지에 대해 묘사하고 있다고 볼 수 있다. 《푸른 수염》의 파괴적인 측면은 사랑을 꽃 피우기 위해서는 반드시 극복되어야 한다. 푸른 수염은 행동과 불길한 외모가 일치하는 데에 비해, 야수의 마음은 외모와는 달리 미녀만큼이나 아름답다. 이 이야기는 어린이들이 두려워하는 것과는 정반대로, 남성과 여성의 외모는 매우 다를지라도 인격적으로 올바른 짝을 만나면 완벽한 짝을 이루게 된다는 확신을 어린이들에게 준다. 《푸른 수염》이 성에 관한 어린이의 최악의 두려움과 일치한다면, 《미녀와 야수》는 성에 관한 두려움은 자신이 지어낸 불안한 성적 환상이라고 격려한다. 그리고 성이, 처음 볼 때에는, 야수같이 보일런지 모르지만, 실제로 남자와 여자 사이의 사랑은 모든 인간의 정서 중에서 가장 만족스러운 것이며 영원한 행복으로 나아가는 유일한 방법이라고 말한다.

이 책의 여러 곳에서 언급되어 있듯이, 옛이야기는 어린이들로 하여금 자신의 오이디푸스적인 난관의 본질을 이해할 수 있게 도와 주며 스스로 그것을 극복할 수 있다는 희망을 준다. 《신데렐라》는 어린이의 오이디푸스적인 질투심을 한쪽 부모가 잘 소화하지 못하고 파괴적인 상태로 표출할 때의 황폐함을 가장 잘 표현하고 있다.

《미녀와 야수》는 어린이가 부모에게 지니는 오이디푸스적인 애착이 자연스럽고 바람직한 것이며, 또 성장해 가면서 그 대상이 서서히 부모에게

서 연인에게로 전이되고 변형된다면 그것은 매우 긍정적인 결과를 가져
온다는 사실을 명확하게 표현하고 있다. 오이디푸스적인 애착이, 고통스
런 정서적인 문제를 일으키는 것만은 아니다(자라나면서 적절하게 성숙
해지지 않으면 그렇게 될 수도 있지만). 오히려 우리가 그 감정을 잘 해결
하고 발전시키면 그것은 영원한 행복을 꽃피우는 토양이 된다.

이 이야기에서 아버지에 대한 미녀의 오이디푸스적인 집착은 아버지에
게 장미를 부탁하는 대목에서도 나타나고, 언니들이 파티를 즐기려고 나
간 동안 항상 집에 머무르며 또 청혼하는 남자들에게 자신은 결혼하기에
너무 어리고 "아버지 곁에서 몇 년 더 머무르고 싶다."고 말하는 대목에
도 나타난다. 또 미녀는 아버지에 대한 사랑 때문에 야수에게 가 있을 뿐
야수와 전혀 성적으로 무관한 관계이기를 원했다.

미녀의 모든 소원들이 즉시 이루어지는 야수의 성은, 《큐피드와 프쉬
케》에서 벌써 논의된 모티프인데, 그것은 어린이들이 전형적으로 많이 하
는 자아도취적인 공상이다. 자기에게 아무 것도 요구하지 않으며 자기가
원하는 것은 말하자마자 즉시 이루어지는 그런 삶을 꿈꿔 본 적이 없는
어린이는 아마 거의 없을 것이다. 그런데 이 옛이야기는 그런 삶은 절대
로 만족스럽지 못하며 곧 공허하고 지루해진다고 말한다. 오죽하면 미녀
도 처음에는 그토록 두려워하던 야수의 방문을 나중에는 오히려 기다리
게 되었겠는가?

그런 자아도취적인 꿈과 같은 나날을 방해하는 일이 일어나지 않았더
라면, 이야기는 성립되지 않았을 것이다. 이 옛이야기는 자아도취적인 삶
은 겉으로는 매력적으로 보일지 몰라도 실제로는 전혀 만족스럽지 못한
생활이며, 그것은 아예 생활도 아니라고 한다. 미녀는 아버지에게 자신이
필요함을 알게 되자 자아도취적인 꿈에서 현실로 돌아온다. 그 이야기의
다른 판본들에서는 아버지가 중병이고, 또 다른 이야기에서는 딸을 걱정
해서 초췌한 모습이고, 또 다른 경우는 무엇인가로 곤란한 처지에 빠져

있기도 하다. 이것을 알게 됨으로써 미녀의 자아도취적인 무의미한 생활
은 깨지고 미녀는 행동하기 시작한다. 그리하여 미녀는 다시 현실적인 삶
으로 돌아오게 된다.

　자기가 사랑하는 아버지와 자기를 필요로 하는 야수 사이에서 미녀는
아버지를 돌보기 위해 야수를 버린다. 그러나 어느덧 미녀는 자기가 야수
를 얼마나 사랑하는지를 깨닫게 된다. 그것은 이제 미녀가 아버지와의 애
정의 굴레를 벗어나서 그 사랑의 대상을 야수로 옮긴다는 것을 상징한다.
미녀가 야수와 재결합하기 위해 아버지의 집을 떠나기로 결심하자, 즉 아
버지에 대한 오이디푸스적인 집착에서 벗어나자마자, 이전에는 불쾌하게
느껴졌던 성이 아름다운 것으로 보인다.

　이것은 수세기 전에 이미 프로이트적인 관점을 예견한 거라고 볼 수 있
다. 즉, 어린이에게 있어서 성은, 그 성적인 욕망이 부모를 향하고 있는 한
역겨운 것으로 느껴져야 한다는 것이다. 성에 대한 부정적인 태도를 통해
서만, 근친상간의 금기가 안전하게 유지될 수 있으며, 더불어 가족들 사이
의 안정된 느낌도 안전하게 유지할 수 있는 것이다. 그러나 일단 부모로부
터 떨어져 나와 어울리는 나이의 대상을 만나게 되면, 성적 욕망은 더 이
상 야수적인 것처럼 보이지 않으며, 반대로 아름다운 것으로 느껴진다.

　《미녀와 야수》는, 오이디푸스적인 집착의 긍정적인 면을 예증하는 동
시에, 어린이가 자라나면서 그 집착이 어떻게 변화해야 하는지를 보여 주
고 있다. 오피에 부부는 《고전 옛이야기 The Classic Fairy Tales》에서 이렇
게 썼다.

　　《미녀와 야수》는 《신데렐라》 이래 가장 상징적이고 가장 만족스러운 옛이야
　　기이다.

　《미녀와 야수》는 인간을 동물과 정신의 이중적인 존재로 보는 미성숙

한 관점에서 출발한다. 성숙해지는 과정에서 인위적으로 분리된 인성의 두 양상이 하나로 통합되어야 한다. 그래야만 완전한 인간성을 획득할 수 있다. 《미녀와 야수》에는 모르는 상태로 남아 있어야 하는 성적 비밀 같은 것은 더 이상 없다. 만약 그런 비밀이 있다면, 그것을 깨닫기 위해 길고 오랜 자기발견의 과정이 필요하다. 그러나 《미녀와 야수》에는 아무런 비밀도 숨겨져 있지 않으며, 오히려 야수의 진짜 본성이 드러나는 편이 훨씬 바람직하다. 야수가 실제로 어떤 사람인지 또는 좀더 정확하게 말해 야수가 실제로 얼마나 사랑스럽고 친절한 사람인지가 밝혀지면, 너무 빨리 행복한 결말에 도달할 것이다. 이 이야기의 본질은 미녀가 야수를 점점 사랑하게 된다거나 미녀의 사랑의 대상이 아버지로부터 야수에게로 옮겨간다는 그런 내용이 아니다. 문제는 그 과정을 통한 미녀 자신의 성장이다. 미녀는 아버지에 대한 사랑과 야수에 대한 애정 중에서 선택을 해야 한다고 믿은 상태로부터, 이 두 애정을 대립적으로 보는 사고방식 자체가 미성숙한 것이라는 행복한 발견을 하게 된다. 아버지에 대한 본래의 오이디푸스적 애정을 미래의 남편인 야수에게로 이동시킴으로써, 미녀는 아버지에게 가장 유익한 애정을 줄 수 있게 된다. 이 애정 덕분에 아버지는 악화된 건강이 회복되고, 사랑하는 딸 옆에서 행복하게 살 수 있게 된다. 그러한 애정은 또 야수에게 인간의 모습을 회복시켜 주며, 그 결과 축복받는 결혼이 가능해진다.

미녀가 야수였던 사람과 결혼한다는 것은, 인간의 동물적인 면과 좀더 높은 측면 사이의 해로운 단절이 치유되었음을 상징적으로 표현하고 있다. 그 단절은 앞에서도 질병으로 묘사된 바 있다. 왜냐하면 미녀와 분리된 후 아버지와 야수는 거의 죽을 지경에 이르렀기 때문이다. 그것은 또, 자기 중심적이고 미성숙한(남근적-공격적-파괴적인) 성관계로부터, 깊은 자기 헌신에 의해서만 성취되는 그런 성관계로의 발전의 종착점이기도 하다. 야수는 미녀와 분리가 되자 거의 죽을 지경이 된다. 그것은 미녀가 사랑스런 여인일 뿐만 아니라 프쉬케, 즉 인간의 영혼을 상징하기 때문이다. 이것은 이기적이고 공격적인 원시적인 성관계로부터, 서로가 자발적으로 사랑하는 관계에서만 충족되는 그런 성관계로 발전하는 과정이기도 하다. 그것이 바로, 야수가 미녀에게 아버지 대신 이곳에 있겠다는 결정을 자발적으로 했느냐고 물어 보고 나서 미녀를 받아들인 이유이며, 또 자기와 결혼하지 않겠느냐고 여러 번 묻고서도 미녀의 거절을 아무런 비난 없이 받아들이는 이유이며, 미녀가 자발적으로 사랑한다고 선언할 때까지 아무런 행동도 취하지 않은 이유이기도 하다.

옛이야기의 이런 시적인 언어를 심리분석의 진부한 용어로 번역하자면, 야수와 미녀의 결혼은 초자아에 의한 본능의 인간화와 사회화이다. 그래서 《큐피드와 프쉬케》에서 이 둘이 결합하여 낳은 자식의 이름이 "즐거움" 또는 "기쁨"이라는 사실은 얼마나 당연한가? 그것은 바로 좋은 삶에 필요한 만족감을 우리에게 공급해 주는 자아인 것이다. 신화와는 달리 옛이야기에서는 두 주인공이 결합해서 얻는 이득이 무엇인지 다 늘어놓을 필요가 없다. 옛이야기는 더욱 인상적인 이미지를 사용한다. 즉, 착한 사람은 행복하게 살고, 악한 사람(언니들)이라고 구제의 가능성이 전혀 없지는 않은 그런 세상을 보여 준다.

각각의 옛이야기들은 내면세계를 비추는, 그리고 미성숙에서 성숙으로 진화하는 데에 필요한 단계들을 비추는 마술거울이다. 옛이야기가 주는 의미에 귀를 기울이는 사람들에게 있어서 그것은 자신의 영상만을 비추는 듯한 깊고 고요한 못이 된다. 그러다가 곧 우리는 그 아래 우리 영혼 깊은 곳에서 요동치는 내적 동요들을 발견한다. 또한 우리 자신 안에서 그리고 세상과의 관계에서 평화를 얻을 수 있는 방법도 발견하게 된다. 그것은 우리가 투쟁을 통해서만 치를 수 있는 대가이기도 하다.

이 책에서 다룬 옛이야기는, 물론 어느 정도 인기도를 기준으로 삼았으나, 임의로 선택한 것이다. 각 이야기는 인간의 내면적 발달의 어떤 요소를 반영하고 있으므로, 이 책의 후반부에서는 어린이가 자립하기 위해 애쓰는 이야기들로 출발을 했다. 어린이의 의지와는 반대로 부모에 의해서 자립을 강요당하는 《헨젤과 그레텔 Hansel and Gretel》, 보다 능동적이고 자발적으로 자립하려고 애쓰는 《잭과 콩나무 Jack and the Beanstalk》가 있다. 늑대의 뱃속에 들어 있던 빨간 모자와 성 안에서 모종의 여성적인 일을 하던 잠자는 미녀는 미숙한 채 미처 대비를 못해서 시련을 당하게 된다. 그리하여 그 여성들은 더 성숙할 때까지 기다려야만 한다는 것을 배운다. 《백설 공주》와 《신데렐라》에서는 어린이가 부모를 극복하여야만 참다운 자기에 도달할 수 있다. 만약에 이 책이 이 두 이야기들 중의 하나로 끝을 맺었다면, 이런 이야기들이 보여 주듯이 그런 세대간의 갈등은 인간의 역사만큼 오래된 것으로 행복한 해결책이 없는 듯이 보였을 것이다. 그러나 《백설 공주》와 《신데렐라》는 이런 갈등이 존재하는 것은 부모가 자기 중심적이고 어린이의 정당한 요구를 민감하게 받아들일 능력이 결여되었기 때문이라고 말해 준다. 나 자신도 부모로서, 부모에 대한 자식의 사랑이 그렇듯이 자식에 대한 부모의 사랑도 인간의 역사만큼이나 오래되었음을 전하는 이야기로 이 책을 끝맺고 싶었다. 어린이가 다 자란 후에 연인과 참된 사랑을 할 수 있는 것은 이 따스한 부모님의 사랑을 체험함으로 가능한 것이다.

현실은 어떠하건 간에, 옛이야기에 몰두한 어린이는, 부모가 자기를 너무나 사랑해서 자기가 가장 바라는 선물을 가져다 주기 위해 생명을 무릅쓴다고 상상하고 믿기에 이른다. 그런 어린이는 자기도 부모를 사랑해서 생명까지도 기꺼이 내놓을 수 있으므로 자기는 그런 헌신적인 사랑을 받을 가치가 있다고 믿는다. 그런 어린이는 어른이 되면, 마음의 상처로 야수처럼 보이는 사람들에게까지 평화와 행복을 줄 수 있는 사람이 된다. 그런 사람은 자신과 자신의 반려자를 행복하게 할 수 있으며, 그럼으로써

부모도 행복하게 할 수 있다. 그 사람은 자기 자신과도 또 세계와도 평화
로울 수 있는 것이다.

　이것은 옛이야기들에 나타나는 다양한 진리 중의 하나로 우리의 삶을
인도하는, 예로부터 지금까지 변치 않는 진리다.

옮긴이의 말

어릴 적에 외할머니한테 들었던 옛이야기 하나가 떠오른다. 옛날에 어떤 중이 가을 들녘을 지나가고 있었다. 수수밭을 지나가다가 '그놈 참 잘 익었다' 하고 탐스러운 수숫대를 무심히 쓰다듬으니 수수 세 알이 손바닥에 떨어졌다. 버리기도 아깝고 해서 무심히 삼켰다가 소가 되어 그 주인집에서 삼 년을 일했다는 이야기이다. 이런 이야기를 밤마다 수백 번은 들었을 것이다. 그 어린 시절의 시간들이 이제 와서 《옛이야기의 매력》을 번역할 어떤 자격을 부여해 주는 느낌이다.

아동 심리학자 브루노 베텔하임의 이 책을 번역하면서, 옛이야기의 마법의 풍경 속으로 빨려들어가 오래 전에 느꼈던 그 경이로움과 매력이 다시 되살아나는 경험을 하였다. 이 책은 옛이야기가 어린이들의 정서에 어떤 영향을 미치고 어떻게 그들의 정서를 자유롭게 해 주는가를 논리적으로 밝히고 있다. 궁전과 공주, 요정과 마녀, 소원과 저주로 이루어진 표면 그 밑바닥 깊숙한 곳에서, 옛이야기는 세련된 방법으로 어린이들이 정서적 혼란 상태를 극복할 수 있게 도와 주고 있다. 어린이들은 옛이야기를 음미하면서 혼자서 오갈 데 없는 막막함, 외부의 위험에 노출된 두려움, 자아와 미래에 대한 의문 등을 마음으로부터 수용하게 된다.

이 책은 《신데렐라》, 《잠자는 미녀》, 《백설 공주》, 《미녀와 야수》, 《빨간 모자》, 《잭과 콩나무》, 《아라비안 나이트》 등 동서양의 옛이야기들을 종횡무진으로 다루면서 어린이들이 어떻게 스스로 정의감, 신뢰감, 사랑, 용기 등을 자각하는지를 알려 준다. 그것은 계획적으로 부여된 훈련을 통해서가 아니라, 삶의 모험의 일부로써 스스로 깨닫고 쟁취한 경험인 것이다.

어른들이 다시 생각할 부분은 어린이들도 어른 못지않게 여러 가지 심리적인 갈등에 시달리고 있다는 사실이다. 형제간의 질투심, 아버지나 어머니를 독차지하고 싶은 마음, 버림받을지도 모른다는 불안감, 그 외 각자가 처한 상황 속에서 어린이들도 크고 작은 갈등을 겪고 있는데 어른들은 자주 어린이들의 이런 갈등을 무시하고 있다. 이런 갈등을 어린이 나름대로의 방식으로 극복하고, 성숙한 삶의 인식에 도달하는 데에 옛이야기가 얼마나 중요한 기능을 하는지를 증명하는 것이 이 책의 목적이다. 어린이들은 옛이야기를 듣거나 읽다가 생긴 백일몽을 즐기면서, 자기도 모르는 사이에 자신의 갈등을 극복하고 불안감을 해소시키며 더 큰 해결책이나 삶의 인식에 도달할 수 있다. 이와 같이 옛이야기가 어린이의 성장 발달에 도움이 되는 까닭은 오랜 세월에 걸쳐 구전되면서 인간의 여러 층위에 교묘하게 작용할 수 있는 구조를 갖추게 된 특이한 문화유산이기 때문이다. 그래서 표면적인 의미, 심층적인 의미, 또는 잠재의식적인 층위, 무의식적인 층위 등 다양한 층위에서 읽혀질 수 있고, 특히 독자의 심리 상태에 따라 다양한 의미가 산출됨을 이 책은 잘 보여 준다.

작가 브루노 베텔하임은 오스트리아 빈 출신의 심리학자로서, 정서 장애아 특히 자폐아의 치료와 교육으로 유명하다. 1938년 빈 대학에서 박사학위를 받고, 디하우와 부헨빌트에 있는 독일 수용소에 1년간 수감되었다가 풀려난 뒤 미국으로 이주했다. 1944년 시카고 대학교 심리학 조교수 겸 동대학 부설 소니아 생크먼 정신 장애아 구제학교 교장으로 임명된 뒤, 줄곧 장애아의 심리치료에 관한 일을 하였다. 1952년 정교수가 된 그는 특히 어린이 양육과 관련해 정신분석학 원리들을 사회문제에 적용하는 데에 심혈을 기울였다.

번역 단계에서 주옥은 1부 '마법이 가득 찬 세계' 첫부분부터 '오누이' 까지와, 2부 '동화의 세계' 뒷부분인 '신데렐라' 와 '동물신랑 이야기' 를 번역하였고, 김옥순은 1부에서 '뱃사람 신드바드와 짐꾼 신드바드' 부터 2부 '잠자는 미녀' 까지를 번역하였다. 한 책을 두 사람이 번역하여 단어, 문장, 책 전체의 흐름이 한 덩어리로 조율되지 못한 채 뒤섞여 있음을 어쩔 수 없이 고백하지 않을 수 없다. 그러나 이 작업은 역자 서로에게 자극을 주고 격려하는 우정이 싹트는 계기도 되었다. 이 조그만 작업이 빛을 볼 수 있도록 기회를 마련해 주시고 격려해 주신 인제대학교의 김열규 선생님과 도서출

판 시공사에 감사의 마음을 전한다.

　이 책이 아동심리학이나 어린이문학에 관심있는 사람들에게 중요한 자료가 되기를 바란다. 특히 어린이들을 돌보면서 지내는 어른들, 어린이의 부모나 보모, 유치원 교사들에게는 이 책을 통해 옛이야기가 어린이의 성장과정에 얼마나 중요한 영향을 미치는지를 이론적으로 확인하는 기회가 되리라 믿는다. 아무쪼록 이 땅의 어린이들이 풍요로운 마음을 지니고 삶의 묘미를 즐기며 건강한 삶을 누리도록 도움을 주는 데에 이 책이 한몫 했으면 하는 바람이다.

1998년 6월 옮긴이

참고 문헌

 이 책에서 언급한 옛이야기 및 기타 문학 작품에 관한 문헌 정보는 각주를 통해 다루었으므로 여기서는 반복하지 않는다.

 옛이야기 문학은 매우 광범위해서 누구도 모든 옛이야기를 수집할 시도를 하지 못했다. 영국에서는 아마도 앤드루 랭 Andrew Lang이 편집해 12권의 책으로 출간한 책이 가장 만족스럽고 쉽게 입수할 수 있는 옛이야기 모음집일 것이다. 그 책의 제목은 《푸른 옛이야기책 The Blue Fairy Book》, 《갈색 옛이야기책 The Brown Fairy Book》, 《연지색 옛이야기책 The Crimson Fairy Book》, 《초록 옛이야기책 The Green Fairy Book》, 《회색 옛이야기책 The Grey Fairy Book》, 《라일락 옛이야기책 The Lilac Fairy Book》, 《올리브 옛이야기책 The Olive Fairy Book》, 《오렌지 옛이야기책 The Orange Fairy Book》, 《분홍 옛이야기책 The Pink Fairy Book》, 《빨간 옛이야기책 The Red Fairy Book》, 《보라 옛이야기책 The Violet Fairy Book》, 그리고 《노란 옛이야기책 The Yellow Fairy Book》이다. 이 책들은 1889년 런던에서 처음 출판되었고, 이후 1965년 뉴욕의 도버 출판사 Dover Publications에서 재출간되었다.

 현재까지 이 분야에서 가장 야심 찬 저작물은 독일의 《세계 고전 문학 Die Märchen der Weltliteratur》이다. 독일의 예나에서, 프리드리히 Friedrich von der Leyen와 폴 Paul Zaunert이 편집하고 디데리히 Diederichs가 출판을 시작하여 현재까지 약 70여 권의 책이 선을 보였다. 각 권은 거의 예외 없이 일국어 혹은 일국 문화의 옛이야기로 구성되어 있다. 그리하여 각 문화권의 옛이야기가 소수만이 수록되어 있다.

 옛이야기에 관한 문학은 옛이야기의 수만큼이나 그 수가 많다. 아래는 일반적인 관심을 끄는 책들과 각주에서 언급하지는 않았지만 이 책의 준비과정에서 유용하게 사용되었던 몇몇 간행물의 목록이다.

Aarne, Antti A., *The Types of the Folktale*. Helsinki, Suomalainen Tiedeakatemia, 1961.

Archivio per lo Studio delle Tradizioni Populari. 28 vols. Palermo, 1890~1912.

Arnason, Jon, *Icelandic Folktales and Legends*. Berkeley, University of California Press, 1972.

Bächtold-Stäubli, Hans, ed., *Handwörterbuch des deutschen Aberglaubens*. 10 vols. Berlin, de Gruyter, 1927~42.

Basile, Giambattista, *The Pentamerone*. 2 vols. London, John Lane the Bodley Head, 1932.

Basset, René, *Contes populaires Berbères*. 2 vols. Paris, Guilmoto, 1887.

Bediers, Joseph, *Les Fabliaux*. Paris, Bouillou, 1893.

Bolte, Johannes, and Georg Polivka, *Anmerkungen zu den Kinder-und Hausmärchen der Brüder Grimm*. 5 vols. Hildesheim, Olms, 1963.

Briggs, Katherine M., *A Dictionary of British Folk Tales*. 4 vols. Bloomington, Indiana University Press, 1970.

Burton, Richard, *The Arabian Night's Entertainments*. 13 vols. London, H. S. Nichols, 1894~7.

Cox, Marian Roalfe, *Cinderella: Three Hundred and Forty-five Variants*. London, The Folk-Lore Society, David Nutt, 1893.

Folklore Fellows Communications. Ed. For the Folklore Fellows, Academia Scientiarum Fennica, 1910ff.

Funk and Wagnalls Dictionary of Folklore. 2 vols. New York, Funk and Wagnalls, 1950.

Grimm, The Brothers, *Grimm's Fairy Tales*. New York, Pantheon Books, 1944.

——, *The Grimm's German Folk Tales*. Carbondale, Ill., Southern Illinios University Press, 1960.

Hastings, James, *Encyclopedia of Religion and Ethics*. 13 vols. New York, Scribner's, 1910.

Jacobs, Joseph, *English Fairy Tales*. London, David Nutt, 1890.

——, *More English Fairy Tales*. London, David Nutt, 1895.

Journal of American Folkore. American Folkore Society, Boston, 1888ff.

Lang, Andrew, ed., *The Fairy Books*. 12 vols. London, Longmans, Green, 1889ff.

——, *Perrault's Popular Tales*. Oxford, At the Clarendon Press, 1888.

Lefftz, J., *Märchen der Brüder Grimm*. Urffasung. Heidelberg, C. Winter, 1927.

Leyen, Friedrich Von Der, and Paul Zaunert, eds., *Die Märchen der Weltliteratur*. 70 vols. Jena, Diederichs, 1912ff.

Mackensen, Lutz, ed., *Handwörterbuch des deutschen Märchens*. 2 vols. Berlin, de Gruyter, 1930~40.

Melusine. 10 vols. Paris, 1878~1901.

Opie, Iona and Peter, *The Classic Fairy Tales*. London, Oxford University Press, 1974.

Perrault, Charles, *Histoires ou Contes du temps passé*. Paris, 1697.

Saintyves, Paul, *Les Contes de Perrault et les récits parallèles*. Paris, E. Nourry, 1923.

Schwab, Gustav, *Gods and Heroes:Myths and Epics of Ancient Greece*. New York, Pantheon Books, 1946.

Soriano, Marc, *Les Contes de Perrault*. Paris, Gallimard, 1968.

Straparola, Giovanni Francesco, *The Facetious Nights of Straparola*. 4 vols. London, Society of Bibliophiles, 1901.

Thompson, Stith, *Motif Index of Folk Literature*. 6 vols. Bloomington, Indiana University Press, 1955.

——, *The Folk Tale*. New York, Dryden Press, 1946.

INTERPRETATIONS

Bausinger, Hermann, *"Aschenputtel:Zum Problem der Märchen Symbolik"*, *Zeitschrift für Volkskunde*, 52 vol, 1955.

Beit, Hedwig Von, *Symbolik des Märchens and Gegensatz und Erneuerung im Märchen*. Bern, A. Francke, 1952 and 1956.

Bilz, Josephine, *"Märchengeschehen und Reifungsvorgänge unter tiefen-*

psychologischem Gesichtspunkt," in Bühler and Bilz, *Das Märchen und die Phantasie des Kindes,* München, Barth, 1958.

Bittner, Guenther, *"Über die Symbolik weiblicher Reifung im Volksmärchen,"* Praxis der Kinderpsychologie und Kinderpsychiatrie, 12 vol, 1963.

Bornstein, Steff, *"Das Märchen vom Dornröschen in psychoanalytischer Darstellung,"* Imago, 19 vol, 1933.

Bühler, Charlotte, *Das Märchen und die Phantasie des Kindes. Beihefte zur Zeitschrift für angewandte Psychologie,* 17 vol, 1918.

Cook, Elizabeth, *The Ordinary and Fabulous:An Introduction to Myths, Legends and Fairy Tales For Teachers and Storytellers,* New York, Cambridge University Press, 1969.

Dieckmann, Hanns, *Märchen und Träume als Helfer des Menschen,* Stuttgart, Adolf Bonz, 1966.

—, *"Wert der Märchens für die seelische Entwicklung des Kindes",* Praxis der Kinderpsychologie und Kinderpsychiatrie, 15 vol, 1966.

Handschinn-Ninck, Marianne, *"Ältester und Jüngster im Märchen,"* Praxis der Kinderpsychologie und Kinderpsychiatrie, 5 vol, 1956.

Jolles, Andre, *Einfache Formen.* Darmstadt, Wissenschaftliche Buchgesellschaft, 1969.

Kienle, G., *"Das Märchen in der Psychotherapie,"* Zeitschrift für Psychotherapie und medizinische Psychologie, 1959.

Laiblin, Wilhelm, *"Die Symbolik der Erlösung und Wiedergeburt im deutschen Volksmärchen,"* Zentralblatt für Psychotherapie und ihre Grenzgebiete, 1943.

Leber, Gabriele, *"Über tiefenpsychologische Aspekte von Märchenmotiven,"* Praxis der Kinderpsychologie und Kinderpsychiatrie, 4 vol, 1955.

Leyen, Friedrich von der, *Das Märchen.* Leipzig, Quelle und Meyer, 1925.

Loeffler-Delachaux, M., *Le Symbolisme des contes de fées.* Paris, 1949.

Lüthi, Max, *Es war einmal—Vom Wesen des Volksmärchens.* Göttingen, Vandenhoeck & Ruprecht, 1962.

—, *Märchen.* Suttgart, Metzler, 1962.

——, *Volksmärchen und Volkssage*. Bern, Franche, 1961.

Mallet, Carl-Heinz, "*Die zweite und dritte Nacht im Märchen 'Das Gruseln,'*" *Praxis der Kinderpsychologie und Kinderpsychiatrie*, 14 vol, 1965.

Mendelsohn, J., "*Das Tiermärchen und seine Bedeutung als Ausdruck seelischer Entwicklungsstruktur*," *Praxis der Kinderpsychologie und Kinderpsychiatrie*, 10 vol, 1961.

——, "*Die Bedeutung des Volksmärchens für das seelische Wachstum des Kindes*," *Praxis der Kinderpsychologie und Kinderpsychiatrie*, 7 vol, 1958.

Obenauer, Karl Justus, *Das Märchen, Dichtung und Deutung*, Frankfurt, Klostermann, 1959.

Santucci, Luigi, *Das Kind—Sein Mythos und sein Märchen*. Hanover, Schroedel, 1964.

Tegethoff, Ernst, *Studien zum Märchentypus von Amor und Psyche*. Bonn, Schroeder, 1922.

Zillinger, G., "*Zur Frage der Angst und der Darstellung psychosexueller Reifungsstufen im Märchen vom Gruseln*," *Praxis der Kinderpsychologie und Kinderpsychiatrie*, 12 vol, 1963.

찾아보기

508

ㅎ